民国

武侠小说
典藏文库

平江不肖生卷

民国
武侠小说
典藏文库

平江不肖生卷

近代侠义英雄传

第一部

平江不肖生 著

中国文史出版社

目　　录

1

第一回

论案情急煞罗知府
入盗穴吓倒郭捕头

话说郭成见罗曜庚拉住自己的手要走，竟是不由分说的样子，只急得心中乱跳，明知罗知府既亲自降尊来接，空言推诿是不能了事的，只得说道："请大老爷返驾，下役马上就来。"罗曜庚笑道："本府是走路来的，不妨一同走回去。"郭成没得话说，诚惶诚恐的跟着罗曜庚，直走到知府衙门。

罗曜庚这回所以不坐大轿，不开锣喝道的摆官架子，仅带了一个亲随，步行到郭成家里，原因就为郭成是个已革的捕役，论自己的身份，断没有现任知府，拜已革捕头的道理。坐着大轿招摇过市，外面知道的人必多，于自己的官格、官体面都有很大的关系。然罗曜庚知道，郭成的强项性格，当那斥革郭成之后，已觉有些后悔，打了就不应革，革了就不应打。于今已斥革了这么久，自己有急难的时候，再去求他，他推托不来，没有办法。倘若郭成有意刁难，将打发去传堂谕的捕班哄出了门，就一溜烟往别处去了，或藏躲在什么地方；他既不当役，又没犯罪，简直没有强制他的方法。为要顾全自己的禄位，在势除了趁派出的捕班不曾回报的时候，亲来郭成家迎接，便没有第二条路可走。

这时既已将郭成弄到衙里，就在签押房中，用款待有资格绅士的礼貌，款待郭成，先向郭成道了歉意，才将半月来所出重重盗案，一桩一桩的述了，末了要求郭成办理。

郭成道："大老爷这般恩典，栽培下役，下役自然应该感激图报。不过下役闲居了大半年，一切办案子的门道都生疏了。就是一件平常的盗案，大老爷委下役去办，下役也不见得能和当役的时候一般顺手，何况这种骇人听闻的大案子？下役敢断定，做这几桩大案的强盗，是从外路来的，不是本地方的人。近三夜安静，必是已携赃逃出境了，大老爷若在四五日以前委下役办理，或者还有几成可望办活；此刻作案的既已出了境，不问叫有多大本领的人去踩缉，也恐怕不是十天半月的工夫，可望破案的了。"

罗曜庚一听郭成的话，不由得脸上急变了颜色，口里不住的说道："这却怎么了！这却怎么了！旁的还好说话，就是黄家的那案，上峰追得急如星火，耽延了这么多日子下来，本府受申饬，尚在其次，教本府怎好再去讨限呢？"说完，急得搔耳抓腮，半晌忽抬头对郭成道："重赏之下，必有勇夫。只要你能在三日之内，能将这案办活，本府赏你三千两纹银，五日之内就只二千两了。"

郭成心想三千两纹银，也不在少数，这些案纵说不见得定是周锡仁两兄弟做的，然他两人总脱不了关系。他两人找我拜把，必别有用意，仰慕我本领的话，不待说是假的。我与他两人绝无渊源，无端那么待我，哪有什么真心！我即算朝他待我的好处着想，也只能设法替他两人开脱一番。他们这种行为，总不正当。我既要当个汉子，终不能和他们呼同一气。罗大老爷今日亲到我家求我，我的面子也算十足了，于今更许我这么多的赏银，寻常当一辈子捕头的人，哪里容易遇着这种机会？我此刻不答应吧，一则对不起罗大老爷；二则显得我不是个能干人。万一周锡仁兄弟找我拜把，和每次馈赠礼物的事，传出去有人知道了，而周锡仁兄弟又破了案，和盘托出供将出来；我岂不好端端的，也成了一个坐地分肥的大盗窝家吗？并且罗大老爷担了这样为难的案子在自己肩上，亲自将我接到这里来，我就想不答应去办，他也决不会依我。等到他恼羞成怒，弄翻了脸硬压迫我去办，把我的母亲、妻子押起来，我不答应就办我伙同，那时我没得方法躲闪了，才答应去办，也就太没有体面了。郭成想到了这一层，随即向左右和门外望了一望。

罗曜庚会意，起身看门外无人，连忙将耳凑近郭成口边。郭成低声说了几句话，罗曜庚仍回到原位，放高了声音说道："你还嫌本府悬的赏轻了吗，怎么没有回答？"郭成道："不是下役敢不遵大老爷的吩咐，无奈这些案子，下役实在办不了。莫说三千两，就是三万两，也不答应去办。论大老爷待下役天高地厚的恩，只要拼着性命能办得了的事，也应该拼命去办，怎敢更望大老爷的赏呢？"

罗曜庚听了，陡然沉下脸来，厉声说道："你这东西，好不识抬举，你以为此刻不在役，本府便不能勒令你去办吗？本府因曲全你一点儿颜面，好好的对你说，并许你的重赏，你竟敢有意刁难起来。你们这般东西，生成的贱骨头，不把你的家眷收押，好生对你讲，你是要推三阻四的，不肯出力的。"说罢，朝外面高叫了一声："来！"即进来一个亲随，罗曜庚气呼呼的吩咐叫人即刻将郭成的家眷，概行拘押，好生看管。随掉转脸指着郭成道："给你两天限，办活了便罢；违了半刻的限，仔细你的狗腿。"

郭成慌忙跪下来哀求道："下役的母亲今年七十三岁了，千万求大老爷开恩，不加拘押。"罗曜庚叱道："放屁！不拘押你的母亲，你哪里肯竭力去办！你有孝心，怕你母亲受苦，就得赶紧去办，滚吧！"郭成连连叩头说道："无论如何，总得求大老爷宽限几日，两天的限，实在……"下面不曾说出，罗曜庚已就桌上拍了一巴掌，喝道："住口！多一刻也不成。"说了这一句，就此怒容满面的大踏步进去了。不一会儿，已将郭成的母亲和妻子，拘进了府衙。罗曜庚着人看管，非待郭成将劫案办了，不能开释。

郭成哀求至再，没有效果，只得垂头丧气的出了府衙，一路愁眉苦脸走到家中。正打算拾掇应用的东西，做一包袱捆了，驮着出门，踩缉盗案；忽听得外面有人高声喊"大哥"，郭成一听那声音，知道是周锡仁来了，口里一面答应，心里一面思量："他来得正好。我和他两兄弟，虽每日同在一块儿，混了半个多月；然总是他们到我这里来，我一次也不曾到他们家里去。他们所说的住处，究竟是不是确实的，我也没去过。此刻难得他们肯来，且看他们的神气怎样？"

郭成迎出去，只见周锡仁蹙着双眉说道："我以为大哥已动身到北京去了，谁知竟出了意想不到的岔事，害得老伯母和大嫂，平白的受这种屈辱。我方才在路上遇着，很觉得诧异，到府衙里一打听，才知道是这么一回事；因此特地来瞧大哥，一则问候问候；一则看大哥打算怎么办法。若有使用我兄弟的地方，请大哥尽管不客气的直说，凡是我兄弟力量做得到的，无不尽力。"周锡庆也接着说道："我是不能帮大哥做什么事，只跑腿报信的差使，大哥肯教我去做，我也能去。"

周锡仁放下脸，朝周锡庆叱了一声道："大哥心里正在难过，你也和平时一样的嬉皮涎脸。"叱得周锡庆低头不作声。郭成才开口道："承两位老弟关切，感激不尽。不过这回许多案子，不似我以前经手的案子好办，并不是寻不着线索，也不是作案的远在天边，不能捕获，这其中实在有种为难之处，虽承两位老弟的盛意，肯为我出力，无奈我……"说到这里，沉吟了一会儿，接着叹了口气道："世上真只有蛮不讲理的官，没有蛮不讲理的百姓。我吃的是自己的饭，穿的是自己的衣，凭什么可以压迫我做官家的事。就是这么不作理会吧，七十多岁的老娘，陷在监牢里受罪，我便是个禽兽，也不能望着老娘受罪，自己倒和没事人一样。"

周锡仁听到这里，连忙点头说道："大哥也不必焦虑，世间没有不了的人，便没有不了的事。有大哥这般本领，哪有办不活的案子？我兄弟自从与大哥结义，一晌都是在大哥这里打扰，大哥不曾去过寒舍一次。今日老伯母和大嫂都不在家，在这里觉不方便，并且大哥看了家中冷淡的情形，心里更要难过。我想邀大哥去寒舍谈谈，心中快活点儿，办事的精神也好一点儿，不知大哥的意思怎样？"

郭成正着急找不着周锡仁兄弟的住处，得了这个邀他同去的机会，还有个不愿意的么？不过此番同去的吉凶如何，心里没一些儿把握。只是事情已到了这一步，也只好不大审计利害了，当下即答道："我正为看不惯家里这种凄冷情形，想去外面逛逛，就去府上拜望一回也使得，不是在城外么？"周锡仁道："在城外没多远的路，同走一会儿就到了。"郭成即驮了包袱，反锁了大门，陪同周锡仁兄弟一路出城。

步行了一里多路，只见野外有一头黑驴，正低头在那里吃草。郭成认得是周锡庆骑的那驴，刚想问周锡庆，怎么你的驴单独在这野外吃草，忽见周锡庆捏着自己的下嘴唇，吹哨子似的叫了一声，那驴便和奉了号令一般，抬头向四处一望，直朝着周锡庆奔腾而来。周锡仁对郭成拱手说道："请大哥骑驴，我在前面引道。"郭成笑道："那怎么使得！我一般生了两条腿，为什么不能同走？"

周锡仁道："这不是要客气的事。大哥有责任在身，岂可因行路将身体累乏，请上骑吧！这畜生的脚步还好。"郭成哪里肯独自骑驴，教周家兄弟跟着走呢？回头对周锡庆说道："老弟，你一个人的年纪最小，这驴平日又本是老弟骑的，今日仍是老弟骑吧！"周锡庆也不答白，笑嘻嘻的来推郭成上驴。周锡仁也帮着推挽，于是不由分说的，将郭成推上了驴背。

周锡仁放开脚步在前走，周锡庆跟在驴子背后，把郭成夹在当中。郭成也不畏惧，只觉得这驴行走起来，仿佛腾云驾雾，两旁的景物，一瞬就飞一般的退后去了。看周锡仁在前面走的脚步，并不是尽力的奔跑，不即不离的，总在前面一丈远近。郭成有些着虑周锡庆年小力弱，追赶不上，回头看时，只见他行所无事的走着，一些儿不觉吃力的样子。郭成至此才暗暗吃惊，两兄弟的本领竟高出自己十倍以上，幸亏自己的眼还不错，不曾肯收两兄弟做徒弟；若自己托大略疏忽点儿，就更要丢人了。

周锡仁不停步的走，郭成坐在驴背上，也不问话，直走到日落西山，郭成大约估计程途，至少也走了四百多里路。周锡仁忽然指点着前面山坡下一片青翠的森林说道："那里就是寒舍了。"

郭成忙翻身下驴，两腿已坐得发麻发酸了，勉强行动了几步，才一同走到一所规模宏大的庄院。看门前的气派，俨然是王侯的邸第，大门敞开着，门内立着两排俊仆，好像知道有贵客降临，大家排班迎接似的。周锡仁握了郭成的手，向门里走着笑道："今日辛苦了大哥，骑了这大半日的驴，只怕已累得很乏了。"郭成道："两位老弟步行这大半日不觉乏，我便这般不中用吗？"说笑着，已进了一间大客厅。

郭成当了几年捕头，繁华热闹的地方，也曾阅历得不少，不是个没见过市面的乡下人。然看了这间客厅中的陈设，会不因不由的觉得自己一身太污秽了，坐在这种天堂也似的客厅中，太不相称。这时天色虽已黑了，客厅中因点了四盏绝大的玻璃灯，照耀得与白昼的光明无异。在平时看周锡仁兄弟，也只觉得生得比一般人漂亮而已，而在这客厅灯光下看了，便觉容光焕发，神采惊人，一言一动都有飘逸出群之概。心想我在茶楼上初次看见他兄弟，不知怎的，心里能断定他两人是大盗。半月以来，越亲近越觉初次所见的不错，此时我倒有些拿不定了。看他兄弟的潇洒丰神，分明是神仙伴侣，寻常王孙公子，就有他们这般富丽，也没他们这般隽雅，更安得他们这般本领？

郭成是这么胡思乱想，应对都失了伦次。周锡庆笑道："大哥来了，家父还不曾知道，等我进去禀报一声。"郭成听了，才想起他兄弟还有父亲，深悔自己疏忽了，进门便应先提给老伯大人请安的话。这时只得连忙立起身，向周锡仁告罪道："失礼，失礼！岂敢惊动老伯大人，我应进去禀安才是。"

周锡仁也连忙起身答道："托大哥的福，家君还康健，并生性好客，即刻就要出来的。"正说时，里面有脚步声响，随即有一个花白胡须的老者，一手支着朱红色的龙头拐杖，一手拿着一根两尺来长的黑竹竿旱烟筒，缓步走了出来，周锡庆紧跟在后面。

郭成偷眼看这老人，约有五十多岁年纪，慈眉善目，白皙脸膛，衣服甚是古朴，绝没一点儿豪华气概。周锡仁上前一步，垂手躬身说道："孩儿已把郭大哥接来了。"郭成忙叩头拜下去，老人笑容满面说道："辛苦郭大哥了，庆儿还不快搀扶起来！"周锡庆即扶起郭成，老人先坐下来，让郭成就坐。郭成见周锡仁兄弟，都垂手侍立在老人左右，哪里敢坐呢？老人笑道："难得郭大哥远道光临，贵客岂可不坐？"随掉头向锡仁兄弟道："你们也都坐着吧。"周锡仁兄弟同声应"是"，仍分左右，坐在老人背后。

郭成才沾半边屁股坐着，老人开口说道："小儿多承郭大哥指教，感谢，感谢！他们生性顽劣，我又没有精神管教，很着虑他们在外面不懂得世情。于今承郭大哥不嫌弃他两人不成材，许他们在跟前指教，我心里便安逸了。我的年纪今年虽只有五十四岁，奈蒲柳之质，未秋先

6

谢，已差不多像八九十岁的人了。这也是由于先天不足，后天失调，才有目下这般现象。所虑的是一旦先犬马填沟壑，丢下来这两个不能自立顽儿，受人奚落，敢当面奉托郭大哥，永远念一点儿香火之情，我将来在九泉之下，也感念郭大哥的好处。"

郭成听了这番言语，不知道应如何回答，方为得体，只见老人回头对周锡仁低声说了一句，也没听出说的什么，周锡仁即起身进去。没一会儿，就从里面开上酒菜来。珍馐杂错，水陆并陈，筵席之盛，也是郭成平生所仅见。老人并不客气，自己巍然上坐，亲自执壶，斟了一杯酒给郭成。郭成惶悚万状，幸喜老人只略用了点酒菜，便起身对周锡仁道："我在这里，郭大哥反觉得拘束，吃喝得不舒服。你们兄弟多敬郭大哥几杯吧。"郭成和周锡仁兄弟都立起身，老人自支着拐杖进去了。

郭成至此，才回复了平时的呼吸。周锡仁兄弟也登时笑语风生了，连仆从都挥之使去，三人不拘形迹的饮宴起来。彼此无所不谈，都觉得十分痛快。郭成倒恨自己的眼睛不行，当了几年捕快，两眼看惯了强盗，便看了好人也错认是强盗了。口里不好说什么，心里却很对周锡仁兄弟抱歉，尤其觉得对不起周锡仁父亲一番借重拜托的盛意。

三人都吃喝得酒醉饭饱。约莫已到三更天气了，周锡仁道："大哥今日劳顿过甚，应得早些安歇才是。我兄弟糊涂，一些儿不知道体贴，直闹到这时分，大哥不要见怪。"郭成笑道："老弟说哪里话，承老伯大人和两位老弟瞧得起我，没把我当外人，才肯是这么赏脸赏饭吃，怎么倒说得上见怪的话呢？"

周锡仁走到门口喊当差的，喊了两声没人应，随口骂道："一班浑蛋，难道一个个都挺尸去了吗？"周锡庆止住道："是教人送大哥去安歇么？我们自己送吧。"对郭成笑道："我兄弟出外的日子多，家君性情极是慈祥和易，轻易不肯动气骂人，因此宽纵得一班下人苟且偷惰，无所不至。只看我们还在这里吃喝，他们居然敢偷闲去睡觉，即可知道寒舍的纪纲不成纪纲了。"

郭成反笑着代下人辩护道："今夜却不能全归咎尊纪，起初老弟挥手教他们出去的时候，不是吩咐了，说这里没有用你们的事，自己会斟酒，你们滚开些，休得探头探脑的张望讨人厌的吗？他们大约都知道两位老弟的脾气，不似老伯，所以不敢上来。此刻已经半夜过了，再教他们伺候着，我也说句老弟不要见怪的话，未免太不近人情了。"

周锡庆点了一支蜡烛，擎在手中，向郭成道："我送大哥去睡。"周锡仁拱手道："床褥粗恶不堪，大哥胡乱休息一会儿吧！"郭成遂跟着周锡庆往里面走，穿房入户，经过几间好房屋，才到一处地方，好像是一个院落，凑巧一口风吹来，将烛吹熄了，黑洞洞的看不清地方形式。周锡庆跺脚道："坏了，把烛吹熄了，喜得就在前面，请大哥紧跟着我来。"郭成便用手搭在周锡庆肩上，慢慢的走了几步。周锡庆停步推开了一扇房门，从门里射出烛光来。周锡庆让过一边说道："请大哥进去安歇，明早再来奉陪。"郭成踏进房去，周锡庆说了声"简慢"，随手将房门带关去了。

郭成的酒，已有了几分醉意，又白天骑了那么多路的驴，此时也实在觉着精神来不及了，将床上的被抖开来，打算到门外小解了就睡。精神疲惫的人，旁的思想一点儿也没有了，自己两个肩上所负的责任，更是有好一会儿不曾想起，一面解松裤腰，一面伸手开门，拉了一下不动，以为是向外推的，就推了一下，仍是不动。一推一拉的弄了几次，好像是从外面反锁了的，而门板触在手上，又冷又硬，不似寻常的木板门，心里不免有点儿诧异。

下部尿急了，看门的角落里，有个小小的窟窿，只得就对着那窟窿，撒了一泡尿。听尿撒在壁上的声音，非常铿锵，就如撒在铁板上一样，不由得心里更加疑惑起来，醉意也惊退了些儿。匆匆系上裤腰，用指头往壁上一敲，就听得当的一声，不是铁板是什么？忙几步走到一张小桌子跟前，将一碗油灯剔亮了，端起来向壁上去照，大约有寸来厚的铁板，没一丝缝隙，照了三方，都是如此，连窗眼没一个。上面一方，因有床帐遮掩了，然不待照已能想到断无不是铁板的道理。

这一来，却把郭成的醉意，完全惊醒了，双肩上的责任，也一时涌上心头来了。不觉长叹一声，将手中的油碗放下，就小桌旁边一张凳子坐下来，望着铁板壁出了会儿神。寻思道："我不是在这里做梦么，怎么会有这种地方呢？我当捕头时，经办了那么多离奇盗案，何尝落过人的圈套，怎么今日落到人家圈套里，这么久的时间，尚兀自不明白呢？难道死生真有一定，命里该当死在这里，自会糊里糊涂的朝这条死路上跑吗？我在茶楼上初见这两个囚头，心里明明白白的，知道是强盗，一点儿也不含糊。就是答应罗知府承办这案的时候，我存心也是要办这两个东西。这两个东西骗我到这里来，是那么强捉住我上驴，我就应该见机，想脱身之法才是，怎么会由他两个一前一后的夹着，和押解囚犯一般的走这么远的路呢？世间哪有这种举动的好人，亏我还悔恨自己，不该错疑了他们。照这种种情形看来，我简直是自己命里该这么结果，才是这么痰迷心窍。"

郭成心里自怨自艾的这般想着，两眼于有意无意之间，向四壁看有没有可以脱身的处所。一眼看到床当上的角落里，好像悬了一捆黑越越的东西，遂复起身，走到眼前一看，因灯光不甚明亮，看不清是什么。仍回身把灯剔大，端去照时，只差一点儿把郭成吓得连手中的灯都要抖落了。原来悬挂的，是一大叠的人皮，有四肢完全的，也有断了手或脚的，也有连头皮须发都在上面的，有干枯了寒毛孔张得很大的，也有剥下来日子不多，色泽鲜明的，总数约莫有二三十张。每张上面，粘了一片红纸，纸上仿佛还有字迹。拖了那凳子垫脚，凑上去细看，不看到也罢了，才看了几张，已把郭成吓得"哎呀"一声，两腿就如上了麻药，不由自主的软了下去。身体跟着往下一顿，倒下凳子来，将一碗油灯掼在铁壁上，碰得撞钟也似的一声大响，房中实时漆黑了。

不知红纸上究竟写了些什么字，能将郭成吓倒；郭成毕竟怎生脱险，且俟下回再写。

总评：

自第一部最末一回起，乃郭成正传矣。周氏弟兄，不过为郭成精于钩距之衬托巳耳。郭成是主，周氏兄弟是宾，作者所叙各事，一一都从郭成方面落笔，此是识得宾主之轻重缓急故也。

作者写周氏弟兄，极迷离惝恍之致。此不是出力写二周，正是出力写郭成也。周氏弟兄如此诡奇，而郭成独能识之为大盗，欲加逮捕，此其目光之锐利为何如哉！至其追从二周，身入虎穴，则又非胆大气壮者不能，固宜二周之亦为倾倒矣。

作文宜有线索，否则一盘散沙，毫无统系，琐杂碎乱，读了便觉其可厌。此数回写周氏弟兄，处处带定一个"驴"字，故驴即此数回之线索，阅者最宜注目者也。

侠义传中人物，当以周锡仁弟兄，最为诡异。就文章论，亦以此数回最为离奇，波诡云涌，无一平笔，其变幻不测处，真使人拍案叫绝。行文至此，叹观止矣！

第二回

虚声误我王五殉名
大言欺人霍四动怒

　　话说郭成看了人皮上所粘字迹，登时将两腿吓软了，倒在地下，灯也掼熄了，半响才慢慢的爬了起来。暗想红纸上写的，都是某年月日，在某地所剥，某府或某县捕头之皮，我于今捕头虽已斥革了，但是这番出来办盗案，所做仍是捕头的事。他们既已将我骗进了陷阱，逃是逃不了，难道他们还肯放我回去吗？他们若没有将我剥皮的心思，也不会把我关在这里了。

　　郭成心里这么一想，不由得就联想到被拘押在府里的老母、妻子，觉得自己死在这里没要紧，将来老母、妻子如何过活？凡人在危难的时候，不涉想到自己的家庭身世则已，一想到这上面，心思就没有不扰乱的。郭成摸到床上躺着，一颗心胡思乱想。他这日骑了几百里的驴，本已疲劳过甚了，这时神思更倦，不知不觉的入了睡乡。

　　在睡乡中也不知经过多少时刻，猛然间"当啷"一声响，惊得郭成从梦中醒来，张眼一看，仍是黑洞洞的，什么东西也看不见。接着又听得"呀"的一声响，铁门开了，从门外放进光来。周锡庆的声音，在门外呼着大哥道："还不曾醒来么？"郭成听那口气，来得十分柔和，全不像是含有恶意的，便连忙答应醒来了。周锡庆道："是时候了，请去吃早饭。"

　　郭成翻身起来，见周锡庆仍是笑嘻嘻的，和平时一般的神气，并没一些儿要加害的样子，心里略安了些，走出铁屋来，看天色已是中午时分了。跟着周锡庆走过几间房屋，都没一点陈设，看情形好像是才将器具搬开了的，直走到昨夜饮宴的客厅，只见周锡仁已立在厅中等候，酒席已安排好了，但是不见一个仆从。周锡仁对郭成拱手笑道："昨夜很简慢了大哥，小弟心里甚是不安。此时腹中想必饥饿难挨了，就请用饭吧！"

郭成看酒菜仍甚丰整，心里实在猜不透周锡仁兄弟的举动，只好听天由命，随口谦逊了两句，也顾不得起床还没洗漱，即就坐吃喝起来。周锡仁等到酒上三巡，即望着郭成说道："大哥昨夜想必受了些惊恐，以为我兄弟对大哥起了不良的念头。其实我兄弟若不是真心和大哥要好，也不与大哥结拜了。大哥这回替罗知府办案，事虽出于不得已，然此次许多案件，大名府除了大哥，也实在没人配管。真菩萨面前烧不得假香，这案既是大哥承办，我兄弟决不抵赖，大名府半月来所有的案子，全是我兄弟二人做的。兄弟当日交结大哥的意思，原知道大哥是大名府第一精明有眼力的人，受屈把差事革了，很有意拉大哥做个帮手，在大名府做几件惊天动地的事，大家远走高飞。兄弟正待教大哥带着老伯母，和大嫂搬往别处去，大哥已安排上北京，我兄弟只道大哥已心心相照，用不着多说了。谁知罗知府却看上了大哥，而大哥也顿时忘却了从前的耻辱，自愿将老伯母做押当，想发那三千两银子的大财。我兄弟思量与大哥结拜一场，岂可因我兄弟两个，把半生的英名丧尽。不过大哥的声名，果然要紧，我兄弟两个的性命，也不是一钱不值的。要两全之道，除了请大哥到这里来，凡事听小弟的主意而外，没有旁的方法。"

郭成听到这里，正要问老弟是什么主意，周锡仁已向周锡庆努嘴道："把那东西拿来。"周锡庆应了声"是"，即起身从隔壁房里，提了一个很沉重的麻布袋来，往桌上一搁，将杯盘震得跳起来。周锡仁接着说道："舍间此刻已全家迁徙了，只留下我兄弟两个，准备陪大哥到案。这里一点儿东西，是我兄弟两个，特地留下来孝敬大哥的。"说时，伸手扯开了袋口，露出一袋的金条银锭来。

周锡庆放下布袋，即出去牵着昨日给郭成骑的那匹黑驴，到了客厅门外丹墀里。周锡仁提了那袋金银对郭成道："请大哥就此同行吧，我兄弟决不使大哥受累。"郭成见自己教罗知府拘押家眷的阴谋，已被周锡仁弟兄道破，心里不由得有些惭愧；又见他兄弟这般举动，更是难以为情，一时也猜不透同去到案的话，是真是假，只得立起来说道："两位既这样的盛情待我，我岂是毫无心肝的人，一些儿不知道感激！两位不肯丢我的脸，我更如何肯断送两位的性命呢？我的捕头原已革了大半年，办不了这案，也不能将我怎生追比，两位因我就去到案的话，请快不要提了。"

周锡仁哈哈大笑道："大哥到这时还疑心我说的是假话吗？"说着，将手中布袋递给周锡庆，对郭成招手道："请随我来瞧瞧，就明白了。"郭成只好跟着走，周锡仁引看了几间空房道："舍间家眷不是完全走了吗？此时都已到了三百里之外，昨夜舍弟喊人送大哥安歇，没人答应，那时就已全家动身了。我兄弟若非真意要成全大哥的威名，这时还在此地吗？"边说边回到了席上，紧接着说道："大哥如再疑心我兄弟，待大哥有不好的念头，我当天发个誓，立刻使我兄弟照这样，粉身碎骨而死。"一面说，一面用五指往桌角上一抓，抓起一块木头来，两手只几搓，搓得木屑纷纷坠地。周锡庆将布袋搭在鞍上，高声说道："时候不早了，走吧！"

郭成再想说话，周锡仁已不由分说，和昨日来时一般的拥郭成上了驴背，仍是周锡仁在前，周锡庆在后，将郭成夹出了大门。那驴放开四蹄，腾云驾雾也似的，直跑到天色昏暗，才进了大名府城。同到郭成家中，周锡仁、周锡庆各从袖中抖出铁链来，套在自己颈上说道："请大哥就此送兄弟二人去领赏吧！老伯母、大嫂也好出来。"郭成正色道："这是什么话？我宁肯受逼，决不肯做这遭天下万世人唾骂的事。"

周锡仁笑道："大哥何必如此固执！我们结拜了一场，岂有眼见老伯母和大嫂被押，不设法救出来的道理？不用迟疑，就此去吧。"郭成道："从井救人的事，也未免不近人情。大名府的案子，既是两位老弟做的，然则到案还有生理吗？"周锡仁大笑道："蝼蚁尚且贪生，岂有人向死路上走的？我兄弟若没有脱难的把握，也不敢做这种自投罗网的事了。不过有一句话，得先向大哥说明，兄弟在这里所做各案当中，以城外黄绅士家的最重，因伤了直隶总督的女婿，直隶总督早已着落在大名府身上要人。我兄弟一到案，自免不了是要解上去。大哥若念香火之情，将我兄弟缴案的时候，对罗知府只说：这是两个大盗的头领，大名府的案子，不待说是他这一伙强盗做的；外府、外县做的血案，至少也有百几十件，在这两个身上。府里兵力单薄，防守不易，唯有连夜往上解，使他的党羽措手不及；已经解上去了，便有意外，责任也就不在府里了。这段话最要紧，大哥务必说。我兄弟决不累大哥，不出大名府境，便放兄弟走，兄弟也不走。大哥听明白了么？"

郭成踌躇道："听是听明白了，只是这种事，教我怎么敢做呢？"周锡仁生气道："这哪里是汉子说的话！今日不敢做，昨日怎的敢做？去吧！"郭成被摧逼得没有话可回答，只得答应去。

周锡庆对着驮郭成的黑驴说道："这里用你不着了，你自回去吧！"说着，在驴背上一鞭抽了，那驴自会扬头掉尾的去了。郭成随即将周锡仁兄弟牵进府衙。罗知府闻报，立刻坐堂问供，在灯光之下看了周锡仁兄弟的仪表，心里很惊疑，不相信是杀人放火的强盗。及问口供，都一一的承认了，并慷慨陈述在各家作案时的情形，与各家报案的禀词上，无一处不符合。罗曜庚这才欣喜得什么似的。

郭成上前，照周锡仁的话说了一遍。罗曜庚能有多大见识，哪里识得破这里面的玄机奥妙？当下听了郭成的话，连说有理，定了就在这夜，挑选一哨精干兵丁，押解周锡仁兄弟动身，实时放了郭成的母亲、妻子，并如数发给了赏银。郭成叩谢了，领着母亲、妻子回家，心里高兴之中，总不免有些代周锡仁兄弟着虑。唯恐押解的人多了，二人不得脱身，万一在路上不曾逃脱，竟解到了总督衙门，那时逼起供来，追问赃物，若把结拜送金银的事供出来，却如何是好呢？郭成想到这一层，又非常害怕，如坐针毡的等了一日，计算须行八十多里，才出大名府境，队伍押着囚车，行走较平常为慢，要到黄昏时候方得出境。郭成等到了黄昏，心里就更加着急了，独自坐在院中，思量揣拟。

这夜的月色，甚是光明，才到初更时候，月光照在瓦楞上，如铺了一层浓霜。郭成在院中，举首向天空痴望，猛见瓦楞上，有两条黑影一闪，随即听得周锡仁、周锡庆两人的声音，在屋上各呼了声"大哥"。

郭成这一喜，真是喜从天降，慌忙应道："两位老弟回来了么？快下来好谈话。"

周锡仁答道："我兄弟已平安到了这里，特地给大哥一个回信。大哥还有什么话说没有，我兄弟就在这里等候。"郭成道："请下来坐一会儿吧，有话也慢慢的说。"周锡仁道："对不起大哥，实在没工夫下来坐。我兄弟特地到这里来，为的是要讨大哥一句话，此后才好在江湖上行走。"

郭成听周锡仁说这几句话的声音，来得十分严厉，只略停了一停，即高声答道："好，我知道了。老弟拿去吧！"旋说旋伸着左右两个指头，往自己两只眼珠上一戳，即将两只眼珠，血淋淋的钩了出来，朝屋一掼。只听得周锡仁兄弟，同时打了一个哈哈，以后便没听得一些儿声息了。

郭成从此就成了个没眼珠的人，什么强盗也分辨不出了。然他心里惦记着王五在茶楼上的约，恐怕王五盼望他去。这时郭成虽双目失明，一切行动都不方便，却很有了些财产，雇用了两个伺候的人，陪着他同到北京，在会友镖局住了些时。不幸义和团的乱作了，将一个庄严灿烂的北京城，闹得乌烟瘴气。西太后听得八国联军，打到了北京，仓皇带着痨病壳子皇帝，向西安逃跑。在北京的大官员，果然是走避一空；就是一般有点积蓄的商人，到了这种时候，也不敢在北京居住了。

郭成在这时就劝王五同去大名府，暂时避一避扰乱。王五笑道："我开设这镖局子，为的是要仗着我们的本领，去保护别人；为什么无原无故的，也跟着一班胆小的人去躲避呢？我平日银钱到手，随即散给了一班为难的朋友，自己手中，没一些积蓄。外国兵来，不见得抓着中国人就杀，我没钱的人怕什么？如果外国兵见中国人就杀，偌大一个北京城，至少也还有几十万人，有钱的有地方可逃，无钱留在北京的，若都死在外国兵手里了，我王五便逃得了这条性命，活在世上也只有这么多趣味，倒不如一同死在外国兵手里的爽快。"

郭成听王五这么说，知道王五处境也很为难，现做着镖行生意，各省都有镖趟子出去了，他自己身上的责任很重，越是时局不安靖，他越是担心。有他坐在局里，便发生了什么意外，还可以有方法应付。他只一走动，会友镖局在这闹得乌烟瘴气的北京城里，必然登时如一个水桶炸了箍的一般，眼见得就要四分五裂的，团不拢来了。因此，便不勉强他，自带着两个服侍的人，回大名府去了。

王五自郭成走后，因联军在北京的威风极大，凡百举动，在略有心肝的中国人看了，没一件不使人伤心惨目。八国之中，尤以俄、德两国的兵，为最残酷，不讲人道。就不愿出门，免得看在眼里，痛在心里，终日把局门紧紧的关着，坐在局里。想起这回肇祸的原因，不由得不痛恨那拉氏的无识，因此就联想到谭嗣同之死，更恨那拉氏刺骨。每想到伤心的时候，独自仰天大哭大号，却是一点儿眼泪也没有。

平日王五的食量最大，他一个人一天所吃的，寻常五个人一天吃不了。自从联军入京，他只是喝酒，喝醉了，仰天干号一阵便睡。局中无论什么人和他说话，他只呆呆的望着这人，一声不作；若问他什么事，他总是回答一句："后来再说。"

这日王五刚才起床，忽有一大队德国兵士，由一个官长率领着，打开局门进来。其中有一个当翻译的中国人，进门就高声呼："王子斌出来！"王五听说有外国兵打到局里来了，反哈哈大笑着出来，问找王子斌有什么事？翻译迎着说道："你就是王子斌么？"王五点头道："不错！找我有何话说？"翻译回头向那官长说了几句听不懂的话，那官长凶神也似的，对众兵士挥了挥手，口里叽里咕噜说了一句，众兵士不由分说，一拥上前，来拿王五。

王五大喝了一声："且慢！"腿起处，抢先的一个兵士，已被踢得从众兵士头上飞过去。同时前后左右的德兵，纷纷的倒在地，杀猪也似的狂叫。王五正待趁这时候，追问见拿的理由。"啪！""啪！""啪！"陡然从人丛中几声枪响，可怜王子斌的本领虽大，只是和常人一般的血肉之躯，哪里抵挡得过无情的硝弹？就这么不明不白的，为德国暴乱之兵所算了。

王五临死的时候，只大呼了一声："虚声误我，恨不早遇山西老董啊！"德兵这回来拿王五，原是因那时候德国公使，被义和团枪杀了，德国人恨拳匪的心思，比各国人都来得厉害。王五拳脚功夫的声名太大，德国人不知道中国的情形，以为会拳脚的，就和拳匪一类；所以要将王五拿去，好替被拳匪杀死的公使报仇。没想到王五不肯受辱，就动手打起来，糊里糊涂的断送了我国一个顶天立地的豪杰。王五因拳匪之乱，枉送了一条性命，而天津的霍元甲，却因拳匪之乱，做了绝大的事业，得了绝大的名声。同一样的本领，同一样的胸襟，共同一样的机会，而且结果这么不同。在当时的人士，没一个不为王五叹息，也没一个不为霍元甲欣幸。

再说霍元甲自从醉劈韩起龙，救护了一千五百多教民之后，天津人对于霍元甲之钦仰心，可谓达于极点。商场中有什么争执不能解决的问题发生了，只须霍元甲一句话，便没有不立时解决的；是非口角的事，也只求霍元甲说一句公道话，绝对没有反抗不服的。霍元甲在路上行走，知道是霍元甲的人，无不拱手让路。有些只闻得霍元甲的名，不曾见过面，因想瞻仰丰采的，霍元甲走这条街上经过，两旁商店里的人，总是争先恐后的跑出来看。有时后面跟着一大群的人，每次倒把霍元甲看得不好意思起来，轻易不肯出外。

"农劲荪"三个字，天津人知道的还少，倒是提起"农爷"两个字，在天津道上，也和"霍元甲"三个字一般响亮。因农劲荪为人老成持重，他平生所有的举动，都是实事求是，丝毫没有虚荣之心，在天津本没干过出风头的事，就是这次帮同霍元甲救护教民，他自己不曾有一次向人道过名字。霍元甲因钦敬他，不论当面背后，都称他"农爷"。便是当时各新闻纸上，有记载救护教民的事，甚详细的，也没把"农劲荪"三个字刊登来；所以知道霍元甲的，多只知道还有个农爷。又因姓这个"农"字的很少，在当时的人，固有一部分不知道农爷叫什么名字的，更有一部分人说，不知农爷究竟姓什么的，这也是当时一件很有趣的事。

霍元甲与农劲荪，原是以道义相交，自共了这回患难，两人的交情，便益发密切了。一月之中，二人至少也得会面二十八九次。这日是十月初间，霍元甲正在闲着没事，和刘振声谈论武艺，忽见农劲荪走了进来。刘振声连忙迎着笑道："师傅正觉闲着没事干，农爷来得好，请坐下来和师傅多谈谈吧！"霍元甲笑着抬起身让座说道："我不知怎的，近来闷得慌，除了农爷那里，又没好地方给我走，知道农爷这时也快来了，所以坐在这里等候。"农劲荪也笑着问道："我有一个问题，看四爷说的怎样？"霍元甲道："什么问题？我是没读书的人，不要给难题目我做才好呢！"

农劲荪道："这问题倒是个难题目，就是要问四爷，闷得难过呢，还是气得难过？"霍元甲道："闷要看是什么时候，气也要看是什么事情。你想与其受气，终不如独自纳闷的好些。"农劲荪拍手笑道："对呀！四爷在家纳闷，哪里及得我在家受气的难过啊！"霍元甲正色问道："有谁给气农爷受？"农劲荪道："这气不是专给我一个人受的。我因一个人受不了，所以特地把这气送到四爷这里来，也让四爷尝尝这气的滋味，看比闷怎样！"边说边转身从洋服外套口袋里，抽出一卷折叠起了的报纸来，打开指着一行广告，给霍元甲看道："请瞧吧！"

霍元甲就农劲荪所指点的地方一看，见有几个外国字，夹杂在中国字里面，便不肯往下看了，抬头对农劲荪道："这里面夹了和我不曾会过面的外国字，我就懒得看了，还是请农爷把这上面的意思，说给我听的爽利些。"农劲荪笑道："这外国字不认识没关系，是一个人名字，四爷既懒得看，我就从容说给四爷听也使得。这天津地方，自从那年四爷把那个世界第一的大力士赶走路，几年来再没有不自量的外国人，敢来这天津献丑了。谁知于今却有一个牛皮更大的大力士，到了上海，和那个自称'世界第一大力士'的俄国人一般登着广告，牛皮还比较的来得凶些。那俄国人的广告上，只夸张他自己的力量，是世界第一，虽也含着瞧不起我中国人的意思，然广告上并不曾说明出来。四爷那时看了，已是气得了不得，于今这个是某国的人，名字叫做奥比音，广告上竟明说出来，中国人当中，若也有自负有气力的人，看了他的神力不佩服的，尽管上台和他较量，他非常欢迎。不过他的力量，不是寻常冒充大力士的力量可比，身体脆弱的中国人，万不可冒昧从事，拿着自己的生命去尝试。"

农劲荪才说到这里，霍元甲已气得立起身来，对农劲荪把双手摇着说道："就是，不用再说了！你只说这人还在上海没有？"农劲荪道："登他广告，特地从西洋到上海来卖艺，此刻当然还在上海。"霍元甲点头道："这回也是少不了你的，我们就一同动身去找他吧！"农劲荪道："我不打算陪四爷一道去，也不把这事说给四爷听了。他这广告上，虽没说出在上海卖艺多少日子，然估料总不止三五日就走了。我这报是每日从上海寄来的，今日才见着这广告，昨日到的报还没刊登，可见得他在上海还有些日子。"

刘振声在旁听了，直喜得几乎要狂跳起来，实时显出天真烂漫的神气，问霍元甲道："师傅带我同去么？"霍元甲知道刘振声的年纪虽大了，说话举动，有时还不脱孩子气。这时看了他那急想同去的样子，倒把自己一肚皮的气愤，平下了许多，故意鼻孔里"哼"了一声说道："这回又想同去，你记得那年正月，同去李爷家，就为你胡闹，把好好的一个摩霸，急得悬梁自尽的事么？又想同去呢！"

刘振声因自己师傅，平日素不说谎话的，此时忽听得这么说，登时如冷水浇背，不由得冷了半截，翻着两只失望的眼，看看霍元甲，又看看农劲荪。农劲荪笑道："你师傅去什么地方，我看总少不了有你这个。这回你师傅便真个不打算带你去，我也得要求你师傅，带你同去瞧瞧。"刘振声这才脸上露出喜色说道："谢谢农爷！上海地方，我只听得人说比天津热闹，还不曾去过一次呢！"

霍元甲低头踌躇了一会儿，向农劲荪道："依我的性子，巴不得立刻就和你动身，才得畅快。无奈有许多零碎事情，都在我一人肩上，我若不交代停妥就走，于我个人的信用，很有关系。我自己药栈里的事，还在其次；就是我曾代替朋友在一家银号里，前后借了三万串钱，差不多要到期了，我不能不在未动身之前，交涉妥洽。因这回去上海，有多少日子耽搁，此时还说不定，万一来回须耽搁到一个月以上，就更不能不迟几日动身。"

农劲荪点头道："四爷自己的事，四爷自去斟酌，既在商场上混，信用当然不是耍的事，我为人平生与人没有镠辖，只看四爷何时可走，便何时同走。"霍元甲愁眉苦脸了好一会儿，只管把头慢慢的摇着。农劲荪忍不住问道："有什么不得解决的事，可不可对我说说呢？"

霍元甲长叹了一声道："不是不可对农爷说，不过我是深知道农爷的，若农爷能代我解决时，早已说过了，何待今日呢？"农劲荪道："但说说何妨！我虽不见得能有解决的方法，只是事情也未必因多了我一个人知道，便加多一分困难。

不知霍元甲将心事说出没有，且俟下回再写。

总评:

  二周诱郭成而囚之铁室，此不足异也，既囚之而又纵之则奇矣；纵之而又能随之以归案，则尤奇矣。总之作者描摹二周处，立誓不作一平笔，故处处写来，诡异莫测，令人叫绝也。

  二周中途逃脱，作者乃略之而不写，何也？曰："此数回乃郭成正传，二周为宾，郭成为主，故作者纯从郭成方面着笔，于二周则略之。所以别主宾，辨重轻也。"

  郭成挖目，似太惨厉，然不如此，则全段结束之处，毫无精彩矣。平心论之，挖去二目，较之剥皮之惨，尚差胜万倍也。

  王五一时之雄，乃无端死于外人之手，为之废书一叹。五苟无名，五可不死也。呜呼！名之累人如是矣。

  此一回乃过渡文字也，从郭成过渡到王五，又从王五过渡到霍四，用笔何等轻灵，何等活泼！

  霍元甲欲与外国力士比武，此其第二次矣。农劲荪之报告也，传单报纸之夸诞也，霍元甲之大怒也，均与前段所述无异，此是作者有意欲其相犯故耳。迨其入后之结果，则又与前截然不同，犯而不犯，方见行文之妙。

第三回

求名师示勇天津道
访力士订约春申江

话说霍元甲见农劲荪这么说，低头半晌，忽然望着农劲荪笑道："这话说来很长。此时我急想把这里的事，拾掇拾掇，快到上海去，且等从上海回来，再向农爷说吧！于今不要说这些闲事，耽搁了时间。"

农劲荪道："专去上海找那奥比音，据我想，不至要多少日子，来回打算半个月已足，意外的耽搁，料想是不会有的。"霍元甲道："就只半个月，我也一时走不了。"农劲荪遂作辞道："那么我就候着四爷吧！"

农劲荪出了淮庆会馆，正待回自己的寓所，行到半路，远远见前面有一大群的人，好像追赶着什么稀奇东西看的样子，一群人都行走得很快。农劲荪的脚步，原比寻常人快得多，此时也存着一点儿好奇的念头，更把脚步放紧了些。刚行了两丈来远，只见前面追赶的人，已都停住了脚，登时围了一个大圈子。农劲荪这才从容上前，挨入人丛看时，原来是一个年约三十多岁的汉子，生得浓眉大眼，阔背圆腰，挺胸竖脊的立在路旁，大有旁若无人的气概；一条光溜溜的黑木扁担，一头缠一个大麻布袋，袋里像是沉重的东西。就这汉子的精神气概看去，虽可使人一望而知，是一个富有气力的人，然毕竟是怎生一个来历，何以轰动了这么多人追赶着看，农劲荪一时却看不出来；只得拣身旁一个年纪略老、形象和易的人，问怎么大家都追着这汉子看。

那人指着两这麻布袋答道："这汉子的气力真不小，两个布袋里面，共装了一百串大钱，能挑在肩上飞跑，我们空手都跑不过他。"农劲荪心想十足制钱，每串总在六七斤左右，一百串便有六七百斤，在一般普通人看了，当然不能不惊奇道怪，其实若拿霍四爷的神力比起来，岂不是小巫见大巫吗？不过当今之世，能有几个像霍四爷那般的神力，便能赶得上这汉子的也就不可多得。当下随口又问那老年人道："这汉子是本地人么，姓什么？此刻用制钱的很少，却挑这一百串钱去哪里使用呢？"那老年摇头笑道："我也是这么想，不知道他挑到哪里去，我们在码头上，遇见他从船上挑了这担钱上岸，码头上的挑夫，争着要替他挑，却又没一个挑得动。挑夫说至少要分做五担，这汉子不肯，很闹了一会儿子唇舌，挑夫才放这汉子自己挑去，我们因此跟上来看。"

农劲荪点头道："看装束也不像本地人。"说话时，这汉子一手托起扁担，往肩上一搁，连腰也不弯一弯，和平常挑夫挑二三十斤东西一般的不吃力。农劲荪原打算上前打个招呼，问问姓名来历，没想到他走得这么快，一则不愿意跟着众人追赶，一则心里也还有些踌躇，觉得这汉子眉目之间，很露出些凶恶的神气，十九不是一个善良的人，便不问众人追赶的下落，直回到自己的住处。

次日一早，霍元甲就带了刘振声走来，见面就对农劲荪笑道："合该我们的运气好，事情非常顺手。我昨日很着虑，没有三五日工夫，我经手的事办不停当。谁知竟出我意料之外，只一夜就把所应交涉的事，都交涉妥当了。农爷看，是不是你我的运气好呢？"农劲荪听了，自也很高兴的说道："真是难得有这么顺手的事，既是交涉妥当了，那么我们什么时候，可以动身呢？"霍元甲笑道："只是时间上的问题了，就在今日动身，是决定了的。"农劲荪随即检点了自己极简便的行李，就在这日，同霍、刘二人向上海进发。

这日到了上海，农劲荪在车站上就买了一份报纸，翻来覆去的寻了一会儿，并不见有记载大力士卖艺的新闻，心里很觉着诧异，暗想外国大力士，来中国卖艺的事，从来稀罕得很，怎么报纸上，会不登载卖艺的情形呢？并且那大力士自己登的广告也没有了，难道就已离开了上海吗？心里一面狐疑着，一面引霍、刘二人，到四马路一家客栈里住着，自己到各处打听了一日，才很失望的回客栈，对霍元甲说道："我们这番来得真不凑巧，不但不能如愿和奥比音交手，连奥比音是个什么样的人物，毕竟有多大的气力，也没有方法能看得见了。"

霍元甲登时立起身来问道："怎么呢，难道他得暴病死了吗？"农劲荪摇头道："死却不曾死，不过此刻已不在上海了。"霍元甲道："只要他不曾死，看他在哪里，我便追到哪里去。我既是专为找他出了天津，不见面决不罢休。他此刻到哪里去了呢？"农劲荪道："我今日已向各方面探听得明白，奥比音这回到上海来卖艺，并不是他自觉本领了得，欺我中国没人，特地前来卖弄的。完全是个雇工性质，由一个外国资本家，想在中国内地，及南洋各埠，做这种投机生意，花重价雇了这个大力士来，到各通商口岸献技。座位卖得极贵，无论卖了多少钱，都是归这资本家的。奥比音只能得当时议定的工资，在上海仅卖了七日，听说资本家赚的钱已不少，直到前日才满期，昨日奥比音已经动身，到南洋群岛卖力去了。"

霍元甲问道："怎么说直到前日才满期的话，他们议定的期只得七天吗？"农劲荪笑道："不是，这期是上海工部局的期。在上海租界里面，不问要做什么买卖，都得先向工部局里领执照。这种买卖，到工部局领执照的时候，须自定一个限期。听说这资本家原想领一个月执照的，因租了张氏味莼园开演，味莼园的租价太大，旁的开支更太多，资本家恐怕演的日子长了，看的人不甚踊跃，反致蚀了本钱，所以只领了七天的执照。第一、二两天，果然看的人不多，资本家正在着急，却被现在上海的几个南洋华侨看上了，要求奥比音在上海演过七天之后，就到南洋群岛去。资本家见南洋有人要求，便欣然答应了。谁知三、四、五、六、七几天，看客每天增加不少，到第七天，看客更是人山人海，资本家到这时，想延期再多演几日，无奈工部局和南洋华侨都不答应，只得到期停演。奥比音已于昨日，跟着几个华侨，动身到南洋去了。那资本家因此地还有些未了的手续，大约尚需迟几天，方能赶到南洋去。"

霍元甲问道："农爷曾会见那资本家没有呢？"农劲荪道："不曾去会，不过他住的地方，我已调查在这里了。"霍元甲道："我们何妨就赶到南洋去呢？"农劲荪沉吟道："去是未尝不可，但是奥比音在南洋毕竟有多久停留，我们不得而知。奥比音的资本家不在那里，奥比音本人，必不能自己做主，和四爷比赛；若等到那资本家动身时一同去，来回耽搁的日子，也就太多了，并且还怕他不肯和四爷比赛。"

霍元甲不乐道："然则我们此来，不又是白跑了吗？"农劲荪道："我们且去会那资本家谈谈，看他如何说法。奥比音既是那资本家花钱雇用的，主权当然在资本家手里，我们此来是不是白跑，一谈就可以知道了。"霍元甲道："好！"当下三人便一同去会奥比音的资本家。

资本家名叫沃林，是一个五十来岁的商人，在中国各通商口岸，做过二十多年的生意，很蓄积了几十万元的产业。他的住宅在静安寺路，并不是他自己建筑的房子。他的行踪从来没有一定，所做的生意，也是看市面上哪项生意好做，便做哪项生意，投机性质的居多。这日霍元甲等三人去会他，凑巧他正在家中。农劲荪投了自己和霍元甲的名片，并对传达的人略述了来拜访的意思，沃林出来，迎三人到客室里。农劲荪见礼之后说道："我们都是住在天津的人，近来因见上海新闻纸上，登有奥比音大力士在张园献技的广告，并有欢迎敝国自命有气力的人，出来比赛的话。这位敝友霍元甲君，就是敝国自命有气力的一个，因不肯辜负奥比音大力士一番登报欢迎的盛意，特地从天津到上海来。不料昨日到时，奥大力士已离开上海，又到南洋献技去了。经我向各方调查，才知道奥大力士此番来上海、南洋献技，是由先生出资聘请来的，一切的主权，都操之先生，为此就和敝友到先生这里来。敝友已是决心要和奥大力士比赛，但不知尊意怎样？"

沃林听农劲荪说完，打量了霍元甲两眼，脸上现出鄙夷不屑的神气，向农劲荪问道："霍君不会说英国话么？"农劲荪点头道："先生若会说中国话，敝友很愿意用中国话与先生交谈。"沃林略迟疑了一下，便用极生涩不堪的北京话问霍元甲道："你有多大的气力？"霍元甲道："你此时用不着问我有多大的气力，只教你那大力士和我一比赛，便知道有多大了。"

沃林听了，不大明白。农劲荪照着译了出来，沃林道："可惜你们来迟了几天，若正在奥比音献技的时候来了，霍君要比赛，随时都可以上台。我广告上既注明了欢迎比赛的话，有人来比赛，当然不会有旁的问题。不过此时奥比音已去南洋，没有再回上海的必要，霍君想在上海比赛，就不能没有条件了。"

农劲荪道："有什么条件呢？"沃林道："专为与霍君一个人比赛，特地从南洋回到上海，时间和旅费，都得受很大的损失。将来比赛的时候，若是霍君占了胜利，倒也罢了，只怪奥比音没有能耐，不论多大的损失，是应受的；但是万一霍君比不过奥比音，也教奥比音受这时间和旅费的损失，于情理不太说不过去了吗？"

农劲荪道："先生有什么条件，尽管提出来，我好和敝友商量。"沃林道："霍君不曾见过奥比音的力量，仅看了新闻纸上的广告，就来要求比赛，依我的意见，还望霍君加以考虑。奥比音的力量，实在不比寻常，一手能拉住一辆汽车，使汽车不能够动半步；又能仰面睡在地上，能使开足速力的汽车，从他身上滚过去，他一点儿不受伤。霍君若自信力量在奥比音之上，并自信有把握可以和奥比音比赛，我再提出条件来。"

农劲荪将沃林的话，一一翻给霍元甲听，问霍元甲的意思怎样。霍元甲笑道："我不管奥比音的力量寻常不寻常，他既登报欢迎中国人比赛，我是特来比赛的中国人，我又非三岁五岁的小孩，和大力士比赛，更不是一件儿戏的事，岂待这时到了此地，才加以考虑？奥比音若胆怯，不敢承认比赛，只得由他，我不能勉强。敢比赛，就只看他有什么条件，爽利些说出来，但是在情理之中，我可以承认的，无不承认，不要拿恫吓的言语欺人。"

农劲荪也照这意思，对沃林说了。沃林望着霍元甲，面上很现出惊疑的样子，踌躇了一会儿说道："既是认真要比赛，就得赌赛银两，不能凭空分胜负。霍君能拿出银子来赌赛么？"农劲荪问道："赌赛多少银子呢？"沃林道："多则一万两，至少也得五千两。"农劲荪道："既是赌赛银两，当然双方同样的拿出银子来，想必没有不可以的。"回头问霍元甲，霍元甲绝不犹豫的说道："要赌一万两，便赌一万两。他敢赌，我就不敢赌吗？哪怕就因此破产，也说不得，看他定什么时候？"

农劲荪和沃林一说，沃林半晌没有回答。农劲荪催了两遍，才答道："此刻阳历年关已近了，我的事务很忙，时间须在明年一月才行。"农劲荪道："阳历一月，正是阴历腊月，霍君在天津经商，腊月的事务也很忙碌，还是提早的好。"沃林连连摇头道："提早不行，奥比音非明年一月，不能到上海来。"农劲荪道："那就索性再迟些，定阴历明年正月的日期好么？"沃林道："那倒使得。不过我们今日所谈的话，还不曾经过法律上的手续，不能为凭。霍君真要定约比赛，我们双方都得延律师和保证人，议妥了条件，把合同订好，方能为凭。"

农劲荪拿这话问霍元甲，霍元甲作色说道："大丈夫说话，已经说出了口，不到一刻工夫，怎么好意思就说不能为凭！我平生不知道什么叫法律，只知道信义是人类交接的根本。他若是不相信我为人，以为我说的话，也和他们外国人一般的不能为凭，尽管大家都拿出一万两现银子来，当面见效，谁比赢了，谁拿起银子走。要延什么律师，要请什么保证人！就在今日，由他约一个期限，定一个比赛的地点，奥比音若是毫无把握的，料想不敢冒昧到中国来卖艺；我若是胆怯不敢比赛的，他们又不曾指名找我，我何苦荒时废事的，跑到这里来和他办这比赛的交涉呢？我不以小人待他，他安敢以小人待我！"霍元甲说这话的时候，声色俱厉，沃林听不懂意思，只望着农劲荪发怔。

农劲荪笑劝霍元甲道："四爷不要把外国人看高了。外国人若是肯讲信义的，也不至专对中国行侵略政策了。四爷听了他这些生气话，以为他是以小人待四爷，然我听了倒很欢喜，他刚才所说延律师和保证人的办法，并不是以小人待四爷，只是以小人待自己。他就不说出这办法来，我也得要他是这么办。四爷自信得过，自不待说，我也十二分的信得四爷过。但他们是外国人，平日的行为怎样，你我一些儿不知道。刚才他亲口对我们说的话，不到一刻工夫，便好意思自行取消，自说不能为凭，四爷能保他不临时翻悔吗？等到那时，四爷荒时废事的带了银子前来赌赛，而他或因胆怯或因旁的关系，竟不履行今日的话，四爷有什么方法对付他呢？既凭了律师，又有保证人，把合同订好了，彼此都安心遵守，固是很好。万一他要中途翻悔，我们有合同在手里，他的律师

26

和保证人，也都脱不了干系，岂不比仅凭口头说的来得稳妥些吗！依我的意思，合同上还得订明一条，倘若到了比赛的时期，哪方面不到，或借故临时中止比赛的，只能要求于预定时期一礼拜之内，改期比赛，如改期再不到，即认为有意规避，得赔偿不误期的损失银一千两。若不订明这一条，他尽管在合同上订赌赛多少银子，临时他不来了，我们就拿着合同，也仍是一点儿用处没有。"

霍元甲点头道："我不曾和外国办过交涉，也没有认识的外国人，只听说外国人做事，都是说一不到二的，原来要是这么处处用法律提防着。这也就可见得外国人的信用，不是由于自重自爱的，是由于处处有所谓法律手续，预为之防的。好吧！农爷知道他们的狡猾，一切都托农爷做主办了就是。农爷说好，我决没有什么话说。"

农劲荪便对沃林道："我们都在天津做生意，不能在这里多耽搁，延律师订合同的事，愈速愈妙。先生打算哪一天，在什么所在订呢？"沃林道："这事的关系很大，不能随便就行，且等我延好了律师，拟妥了条件，择定了日期与地点，再通知你们。你们只把律师、保证人安排好了，等我的通知。"农劲荪道："这却使得，不过不能延长日期，至一星期以外。"沃林答应了。

农劲荪便作辞与霍、刘二人出来，商量延律师、请保证人的事。霍元甲道："若在天津，莫说一万银子的保证人，便再多些，也容易请着。这上海地方，我此来还是初次，却教我去哪里找这么一个保证人呢？"农劲荪道："我当时听沃林这般说，也觉得找一万两银子的保证人不易，但是不能在他跟前，露出为难的样子来。我看沃林的意思，起初很藐视四爷，以为四爷决不敢比赛；便是真心要比赛，也是为虚荣心所驱使，想和外国大力士比赛一次，无论胜负，可以出出风头，所以先拿奥比音拉汽车、滚汽车的话，打算把四爷吓退。及见四爷听了，毫不在意，才想出这赌赛银两和延律师、保证人订约的题目来，以为四爷若只是想借此出风头，自己原没有比赛的把握，就断不敢拿许多银子，冒昧从事。及见四爷又不把他的话当一回事，不由得他不惊讶。他从欧洲把奥比音雇到上海来，为的是想借此骗几个钱。就是在广告上吹牛皮，也无非想惊动一般看客，哪里打算真有人会来比赛呢？于今见四爷说得这么认真，他一想到奥比音万一比输了，得由他拿一万两银子，平白的教他受这大的损失，如何能不着虑呢？因此，他不能不说刚才所说的话，不曾经过法律手续，不能为凭的话。这就可以见得他心里对于四爷要和奥比音比赛的事，胜负毫没有把握，其所以推故要多迟几日订约，必是想打电报去南洋，问奥比音的意思怎样？奥比音回电赞成，他才放心和四爷订约；奥比音若有含糊闪烁，沃林十九会变卦，或者再提出更苛酷的条件来，使四爷不能答应，他便好趁此拒绝比赛。我所推测的如此，四爷的意思以为怎样？"

不知霍元甲说出什么来，且俟下回再写。

总评：

　　霍元甲屡次欲与外国大力士比武，或疑为好勇斗狠之论，其实大谬。盖两次比武，目的宗旨，稍有不同，第一次完全出于义愤；此次则除激于义愤外，尚有一种不得已之苦衷在，非阅至后文，不能知也。

　　两次比武，或有疑其相犯者，余谓文章苟善变化，正亦不妨相犯，犯而能避，庶见笔力。《水浒传》纪武松、石秀等事，多有相犯，顾人未尝以为病者，以其善变化也。此书用笔，异常活泼，其善于变化处，正亦不让《水浒》，虽犯亦奚害哉！

　　农劲荪路中遇见挑担汉子一节，伏笔甚妙，此真《史》《汉》作法，非俗笔所能。

　　霍元甲以君子待沃林，而沃林转以小人待霍元甲，两两相较，贤不肖判然。孰谓西人程度，必高出华人哉！农劲荪之论，透辟极矣。

　　霍元甲谓西人必赖法律维持信义，亦是此论，然此语颇挖苦西人不小。

第四回

候通知霍元甲着急
比武艺高继唐显能

　　话说霍元甲听了农劲荪推测的话，连连点头道："大概不出这些情形。不过我们总得想个法子，使他不能拒绝比赛才好。"农劲荪道："我们且将保证人弄妥，律师是容易聘请的，等待三五日，若沃林没有通知书来，我们不妨再来催促他，看他怎样说法。"霍元甲道："假若我们将律师和保证人都弄妥当了，他忽然变卦，借故不比赛了，我们不上他的当吗？"农劲荪点头道："这自然也是一件可虑的事，不能保其绝对没有的。所以我说只先将保证人弄妥，这种保证人，是由各人的交情面子找来的，找妥了不用，也不受损失；律师是非钱不行，等到临时聘请也来得及。"

　　次日，农劲荪独自出外，访了一日的朋友，想代霍元甲找一家能作一万银子保证人的商家。无奈直接或间接和农劲荪有交情的上海商人，都在报纸上，或亲眼见过奥比音的本领，都存心以为世界上，绝没有再比奥比音强大的人了。农劲荪又不会替霍元甲吹牛皮，因自己不曾亲眼见过奥比音，心里虽相信霍元甲不是荒唐冒失人，口里却不敢对人说能操券获胜的话。商人十九胆小，这更是要和外国人交涉的事，谁肯轻易承诺呢？"

　　农劲荪找保不着，不由得纳闷回来，对霍元甲说了奔走一日的情形。霍元甲也着急道："这事怎么是好呢？我其所以敢当面答应赌赛一万银子，实有两种原因。一则能自信以我的本领，若和中国有本领的人比赛，又不曾见过面看过功夫，确不敢随口答应赌这多银两。于今是和外国的大力士比赛，尽管奥比音的气力再大三五倍，我也有把握，要赌多少，敢答应他赌多少，越赌的银两多，便越显得我家的迷踪艺值价；二则我代替我一个把兄弟，在天津几家银号里借了不少的钱，这里面很有些缪辖，我若能在这回，赢奥比音一万两银子，则一切的缪辖，都立时解决了。我既自信有把握能赢一万两银子，赢了这银子的用处又极大，我如何能不一口承认呢！"

农劲荪道："四爷的把兄弟，究竟是哪个，借钱还有些什么缪辖呢？"霍元甲道："那人农爷不曾会过，也是在天津做生意的，姓胡名震泽。胡家有一张牙帖，遗传几代了，传到胡震泽的父亲手里，因自己不会经商，又没有充足的本钱，有好些年没拿出来做生意。直到震泽兄弟成了人，都在市面上混得有些儿资格了，他父亲才将那牙帖拿出来，对震泽一班兄弟道：'你们都是生意中人，这祖传的牙帖，不可长远搁在家里，白糟蹋了。你们兄弟谁有信用，能在外面借得一万串钱到手，便谁拿这牙帖去做生意。两人借得着，两人合做，大家都借得着，大家合做更好。'震泽知道我在天津略有点儿信用，要拉扯些银钱还不甚难，特地到药栈来找我。那时正遇着李富东老英雄，打发他徒弟摩霸来接我，也正是此刻将近年关的时候，很为他的事忙了几日，凑足了一万串钱给他。他向我借钱，说明了是当本钱做生意，还期自然不能太促，而我在天津各银号里借来，还期是不能拖久的。到了期，只得由我拿出钱来偿还。除这一万串钱之外，还有几家银号，是由我介绍给震泽做来往的，于今震泽因生意不顺手，所有的账项都牵丝绊藤的不能了清，我栈里这一万串钱，我既知道他的境况，不便向他催讨。他也觉得是自家兄弟，比旁人容易说话，更没把这笔账项列入计开。农爷是知道我家里情形的，我这淮庆药栈的本钱，是我们十兄弟公有的，不是我一个人的，总共不过三四万串本钱，已嫌不大充足，稍为大一点儿的生意，因自己吃不下，常被别人本钱大的抢了去。这里更整整的去了一万串，生意上怎么能不受影响呢？为我一个人结交朋友，使众兄弟都吃很大的亏，便是众兄弟都瞧我的面子，不说什么，我自己也不觉得难过么？我为想弥补这一万串钱的亏空，不知用了多少心思，只因自己不能分身在生意以外弄钱，始终得不着能弥补的机会。我思量这番的事，若得成功，岂不是一举两得！"

农劲荪听了叹道："原来四爷有这种私人担负，怪道我们从天津动身到这里来的时候，四爷那么愁眉不展，果然那时四爷就说给我听，我也没有代四爷解决的能力。总得有此番这么好的机会，若因我们找不着保证人，竟将比赛的事弄决裂了，实在有些可惜。"霍元甲道："要一家商店独立担保一万两银子，本也是一件难事，我想作几家分保，沃林总不能借故说不行。"农劲荪点头道："这没有不行的理由，分保是比较容易一点。"霍元甲道："在天津和我栈里做来往的几家银号，上海都有分庄，只得去找他们交涉一番试试看。"农劲荪自然说好。

第二日，霍元甲邀同农劲荪去各银号交涉。有两处东家在上海的，因与霍元甲认识，知道不妨担保，每家承认保五千两。霍、农二人见这难题已经解决，心里都说不出的高兴，一心一意等待沃林的通知。一连等了五日，全无消息。霍元甲每日从早至晚，坐在客栈里等候，一步也不敢出外，恐怕沃林着人来通知，自己不在栈里，误了时刻。这日实在等得心里焦躁起来了，走到隔壁农劲荪住的房里，见农劲荪正坐在窗前看书，神气安闲得很，不觉叹道："农爷的涵养功夫真了得！我是简直等得焦急不堪了，农爷不是曾说等待他三五日，没有通知书来，便去催促的吗？今日已是第五日了，可不可以去催促一番呢？"

农劲荪刚立起身待回答，忽见刘振声笑容满面的走了进来说道："有人来看师傅。"霍元甲不待思索的即笑向农劲荪道："必是从沃林那里来的，此外没有来看我的人，农爷一阵过去吧。"农劲荪欣然答应着，一同过霍元甲这边房里来。

农劲荪看房中立着一个身材魁硕的汉子，气象非常骄傲，心中不由十分惊异，暗想这汉子，不就是我动身的前一日，在天津遇见的那个挑一百串钱的汉子吗？怎么他也到这里来了呢，难道也是来找奥比音的么？正这么想着，只见那汉子放开巨雷般的嗓音，问霍元甲道："天津霍四爷便是你么？"霍元甲拱手道："不敢当！兄弟霍元甲，排行第四。请教老哥尊姓大名，找兄弟有何事故？"

31

那汉子才向霍元甲一揖到地道："我姓吴，名振楚，湖南凤凰厅人，家中几代都做屠户，我也是做屠户的，于今因事不得已，倾家荡产，出门访求名师，练习武艺。一路在江湖上闻得霍四爷的大名，特地到天津拜访。无奈事不凑巧，一到天津，就害了两天感冒，第三日到淮庆会馆拜访四爷时，四爷已动身到这里来了，只得又赶到这里来。此时得见着了四爷的面，我的心才放下了。我要求四爷教我的武艺，师傅钱多的没有，只一百串大钱，一百两纹银，都已随身带来了。"说时，从腰间掏出两只元宝，搁在桌上道："一百串钱，现在外面账房里，我立时去挑到这里来。"

霍元甲见这吴振楚的言语神情，来得过于奇特，一时倒猜不出是什么用意，暗想一百串大钱，足有六七百斤轻重，他能一个人挑在肩上，出门访师，气力已是可观的了；若是不曾下苦功练过武艺的人，断不会有这么好的气力。从湖南访师一路访到天津，路上不待说必遇过不少的好手，毕竟没有能收他做徒弟的；可见得他的功夫已非等闲可知，要做他的师傅也不容易。并且他眉目之间的杀气甚重，使人一望就知道不是一个安分善良之人，不明白他的来历，纵有本领教他，也得提防将来为他受累。

霍元甲如此一思量，心里早已定了主意，见吴振楚要去账房里挑那一百串钱进来的样子，即阻拦着笑道："老哥误听了江湖中人的传言，以为兄弟有什么惊人的本领，劳动老哥如此长途跋涉的来寻我，兄弟心里异常不安。兄弟在少年的时候，确曾练过两年武艺，就因生长在乡村之中，不得名师传授功夫，一些儿没长进，却打熬出几斤蛮气力。那时有几位江湖中朋友，瞧得起兄弟，一味替兄弟揄扬，才传出这一点虚名，害得老哥奔走。其实老哥的本领，已比兄弟高强，就专讲气力，兄弟也万分不及老哥。兄弟因在生意场中，混了这么多年，已没有练武艺的心肠了，若还是少年时候的兴致，今日见老哥的面，一定要拜老哥为师，决不至失之交臂。"说罢，哈哈大笑。

吴振楚道："霍四爷不用说得这般客气。我挑着师傅钱出门访师，心目中原没有一定的师傅，只要是本领在我之上的，无论什么人，我都心悦诚服的跟他做徒弟。我本是一个开屠坊的人，生意做得很是顺遂，我既不靠武艺谋衣食，何必是这么倾家荡产的，拿着银钱到处求师呢？这其中实在有不得已的苦衷。人生在世，争的就是这口气。我只因有一个仇人，压得我别不过这口气来，情愿什么东西都不要了，只要能出这口气，哪怕连性命都丢了也使得。我这话没一些欺假，知道霍四爷是个有胸襟、有气魄的好汉，必然肯为人打抱不平的。我这一点点师傅钱，本来菲薄得很，不过要求霍四爷，一念我家贫寒，拿不出多的银钱；二念我诚心，一百串大钱，从湖南凤凰厅挑到这里，除了水路，在旱路上不曾请人挑过半里，赏情把我收下来，我将来死了，都得感激霍四爷的恩典。"

霍元甲笑道："老哥这番话都白说了。兄弟也是个做生意的人，哪有见了这白花花的银子不爱的道理？从来有本领的人，只愁收不着好徒弟，我若真有教老哥的本领，像老哥这样的徒弟不收，去哪里找比老哥再好的徒弟呢？"

吴振楚想再说要求的话，农劲荪已在旁说道："吴君是南方人，初到北方来，只闻得霍四爷的大名，却不知道霍四爷得名的来历，只闻得霍四爷的武艺高强，也不知道高强的是什么武艺。霍四爷虽练了一身武艺，并不曾在江湖上显过身手，也不曾轻易和人较量过高低，可见得他的声名，不是从武艺上得来的。他的武艺果然高强，然不是寻常的武艺，是他霍家祖传，教媳不教女的'迷踪艺'，除他霍家的子弟而外，谁也不能学他一手'迷踪艺'。这是他家历代相传的家法。他为人何等谨慎，岂肯由他破坏祖宗成法，收吴君做徒弟。吴君若是真心想研究武艺，自不妨常和他往来，做一个朋友，大家都可得些切磋之益。无如吴君挟着一片报仇的心，决没有这种闲情逸致，依我的愚见，还是去另找高明吧！"

吴振楚听了霍家拳不传异姓的话，知道说也无用，只得无精打采的收了桌上的两只元宝，作辞挑了那一百串大钱去了。这吴振楚毕竟是个什么人？他所谓压得他别不过气来的仇人，毕竟是哪个？实在情形，毕竟怎么一回事呢？这其中却有一个了不得的英雄，一段饶有趣味的故事，在下若不趁这沃林没有通知书到来，霍元甲闲着无事的当儿，叙述他一番，一来使看官们闷破肚子，二来势必妨碍以下霍元甲摆擂台的正文，只得夹杂在这中间，表白表白。

吴振楚自己对霍元甲所述的身世，确是实情，并非造作。吴振楚在凤凰厅城里开设合胜屠坊，已经历了三代，开张了六十多年。在凤凰城内，算是第一家老资格的屠坊，终年生意比别家畅旺。吴振楚在七八岁的时候，便生成顽铁一般的筋骨，牯牛一般的气劲，性质更是生成得凶横暴厉。他父亲是个当屠户的人，一则不知道什么叫教育；二则镇日忙着杀猪切肉，连管理的工夫也没有了。吴振楚自己没有兄弟，年纪虽才得七八岁，身体却发育得和十四五岁的人差不多。因他父亲既没工夫拘管他，他也镇日在三街六巷，与一班顽皮小孩，成群结队的无所不为。这时他在凤凰厅城里，已得了一个"小瘟神"绰号。看官们只就这绰号上一着想，顾名思义，必已知道他这时的行为举动了。

是这么混到一十五岁，忽然被凤凰厅第一个会使蛇矛的高继唐赏识了，自愿不要师傅钱，收他做徒弟。这高继唐少年时候，在塔齐布部下，当过统领。他那时一条蛇矛，很出过十足的风头。他当初在塔齐布营里，不过当一名什长。塔齐布自己是个最会使蛇矛的人，教部下的兵士，也很注重这样武器。有一次，塔齐布亲自督操，挑选会使蛇矛的兵官，分班对校，轮到高继唐名下，对校的一上手，矛头就被高继唐的矛头震断了，一连震断了三条。塔齐布不觉诧异起来，亲自点了三个平日在营中使矛有声名的，轮流和高继唐较量，第一、第二两个的矛头，也是一上手便断了；第三个的矛头，擎得快些，虽不曾震断，然一转眼，手中的矛，已脱手飞了一丈多高，把右手的虎口都震裂了。塔齐布看了不胜惊讶，将高继唐叫到跟前，问他是从谁学的。高继唐说出师傅来，原来就是塔齐布的师伯，还算是同门兄弟。塔齐布大喜，要亲自和高继唐较量一番，高继唐连说不敢。

那时塔齐布何等的声威，蛇矛又实在是使得当行出色，高继唐只得一个什长的地位，虽说与塔齐布是同门兄弟，然地位既高下悬殊，平日积威之渐，已足以慑服高继唐，使不敢施展生平本领。只是塔齐布一团高兴，定要与高继唐对使一趟，高继唐却又不敢违抗命令，只得勉强奉陪。

二人下了校场，高继唐自然让塔齐布抢先，才交手几下，塔齐布便向高继唐喝道："你怕伤了我吗，怎么不把本领施展出来呢？当仁不让，你尽管将看家本领拿出来吧！"论高继唐的本领，原在塔齐布之上，但是他为人异常宽厚。一来因塔齐布是自己的长官，居这么高大地位，万不能使他败在自己手里；二来因塔齐布与自己是同门兄弟，塔齐布的蛇矛已享了大名，塔齐布的蛇矛声名大，自己同门的也觉得光荣。若一两手将塔齐布打败了，自己的地位太卑，于声名没有多大的关系；而塔齐布的声名，便不免要受些损失。并且高继唐心中很佩服塔齐布，想凭着一身本领，与同门的关系，在塔齐布跟前寻个出头。有这两种原因，所以任凭塔齐布叫他施展看家本领，他只是不肯认真使出来，还手总得欠几分，使塔齐布有腾挪的余地。

塔齐布却误会了，以为高继唐的本领，固比自己欠几分，使得兴发，一手紧似一手，矛头闪闪逼将过去。高继唐一步退让一步，往后只躲。较量蛇矛，不比较量旁的武器，彼此都使着一丈多长的器械，梭进溜退，极占地方。在宽展场所，双方进退自如，胜负各凭实力；若有一方面，背后消步的地方仄狭，又要败中求胜，就是一件很不容易的事了。塔齐布好胜的心极高，见高继唐步步后退，看看离背后的照壁不远了，心中甚是畅快，打算再逼近几步，任你高继唐如何会躲闪，也得伏输了。将矛抖了一个碗大的花，贯足全身气劲，腾进一步，使出一个"单鞭救主"的身法，朝着高继唐前胸，直刺过去。

高继唐的矛头，已被那个碗大的花逼开，本想再退一步，让过塔齐布的矛头，猛然间看见地下日影，才知道照壁就在背后，这一退必为照壁阻挡。但是不退，便让不过矛头，自己的矛，被压在底下，不但使用不着，并且占住自己两只手，失了招架的能力。到了这时候，在功夫平常的人，除了服输投降之外，就只有急将手中矛丢开，望斜刺里逃命的一个方法。高继唐没想到塔齐布务必求胜，相逼到了这一步，服输投降这种辱没师傅的事，高继唐既不愿做；丢矛逃命的举动，也觉不妥。这时，就得显出他的真实本领来了。塔齐布"单鞭救主"的矛，刚朝胸口刺到，高继唐不慌不忙的将手中矛丢下，双掌当胸一合，恰好把塔齐布的矛头夹住，口里连称："佩服，佩服！"

塔齐布不料高继唐有这种本领，直把矛头陷在掌心里，进退不能移动丝毫，才心悦诚服的罢手。从此，塔齐布十分优待高继唐，高继唐也很立了些战功。塔齐布死后，高继唐就懒得做官了。他原籍是凤凰厅人，辞官归到家中，过安闲日月。

吴振楚十五岁的时候，他的年纪已是六十八岁了，因时常看见吴振楚与一班小无赖，做种种顽皮小孩的玩意，被他看出吴振楚异人的禀赋来；觉得这种天才埋没了可惜，当面教吴振楚拜他为师。高继唐的武艺，当时凤凰厅的三岁小儿都知道，想拜在他门下的人，也不知有过多少，不问贫富老少，高继唐一概拒绝不收。这回忽然由他自己要收吴振楚做徒弟，并一文师傅钱不要，凤凰厅的人没一个不诧为奇事，更没一个不代吴振楚欢喜。

吴振楚相从练了四年，高继唐死了，吴振楚也已有了二十岁，他父亲要他接手做屠坊，他只得继承父业。凤凰厅人却不叫他"小瘟神"了，一般人都呼他"吴大屠夫"。高继唐死后，吴大屠夫的武艺，在凤凰厅也是第一个。凤凰厅人知道他性情暴厉，手脚又毒辣，动不动就瞪着两只铜铃般的眼睛吆喝人，敢反抗他一言半语的，弄发了他的暴性，无论怎么强壮身体的人，他只须随手拍一巴掌，包管把人打得发昏；因此没有人敢惹他。他说什么，也没人敢和他争论。还亏他家是六十多年的老店，生意从来做得规矩，不然早已没人敢上他家的门买肉了。

离吴家不到半里远近，有一家姓陈的，兄弟两个，兄名志宏，弟名志远。吴振楚当"小瘟神"的时候，常和陈志宏兄弟，在一块儿玩耍。陈志宏比吴振楚大十来岁，那时也没有职业，因家中略有些财产，不愁衣食，便专一在外面游手好闲，不务正业。陈志远比陈志宏小两岁，因身体生得孱弱，虽也常和吴振楚这瘟神做一块，然遇事落后，不为众瘟神所重视。

这日陈志宏兄弟，和吴振楚一干瘟神，在城外丛山之中玩耍。玩了大半日，大家都觉得身体也玩疲了，肚中也玩饿了，各人要回各人家中吃饭休息去。陈志宏向众人丛中一看，自己兄弟志远不见了，问众人看见没有，众人都说来是看见同来的，只是进山以后，一次也不曾见他的面。众人都因他平日同玩，事事甘居人后，大家不把他当个重要的人物，不见他也没人注意。

陈志宏提高喉咙，向山林中叫唤了一会儿，不见有人答应，便要求众人分途到山中各处岩穴里寻找。吴振楚不依道："陈志远比我大七八岁，又不是小孩子，还怕他不认识道路回家吗？他从来是这般快要死的人似的，走路都怕踏伤了蚂蚁的样子，他一时跑我们不过，没赶上，慢慢的自会跟着回来，此时谁还有气力去寻他！"众人听吴振楚这么说，谁不愿早些回家，肯留在山中，寻找大家不以为意的人呢！

陈志宏要求不动，只好由他们回去，自己情关手足，究竟丢不开不去寻找。但是陈志宏独自忍饿，寻遍了这座山，竟没寻出一些儿踪影；直寻到天色黑暗了，才垂头丧气的归家。陈志宏的父亲已死，只有一个母亲，将不见了兄弟的话，对母亲一说，陈母当然急得痛哭。次日托了许多人，再去山中寻找；简直似石沉大海，消息全无。一连访求了几日，都是枉然。陈母从此便不许陈志宏出门，给陈志宏娶了同乡何家的女儿做媳妇，在家过度。陈志宏也自知悔恨从前的行为，决计不和吴振楚这班瘟神来往了。

陈志宏的媳妇，是好人家女子，极是贤淑，过门两年，生了一个儿子，这儿子才到三岁，陈志宏就害痢症死了。陈母、何氏不待说更是伤心，幸赖何氏贤淑，抚孤事母，都能竭尽心力，地方上无人不交口称道。只是陈家的产业，原属不多，陈志宏兄弟在时，又皆不善经营，年复一年的亏累，到这时已是荡然无有了。何氏耐劳耐苦的，靠着十个指头代人做针线、洗衣裳，勉强糊住一家男女老小三口。

又过了几年，陈母也老死了，只留下何氏母子两个。这时陈志宏这个儿子，已有一十二岁，何氏省衣节食的，余出些钱来，送儿子到附近蒙馆里读书，自己仍是帮人做活。

如此又过了些时。一日清早，何氏母子才起床，忽见自己娘家的哥子，同一个年约四十来岁的瘦削汉子，行装打扮，背上驮着一个包袱，何氏刚打开大门，就走了进来。何氏的哥子笑问何氏道："妹妹，你知道这位是谁么？"何氏没答白，这汉子已上前跪拜下去，哭道："嫂嫂如何能认识我？我就是十六年前和哥哥一同玩耍，失散了的陈志远。十几年来全亏了嫂嫂仰事俯蓄，陈志远感恩不尽。"说罢，连叩了四个头起来，倒把个何氏拜得不知所措。问自己哥子，才知道陈志远已归来了几日，家中十几年来的困苦情形，以及何氏贤孝的举动，都知道得非常详尽。只因何氏独自守节在家，又从来没见过陈志远的面，不敢冒昧回家，特地找到何家把话说明了，由何氏的哥子送回。陈志远虽离家了十六年，容貌并没大改变，少年时同玩耍的人，见面都还认识，不过一般人问陈志远十六年当中，在什么地方停留，曾干了些什么事，陈志远却含糊答应，不肯详细告人。

陈志远归家以后，对何氏和对母亲一样，恭顺到极处。每日必拿出些钱来，拣何氏爱吃的菜，亲自烹调给何氏吃。对侄儿也十分亲爱，专聘了一个有些儿学问的秀才，在家教侄儿的书，并雇了一个五十来岁的婆子，伺候何氏。每日何氏所吃的肉，多是陈志远一早起来，就亲去合胜屠坊去买。是这么已过了二三年。有时陈志远自己没有工夫，就叫侄儿去买肉。何氏也体念陈志远，吩咐儿子每早不待陈志远起床，便去买肉归家，只等陈志远烹调，如此已成了习惯。

这日陈志远起来，见肉不曾买来，等了好一会儿，才见侄儿空手回家。陈志远一见面，不禁大惊，问道："哎呀！谁把你打伤到这一步？"不知他侄儿怎生回答，且俟下回再写。

总评：

此一回忽从霍元甲，折入吴振楚传，又从吴振楚传，折入陈志远传矣。

霍元甲与奥比音之比武，其结果若何？胜败如何？固阅者所急欲知之者也。作者深知阅者之心理，乃故弄狡狯，有意岔入他人传中，竟将比武之事，完全搁起，置之不谈；一个闷葫

38

芦，不知何日打破。阅者虽闷煞、急煞，又将奈作者何哉！

霍元甲难言之苦衷，到此回方完全表明。为友受累，世之热心人，大率如此，为可叹耳！

吴振楚于上文出现之后，此回乃突然而至，殊出阅者意外。我以为吴振楚之欲拜霍四为师，全是虚文，究其实际，不过作者欲借此转到吴振楚身上而已。

高继唐是吴振楚传之陪衬，故随手收去，并不多着笔墨。

写陈志远处，另是一副笔墨，与上文所写诸侠义英雄，完全不同，一出场便觉两样，大可注意也。

第五回

降志辱身羞居故里
求师访道遍走天涯

话说陈志远的侄儿，见自己叔父这般问他，不由得流泪答道："吴大屠夫打了我。"陈志远忙上前牵了他侄儿的手问道："吴大屠夫为甚打你，打了你什么地方？快说给我听。"他侄儿揩着眼泪说道："早起妈教我去买肉，我走到合胜屠坊，因为早了些儿，猪杀了还不曾破开，只把猪头割了下来，吴大屠夫教我站着多等一会儿。我怕先生起来，耽搁了读书的时刻，不肯多等，催他先切半斤肉给我走。吴大屠夫就亲自拿刀，在颈圈杀口地方，切了一片肉给我。我提回来给妈看，妈说：'这是杀口肉，精不成精，肥不成肥，怎么能吃，快拿去换一块好的来，不要给你叔叔看了生气，也免得你叔叔又要亲跑一趟。'我只得回头教吴大屠夫更换，吴大屠夫横起两眼望着我道：'谁家屠坊里的肉，出了门可以退换的？先教你等，你不肯，能怪人切错了肉给你吗'？我说：'不是怪你切错了肉。我家买的肉太少，这精不成精，肥不成肥的肉，实在不好，怎生弄了吃，请你换给我一块吧！'吴大屠夫就生气说道：'刚才也是你买了去的，既说精不成精，肥不成肥，你当时又不瞎了眼，为什么不教换，到这时才提来换呢？快些滚吧，没人有工夫和你啰唣。'他说着，掉身过去和别人说话，不睬理我。我只好走到他面前说道：'我虽是把这肉提回了家，但是动也没动一下。我家每天来买肉的，换给我吧！'吴大屠夫对我脸上'呸'了一口道：'你每天来买也好，一百年不来买也好，这包退回换的事，我们屠坊里不能为你开端。你是明白的，快点儿滚开些。我这里不只做你一家的生意，清晨早起，就在这

40

里啰唣讨厌。'我说：'我们多年的老往来，换一块肉都不肯，还要开口骂人，是什么道理？我又不是切动了你的肉再来换！'我这句话才说了，吴大屠夫便大怒起来，说我，'切动了你的肉'这句话，是骂了他，把他当做一只猪，切他的肉，跳起来劈面就是一拳，打在我脸上。我登时被他打倒在地下，昏过去了，也不知过了多久才醒来。亏了合胜隔壁张老板，将我扶起，送我回来。吴大屠夫还叫我把那肉提回，我不肯接。张老板送我到门口，才转身去了，我于今还觉得头目昏昏的，里面有些疼痛。"

陈志远急就他侄儿耳边说道："你万不可把吴大屠夫打你的情形，说给你妈知道。你快去我床上睡下，你妈若来问你，你只说受了点儿凉，身体不大爽快，睡一会儿就好了。我出外一刻就回来。"陈志远扶他侄儿到床上睡了，自己急匆匆的到山上，寻了几味草药，回家给侄儿敷在头上，才走到合胜屠坊。

这时吴振楚正忙着砍肉，陈志远走上前说道："吴振楚，你为什么把我侄儿打伤到那一步？"吴振楚一翻眼望了望陈志远，随口答道："他开口就骂人，我为什么不打？"陈志远道："他年轻不懂事，就在你跟前说错了话，你教训他几句，也就罢了。他若不服你教训，他家有娘有我，你应该告诉他娘和我，我自然会勒令他向你赔罪。你是一个大人，怎么也不懂事，竟把他打伤到那一步！"

吴振楚听了，将手中割肉尖刀往屠凳上一拍，骂道："你家是些什么东西？你家平日若有教训，他也不敢在外面开口就骂人。我在这里做了几十年生意，历来是谁敢在这里乱说，我就打谁，不管他老少。于今打也打过了，你是知趣的，赶紧回去，给他准备后事，不要在这里学他的样。我看在小时候，和你兄弟同在一块儿玩耍的份上，已经很让你了；若再不走，说不定也要对不起了。"

陈志远听了这些话，倒改换了一副笑脸问道："怎么叫做'也要对不起'，难道连我也要打吗？"吴振楚哼了一声道："难说不照你侄儿的样，请你在这地下躺一会儿再走。"陈志远哈哈大笑道："好厉害！我正是活得不耐烦了，特地来找你送终，你快将我打得躺下来吧！"吴振楚见这么一来。那气就更大了，厉声说道："你既是有意来讨死，我若不敢打你，也不算好汉！"边说边向陈志远举拳就打。

陈志远伸着两个指头，在吴振楚肘弯里捏了一下。说也奇怪，吴振楚这条被捏的胳膊，就和触了电一般，登时麻木了。伸不得，缩不得；上不得，下不得，与前人小说书上所写受了定身法的一样。不过定身法是全部的，吴振楚这回是局部的，只有被捏的胳膊，呆呆的是那么举着；这条胳膊以外的肢体，仍和平常一样，能自由行动。吴振楚心里明白，是被陈志远点正了穴道，只苦于自己不懂得解救的方法。

陈志远捏过那下之后，接着打了一个哈哈道："吴振楚，你怎么不打下来呢？原来你只会欺负小孩子，大人叫你打，你还是不敢打啊！你既客气不打我，我就只得少陪你了。"说罢，自归家去了。

吴振楚见陈志远走了，许多买肉的人，和过路的人，都一个个望着吴振楚发怔。吴振楚面上又羞又愧，心里又急又气，手膀又胀又痛，只得跑进里面房中，想自己将胳膊转动。但是不转动胀痛得还能忍受，越是转动越痛得不堪。打发人四处请外科医生，请专治跌打损伤的医生，直闹了一昼夜，吃药、敷药，都没有丝毫效验。刚捱过一个对时，自然回复了原状，一些儿不觉得痛苦了。只是手膀虽自然回复了原状，然而这一昼夜之间，因为事情来得奇怪，受伤的又是凤凰厅第一个享大名会武艺的吴振楚，这新闻登时传遍了满城。人人都说，吴大屠夫平日动辄行凶打人，今日却遇见对手，把他十多年的威风，一时扫尽了这类话，自免不了要传到吴振楚耳里去，更把吴振楚一气一个半死。心想这仇不报，我在凤凰厅也无面目能见人了。若我败在一个武艺有名的人手里，也没要紧，陈志远在小时候，就是一个有名的痨病鬼，莫说打不过我们，连走路也走不过我们。于今虽说有十多年不见他，见面仍看得出是十多年前的痨病鬼模样，人家不知道他会点穴，只说我打不过他。我此刻若明去找他报仇，他有了防备，我是不见得能打的他过。古人说：明枪易躲，暗箭难防。我何不在夜间乘他不备，带一把尖刀在手里，悄悄的到他家，将他一刀刺死呢？心中计算已定，即拣选了一把最锋利的杀猪尖刀，磨了一会儿。

这时正是六月间天气，吴振楚在初更时候，带了尖刀，走向陈志远家去。陈志远的大门外面，有一片石坪。这夜有些月色，吴振楚才走近石坪，就见石坪中间，安放了一张竹床，竹床上仰面睡了一个人，在那里乘凉。吴振楚停了步，借着月光，仔细看竹床上的人，不是陈志远是哪个呢？吴振楚站的地方，离竹床约有丈多远，不敢竖起身子，走上前去，恐怕脚声惊醒了陈志远。蹲下身来，将尖刀含在口中，用牙齿咬了，两手撑在地下，两膝跪着，狗也似的，一步一步往前爬。直爬到竹床跟前，听陈志远睡着打呼，不由得暗暗欢喜道："你陈志远也有落在我手里的时候啊！"先将两脚立稳，才慢慢的将腰往上伸直。刚伸到一半，猛见陈志远的手一动，实时觉得尾脊骨上，仿佛中了一锤子。自己知道不妙，急想取刀刺去，哪里来得及呢？

　　这回的麻木，比前回就更加厉害了。前回只麻木了一条胳膊，不能转动；这回是全身都麻木了，腰也伸缩不得，四肢也动弹不得，口也张合不得。杀猪尖刀掉落在地下，但牙齿仍和咬着刀一般的张露在外，全身抖个不住，与发了疟疾相似。心里明白，两耳能听，两目能看，只口不能言语，脚不能移，手不能动。见陈志远就和没知道有这回事的一样，仍是仰面朝天的睡着，打呼的声音，比初见时越发加大了。吴振楚恨不得将陈志远生吞活吃了，只是自己成了这个模样，不但前仇不曾报了，心里反增加了无穷的毒恨，眼睁睁的望着仇人，仰睡在自己面前，自己一不能动弹，便一点儿摆布的方法也没有。

　　是这么触了电似的，约莫抖了一个多更次，才远远的听得有好几个人的脚步声音，边走边说笑着，渐渐的走近跟前了。吴振楚心中越发急的，恨不得就一头将自己撞死，免得过路的人看了自己这种奇丑不堪的形象，传播出去，比前次更觉丢脸。但是心里尽管想撞死，事实上哪里由他做得到？正在急得无可奈何的时候，那好几个过路的人，已走到了身边，只听得几人同声喊着"哎呀"道："这是什么东西？"随即有一个人，将手中提的灯笼举起来说道："等我来照照看。"旋说旋照到吴振楚脸上，不由得都发出惊讶的声音道："这不是合胜屠坊的吴大老板吗，怎么成了这个样子呢？"同时又有个人，发现睡着的是陈志远了，也很惊讶的说道："啊呀！原来睡在这里的是陈志远。你们看陈志远好大的瞌睡，还兀自睡着不醒呢！"其中有一个眼快的，一眼看见了掉在地下的那把杀猪尖刀，忙俯身拾了起来，就灯笼的光，给大家看了说道："好雪亮的快刀，这刀准是吴大老板的。哦，不错！近来有好多人说，吴大老板和陈志远有仇，今夜大约是吴大老板带了这刀来这里，想寻陈志远报仇，不知如何倒成了这个模样。我们只把陈志远叫醒一问，便知端底了。"

当下就有人叫陈志远醒来。陈志远应声而醒，翻身坐起来，双手揉着两眼，带着朦胧有睡意的声音说道："我在这里乘凉，正睡得舒服，你们无缘无故的把我叫醒来干什么呢？"众人笑道："你说的好太平话，还怪我们不该叫醒了你，你瞧瞧这是哪个，这雪亮的是什么东西？"陈志远放下手来，见说话的那人，一手拿着刀，一手指着吴振楚。

陈志远故作惊慌的样子说道："这不是吴大屠夫吗，这不是吴大屠夫的杀猪刀吗？唉！吴振楚，你做出这要死的样子干什么？你发了疟疾，还不快回去请医生，开着方服药。此刻大概已是半夜了，天气很凉了，我也得进屋里去睡。"说着，下了竹床站起来，望着众人问道："诸位街邻，怎么这时分都到了这里？"众人道："我们也是因天气太热，在家睡不着，约了几个朋友，在前面某某家里推牌九耍子，刚散了场，回各人家去。打这里经过，就看见你睡在这里，吴大老板在这里发抖。我们倒被他这怪样子，吓了一大跳。咦？快看，吴大老板哭起来了。"

陈志远看吴振楚两眼的泪珠儿，种豆子也似的洒下来，也不说什么，弯腰提起竹床，向众人笑道："对不起诸位街邻，我是要进屋子里面睡去了。"众人中一个略略老成有些儿见识的人说道："陈二爷就这么进去睡了，吴大老板不要在这里抖一通夜吗？做好事，给他治一治吧！"

陈志远摇头道："我又不做医生，如何能给他治病？凤凰厅有的是好医生，诸位若是和他有交情的，最好去替他请个医生。我从来不会治病，并不知道他这是什么病症。"那人赔笑着说道："陈二爷不要装模

44

糊了吧，吴大老板是个有名的鲁莽人，看他这情形，不待说是拿了刀，想找你报仇。你是这么惩罚他，自是应该的。不过，我们既打这里走过，不能看着他在这里受罪。无论如何，总得求你瞧我们一点儿情面，将他治好，告诫他下次再不许对你无礼。"

众人也从旁帮着向陈志远要求，陈志远才放下竹床，正色说道："诸位街邻都是明理的人，像吴振楚这般不讲情理，专一欺负人，应不应该给点儿厉害他看！我家兄弟和他小时候，是同玩耍同长大的人，先兄去世，只留下一个侄儿，他若是顾念交情的，理应凡事照顾一些才是。谁知他这没天良的东西，欺孤儿寡妇的本领真大，前几日舍侄去他店里换肉，他不换也就罢了，想不到竟把舍侄打成重伤。还亏我略知道几味药草，舍侄才没有性命之忧，不然早已被他打死了。我实在气不过，亲去他店里和他论理，他翻眼无情，连我也打起来了。他打我，我并没回手打他，他自己动手不小心，把胳膊上的筋络拗动了，才请医生治好，今夜却又来想杀我。这种没天良不讲情理的东西，诸位但看他的行为，天地虽大，有容他的地方没有？"

众人同声说道："我们都是本地方的人，吴大老板平日的行为，我们没一个不知道，也没一个以他为然的。只因他的武艺好、气力大，谁也不敢说一句公道话，免得和他淘气。这回他受了陈二爷两次教训，以后的行为，想必会痛加改悔。如果陈二爷这番瞧我们的情面，饶恕了他，此后他还是怙恶不改，再落在陈二爷手里时，我们决不来替他求情，听凭陈二爷如何处置。"

陈志远点头笑道："诸位既这么说，我看诸位的份上，不妨饶了他这次；不过望他改悔行为的话，是万万做不到的。只是我陈志远终年住在这里，他定要再来和我为难，我也没有方法能使他不来，唯有在家中等着他便了。"说时，走近吴振楚面前伸手一巴掌，朝吴振楚左脸打去，打得往右边一偏；又伸左手一巴掌打去，打得往左边一偏。这两巴掌打过，吴振楚的头，立时能向左右摆动了。再抓了顶心发，往上一提，只听得骨节乱响，腰腿同时提直了，双手抛燕子似的，将吴振楚反复抛了几下，放下来说道："你能改过自新，是你自己的造化。你我本无仇恨，如何用得着报复，自寻苦恼？良言尽此，去吧！"

吴振楚这时得回复了自由，如释去了千百斤重负，只是羞愤得不知应如何才好。哪里还肯停留片刻，连杀猪刀都不要了，提步就跑。无奈四肢百骸，酸麻过久，一时何能回复得和平时一样呢？跑几步，跌一跤，爬起来又跑，跑几步又跌。众人看了，都不禁哈哈大笑。笑得吴振楚更是愤火中烧，一口气奔回家中，绝不踌躇的，将雇用的伙计退了。次早便不开门做生意，把所有的产业，全行低价变卖，卖了一百串大钱，一百七八十两银子。做两麻布袋，装了一百串大钱，一肩挑起来，揣了两只元宝，将七八十两散碎银子，做出门旅费，准备走遍天涯，访求名师，练习武艺，好回家湔洗陈志远两次的当众羞辱。

一路之上，也遇了会武艺的人，只是十有六七，还敌不过吴振楚，便有些功夫在吴振楚之上的，吴振楚觉得不能比陈志远高强，不敢冒昧拜师。访来访去，闻得霍元甲的武艺，在当时一班有名望的武术家当中，可称首屈一指；因此特地到天津。上岸的时候，为这一百串大钱，和天津的码头挑夫，闹了一番口舌，便惊动了许多好事的人，跟在他后面瞧热闹。农劲荪也就是其中的一分子。

吴振楚原打算一落客栈，就去淮庆会馆，拜访霍元甲的。无奈他是南方人，平生不但没到过北方，并不曾离开过凤凰厅。数月来长途跋涉，心里因访不着名师，又不免有些着急。这日一落到客栈里，就头痛发热，得了个伤风病，整整的躺了两日才好。等他病好了去访霍元甲时，霍元甲已动身往上海去了；只得又赶到上海。

谁知见面也是枉然，霍家的祖传武艺，从来不能教给外姓人，吴振楚只索垂头丧气的离开了上海。心想我从凤凰厅出来，已走过了好几省，所经过的地方，凡是有些名望的好手，也都拜访过了，实在没一个有陈志远那种本领的，可见得声名很靠不住。即如陈志远有那么高的本领，凤凰厅人有谁知道？若有和我一般的人，专凭声名到凤凰厅来求师傅，不待说是要拜在我门下，决不会拜在陈志远门下。我这回就是专凭声名，所以访来访去，访不着一个有真才实学的。此后得改变方法，凡是有声名的教师，都用不着去拜会，倒不如在一般九流三教，没有会武艺声名的人当中，去留神观察，或者还能找得着一个师傅。

吴振楚打定了这个主意，便专在穷乡僻壤的庵堂寺观中盘桓。举动容止略为诡异些儿的人物，他无不十分注意。这日他游到浙江石浦县境内（今已并南田为一县，无石浦县名目矣），正在一座不甚高峻的山脚下歇憩，只见一个二十多岁的读书人，生得丰神飘逸，举止温文，俨然一个王孙公子的体态；只是衣服朴素，绝无一点豪富气象。从前面山嘴上走过来，脚步缓慢，像是无事闲游的样子。吴振楚看看那软弱无力的体格，不觉倒抽了一口冷气，暗自寻思道："我的命运，怎的直如此不济？几个月不曾遇见一个有些英雄气概的人物，不是粗浊不堪的手艺人，就是这一类风也吹得起的书生，难道我这趟出门是白跑吗？我这仇恨，永远没有报复的时候吗？"想到这里，就联想到两次受辱的情形，不知不觉的掉下泪来；却又怕被那个迎面而来的读书少年看见，连忙扯着自己衣袖，把眼泪揩了，低头坐着伤感。

忽听得那少年走到跟前问道："你这人是哪里来的，怎么独自坐在这里哭泣呢？"吴振楚肚内骂道："我哭也好，笑也好，与你过路人鸟相干，要你盘问些什么！"只是他肚里虽这么暗骂，口里却仍是好好的答道："我自己心中有事，想起来不由得有些难过。"

少年听了吴振楚说话的口音问道："你不是湖南人么，到这里来干什么事的呢？"吴振楚点头道："你到过我们湖南么？我到这里并不干什么事，随意玩耍一番就走。"少年道："我不曾去过湖南，朋友当中有湖南人，所以听得出你的声音。我不相信你是随意来这里玩耍的，你这两个麻布袋里，是两袋什么东西，很像有点儿分量的样子。"吴振楚道："没多少分量，只得一百串大钱。"

少年连忙打量了吴振楚两眼，问道："这一百串大钱，挑到哪里去呢？"吴振楚摇头道："不一定挑到哪里去，挑到哪里是哪里。"少年道："挑着干什么呢？"吴振楚笑道："不干什么，不过拿他压一压肩胛，免得走路时一身轻飘飘的。"少年也笑道："你这人，真可说是无钱不行的了。但不知一百串钱，究竟有多少斤重？"吴振楚顺口答道："几百斤重。"少年道："我不相信一百串钱，竟有几百斤重。我挑一挑试试看，使得么？"吴振楚道："使是使得，只是闪痛了你的腰，却不能怪我。"

少年伸手将扁担拿起来，往肩胳上一搁，竟毫不费力的挑了起来。吴振楚这才大吃一惊，暗想这样软弱的读书人，谁也看不出他有这么大的气力。正在这么着想时，只见少年又将布袋卸下来，用手揉着肩胳笑道："我这肩上，从来没受过一些儿压迫，犯不着拿这东西委屈它，并且它不曾受过压迫，也不知道轻重。还是这两只手，有些灵验。无论什么东西，它一拿就知道分量。"说着，拿右手握住扁担当中，高高的举起来就走。

吴振楚望着他，走得极轻便的样子，更是又惊又喜，以为今日访着师傅了，眼睁睁的望着少年走了百来步远近，将要转过山角去了。满拟他不至转过山角去，必能就回头来的，想不到他头也不回，只一瞬眼就转过山角去了；不禁心里慌急起来，跳起身匆匆就赶。

赶过山角，朝前一望，一条直路，有二里来远，中间没一点遮断望眼的东西。但是举眼望去，并不见那少年的踪影，肚里恨道："原来是一个骗子，特来骗我这一百串钱的，然而他怎么跑得这么快呢？我如何会倒霉倒到这步田地？唉！这也只怪我不应该不将到这里来的实情告知他。他若知道我这一百串钱，是特地挑来做师傅钱学武艺的，他有这般本领，自信能做我的师傅，我自会恭恭敬敬的将钱送给他，他也用不着是这么骗取了。"

吴振楚一面思量着，一面仍脚不停步的急往前追。原来这条路，是围绕着这座山脚的，追了好一会儿，转过一个山嘴，一看那少年，已神闲气静的立在刚才自己坐着歇憩的地方，两布袋钱也安放在原处，吴振楚这才欢天喜地的跑上前去。那少年倒埋怨他道："你跑到什么地方去了呢？我走回来不见了你，害得我心里好着急，等得实在有些不耐烦了。你若再不来时，我只好把钱丢在这里，回家去了。你点一点钱数吧，我还有事去。"

吴振楚笑道："我好容易才遇着你这么一个好汉，无论有什么事，也不能丢了我就去，且请坐下来，我有话说。"少年道："你有什么话，就爽利些说吧！"吴振楚心想报仇的话，是不好说的，只得说道："我为要练武艺，在湖南找不着好师傅，才巴巴的挑了这一百串钱，还有一百两银子，到外面来访求名师。无奈访了大半年，没访着一个像先生这么好汉。今日有缘给我遇见了，先生必要收我做徒弟的。"说完，整了整身上衣服，打算拜了下去。

少年慌忙将吴振楚的胳膊扶住，哈哈笑道："使不得，使不得！我不能做你的师傅。你既这么诚心想学武艺，我可帮你找个师傅，包你能如愿以偿，你挑着这钱随我来吧。"

吴振楚只得依从，挑起钱跟着少年，走到一处山冲里，只见许多竹木花草，围绕着一所小小的茅屋，门窗都是芦管编排的，一些儿不牢实。吴振楚看了，心想像这样的门窗，休说防贼盗，便是一只狗也关不住，有什么用处呢？想着已走进了芦门。

少年指着一块平方的青石道："我这里没有桌椅。你疲劳了，就在这上面坐坐吧！"吴振楚放下钱担，就青石坐下来，看少年走入旁边一间略小些儿的房里去了。吴振楚忍不住起身，轻轻走近房门口，向里张望，只见窗前安放一块见方二尺多长的大石头，似不曾经人力雕琢的，石上摊了几本破旧不堪的书，此外别无陈设。少年坐在石头跟前，提着一管笔写字。石桌对面用木板支着一个床，床上铺了一条芦席，一条破毡，床头堆了几本旧书。吴振楚不觉好笑，暗想怪道用不着坚牢的门窗，这样一无所有的家，也断不至有贼盗来光顾。少年一会儿写好了，掷笔起身对吴振楚道："今日天色已经不早，本应留你在这里歇宿了，明日再教你去拜师。无奈我这里没有床帐被褥，不便留你，我写了一封信，你就拿着动身去吧。从这里朝西走，不到二十里路，有一座笔尖也似的高山，很容易记认，你走到那山底下，随便找一个种地的人家借歇了，明日再上山去。就在半山中间，有一座石庙，我帮你找的师傅，便住在那石庙里。不过我吩咐你一句话，你得牢牢的记着：你到那庙里，将这信交了，必有人给羞辱你受，你没诚心学武艺则已，既诚心要学武艺，无论有什么羞辱，都得忍受。"

吴振楚伸手接了通道："只要学得着武艺，忍耐些儿便了。但是这师傅姓什么，叫什么名字呢？请你说给我听，不要找错了人。"少年笑道："我教你去，哪有错的，那庙里没有第二人能做你的师傅。你去吧，用不着说给你听。"吴振楚不好再说，只得揣好了信，复向少年道："承先生的情，帮我找了师傅，先生的尊姓大名，我还不曾请教得。"少年忽沉下脸挥手道："休得啰唣，你我有缘再见。"说罢，转身上床睡了。吴振楚心中好生纳闷，只好挑了钱出来，向西方投奔。

不知此去找着了什么师傅，且俟下回再写。

总评：

世间英雄侠义，无一非性情中人。此两回写陈志远之事寡嫂，抚孤侄，天性醇厚，笃于伦常，即此已是义侠英雄之本色，固不必待吴屠之被窘，而后识为匪常人也。

陈志远侄儿之被殴，即借其自己口中表出，并不实写，此是行文力求简洁处也。若陈志远之与吴屠理论，以及吴屠之持刀行刺，则又断断不可虚写。作小说须虚实分明，故下笔之先，宜有斟酌也。

陈志远之击吴振楚，不动手而能制敌人之死命，是又王五、霍四之所敬谢不敏者也。侠义英雄中，此为创格矣。

前回写陈志远幼时孱弱之状，正是欲反衬出此回之绝技，此其意与上文写霍幼时之情状，大略相似，而读者不见其相犯之迹，所以妙也。

吴振楚之气质不好，故好勇斗狠，豪暴自喜，非必便是坏人也。一旦受辱于陈志远，乃能出外求师，誓修此怨，坚忍不挠，其志可嘉。后卒遇明师，雪宿忿，宜哉！

第六回

揽麻雀老英雄显绝艺
拉虎筋大徒弟试功夫

话说吴振楚从那少年家里出来，放紧了脚步，一口气向西方奔波了十七八里路，天色才到黄昏时候。快要淹没到地下去的太阳，望去早被那笔尖也似的山峰遮掩了。吴振楚看那山，一峰独出，左右没有高下相等的山峰，知道要拜的师傅，便是住在那座山里，不敢停步。一会儿，走到那座山底下，只见茅屋瓦舍，相连有二三十户人家。一家家的屋檐缝里，冒出炊烟。在田里耕作的人，三三五五的肩着农器，各自缓步归家。吴振楚看了这班农人日入而息的安闲态度，不由得想到自己年来的奔波劳苦，全是为陈志远欺辱过甚，自己才弄到这步田地。心想只要能学成武艺，报了两次欺辱的仇恨，自后仍当在家乡，安分守己的做生意，再也不和人斗气了。一面心里是这么想着，一面拣了一处排场气派大些儿的人家，走进去借宿。

这家出来一个六七十岁的老人，问吴振楚从哪里来。吴振楚说了要上山去，因天色晚了，特来借宿的意思。老人听了，连打量了吴振楚几眼问道："上山去找师傅吗？"吴振楚不由得又是一惊，暗想这老头，怎么会知道我是上山找师傅？随即点头答道："我确是要上山找师傅，但是你老人家怎生知道的呢？"老人见问，倒望着吴振楚发怔，好一会儿才说道："你既是要上山找师傅，如何反问我怎生知道？"吴振楚道："我是外省人，初来这里，原不知道这山上有什么师傅，因有人指引这条道路，才到这里来。其实师傅是谁，我并不知道。"

老人笑道："这就难怪你问我了。这山上的师傅，我们也不知道他是哪里的人，来这山中种地度日，已有了三十多年。我们只知道他姓瞿，见面都叫'瞿铁老'。这山下几十户人家的子弟，他都招了去练武艺，所以我们又都叫他师傅。这山上除了师傅和许多小徒弟外，并没有旁人。你要上山去，不是找师傅找谁呢？"吴振楚这才明白，这夜就在此家借宿了一宵。这家因是来找瞿铁老的，款待得甚是殷勤。次日道谢起身，仍挑了那一百串钱，走上山去。

行到半山，果见一座全体用麻石砌成的庙宇，形式甚为古老，至多也是二三百年以前的建筑。庙的规模，不十分宏大，山门前一块平地，约有三四丈宽大。山门敞开着，有十多个小孩，在门里手舞足蹈的玩耍。吴振楚看了，不以为意，直跨进门去。只是门里的地方不宽，有十多个小孩，在那里手舞足蹈，把出入的要道塞住了。吴振楚挑了这一串钱，不好行走，只得立住脚，等众小孩让路。但是，众小孩仿佛不曾看见有人来了似的，乱跳乱舞如故，没一个肯抬头望吴振楚一眼。

吴振楚等得心里焦躁起来了，打算挑着钱直撞过去，把众小孩撞翻几个。忽然转念一想，使不得，那少年不是曾叮嘱我，若有羞辱须忍耐吗，怎好一到就任性撞祸呢？这么一想，实时将钱担放下来，对就近一个小孩问道："师傅在里面么？"那小孩只当没听见，睬也不睬。吴振楚暗自纳闷道："这小东西聋了吗？就在他跟前问他，怎么也不听见？"只是仍不敢动气，走进一步，拣了一个年龄略大些儿的，照前问了一句，并说因我这里有一封信，要当面交给师傅。这小孩也是一般的，只当没听得。

吴振楚忍气吞声的立在旁边，又不敢径往里面走。仔细看众小孩，虽是乱舞乱跳，然各自专心致志的，各不相犯，也没一个开口说话，不像是寻常小孩无意的玩耍。心想难道这就是练习武艺吗？我自己不是不曾练习过武艺的人，近来跑了几省的地方，南北会拳脚有名的好汉，也不知见过了多少，哪里见过这种乱跳乱舞的拳脚呢？

吴振楚心里正在这么怀疑，只见正殿上走下一个须发皓然的老人来，反操着两手，笑容满面的从容走着。吴振楚料知这老人，必就是要拜的师傅，连忙整了整衣服，掏出那少年的信来，双手擎着迎上去，恭恭敬敬的请了一个安，将信呈上，口里并不说什么。因为吴振楚此时心里，还有些不相信这样年老的人，果有本领能做自己的师傅。近来所见名头高大的人物，实在太多，徒有虚名的，居十之七八。有了这些经验，就恐怕瞿铁老也没有了不得的本领，够不上做自己的师傅，所以不肯随口称呼。

瞿铁老接信看了一遍，登时蹙着眉头说道："你已有这么大的年纪了，怎么好到我这里来做徒弟呢？我的徒弟，没有过一十五岁的，你如何和他们混得来！也罢，你得这封信到我这里来也不容易，我收你做个徒弟倒使得，不过你从前做过些什么功夫，须使几手出来给我看看，我才好就你的资质，传你的武艺。"

吴振楚道："凭空使出来，只怕难看出功夫的深浅。"瞿铁老似乎已懂得吴振楚的用意，是不知道自己的本领，能不能做他的师傅，随即点头笑道："一个人空手使起来，是不容易看出功夫的深浅。我找一个徒弟和你对使，你的功夫就显而易见了。"说着，向众小孩中叫了一声，当下也没听出叫的什么名字，只见一个年约十二三岁的孩子，实时停了跳舞，规行矩步的走了过来。瞿铁老指着吴振楚，笑向这孩子道："这是你的师兄，你陪你师兄走一趟拳脚，看你的功夫，也有些儿用处没有？"

这孩子望着吴振楚，面上露出些害怕的神气。瞿铁老笑道："又不是认真相打，害怕些什么！尽管放胆把功夫拿出来，你师兄见你年纪小，出手必留着几分气力。来，来，来！这殿上空阔，使起来没有碍手碍脚的东西。"

吴振楚跟着走到正殿，心中暗忖，这老头也太小觑我了。虽然不是认真相打，岂不知道拳脚无情，不动手则已，动手哪有不伤人的道理？休说这十二三岁小孩，本领有限，即算他手脚灵便，只是万一不留神，碰在我的拳头上，岂不要把他打个骨断筋折？只听得瞿铁老说道："我并不是要看你的功夫怎样，是要在功夫上看你的资质怎样？你尽管将生平的本领拿出来，打到那时分，我叫你们住手，你们就得住手。"

吴振楚见这孩子随便站着，并不立什么架式，便也立着不动。瞿铁老道："你是师兄，今日又是初到，先动手吧。不要因他年纪小，身量小，不敢下手打他。有我在此，便打伤了什么所在也没要紧。"吴振楚只得紧了紧腰带，先立一个门户，看这孩子怎样动手。但是立了一会儿，这孩子只站着不动，丝毫没有要和人相打的样子。

瞿铁老在旁边催促道："你先动手打进去。"吴振楚遂动手打进去，因想显点儿力量给瞿铁老看，打算只用两个指头，将这孩子提起来，往正殿屋梁上抛去；再用两个指头接着，好让瞿铁老知道不是寻常之辈。不过心里虽是这般着想，明明的一拳朝这小孩子打去，眼见小孩的身体往左边一晃，便不见踪影了；觉得背上有小手掌，拍灰也似的，连拍了两三下。急掉转身躯，只见小孩立在背后，仍是刚才一般的随便站着。又扑将过去，伸手待抓小孩顶上的短发，哪里抓得着呢？分明看见他往下一蹲，又是一点儿踪影不见了。疑心又是转到了背后，正要用后膛扫腿，折身扫去，猛觉自己顶上的头发，好像有几根，被铁钉挂住了似的，痛彻心肝，只是才痛了一下就不痛了。

吴振楚止不住心头冒火，看小孩就站在身边，做出嬉笑顽皮的样子，恨不得一拳打他一个透明的窟窿。思量两次都被他逃跑了，虽是由于这小东西的身体灵便，然我也应该用一只手去打他，若我张开两条臂膊去捉他，看他能逃到哪里去！当下定了这个合手成拿的办法，哪敢怠慢，即将臂膊支开，对小孩拦腰抱去。小孩真个似乎害怕的样子，往后倒退。

吴振楚好容易得了这机会，哪肯放松半点？紧逼过去。小孩接连七八步，退到楹柱跟前，被楹柱抵住了，没有消步的余地。吴振楚见了，心中好不欢喜，抢一步喝声："哪里走！"他本是屠夫出身，便真用屠夫捆猪的手法，双手螃蟹钳一般的合将拢来，只抢步太急，用力太过，不提防额头上碰了一下，只碰得两眼金星四冒。作怪，吴振楚两手所抱的，哪里是小孩呢？原来把楹柱抱着了。两手抱的既是楹柱，额头当然也和楹柱碰个正着。

正在这个当儿，听得这小孩在背后咯咯的笑。吴振楚本已愤火中烧，待回身再与小孩拼个你死我活的，心里不知怎的，忽然明白了，暗想我特地倾家荡产的出门找师傅，自然巴不得遇着这样本领比我高强的人，我才可望练成武艺，回家报仇。若遇着有本领的，心里又不服气，然则我辛辛苦苦出门干什么呢？吴振楚这么一着想，不但没有不服气的念头，反欢天喜地的走到瞿铁老面前，双膝跪下去，叩了无数个头，才起来说道："你老人家真配做我的师傅。我倾家荡产，只得一百串钱、一百两银子，情愿尽数孝敬师傅。"

瞿铁老笑道："我这里吃的穿的都够，哪用得着这些银钱？你学好了武艺之后，不能不穿衣吃饭，你自己留着用吧。你此刻从我学武艺，须把你以前的本领完全忘掉，方能学好，比他们初学的小孩难学几倍，你要学就非十分耐苦不可。"吴振楚问道："我原有些功夫的，怎么倒比初学的为难呢？"瞿铁老笑道："这时和你说，你也不得明白。我只问你一句话：从这里向南方走一百里路，我和你两个人同时动身，我一步也不错的向南方走，你却错走向北方去了，错走到七八十里之后，你心里才觉得误了方向，要到南方去，仍回头走到同时动身的地方，再跟着我向南方走，是不是一百里路，差不多走了三百里呢？"吴振楚点头应是。瞿铁老道："你于今误了的方向，已将近到一百里了。越是错走得远，越是不容易回头。你以前所做，是后天的功夫，后天功夫到你这样子，也算是可观的了。不过一遇到我这种先天的功夫，就一点儿用处也没有了。"吴振楚听了，虽不能十分领会，然相信从瞿铁老练成武艺，必能报仇雪恨，从此遂一心一意的跟着瞿铁老学习。

这日瞿铁老传授吴振楚一手功夫，吴振楚不懂得用处。瞿铁老说："这手名为'揽雀尾'，顾名思义，便可以懂得了。"正在这传授的时候，凑巧有一群麻雀，在房檐上载飞载鸣。瞿铁老说得兴起，只一跺脚，腾身上去，就用"揽雀尾"的手法，揽了一只麻雀在手，翻身仍落到原处，对吴振楚笑道："你已领会了这手的用处么？"吴振楚连忙说领会了。

瞿铁老一手托着麻雀，一手指着说道："这麻雀并没受丝毫伤损，本来是可以实时飞起的，然而在我手掌上，并不用指头将它的脚或翅膀捏住，尽管放开五指，将是这么蹲在掌心里，无论如何，飞不出我的掌心。"吴振楚心里不相信，看这麻雀的神气，确是不曾受伤，蹲在瞿铁老掌心中，仿佛作势要飞的样子。只是瞿铁老的手不住的微微颤动，麻雀竟飞不起来。

瞿铁老笑道："在掌心里使它飞不动不算事，在我身上也能使它飞不动。"说着，弯下腰来，脊梁朝天，将麻雀放在背上，只见那背也和手掌一样微微的颤动，麻雀又几番作势要飞，仍飞不起来。瞿铁老复捉在手说道："使它飞不起，你已看见过了。我于今却要使它飞着不能下。"吴振楚正有些疑这麻雀的翅膀，有了毛病，所以飞不起来；听得这么说，就更诧异了。看瞿铁老时，已松手任麻雀飞起来。麻雀本待飞上屋去，但是还飞不到两尺远，便被瞿铁老用手掌挡回了头，又待向回头这方向飞去，也一般的被挡回来了。接连被挡回了四五次，两个翅膀的力乏了，想落在瞿铁老的肩头上。作怪，这麻雀好像恐怕肩头承受它不起的样子，两翅扑个不了。扑了好一会儿，瞿铁老亮开两条臂膊，麻雀见肩头上不能落，就扑到臂膊上来想落下，然而两条臂膊都扑遍了，竟像是没有给麻雀立脚的地方。瞿铁老才笑向麻雀道："苦了你了，仍在我掌心里歇歇吧。"麻雀果然扑到掌心里蹲着。

吴振楚看把戏似的看出了神，至此才问道："师傅这是用法术制住了它吗？"瞿铁老摇头道："我不懂得法术，这是硬功夫，并是极平常的道理，就是先天与后天的区别。它非有后天的力不能飞，非有后天的力不能落，我不使它得着后天的力，所以能是这么作弄它。"

吴振楚问道："什么谓之后天的力呢？"瞿铁老又指着掌中麻雀道："你看它不是时刻敛住翅膀，做出要飞的样子吗？它不能就这么飞上去，两脚必须借着后天的力一纵，两个翅膀才展得开来。它脚没有力的时候，我掌心在它脚下，它只一用力，我的掌心就虚了；掌心一虚，教它从何处借力呢？所借的这一点力，便谓之后天的力。何以谓之后天的力呢？因它先用力然后有力，所以是后天的力。即如你从前练的武艺，人家一手用六百斤的力打你，你使用七百斤力去揭开他。你这七百斤，即是后天的力。这后天的力，是没有止境的，是练不到绝顶的。你能练到一千斤，人家便能练到一千零一斤，唯有先天无力，却是无穷之力。"

56

瞿铁老是这么解譬，吴振楚心里虽然领会得，无奈他从前专做的后天功夫，急切翻不过来，而归家报仇的心思，又十分热烈。只苦练了两年，自觉得武艺长进了不少，估量像陈志远那般本领，足可抵敌得住，便向瞿铁老申述要归家的意思。瞿铁老踌躇道："论你武艺，还没到下山的时候。不过，你既归家心切，我也只得放你下山去。但我须试你一试，看你的功夫，究竟做到了什么地步？"旋说旋到他自己卧室里，拿出一条二尺多长、大指拇粗细的虎筋来，带吴振楚到山门外草坪里。

吴振楚看草坪中竖了一根尺来高的木桩，瞿铁老一脚立在木桩上，一脚朝前平伸出来，两个指头捏住虎筋一端，将这一端递给吴振楚道："你是一个素来自负有力的人，又在我这里练了两年苦功，你且拉拉看，到底怎么样？"

吴振楚欣然接了虎筋问道："就这么拉吗？"瞿铁老说："是！"吴振楚先立稳了脚，用尽平生之力只一扯，不提防虎筋两断，因用力过猛，几乎仰天一跤跌倒了，倒退了好几步，才立住脚。看瞿铁老立在木桩上，摆也不曾摆动一下，笑嘻嘻的从容跨下木桩说道："不行，不行！至少还差半年工夫，再吃半年辛苦，方好放你下山去。"吴振楚没法，只得仍安心在庙中，朝夕苦练，又练了三个多月。

这日早起，吴振楚正在草坪中做功夫，忽见那个写信的少年，匆匆忙忙的走来，望着吴振楚问道："师傅起床了么？"吴振楚看少年的神情，料是有很紧急的事，要见师傅，忙答应起来了。少年头也不回的跑了进去，吴振楚心想："我多亏了这人，才得到这里来学武艺，二年来几番想下山去看他，只因不肯间断功夫，不曾去得；此时难得他自己到这里来了，我应该进去问候问候才是。他究竟姓甚名谁，我还不知道，也没问过师傅；我于今快要下山回凤凰厅去了，今生今世，能不能再到这地方来，便是来了，能不能再和他见面，都还说不定。今日若是错过了，将来十年、二十年后说起来，还是一桩恨事。"想罢，即整理了身上衣服，向庙里走来。

刚进了庙门，只见瞿铁老跟着那少年，旋说旋向外走，看瞿铁老的脸色，和少年一般的带着些愁苦的样子，一望就知道是心中有忧愁抑郁的事。二人说话的声音很细，听不出是说些什么。吴振楚本待迎上去招呼，但见二人只顾一路说着走来，急匆匆的神气，却又不敢上前，妨碍二人的正务，只好拱立在一旁等候。瞿铁老走近跟前说道："我有事须下山走一遭，大约须半个月以后才得回来，等歇你那些师弟来了的时候，你对他们说，各人在家做半个月功夫再来。"瞿铁老立着和吴振楚说话，少年好像很着急，怕耽搁了时刻似的，连催快走，瞿铁老就跟着少年走了。吴振楚心里好生纳闷。

一会儿，众小孩来了，吴振楚将师傅吩咐的话，告知他们。众小孩笑道："那是我们的师叔，就住在离这里不远。他从来是安闲无事的，不知今日如何这么忙迫？"吴振楚听了喜问道："你们认识他么？他这般年轻，我们师傅这么大的岁数，怎么是师兄弟呢？"一个八九岁的孩子答道："你比我们大这么多岁数，不也是师兄弟吗？"吴振楚点头笑道："不错，不错！师兄弟本不在年纪大小，只是你们可知道他姓什么，叫什么名字吗？"

众小孩道："怎么不知道！我们这一带地方，人人都知道他是有名的'缪大少爷'。他一个人住一所茅房，房里什么东西也没有。一年四季不洗脸，脸上也一点儿污垢没有。终年是那件黑大布罩衫，冬天不见他怕冷，夏天也不见他叫热。谁留他吃饭，他就在谁家吃饭。我们家里割稻子、收麦子的时候，一遇了天气不好，大家忙得不了，他就来替我们帮忙。他本是一个读书人，做起田里功夫来，比我们老作家还来得惯便。他一个人，能做三个人的生活。"

吴振楚问道："他家就只他一个人吗？"小孩摇头道："师傅说他家里人很多。"吴振楚道："你们刚才说，他一个人住一所茅房，怎么又说他家里人很多呢？"小孩道："他本是一个人住一所茅房，我们还到他家里去玩耍过，夜里油灯也没有，不知道他家里很多的人，都藏在什么地方？"吴振楚听了这种小孩子口吻，忍不住笑问道："他时常到这庙里吗？"小孩道："师傅倒时常下山去看他，不曾见他庙里来过。"吴振楚道："师傅说话的口音，和你们本地的口音不同，缪大少爷也不像是本地的，你们不知道他是哪里的人吗？"众小孩都说不知道，吴振楚便不再问了。

众小孩各自归家练习，只留下吴振楚独自在庙里用功，好在他本来是不和众小孩同学同练的。

过了三五日，一个人在庙中，觉得寂寞难过，偶然想起缪大少爷，自言自语的说道："我何不趁这时分，去那茅屋里玩玩呢！师傅是跟缪大少爷同去的，或者能在那里遇见师傅，岂不甚好？这庙里虽没人看守，大概不至有偷儿进来。我前年上山的时候，在山底下人家借宿，那人家夜里的大门，就那么大开着不关，我问他不关门怎的不怕盗贼，他说自从师傅到这山上住着，四周十里之内，几十年来不曾有过盗贼。我师傅的威名，能保得十里之内的人家，不入盗贼，岂有自己庙里倒保不住的道理！"心里这么一想，竟像有十分把握的，连庙门也不带关，就放心大胆的走下山去。

二年多不曾下山，一旦跑出来，觉得天宽地阔，山川争媚。依着前年来时的道路，一面浏览景物，心旷神怡的向东走去。只一会儿工夫，就不觉走到了前年坐着休息、与缪大少爷相遇的地方。忙停了步一想，暗道："不好了，走过了头了，怎么直走到了这里，却没看见那所茅房呢？哦，是了！原来那日跟着他走，一路不曾留神记认。从他家出来的时候，因天色已不早了，心里记挂着要赶路，径跑了出来，并没回头瞧那房子一眼；又过了这么久，心里已没有那房子的形式，所以在跟前走过，一时也没看出来。"当下回头又走，一步一步的留着神，看山势情形。心中确实能记忆，那茅房坐落在一条山溪的小石桥东首，此时走到小石桥上，朝东首看时，哪里有什么茅房的踪影呢？只见一片青草，不仅没有曾建筑房屋的基础，连破砖头碎瓦屑也不见有半点。遂走到青草坪中，仔细寻觅足以证明茅房在此地的物件，须臾寻见了一块方青石，认得是自己坐过的。暗自寻思道："怪道走过了头，原来这茅房早拆毁了，一点儿遗址都没有，教我从哪里去寻找？"唏嘘徘徊了好一会儿，也无从推究这茅屋是何时拆毁的，更猜想不出缪大少爷的行踪，乘兴而来，只得败兴而返。

谁知回到庙中，更有使吴振楚败兴的事情发生了。什么事呢？原来吴振楚当时回到庙中，进自己房中一看，床上的被褥都翻乱了，桌凳也移开了平时安放的地位。看了这意外的情形，不由得不吃惊，急忙走近藏银的床底下一看，一百串大钱不曾动，只那一百两银子和一包散碎银子，不知去向。吴振楚立起身，长叹一声道："这银两合该不是我命里应享受的，藏在这地方，居然有人敢来偷了去，岂不是怪事？好在我带这钱出来，原是准备送给师傅的，我只要学得下武艺，便连这一百串钱偷去，也只当是师傅收受了。"

又过十来日，瞿铁老回来了。吴振楚说了失窃的情形，瞿铁老甚为惊异，亲到吴振楚房中，问被褥桌凳移动的样子。吴振楚照那日的形式，做给瞿铁老看，瞿铁老只管把头摇着。吴振楚问道："师傅为什么看了不住的摇头呢？"瞿铁老道："我因看这贼来得太稀奇，本地方不端的人，因有些畏惧我，不敢在近处动手。近处没有大富人，外来的盗贼，不屑在此地动手。至于我在这庙里，休说本地方的人，便是江湖上，也少有不知道我是一文钱没有的，有谁巴巴的跑到这里来行窃呢？并且这偷银子的人，举动也太奇怪，将被褥翻乱还可说得过去，是恐怕有金银藏在被褥底下；至于这桌凳，底下空洞无物，一望可知，如何用得着移开呢？"

吴振楚本是一个粗心的人，听了只觉得是奇怪，却想不出什么理由来，也懒得仔细研究，只继续着苦练功夫。练满了半年，便问师傅可以下山了么？瞿铁老道："仍得照前次的样试试看。"

瞿铁老这回左手拿了一条旱烟管，右手仍用两个指头，拈着一条虎筋，边吸着旱烟，边跨上木桩，教吴振楚拉扯。吴振楚尽力拉了一下，虎筋不曾拉断，瞿铁老也不曾拉动，只见旱烟斗上的烟灰，被拉得掉下了些儿。吴振楚正心中惭愧，瞿铁老倒兴高采烈的跳下来笑道："行了，只这一下功夫，已是不容易找着对手了。我在这里，虽收了不少徒弟，只你一个人的年纪最大，你要算是我的大徒弟，因此不能模模糊糊的放你下山去。于今你的武艺，在怀抱绝艺的山林隐逸之士当中，就出手不得；然在江湖上，尽管横行南北，包你不会遇见对手。不过在我门下学武艺的人，待人接物，务以礼让为先，非到万不得已，不许动手打人，尤不许伤人要害。你此番成功下山，一切行为，务必谨慎。倘若仗着所学的功夫，无端将人打死或打伤，哪怕在数千里以外，我得信非常迅速，那时决不轻恕你。"

吴振楚道："不敢欺瞒师傅，弟子此番倾家荡产出来学武艺，为的是要报仇雪恨。弟子只要将仇人制服了，以后断不敢轻易和人动手。"瞿铁老点头道："既是为报仇学武艺，那就不在此例，只是你的仇人是谁，用得着这么苦练了功夫去报复？"吴振楚道："仇人却是个无名小卒，和弟子同乡的，姓陈名志远，痨病鬼一般的东西，倒有些儿本领。"

瞿铁老很惊诧的问道："谁呢，陈志远吗？"吴振楚应是。瞿铁老仰天叹了口气道："你怎么会和他有仇？"吴振楚看了瞿铁老的神气，也惊讶道："师傅倒知道他吗？他和弟子的仇，深得很呢！师傅为什么叹气？"瞿铁老道："你的仇人既是陈志远，快不要说报复的话了。"吴振楚问道："为什么呢，师傅和他有交情么？"

瞿铁老摇头道："不是，不是！可惜你不早把这话说给我听。"吴振楚道："早说给师傅听怎样。"瞿铁老道："早说给我听，也不至教你受这二年半的辛苦。"吴振楚听了，仍是不懂，问为何可以不受这二年半的辛苦。瞿铁老道："你要报陈志远的仇，休说练这二年半，不是他的对手，便练到和我一样，也不是他的对手。你这一辈子，也不要望有报复的时候。"

吴振楚见是这么说，知道自己师傅不会说谎话，登时想起从前受的差辱，和二年半的白辛苦，只气得伏在瞿铁老跟前痛哭。

不知瞿铁老怎生摆布，吴振楚的报仇，究竟怎生报法，且俟下回再写。

总评：

世之研攻学艺者，第一步须能忍耐，不忍则心粗气浮，安有进步之希望？吴振楚气质暴戾，缪大少固窥知之矣。故上山之初，先使小儿曹挫辱之，以折其气。吴振楚能忍而不发，于是乎可与言技艺矣。

瞿铁老以走路比习武，说理甚精，譬喻亦十分透辟，由此可知世人求学之初，最宜谨慎，身入歧途，欲自反难矣！

瞿铁老先天、后天之说理尤精深，与今之谈力学者，颇多吻合。此老不第一拳艺家，直是一科学家也。

此回写瞿铁老、缪大少二人，迷离惝恍，大有仙意，是技也而进于道矣。我颇疑世传所谓仙灵者，大率皆瞿铁老、缪大少类耳！

瞿、缪二人下山，是一个闷葫芦；吴振楚失窃，又是一个闷葫芦。作者不肯表明，阅者为之闷煞。

吴振楚将下山，瞿铁老忽谓此仇不能报，临了反笔一振，遂使此回格外精彩。文章之妙，全在此等地方。

第七回

巧报仇全凭旱烟管
看比武又见开路神

话说瞿铁老见吴振楚竟伏地痛哭，连忙搀扶起来说道："不必这么伤感。你且将你和陈志远怎样结下了这般深仇大恨的原因，说给我听，我或者还有一点儿法设。"吴振楚这才揩干了眼泪说道："弟子和他结仇的原因，说起来本是弟子的不是，不过弟子虽明知错在自己，却万分丢不开当时的痛楚，忘不掉当时的羞辱。就是弟子在家乡的声名，若不能报复陈志远，也就不堪闻问了。"随即将幼年时与陈志宏兄弟结交首尾，及再次受辱情形，大略说了一遍。

瞿铁老微微的点头笑道："幸亏你多在此练了半年，于今还有一点儿法子可设。若在半年以前下山去，就无论什么人也没有方法。"吴振楚听得还有法设，顿时不觉心花都开了，笑问道："有什么法子，请师傅说出来，也好使弟子快活快活。"瞿铁老笑道："我有一件法宝，可暂时借给你带下山去，你拿了这法宝，保可以报陈志远的仇。"吴振楚欣然说道："师傅肯是这么开恩，将法宝借给弟子，弟子但能报复了陈志远的仇，不仅今生今世感师傅天高地厚的恩典，来生变犬马，也得图报答师傅。只不知是一件什么法宝，现在师傅身边没有？"

瞿铁老笑道："法宝自然是随身带着的，岂有不在身边的道理！不过我这法宝，说值钱，是无价之宝；说不值钱，便一文钱也不值。"吴振楚道："这法宝果能给弟子报仇，哪怕一文钱不值，也是法宝。师傅借给弟子，弟子敢当天发誓，只对陈志远使用一次，使过了即送还师傅，决不损伤半点儿。请师傅尽管放心。"瞿铁老随手将旱烟管递给吴振楚道："我也知道你决不会损伤半点儿，不过得仔细些，提防遗失了。"

吴振楚伸手接了旱烟管，以为瞿铁老要腾出手来，好从身边取法宝。等了一会儿，不见他从身边拿出什么法宝来，只得问道："师傅的法宝在哪里？师傅拿给弟子呢，还是要弟子自己去拿呢？"瞿铁老指着旱烟管笑道："这不就是法宝吗！"吴振楚不觉怔住了。他本是一个性情极暴躁的人，至此已禁不住心中生气，逗口而出的说道："原来师傅还是和弟子开玩笑，寻弟子开心的啊！"瞿铁老正色说道："你这话怎么讲，谁寻你的开心？你敢小觑这旱烟管么，你知道什么？这旱烟管的身量，说起来得吓你一跳，便是《封神传》上广成子的翻天印，也赶不上它。你知道什么，敢小觑它么？"

吴振楚见瞿铁老说得这般认真，思量师傅是个言行不苟的人，况在我痛哭流涕求他的时候，他岂有和我开玩笑的道理！我刚才这两句话，太说得该死了，再不谢罪，更待何时？随即双膝跪下叩头，说道："弟子刚才回师傅的话，罪该万死！千万求师傅念弟子粗鲁无知，报仇的心思又太急切，所以口不择言。"

瞿铁老扶起他来说道："这条旱烟管，本来不能顷刻离我身的，因见你哭得可怜，又见并不是真有了不得的大仇恨，非将陈志远杀死不可，才肯把它暂借给你使用一回。谁知你倒疑心是假的了。"吴振楚一面诺诺连声的应是，一面看这旱烟管，有什么特别惊人的所在。这旱烟管通体是黄铜制的，烟嘴、烟斗和中间的烟管相连，是整的，不能像平常的旱烟管，随意将烟嘴、烟斗取下来。烟斗底下有一个小窟窿，用木塞子塞了，以意度之，必是因烟斗取不下来，吸食过久了，管里填满了烟油烟垢，烟斗是弯的，不好通出来，留了这个窟窿，通烟油、烟垢便当些。平时因恐泄气不好吸，所以用木塞子塞了。这烟管和寻常烟管特别不同的地方就在这点，以外的烟荷包，和配挂着好看的零件，一切都与旁人的旱烟管一样，实在看不出有可以当做法宝的好处来。只得说道："法宝是到了弟子手里，但是，应该怎生祭法，师傅还不曾把咒词传给弟子。"

瞿铁老道："用这法宝没有咒词。你只好生带着归家，径到陈志远家里去，见面就双手将这法宝高高的捧着，尽管大胆叫陈志远跪下。他一见这法宝，你叫他跪下，他决不敢违抗。你不叫他起来，他就有通天的本领，也不能起来，你便可当面数责他，或用法宝打他一顿，不过不能伤他的要害。你自觉仇已报了，就带着法宝回家，你法宝不离身，陈志远无论在什么时候、什么地方，决不能奈何你。"吴振楚半信半疑的问道："师傅这法宝，只能暂时借给弟子。有法宝在身，陈志远是不能奈何我，然一旦将法宝退还了师傅，陈志远不又得找弟子报仇吗？"瞿铁老笑道："冤冤相报，本无了时，只是我知道陈志远的为人，你尽管找他报仇，他但能放你过去时，没有不放你过去的。你和他既是从小在一块儿长大的人，而你与他结仇的原因，错处又不在他，你这番回去只要略占了些上风，就应该知道回头，将前事丢开，彼此做个朋友，岂不彼此都没有冤仇了吗？"

吴振楚听了这些话，心里总不觉有些疑惑这旱烟管，不知是不是可以制服陈志远的法宝，然当下除了依遵瞿铁老的话，没有旁的方法，遂和瞿铁老作辞，仍挑了那一百串钱，下山回凤凰厅来。这番回家，不比前番出来，须随处停留打听，得多耽搁时日。这回一帆风顺，没经过多少日子，便到了凤凰厅。

吴振楚在凤凰厅城里的声名既大，城里的人，不论老幼男女，不认识吴振楚的绝少。当他两次受辱，及倾家出门的时候，风声已传遍了满城，很有不少的人替陈志远担忧，都说吴大屠夫不回来则已，回来定得与陈志远见个高下。陈志远终日坐在家中，事奉寡嫂，如事老娘一样，也不出外寻师傅练武艺，只怕将来要败在吴大屠夫手里。这些话也有人说给陈志远听，陈志远只当没有这回事的，从容笑着说道："我和吴大屠夫有什么仇？他是出门做生意去了，毫不与我相干。"

这日吴振楚回到了凤凰厅，消息又登时传遍了满城。有一部分人，亲眼看吴振楚挑着一百串钱回来的，就推测吴大屠夫这番出门，必是不曾找着师傅，所以仍旧将挑去的师傅钱挑了回来。也有人说，若不曾找着师傅，练好了武艺，吴大屠夫是个要强争胜的人，决不肯仍回凤凰厅来。这两种推测，都有相当的力量。一般好事之徒，就拥到吴振楚的寓所，想探一个明白。吴振楚也不敢将带了法宝回来的话，对一般人提起，又不敢迟延，恐怕陈志远逃避。到家随即更换了衣服，慎重将事的提了那法宝旱烟管，大踏步走到陈志远家来。正遇着陈志远立在大门口，吴振楚见面，心中不由得有些害怕，唯恐法宝没有灵验，则这场羞辱，比前两场必然还要厉害。待不上前去吧，一则已被陈志远看见了，一则后面跟了一大群看热闹的人，退缩也是丢脸。逼得没有法使，只得回忆师傅吩咐的话，试用双手将旱烟管高高的捧起来，且看效验怎样？

想不到这旱烟管的力量，真比广成子的翻天印，还要厉害。陈志远原是闲立在大门口，意态十分潇洒，一见吴振楚的旱烟管捧起来，立时改变了态度，仿佛州县官见着督府一般，连忙抖了抖衣袖，趋前几步，恭恭敬敬的对吴振楚请了个安，起来垂手侍立，不敢抬头。

吴振楚得了这点儿效果，胆就壮起来了，放下脸来说道："陈志远，你自己知罪么？"陈志远躬身答道："是！知罪！"吴振楚道："你不应该两次羞辱我，今日见面，我非打你不可！"陈志远只连声应"是"，不敢抬头。吴振楚喝道："还不跪下！"陈志远应声，双膝往地下一跪。吴振楚举着旱烟管，没头没脑的就打，打得陈志远动也不敢动一动。

一般看热闹的人都说："吴大屠夫这番出了气了。"吴振楚听了这种声口，觉得自己有了面子，即停手说道："我的仇已报了，你起来吧，我要回去了。"陈志远立起身来，吴振楚转身要走，陈志远极诚恳的挽留道："很难得吴大老板的大驾光临，请进寒舍喝杯水酒。我还有要紧的话说。"吴振楚心想这法宝不离身，他是奈我不何的，且看他有什么要紧的话和我说，随即点头应允。陈志远侧着身体，引吴振楚到家里，推在上座，吴振楚只紧紧的握住法宝，陈志远并不坐下相陪，即进里面去了。好一会儿，才亲自搬出一席很丰盛的酒菜来，仍请吴振楚上座，自己主席相陪，只殷勤敬酒敬菜，并不见说什么要紧的话。

吴振楚心里好生疑惑，实在想不出陈志远怕旱烟管的理由来。他是个生性爽直的人，至此再也忍不住了。陈志远又立起来敬酒，吴振楚伸手按住酒壶说道："我酒已喝够了，用不着再喝，并且我心里有桩事不

66

明白，酒喝得越多越是纳闷。于今我的仇已报过了，知道你是个度量宽宏的人，不必因刚才的事记恨我，我愿意从此和你做一个好朋友，不知你心里怎么样？"陈志远道："只要吴大老板不嫌弃我，这是再好没有的事。"吴振楚喜道："我今日骂也骂了你，打也打了你，我知道我的本领，比你差远了，只是你为什么见了这旱烟管，就俯首帖耳的，由我骂，由我打，还要留我喝酒，这是什么道理？我真不懂得，还得请你说给我听才好。我因存心从此和你做好朋友，所以不妨问你这话。"

陈志远笑道："你至今还不懂得这道理吗？"吴振楚道："我实在是不懂得。若懂得，也不问你了呢！"陈志远道："你不是瞿铁老的徒弟吗？"吴振楚很诧异的说道："你怎么知道我是瞿铁老的徒弟？"陈志远笑道："我若不知道，也不怕这旱烟管了。"吴振楚道："我虽是瞿铁老的徒弟，只是瞿铁老交这旱烟管给我的时候，并不曾向我说出你怕这东西的道理来。我一路疑心这东西靠不住，直到刚才，方相信这玩意儿真有些古怪。但是，像你这么有能为的人，怎的倒怕了这一尺长的旱烟管，这道理我再也猜不透。"

陈志远道："瞿铁老不曾说给你听，怪道你不知道。你于今和我算是一家人了，不妨说给你听。我和瞿铁老，原是师兄弟。我们师兄弟共有三人，大师兄就是瞿铁老；第二个是我；第三个是我师傅的儿子，年纪很轻，性情很古怪，文学极好。我们师傅姓缪，师弟叫缪祖培，一般人都称他'缪大少爷'。"吴振楚听到这里，跳起来说道："原来你是我的二师叔。我到瞿铁老那里去做徒弟，就是三师叔缪大少爷，写信教我去的。"

陈志远点点头，接着说道："我们三个人当中，论为人正直无私，居心仁厚，算瞿铁老为最；论为人机智多谋，学问渊博，就得推三师弟；只我没什么好处，就只师傅传下来的功夫，我比他两人略能多领会些儿。在四个月以前，我师傅老病发了，我得信赶去，想顺便邀瞿铁老同行，才走到那笔锋山下，就见你昂头掉臂的向山下走来。我料见面必然寻仇，连忙躲过一边，让你过去。及至山下看时，庙里一个人也没有，向山下的瞿铁老徒弟家一打听，知道已在数日前，和缪大少爷同下山去了。又打听了你到那里拜师的情形，回身上山，取了你一百多两师傅银。因怕你在山上用不着银钱，无缘无故不会去床底下翻看银两，隔多了日子发觉出来，或不免诬赖许多同学的小兄弟，所以故意将椅子移开，被褥翻乱，使你回去一望，就知道失窃。"

吴振楚又跳起来指着陈志远笑道："好，好，好！师叔偷起侄儿的银子来了。我说旁人哪有这么大的胆量，敢到那山上去偷银子！"陈志远笑道："我并不需银子使用，是有意和你开玩笑的，银子还是原封未动，就还给你吧！"旋说旋从怀中摸出那银包来，递到吴振楚面前。吴振楚连忙推让道："这银两本是应送给师傅的，师傅不受，就送给师叔也是一样。"陈志远大笑道："那么我便真个成了小偷了。"

吴振楚再想让，陈志远已继续着说道："我那日从笔锋山赶到师傅家，师傅已病在垂危，不住的向家里人问我到了没有，我一到，师傅就勉强挣扎起来吩咐道：'我练了这身武艺，平生只传了你们三个徒弟。我知道我这家武艺，将来必从你们三人身上，再传出许多徒弟来。不过我这家武艺不比寻常，倘传授不得其人，贻害非同小可。我上面虽有师承，然法门到我手里才完备，就以我为这家武艺的师祖，我也居之无愧。我于今快要死了，不能不留下几条戒章来，使你们以下的人，有所遵守。'师傅说到这里，就念了几条戒章，教三师弟写了。接着说道：'戒章虽然写在这里，只是若没有一个执掌戒章的人，就有人犯了戒，也没人能照戒章去处罚他。你们三人之中，只有大徒弟为人最正直，这戒章暂时交他执掌，将来再由他委正直徒弟执掌。自后无论是谁的徒弟，见了执掌的人，就和见了我一样。我这条旱烟管，此时也传给大徒弟，将来大徒弟执掌戒章，也连同旱烟管一同传给，犯了戒章的，即用这旱烟管去责打，如敢反抗，便是反抗师祖，须逐出门墙之外。'师傅吩咐完了，就咽了气。所以我一见你捧出这旱烟管，我就知道是瞿铁老给来报复我的。"

吴振楚听出了神，至此忽然双手擎着旱烟管，立起来说道："该死，该死！既是这么一个来历，这旱烟管不应我执掌，就交给师叔，将来求师叔转交给师傅吧！"陈志远道："你师傅并非交你执掌，也没教你托我转交，你带回好生供奉着便了。"吴、陈二人的冤仇，就此解决。

后来又过了两年，陈志远的寡嫂死了，陈志远替侄儿成立了家室，置了些产业，自云入山修道，就辞别亲友，不知去向。吴振楚的武艺，于今凤凰县城里正在盛行，已有不少的徒弟。

吴振楚的事，既已在这夹缝中交代清楚了，于今却要接叙霍元甲师徒和农劲荪在上海，与沃林订约的事。话说这吴振楚去了之后，霍元甲对农劲荪说道："我见振声喜滋滋的进来说，有人要会我，我满心欢喜，以为是沃林那里打发人来了，谁知却是这么一个不相干的人。"农劲荪笑道："我也以为沃林那边派来的，这姓吴的也是活该要来上海跑这么一趟。他到天津不害病，固然可以看得见四爷，我那日从四爷栈里出来，在街上遇见他，若不是他眉目间带些杀气，估料他不是善良之辈，也得上前问他的姓名来历。他一提是特地到天津找四爷的，我岂有个不引他见四爷之理！"

霍元甲道："就是农爷那时引他来见，我也决不至收受他做徒弟，并不是因霍家迷踪艺不传外人，如果真有诚实好学的人，我也未尝不肯破例。即如振声在我那里，表面上虽不曾成日的教他使拳踢腿，然骨子里和他时常谈论的，有哪一拳、哪一脚不是霍家迷踪艺的精髓！我其所以决不肯收这汉子做徒弟的原因，只是为他生成一副凶神恶煞的面相，一望就知道不是个好玩意儿，此时拒绝他很容易，日后懊悔就难了。"农劲荪连连点头应是。

霍元甲道："方才因这汉子一来，把我的话头打断了，我们还是到沃林那边去催促一番么？"农劲荪说："好！"于是三人又往静安寺路去访沃林。这时沃林不在家，有个当差的中国人出来说："沃林到南洋去了，就在这几日之内仍得回上海来。"霍元甲听了，心中好生不快，对农劲荪说道："一般人都说外国人最讲信用，原来他们外国人的信用，是这么讲的。他自己约我们在上海等通知，既要到南洋去，怎么也不通知我们一声呢？"

农劲荪道："这当差的既说就在这几日内，仍得回上海来。他必是自己没有把握，若写信或打电报去和奥比音商量，一则难得明了，一则往返耽搁时日；不如亲自走一遭，当面商量妥洽，再来应付我们，这倒不是随便推诿的举动。没奈何，只得耐烦再等几日。"

霍元甲勉强按捺住火性归寓，这夜连晚膳都懒得用。次早和同寓的许多天津商人，在一个食堂里用早点。霍元甲生性最怕招摇，虽和许多天津商人住在一块，并不曾向人通过姓名。这一班天津商人当中，没有一个脑筋中，没有霍元甲的名字，却没一个眼睛里，见过霍元甲的面貌。因此霍元甲在这客栈里，住了好几日，同住的没一人知道。每日同食堂吃饭，霍元甲只是低着头不说话。

这时正在一块儿用早点，霍元甲听得隔桌一人，和同坐的说道："才去了一个外国大力士，于今又来了两个外国大力士，不知外国怎么这么多大力士，接连有得到上海来！"同坐的答道："外国若没有这么多大力士，如何能有那么强梁呢！我中国若有这么多大力士，也接连不断的到外国去，一照样显显本领，外国人也不敢事事欺负我们中国了。"

霍元甲听了这类没知识的话，虽觉好笑，然于今又来了两个外国大力士的那一句话，入耳惊心，禁不住想向那人打听个明白，只是还踌躇不曾开口，随即就听得那同坐的问道："于今来的两个，也是英国人吗？你怎么知道又来了两个呢？"那人道："是不是英国人却弄不清楚，我是刚才看见报上有一条广告，好像说是一个白国的大力士，一个黑国的大力士，约了今日下午在张园比武。"同坐的说道："这倒好要子，有一个白国的大力士，居然有一个黑国的大力士和他配起来。可惜我今天没工夫，不然，倒要去张园瞧瞧这把戏。"

霍元甲听了这些胡说乱道的话，料知便向他们打听，也打听不出一个所以然来，看农劲荪已用完早点回房去了，遂也起身走到农劲荪房中，只见农劲荪正立在桌子跟前，低头翻看报纸。霍元甲开口问道："方才那人说又来两个大力士的话，农爷听得么？哪里有什么黑国、白国，只怕是信口乱吹的。"农劲荪抬头答道："不，是有这一回事。我今早看报，不曾在广告上面留神，没看出来。就因听得那人说是在报上看见的，所以连忙回房，向报上寻那条广告。还好，很容易的被我寻着了。两个外国大力士，今日午后在张园比武，这些话那人说得不错，只是一个是白种人，一个是黑种人，这广告标题，就是'快看黑种人与白种人比武'。四爷若高兴去瞧，我就陪四爷去一趟。"

霍元甲道："他们黑种人、白种人平白无故，为什么要跑到上海来比武？比武就比武，为什么要在张园比？更为什么要在中国报纸上登广告，招徕看客？这哪里是认真比武，借着比武骗钱罢了。这广告上也自称'大力士'吗？"农劲荪点头笑道："当然是大力士。若不是大力士，平常人打架，有谁肯花钱去看。"

霍元甲道："既是一般的自称大力士，一般的到中国招摇撞骗，我来上海干吗的，为什么不高兴去！奥比音打不着，就打打这两个也是好的。总之，我抱定宗旨，不问是哪一国的大力士，到中国来不卖艺骗钱就罢，要卖艺骗钱，便要不给我知道才好，知道是免不了要和他见个高下的。我不幸被他打输了，才心甘情愿让他们在中国横行。"农劲荪笑道："这自是变相的卖艺骗钱方法，不然，也不是这么招摇了。"

这日午餐，霍元甲的饭量比最近三四日，差不多增加了一倍。吃了午饭，仍是师徒二人，跟着农劲荪到张园。广告上载的午后二时开幕，这时还不到一点钟，场内的中、西看客，已是拥挤得连足都插不进了。依霍元甲的意思，进场不等开幕，就要农劲荪先去和那两个自称大力士的交涉。农劲荪不肯鲁莽，说他们今日广告上载的，是白种人与黑种人比武，并没载出黄种人来。他们凭这广告，招徕这么多看客，在势已不能临时更改，惹起许多看客的反对。并且，我们事前一次也不曾和他们接洽，此次突如其来，他们猜不透我们是何等能耐的人，而比武又是大之关系性命、小之关系名誉的事，这时去交涉，眼见得他们决不肯一口承认，十九也是和在天津与俄国大力士交涉一样。我们既花了买入场券的钱，何不等到看了再说，免得去碰他们的钉子。霍元甲只得依从。

一会儿，两个自称大力士的出场了。两人的体魄，本来比中国人高大。这两个自称大力士的，体魄更比一般西人高大。晃晃荡荡的走出场来，俨然和一对开路神相似。那立在右手边的黑人，就像是一座铁塔。姑不论两人的力量如何，就凭这两副体魄，已能使一般看客吃惊。

两人出场，对着行了一鞠躬礼，并不开口说话，分左右挺胸站着。

随即有两个西人出来，带了一个三十来岁的西装中国人在后面，先由中国人向看客说明比武的次序。原来先用种种笨重的体育用具，比赛力量，最后才用拳斗。

不知二人比赛谁胜谁负，霍元甲如何与二人交涉，且俟下回再写。

总评：

上回瞿铁老谓吴振楚之仇，无法可报，说得斩钉截铁，几乎绝无转圜之余地矣。而此回忽然用半年前与半年后之分别，一笔兜转，妙在此一种理由，上文早有伏笔，故说来并不突兀。譬之弈棋，入手所布闲着，此时咸得应用矣。

瞿铁老以旱烟管为法宝，授之吴振楚。吴振楚如法用之，果能将陈志远制服，此一段令人如读《西游》《封神》，而疑旱烟管真为法宝矣。及至一旦说明，则又恍然大悟，毫不足怪也。

此一回乃吴振楚传之结果也。以前种种闷葫芦，到此一一打破，读之使人十分畅快。

吴振楚与陈志远结怨甚深，乃终能涣然冰释，言归于好，结得使人不测。窥作者之意，盖极力欲避去金光祖与罗大鹤之一段故事也。

第八回

会力士农劲荪办交涉
见强盗彭纪洲下说辞

　　话说两个大力士在场上，各用数百磅重的体育用具，做了种种的比赛。白种人比不过黑人，在场看的白种人面上，一个个都现出不愉快的颜色。休息十来分钟后，两个大力士都更换了拳斗家的衣服，带了皮手套，由那两个跟着出场的西洋人，立在场中，将两力士隔断。二人手中都托着一只表，各自低头看时刻。在这时，两力士各做出摩拳擦掌、等待厮打的样子。看表的看得是时候了，彼此对着看了一下，急忙几步往后退开，口里同时呼着"一二三"。三字刚才出口，白力士已如饿狼抢食一般的向黑力士扑去。黑力士当胸迎击一拳，虽击中了，却不曾将白力士击退。白力士想伸手叉黑力士的脖子，没叉着，顺势就将黑力士的脖子抱住了。

　　看客中的西洋人，全是白种，看了这情形，莫不眉飞色舞，有鼓掌的，有高声狂吼的。无奈白力士不替白种人争气，力量没黑力士的大，虽抱住了脖子，禁不住黑力士将身一扭，扭得白力士立脚不牢，身体跟着一歪；黑力士趁势挣脱了手，就是一拳，朝着白力士脸上横打过去。白力士避让不及，被打得栽倒在一丈以外。中国人的看客，一齐拍掌叫好，西洋人就怒发冲冠了。

　　西洋的习惯，白人从来不把黑人当人类看待，是世界上人都知道的。这番白人居然被黑人打败了，在场的白人怎的不以为奇耻大辱，有横眉怒目，对黑力士叽咕叽咕咒骂的；有咬牙切齿、举着拳头对黑力士一伸一缩的；有自觉面上太没有光彩，坐不住，提脚就走的。种种举动，种种情形，无非表示痛恨黑力士，不应忘了他自己的奴隶身份，公然敢侮辱主人的意思。

刘振声看了这些情形，便问农劲荪道："这许多看的洋人，是不是都和这个打输了的力士是朋友？"农劲荪笑道："其中或者有几个是朋友，决不会都是朋友。"刘振声道："一个个都像很关切的，见这力士打输了，都做出恨不得要把那黑东西吃下去的样子，我想不是至好的朋友，这又不是一件不平的事，怎的做出这种样子来！"

农劲荪正待回答，只见场上的公证人，已宣布闭幕。看客纷纷起身，便也起身对霍元甲道："我们此时可以去交涉了。"霍元甲笑道："我正看得心里痒得打熬不住了，像这样的笨牛，居然也敢到中国来耀武扬威，若竟无人给点儿厉害他看，就怪不得外国人瞧不起中国人，说中国人是病夫了。"农劲荪引着霍元甲师徒，还没走进内场，迎面遇着那穿西服的中国人，农劲荪忙向那人点头打招呼。

那人初走出来的时候，显得昂头天外、目无余子的样子，及见农劲荪那种堂皇的仪表，穿的又是西服，更显得精神奕奕、魁伟绝伦，大约不免有些自惭形秽，连忙脱帽还礼。农劲荪走近前说道："刚才见先生代大力士报告，不知先生是不是担任通译？"那人应道："虽是兄弟担任通译，不过是因朋友的请托，暂时帮帮忙，并不曾受大力士之聘请。开幕的报告完了，兄弟的职务也跟着完了，但是先生有何见教，兄弟仍可代劳。"

农劲荪表示了谢意，从袋中摸出准备好了的三张名片来，对那人说道："今日两位大力士登场，名义上虽是私人比赛，然登报招徕看客，看客更须买券才能入场，实际与卖艺无异。敝友霍元甲，特地来拜望两位大力士，并妄想与大力士较一较力量。这位便是霍君，这位是霍君的高足刘振声君，都有名片在此，这是兄弟的名片。论理，本不应托先生转达，不过要借重先生，代我等介绍到大力士跟前，兄弟好向大力士表明来意。"

那人接过名片看了一看，连连点头道："兄弟很愿意代诸位介绍，请随兄弟到这里来。"农劲荪三人，遂跟着那人走入内场。农劲荪看两

74

个大力士，都在更换常服。有几个服饰整齐的西人，围着一张餐桌，坐着谈话。那人上前对一个年约五十多岁、满脸络腮胡须的西人，说了几句话，将三张名片交了；回头给农劲荪等三人介绍，众西人都起身让座。农劲荪很委婉的将来意说明，众西人面上都露出惊愕的样子，一个个都很注意霍元甲。

那有络腮胡须的西人，略略的踌躇了一下，对农劲荪等赔笑说道："同请三位坐待一会儿，我与大力士研究一番，再答复三位。"农劲荪忙说请便，只见众西人也都跟着走过一边，和两个大力士窃窃私语。一会儿，那有络腮胡须的西人，带了那个比赛胜了的黑大力士过来，和农劲荪等相见，二人也都拿出名片来。原来那西人叫亚猛斯特朗，黑力士叫孟康。

亚猛斯特朗向农劲荪道："霍君想比赛，还是像今日这般公开比赛呢，还是不公开北赛呢？"农劲荪问霍元甲，答道："自然是要像今日这般的公开比赛，不然我说将他们打得落花流水，外间也没人知道。"农劲荪述了要公开的话，亚猛斯特朗道："既是要公开，双方就得凭律师订立条约，免得比赛的时候，临时发生出困难问题。"

农劲荪道："凭律师订条约，自是当然的手续，不过两位大力士，还是作一次和霍君比赛呢，还是分作两次比赛呢？"亚猛斯特朗道："只孟康一人，愿意与霍君比赛，比赛的时间与地点，须待条约订妥之后，再与霍君共同商议，只看霍君打算何时同律师来订条约？"农劲荪与霍元甲商量了一会儿，就定了次日偕同律师，到亚猛斯特朗寓所订约，当下说妥了，作辞退了出来。

霍元甲一路走着对农劲荪笑道："此间的事真料不定，我们巴巴的从天津到上海来，为的是要和奥比音较量，近来时刻盼望的，就是沃林的通知，做梦也没想到沃林的通知还没到，又来了这两个大力士，并且很容易的就把比赛的事说妥了。这里倒没有沃林那么种种故意刁难的举动。"

农劲荪回头对刘振声笑道："你瞧你师傅，这几日等不着沃林的通知，急得连饭也吃不下，这时见又有笨牛给他打了，他就喜得张开口合不拢来。不过据我看来，四爷且慢欢喜着，这里也不见得便没有种种故意刁难的举动。"刘振声道："他就是有意刁难，也不过和沃林一样，要赌赛银两。沃林要赌赛一万两银子，尚且难不住师傅，难道这里敢更赌多些？在师傅就只虑赌得太多，一时找不着担保的铺户，不然，是巴不得他要求多赌。多赌一百两，多赢一百两，横竖不过三拳两脚，这银子怕不容易到手吗？"农劲荪笑道："但愿这里也和沃林一样，只以要赌赛银两为要挟，不节外生枝的发出旁的难题才好，世间的事，本来都不容易逆料。"

三人一路谈论着，回到寓处，正走进客栈门，只见迎面走出来一个仪容俊伟、服饰华丽的少年，步履矫健异常，绝不是上海一般油头粉面、浮薄少年的气概。农劲荪不由得很注意的向他浑身上下打量，而那少年，却不住的打量霍元甲。霍元甲倒不在意，大踏步的走进去了。

农劲荪回房向霍元甲说道："刚才在大门口，遇着的那个二十多岁的后生，倒像是在拳脚上，用过一会儿苦功夫的人，四爷留神看他么？"霍元甲摇头道："我心中有事，便是当面遇着熟人，人家若不先向我打招呼，我也不见得留神。并且这客栈门口，来往的人多，我从来出入，不大向左右探望。是一个什么样的后生，农爷何以见得他是在拳脚上用过苦功夫的？"

农劲荪还不曾回答，即见刘振声擎着一张名片进来说道："这姓彭的在外面等着，说是特拜访师傅和农爷的。"农劲荪起身接过名片，看上面印着"彭庶白"三个字，下方角上有"安徽桐城"四个小些儿的字。心想莫不就是那个后生么？遂递给霍元甲看道："四爷可认识这彭庶白？"

霍元甲道："不认识。既是来看你我，总得请进来坐。"刘振声应是出去，随即引了进来。农劲荪看时，不是那少年是哪个！主宾相见，礼毕就座。

彭庶白向霍元甲拱手笑道："庚子年在新闻纸上，第一次得见先生的大名，那种空前绝后的豪侠举动，实在教人不能不五体投地的佩服。当时新闻纸上，不见农先生的大名，事后才知道农先生赞襄的力量很大。像农先生这般文武兼资的人物，成不居名，败则任咎，更教人闻风景仰。庶白本来从那时便想到天津，拜望两位先生，只因正在家中肄业，家君监管得严，不许轻易将时光抛废，抽身不得，只好搁在心中想望丰采。嗣后不久，家君去世，在制中又不便出门。去年舍间全家移居上海，以为不难偿数年的积愿了，谁知家君去世，一切人事都移到了庶白身上，更苦不得脱身。想不到今日在张园看大力士比武，同学萧君对庶白说，霍先生和农先生都到了这里，霍先生要找孟康大力士较量，因我替大力士当通译。霍先生等是由我介绍去见亚猛斯特朗的，所以知道。庶白得了这消息，立时逼着萧君，要他引到内场，见两位先生。他说已不在内场了，不过霍先生曾留了住处在亚猛斯特朗那里，他从旁看得分明，当下就将霍先生的寓处，告知了庶白。庶白不敢耽搁，从张园径到这里来，这里账房说不曾回来，庶白正打算等一会儿再来，走到大门口，凑巧迎面遇着。庶白虽不曾拜见过两位，然豪杰气概究竟不比寻常，回头再同账房，果然说方才回来的便是。今日得遂庶白数年积愿，真可算是三生有幸了。"

霍元甲听彭庶白说完这一段话，自然有一番谦逊的言语。这彭庶白虽才移居上海不久，然对于上海的情形非常清晰。上海有些体面的绅士，和有些力量的商人，彭庶白不认识的很少，后来霍元甲在上海摆擂台，及创办体育会种种事业，很得彭庶白不少的助力。讲到彭庶白的历史，其中实夹着两个豪侠之士在内。彭庶白既与霍元甲发生了种种的关系，在本书中也占相当的地位，自不能不将他有价值的历史，先行叙述一番。不过要叙述彭庶白的历史，得先从他伯父彭纪洲述起。

彭纪洲是古文家吴挚甫先生的得意门生，文学自然是了不得的好。只是彭纪洲的长处，却不专在文学，为人机智绝伦，从小便没有他不能解决的难事，更生成一种刚毅不屈的性质。当未成年的时候，在乡间判断人家是非口舌的事，便如老吏断狱，没有人能支吾不服的。吴挚甫器重他，也就是因这些举动。当时人见他在吴挚甫先生门下，竟比他为圣门中的子路，即此可见得彭纪洲的为人了。彭纪洲的学问虽好，只是科名不甚顺遂，四十五岁才弄到一个榜下即用知事，在陕西候补了些时，得了城固县的缺。

彭纪洲到任才两三个月，地方上情形还不甚熟悉。这日接了一张词呈，是一个乡绅告著名大盗胡九，统率群盗，于某夜某时，明火执仗，劈门入室，被劫去银钱若干，衣服若干，请求严拿究办。彭纪洲看了这词呈，心想胡九既是著名大盗，衙里的捕快，总应该知道他些历史，遂传捕头朱有节问道："你在这里当过几年差了？"朱有节道："回禀大老爷，下役今年五十岁，已在县衙当过二十年差了。"彭纪洲道："你既当了二十年的差，大盗胡九在什么年间，才出头犯案，你总应该知道。"朱有节道："下役记得，胡九初次出头犯案，在三十年以前。这三十年来，每年每月汉中道二十四厅（民国以来，已改府、厅、州为县，如宁羌县。宁羌州佛坪县，那时为佛坪厅；汉阴县为汉阴厅）、县中，都有胡九犯的盗案。这三十年当中，胡九的积案累累，却不曾有一次破获过正凶。只因胡九的踪迹，飘忽不定。他手下的盗党，已破案正法的不少，只胡九本人，连他手下的盗党，都不知道他的踪迹。因此胡九的盗案，历任大老爷费尽心力，都只能捕获他手下几个盗党，或追还赃物。"

彭纪洲听了怒道："混账！胡九是强盗，不是妖怪，既能犯案，如何不能破案？国家靡耗国帑，养了你们这些东西，强盗在境内打劫了三十多年，你们竟一次不能破获，要你们这些东西何用！于今本县给你三天限，若三天之内不能将胡九拿获，仔细你的狗腿便了。"朱有节见了彭纪洲那盛怒难犯的样子，不敢再说，诺诺连声的退去了。

次日一早，彭纪洲连接了四张词呈，看去竟都是告胡九率众明火抢劫，中有两张所告的被劫时刻并是同时，而地点却相隔百多里。彭纪洲看了不觉诧异道："胡九做强盗的本领，纵然高大，一般捕快都拿他不着，然他没有分身法，如何能同时在相隔百多里的地方，打劫两处呢？他若不与捕快们通气，哪有犯了三十多年的盗案，一次也不曾破获过的道理？并且黑夜抢劫，强盗不自己留名，失主怎的能知道就是胡九？胡九便有天大的本领，不是存心与做官的为难，又何苦处处留下名字？据朱捕头说，汉中道二十四厅、县，每月都有胡九犯的案，可见得并非与做官的为难，这其中显有情弊。世间也没有当强盗的人，连自己盗魁的踪迹都不知道的,这必是一般捕快受了胡九的贿,代胡九隐瞒。若是上司追比得急,就拿一两个不关重要的小盗,来塞责了案。胡九不在我辖境之内犯案便罢了,既是两夜连犯了五案,而五案都指名告他,我不能办个水落石出,拿胡九到案,断不放手。"

彭纪洲主意打定,无非勒限城固县所有的捕快,务拿胡九到案。可怜那些捕快,三日一小比,五日一大比,一个个都逼得体无完肤,各人的家小都被押着受罪。众捕快只是向彭纪洲叩头哀求,异口同声说:"胡九实在是谁也拿不到手的,若能拿到手,不待今日,三十年前早已破案了。"彭纪洲心想不错,胡九便有钱行贿,难道二十四厅、县的捕快,没一个没受他的贿。各捕快都有家小,胡九能有多少钱行贿,能使各捕快,不顾自己身体受苦,和家小受罪,是这么替他隐瞒呢?彭纪洲想罢,即问众捕快道:"胡九究竟有什么本领,何以谁也拿不到手呢?"

众捕快道:"从来没有人知道胡九的本领,究竟怎么样,只是无论有多少人将他围住,终得被他逃掉,霎霎眼就不见他的影子了。"彭纪洲又问道:"胡九平日停留在什么地方,你们总应知道。"众捕快面面相觑,同声说:"委实不知道。"彭纪洲只得暂时松了追比,心里寻思如何捉拿的方法。寻思了一日,忽然将捕头朱有节传到跟前说道:"本县知道你们不能拿胡九到案,是实在没有拿他的力量。本县于今并不责成你们拿了,本县自有拿他的方法。不过胡九的住处,你得告知本县。你只要把胡九的住处说出来了,以后便不干你们的事。你若连他的住处都隐瞒不说,那就怨不得本县,只好严行追比,着落在你们身上,要胡九到案。本县说话,从来说一句算一句的,永远没有改移。你把胡九的住处说出来,便算你销了差,此后胡九就每夜犯案,也不干你的事了。"

朱有节暗想这彭大老爷自到任以来,所办的事,都显得有些才干。他此刻是这么说,自必很有把握。他说将胡九的住处说出来之后,就不干我的事了,他是做官的人,大约不至在我们衙役跟前失信,我又何妨说出来,一则免得许多同事的皮肉受苦,家小受屈;二则倒要看看这彭大老爷,毕竟有什么方法去拿胡九。二十四厅、县的捕快,三十年不曾拿着的胡九,若真被一个读书人拿着了,岂不有趣!

朱有节想停当了即说道："既蒙大老爷开恩，不追逼下役，下役不瞒大老爷说，胡九的住处实是知道，不过不敢前去拿他。"彭纪洲点头道："你且说明胡九住在哪里？"朱有节道："他家就在离城两里多路的山坡里，只一所小小的茅屋便是。"彭纪洲道："他家有多少人？"朱有节道："只胡九一人。胡九有一个八十多岁的母亲，已双目失明了，寄居在胡九的姊姊家里，不和胡九做一块儿住。"

彭纪洲道："你可知道他母亲，为什么不和胡九做一块儿住么？"朱有节道："胡九事奉他母亲极孝，因自己行为不正，恐怕连累他老母亲受惊，所以独自住着。"彭纪洲道："既知道自己行为不正，将连累老母，却为什么不改邪归正呢？"朱有节道："这就非下役所知了。"彭纪洲道："胡九在家的时候多呢，还是出外的时候多呢？"朱有节道："他夜间终得回那茅屋歇宿。"

彭纪洲问明白了，等到初更时候，换了便装衣服，教朱有节提了个"城固县正堂彭"的灯笼，在前引导，并不带跟随的人，独自步行出城，到胡九家来。在路上，又向朱有节问了一会儿胡九的年龄、相貌。两里多路，不须多大的工夫就走到了。朱有节停步问道："胡九的家，就在这山坡里，请大老爷的示，这灯笼吹灭不吹灭？"彭纪洲道："糊涂虫！吹灭了灯笼，山坡里怎么能行走。你不要胆怯，尽管上前去敲他的大门。"

朱有节也不知彭纪洲葫芦里卖的什么药，只得走到茅屋跟前，用指头轻轻的弹那薄板大门，里面有人答应了，随即"呀"的一声，大门开了。彭纪洲借着灯笼的光，看那开门的人，年约五十多岁，瘦削身体，黄色脸膛，容貌并不堂皇，气概也不雄伟，眉目间虽有些精彩，然没一点凶悍之气，绝不像一个积案如山的大盗；和朱有节所说的年龄、相貌一一符合，知道这人便是汉中二十四厅、县捕快拿不着的胡九了，遂大踏步跨进大门。

这人初见着灯笼及彭纪洲，面上略露点儿惊异的意味，然立时就回复了原状，侧身让彭纪洲进了大门；忙端了一张靠椅，让彭纪洲就座。彭纪洲也老实不客气的坐了。这人上前拱手问道："先生尊姓？此时到

80

寒舍来，有何见教？"彭纪洲带着笑容，从容答道："我就是才来本县上任不久的彭纪洲，你可是胡九么？"这人听了，连忙跪下叩头道："小人正是胡九。"彭纪洲也连忙起身，伸手将胡九扶起道："这里不是公堂，不必多礼，坐下来好说话。"胡九趁势立起身，告罪就下面一张小凳子坐了。

彭纪洲道："胡九，你可知道，已有五户人家指名告你，统率凶徒，明火执仗，抢劫财物的事么？"胡九低头应道："胡九实不知道。"彭纪洲道："某某五家的案子，是不是你做的呢？"胡九道："既是指名告的胡九，自应是胡九做的。"彭纪洲道："是你做的，便说是你做的；不是你做的，便说不是你做的，怎么说自应是胡九做的呢，到底是不是你做的？好汉子说话，不要含糊！"

胡九道："是！"彭纪洲补问一句道："五家都是你做的吗？"胡九道："是胡九做的。"彭纪洲道："你可知道某某两家，相隔百多里，却是同时出的案子么？"胡九道："是！胡九知道。"彭纪洲笑道："你姓胡，这真是胡说了。你不会分身法，怎能同时在百里之外，做两处案子？只怕是代人受过吧！本县爱民如子，决不委屈好人，你如有什么隐情，尽管在本县前说出来。"

胡九道："谢大老爷的恩典，胡九并没有什么隐情可说！"彭纪洲道："汉中二十四厅，县，三十年来，你县县有案，你既做了这么多的大案，一次也不曾破过。论理，你应该很富足了，为什么还是单身一个人，住在这卑陋的茅房里，劫来的金银服物，到哪里去了呢？"胡九道："胡九手头散漫，财物到手，就挥霍完了，因此一贫如洗。"

彭纪洲道："你好赌么？"胡九道："胡九不会赌，不曾赌过。"彭纪洲道："好嫖么？"胡九道："胡九行年五十，还是童身。"彭纪洲道："你住的这么卑陋茅房，穿的这么破旧的衣服，不赌不嫖，所劫许多财物，用什么方法一时便挥霍得干净，你有徒弟么？"胡九道："没有徒弟。"彭纪洲又问："有很多的党羽么？"胡九答："一个党羽也没有。"

彭纪洲不由得愤然作色道："胡九，你何苦代人受过，使二十四厅、县的富绅大商受累。三十年来所有的盗案，分明都是一般无赖的小强盗，假托你名义做的。你一个堂堂的好汉，何苦代他们那些狐朋狗党受尽骂名？此时还不悔悟，更待何时！"

胡九听了这几句话，如闻晴天霹雳，脸上不觉改变了颜色，错愕了半晌说道："敢问大老爷，何以知道是旁人假托胡九的名义？"彭纪洲仰天大笑道："这不很容易知道吗？姑无论你没有分身法，不能同时在百里之外，做两处劫案，以及到处自己报名种种破绽；即就你本身上推察，也不难知道，世岂有事母能孝、治身能谨能俭的人，屑做强盗的道理？你不要再糊涂了，'人死留名，豹死留皮'，以你这种人物，无论被人骂一辈子强盗，至死不悟，也太不值得了！"

胡九忽然抬起头来，长叹了一声道："真是青天大老爷，明见万里。这许多案子，实在不是胡九做的。"彭纪洲道："究是谁人做的呢？"胡九道："正是青天大老爷所说的，一般无赖之小强盗做的。"彭纪洲道："那般小强盗和你有仇吗？"胡九道："并没有仇。"彭纪洲道："既没有仇，何以抢劫之后，都向事主说出你名字呢？"胡九道："他们怕破案，因就说出胡九的名字来。"

彭纪洲道："他们怕破案，你住在离城没三里路的所在，难道不怕破案吗？"胡九道："求青天大老爷恕胡九无状，胡九是不怕破案的。"彭纪洲道："你不怕破案，难道不怕辱没祖宗，遗臭万年吗，怎么不到案声辩呢？"胡九低头不作声，彭纪洲道："本县知道了。本县问你，你敢到本县衙门里去么？"胡九道："青天大老爷叫胡九去，胡九怎敢不去！"彭纪洲道："好汉子，埋没真可惜。你约什么时候，到本县衙里去，本县好专等你来。"

胡九略踌躇了一下道："明日下午去给青天大老爷禀安。"彭纪洲立起身道："明日再见。"仍大踏步走出来，胡九躬送到大门外。彭纪洲走了十来步，才听得胡九关门进去了。朱有节提着灯笼在前，归途更觉容易走到。

彭纪洲回到县衙，和绍兴师爷吴寮说道："我刚从胡九家里回来，与胡九很谈了不少的话。"吴寮实时现出惊讶的脸色问道："胡九不是著名的大盗吗，东家和他谈了些什么话？"彭纪洲将所谈的话，略述了一遍，并把已约胡九明日下午到衙里来的话说了，接着问他："若道真个来了，应该怎生对待他？有何高明的计策，请指教指教。"

吴寮一面捻着几根疏秀的乌须，一面摇头晃脑的说道："只怕那东西不见得敢来，他若真个来了，确是东家的洪福。三十多年之久，二十四厅、县所有捕快之多，办他不到案；东家到任才得三个多月，不遣一捕，不费一钱，只凭三寸不烂之舌，将这样凶悍的著名积盗，骗进了衙门，不是东家的洪福是什么？东家唯赶紧挑选干役，埋伏停当，只等他到来，即便动手，正是'准备窝弓擒猛虎，安排香饵钓金鳌'，乘他冷不防下手，哪怕他有三头六臂，也没有给他逃跑的份儿。这也是他恶贯满盈，才鬼使神差的居然答应亲自到衙门里来。"

彭纪洲见吴寮说得扬扬得意的样子，耐不住说道："照老先生说的办去，就只怕汉中二十四厅、县的盗案，将越发层出不穷，永远没有破获的一日了。"吴寮没了解彭纪洲说这话的意思，连忙答道："东家不用过虑，汉中二十四厅、县的盗案，只要捕获了胡九，就永远清平的。哪一件案子不是胡九那东西干的？实在是可恶极了。"

彭纪洲气得反笑起来问道："二十四厅、县的捕快，都拿胡九不着，不知老先生教兄弟去哪里挑选能拿得着胡九的干役？"吴寮沉吟道："拿不着活的，就当场格毙，也是好的。"彭纪洲大笑道："胡九既肯到这里来，还拿他干什么？他若是情虚，岂有个自投罗网之理！兄弟约他来，是想和他商量这三十年中的许多悬案，丝毫没有诱捕他的心思。兄弟是此间父母官，岂可先自失信于子民？胡九明日来时，他就一一供认不讳，三十年中的盗案，尽是他一人做的，他自请投首吧；若不自请投首，我一般放他自去，等他出了衙门之后，兄弟再设法拿他，务必使他心甘情愿的受国家的刑罚。"

吴寮见彭纪洲这么说，自觉扑了一鼻子的灰，不好再说了。等到夜深，彭纪洲悄悄的传朱有节到里面，吩咐了一番言语，并交给朱有节五十两银子，朱有节领命办事去了。彭纪洲便一意等候胡九，好实行自己预定的计划。

不知预定的是什么计划，胡九毕竟来与不来，请看下回便知端的。

总评：

白人盛倡平等之说，顾其对待他族，乃极不平等。作者心有不平，是以借题发挥，初不仅为黑种人张目而已也。白、黑两力士比武，徒手相搏，不借智器，而白人乃卒败于黑人之手，可谓快事。

传中写外国大力士事，此其第三次矣。读者须看其每次叙述，绝不雷同烦复，此便是作者笔力胜人处也。

霍元甲请与西人比武，西人必要求延聘律师，订立契约，前后一律，阅之可叹。法律者，所以济道德之穷也，西人事事拘守法律，亦正以见其道德之不足恃耳。

前文与奥比音比武，事未结束，忽岔入吴振楚传，洋洋万言，令人闷煞；此回与孟康比武，事未结束，忽岔入彭纪洲传，于是比武之事，又无端因之搁起矣，作者之好弄狡狯如此。作者写剧盗胡九，完全与赵玉堂相似，彭纪洲之欲收胡九为己用，亦与俄人之收赵玉堂相类，此是作者故意欲其相犯处也。能避固见心思，能犯亦显笔力。

第九回

买食物万里探监狱
送官眷八盗觊行装

前回书写到彭纪洲独自带了捕头朱有节，夜访胡九回衙，便已完结。于今要继续写下去，只得接着将那事叙出一个原委来，然后落到彭庶白，在上海帮助霍元甲摆擂台的正文上去。在一般看官们的心里，大概都觉得在下写霍元甲的事，应该直截痛快的写下去，不应该到处横生枝节，搁着正文不写，倒接二连三、不惮烦琐的专写这些不相干的旁文，使人看了纳闷。看官们不知道，在下写这部《侠义英雄传》，虽不是拿霍元甲做全书的主人，然生就的许许多多事实，都是由霍元甲这条线索牵来，若简单将霍元甲一生的事迹，做三五回书写了，则连带的这许多事实，不又得一个一个另起炉灶的，写出许多短篇小说来吗？是那般写法，不但在下写的感觉趣味淡薄，就是诸位看官们，必也更觉得无味。

于今且说彭纪洲这夜拿了五十两银子给朱有节，并吩咐他如何布置去后，独自又思量了一会儿应付的方法才就寝。次日午饭过后，彭纪洲正在签押房和吴寮闲话，果然门房进来传报道："有胡九来给大老爷禀安求见，现在外面候大老爷的示下。"吴寮一听胡九真个来了，脸上不知不觉的惊得变了颜色。彭纪洲也不作理会，只挥手向门房说道："请他到内花厅里就座。"门房应是。

去了一会儿，彭纪洲才从容走到内花厅去，只见胡九并没就座，还恭恭敬敬的垂手站在下面。看他身上的衣服，却比昨夜穿得整齐些，然也不过一个寻常乡下人去人家喝喜酒时的装束。彭纪洲因昨夜胡九家里的灯光不大明亮，不曾看清楚他的面貌，此时看他眉目生得甚是开展，不但没有一点儿凶横暴戾之气，并且态度安详，神情闲逸，全不是乡下人畏见官府的缩瑟样子。彭纪洲看了，故意放重些脚步，胡九听了，连忙迎上前叩头，彭纪洲双手扶起来笑道："私见不必行这大礼，论理这地方原没有你分庭抗礼的份儿，不过我到任以来，早知道你是个孝子、是个义士；幸得会面，不能以寻常子民相待，就这边坐下来好说话。"胡九躬身答道："胡九罪案如山，怎敢当青天大老爷这般优礼？"彭纪洲一再让胡九坐，才敢就下面斜签着身子坐了。

彭纪洲说道："你练就了这一身本领，在千万人之中，也难寻出第二个你这般的人物，你自己可知道是很不容易的么？天既与你这般才智，使你成就这般人物，应该如何努力事功，上为国家出力，下替祖宗增光，方不辜负你这一身本领。即算你高尚其志，不愿置身仕途，何至自甘屈辱，代一般鼠窃狗偷的东西受过？上为地方之害，下贻祖宗之羞！我看你是一个很精明干练的人，何以有这般行径，难道其中有什么难言之隐么？"

胡九道："大老爷明见万里，不敢隐瞒。胡九在三十年前，确是汉中道的有名剧盗。那时跟随胡九做伙伴的，也委实有不少的人。胡九因生性不喜自己做事拖累别人，无论大小案件，做了都得留下胡九的名姓。汉中道各厅、县的有名捕头，也知道胡九是捕拿不着的，每到追逼急迫的时候，只得捉羊抵鹿，搪塞上峰，是这般弄成了一种惯例。所以胡九洗手了三十年，而那些没有担当的鼠辈，自己做了案子，还是一股脑儿推在胡九身上。并非胡九情愿代他们受过，只因胡九自思不该失脚在先，当胡九未洗手的时候，伙伴中替胡九销案的事，也不是一次、二次。人家既可以拿性命去替胡九销案，胡九便不好意思不替他们担负些声名。并且近三十年来，历任汉中道的各府县官，公正廉明的极少，只求敷衍了事的居多。官府尚不认真追究，胡九自没有无端出头声辩的道理。"

彭纪洲道："我现在却不能不认真追究了。我要留你在这里，帮助我办理那些案件，你的意思怎样？"胡九道："理应伺候大老爷，不过胡九有老母，今年八十五岁了，胡九不忍离开，求大老爷原谅。"彭纪洲道："这是你的孝思，八十多岁的老母，是应该朝夕侍奉的。但是你只因有老母不能离开呢，还有旁的原因没有呢？"胡九道："没有旁的原因。"彭纪洲即起身走到胡九跟前，胡九不知是何用意，只得也立起身来，彭纪洲伸手握了胡九的手笑道："既没有旁的原因，你且随我到里面去瞧瞧。"

胡九的威名震动汉中三十多年，本领、气魄皆无人及得。他生平不曾有过畏惧人的时候，就是这番亲身到城固县衙里来见彭纪洲，已可见得他艺高人胆大，没有丝毫畏怯的念头。不知怎的，此时彭纪洲走近前来握了他的手，他登时觉得彭纪洲有一种不怒而威的气概，把他五十年来不曾畏惧人的豪气，慑伏下去了。看彭纪洲笑容满面的，并无相害之意，不好挣脱手走开，不禁低着头，诚惶诚恐的跟前同走。

直走到上房里面，彭纪洲忽停步带笑说道："胡九，你瞧这是谁？"胡九才敢抬头看时，不由得吃了一惊，原来是自己的母亲，和一个年约五十来岁，态度很庄严的妇人，正从座位上站起来。胡九料知这妇人必是彭纪洲的太太，先请了个安，方向他自己的母亲跪下问道："娘怎么到这里来了的？"他老娘见了胡九，即生气说道："你这逆畜还问我怎么到这里来的。嗯！我生了你这种儿子，真是罪该万死，你欺我不知道，瞒着我在外边无法无天的犯了若干劫案；幸亏青天大老爷仁慈宽厚，怜我老聩糊涂，不拿我治罪，倒派朱捕头用车将我迎接到这里来。家中用的人，也蒙青天大老爷的恩典，拿了银子去开发走了。我到了这里，才知道告你打劫的案子，堆积如山。你在小时候，我不曾教养，以至到了这步田地，我还有什么话说，只求青天大老爷按律重办便了。于今我只有一句话吩咐你，你心目中若还有我这个老娘，就得服服帖帖的听凭青天大老爷惩办，如敢仗着你的能为，畏罪脱逃，我便立时不要这条老命了。"说时声色俱厉，现出非常气愤的样子，吓得胡九连连叩头道："人家虽是告了孩儿，案子确不是孩儿犯的。三十年前，娘吩咐孩儿不许打劫人家，孩儿从那时就洗手不曾再作过一次案。青天大老爷如明镜高悬，无微不照，已知道孩儿的苦处，孩儿决不脱逃，求娘宽心，不要着虑。"

彭纪洲接着说道："我于今已将你母亲接到这里来住着，你可以留在这里帮我办案了么？"胡九道："蒙大老爷这么恩遇，胡九怎敢再不遵命！只是胡九尚有下情奉禀。"彭纪洲道："你有什么话尽管说出来。"胡九道："在大老爷台前告胡九的那些案子，究竟是些什么人做的，胡九此时虽不得而知；然胡九既曾失脚，在盗贼中混过些时，仗大老爷的威福去办那些案子，是不难办个水落石出的。不过胡九得求大老爷格外宽恩，那些案子，但能将赃物追回，余不深究。若从今以后，有再胆敢在大老爷治下作案的，胡九一定办到人赃两获。"彭纪洲道："那些狗强盗打劫了人家的财物，却平白的将罪名推在你身上，你还用得着顾恤他们吗？"胡九道："不是胡九顾恤他们，实在胡九也不敢多结仇怨，在这里伺候大老爷以后，就说不得了。"

彭纪洲知道胡九不敢多结仇怨的话是实情，便不勉强。从此胡九就跟着他老娘住在县衙里，彭纪洲特地雇了两个细心的女佣，伺候胡母。胡九心里十二分的感激彭纪洲，竭力办理盗案，不到几个月工夫，不但把许多盗案的赃物都追回了，城固县辖境之内，简直是道不拾遗，夜不闭户，无人不称颂彭纪洲的政绩。

胡九在衙门里住着，俨然是彭纪洲的一个心腹跟班，终日不离左右的听候驱使。彭纪洲知道他是个有能为的人，不应将他当仆役看待，教他没事做的时候，尽可去外边休息，或去街市中逛逛，用不着在跟前伺候。他执意不肯，并说受了大老爷知遇之恩，无可报答，非这般伺候，心里不安。彭纪洲习惯起床的时候极早，夜间初更过后便安歇，胡九每夜必待彭纪洲睡了，才退出来自由行坐。彭纪洲的儿子，这时还小，有个侄儿，此时十二岁了。彭纪洲因喜这侄儿聪明，特地带到任上来教读，这侄儿便是前回书中的彭庶白。

彭庶白这时虽年轻，不知道胡九有什么大本领，但是因胡九和平恭顺，欢喜要胡九带着他玩耍，胡九也就和奶公一般的抽闲便带着彭庶白东游游西荡荡，有时高兴起来，也教彭庶白一些拳脚功夫。

彭纪洲的性格极方正，生平最恨嫖娼。自上任以来，因恐怕左右的

88

人，夜间偷着去外边歇宿，每夜一到起更的时分，他就亲自将中门上锁，钥匙带在他自己身边，非待次日天明不肯开门。在县衙里供职的人，知道他的性格如此，没有敢去外边歇宿的。不过那些当师爷的人，平日既不和彭纪洲一样，有起更就寝的习惯，如何睡得着呢？其中有欢喜抹牌的，夜间便约了几个同嗜好的同事抹牌，彭纪洲倒不禁止。胡九虽不会抹牌，却喜站在旁边看，时常看到三更半夜才回房安歇。

这夜胡九看四人抹牌，已经打过三更了，四人中因有一人输钱最多，不肯罢休。三人说时候不早了，再抹下去，非但明早不能起床，整夜的没有东西吃，腹中也饿得不堪了，这时候又弄不着可吃的东西，明日再抹吧！这人抵死不依道："若是你们输了这么多，你们凭良心说肯收场么？我且到厨房里去搜搜看，或者搜得出可吃的东西来。"这人说着，独自擎着灯往厨房里去了。不一会儿垂头丧气的空手回来道："真不凑巧，厨房没一点儿可吃的东西。"三人笑道："这就怪不得我们了，饿着肚子抹牌，我们赢钱的倒也罢了，你是输钱的，岂非更不值得！"

这人忽然指着胡九笑道："我们不愁饿肚子了，现放着一个有飞天本领的胡九爷在这里，我们怕什么呢？来，来，来！你们每人做一个二百五，我也来一个二百五，凑成一串钱给胡九爷，请他飞出衙门去买东西来吃。"

三人听了，都触动了好奇的念头，不约而同的附和道："这话倒不错。我们便不抹牌了，也得弄一点东西来充饥才好。"胡九摇头道："三更过后了，教我去哪里买吃的东西，并且中门上了锁，我怎样好出去。"这人道："你不要借辞推诿，锁了中门，你便不能出去，还算得是威镇汉中道的胡九么？我且问你，今夜锁了中门不能出去，大老爷亲自带了朱有节到城外访你的那夜，你如何能暗中跟着大老爷回衙，躲在屋瓦上偷听大老爷和吴师爷谈话呢？哦，是了！为你自己的事，就能在房上飞来飞去，没有阻挡；此刻是为我们的事，便存心搭架子了。"

三人接着说道："胡九爷虽未必是存心搭架子，然不屑替我们去买的心思，大概是有的。我们在平日，诚不敢拿这种事劳动胡九爷，此刻实是无法，除了你胡九爷，还有谁能在这时候去外边买吃的东西呢？"

胡九笑道："定要我去买，并不是办不到的事，不过大老爷的性格，你们是知道的。他已锁上了中门，带着钥匙睡了，用意是不许人在夜间出去。我从房上偷着出去了，倘若弄得大老爷知道了，责备起我来，我岂不没趣!"这人道："此刻满衙门的人都睡觉了，我们四个人求你去的，难道明日我们又去大老爷面前讨好，说给他听吗？你自己不说，我们决不使一个人知道，求你快去吧，多说话多耽搁了时间。"这人说时，凑了一串钱塞入胡九手中，胡九接了，仿佛寻思什么的样子，偏着头一会儿说道："你们不要呆呆的坐着等候，还是抹牌吧，呆等是要等得不耐烦的。"

这个输了钱的人，巴不得胡九有这句话。三人不好再推辞，于是四人见胡九去后，又继续抹起牌来，边抹边盼胡九买点心回。不觉抹到了四更，还不见胡九回来，四人都不由得诧异道："怎么去了这么久，还不回来呢？无论买得着与买不着，总该回来了，难道他因黑夜在街上行走，被巡街的撞见拿去了么？"一人笑道："巡街的都拿得住的，还是胡九吗？这一层倒可不虑，我只怕他有意和我们开玩笑，口里答应我们去买，教我们边抹牌边等；他却回到自己房里睡去了，害得我们饿着肚子白等半夜。"一人笑道："这也是可虑的，我们不要上他的当，且到他房里去看看。若他果然是这般坑我们，我们就要吵得他睡不成。"

这人说着，即起身到胡九的房里看了一遍回来说道："他床上空空的没有人，出去是确实出去了，究竟为什么还不回来呢？"一人道："据我猜度，他必是因为三更过后，街市上没有吃的东西可买，然他是个要强的人，既答应了我们去买，非待买了东西，不肯空手回来；怕我们说他没有本领，旁人买不着东西的时候，他也一般的买不着。因此在外边想法设计的，也要买了东西才回来。"

四个人七猜八度的，直等到五更鸡报晓了，才见胡九急匆匆的走了进来，手提了一大包食物，向桌上放下说道："对不起，对不起！害你们等久了。"四个人看胡九气喘气促，满面流汗，好像累得十分疲乏的样子，不觉齐声告歉道："真累苦了你了，快坐下来休息休息。怎样去了这么久，并疲乏到这个样子呢？"

胡九一面揩了脸上的汗，一面说道："我这回真乏极了，你们的肚皮，只怕也饿得不堪了，大家且吃点儿东西再说。"四人打开那食物包，旋吃旋听胡九说道："我有一个至好的朋友，犯案下在狱里，我多久就想去瞧瞧他，无奈抽不出工夫来，加以路程太远，往返不容易，也就懒得动身前去。今夜你们要我去买东西，我一时高兴起来，拼着受一番累，也得去走一趟，所以去了这么久。我心里又着急你们在这里等着要点心吃，哪敢怠慢，幸好赶回来还不曾天亮。"

抹牌的问道："你那朋友，在什么地方犯了案，下在哪个狱里？"胡九道："在山东犯的案，下在济南府狱里。"抹牌的问道："他下在济南府狱里，你刚才到什么地方去瞧他呢？"胡九道："他既下在济南府狱里，我不去济南府，如何能瞧得着他呢？"四人同声问道："你刚才不到两个更次的工夫，就到了济南府走了一趟吗？来回一万多里路，就是在空中飞去，也没有这般快！"胡九叹道："我还对你们说假话吗？并且我带了一点证据回来，给你们看看。此刻是十月半，这里的天气还很暖，济南今夜已是下大雪了，我头上的毡帽边里面，大概还有许多雪，没有融化。"说时取下毡帽来，四人就灯前看时，果然落了不少的雪在四周的窝边里面，这才把四人惊得吐舌。

一人问道："你那朋友是干什么事的，犯了什么案下狱的呢？"胡九道："我那朋友和三十年前的胡九一样，专干那没本钱的生涯。这回滑了脚，也是天仓满了。"这人又问道："既是你胡九爷至好的朋友，本领想必也很不弱，怎么会破案下狱的呢？"胡九长叹了一声道："本领大的人做强盗便不破案，那么世界还有安靖的时候吗？有钱和安分的人，还有地方可以生活吗？我胡九若不是在三十年前就洗了手，此刻坟上怕不已长了草了吗？我曾屡次劝告我那朋友，教他趁早回来，世间没有不破案，得了好下场的强盗。他若肯听我的劝告，何至有今日！大老爷平日因我办案辛苦，陆续赏赐了我一些银两，我留在身边也没有用处，刚才一股脑儿送给我那朋友去了。"

又一人问道："我料你那朋友本领必赶不上你，如果有你这般本领，休说不容易拿他到案，就是拿到了，又去哪里找一间铜墙铁壁的监狱关他呢？"胡九摇头道："不然。我那朋友的本领，虽未必比我高强，然也决不在我之下。"这人道："既有你这么大的本领，他何以不冲监逃走呢，难道是他情愿坐在监里等死吗？"胡九道："哪有情愿坐在监里等死的人，冲监逃走的话，谈何容易，硬功夫高强的，才可以做到。我那朋友只有一肚皮的软功夫，硬功夫却赶不上我，软功夫无非是骗神役鬼。牢狱中有狱神监守，狱神在狱中的威权极大，任凭有多大法术的人，一落到牢狱里，就一点儿法术也施展不来了。"

这人又问道："你那朋友已经供认不讳了么？"胡九道："岂但供认了，并已定了案，就在这几日之内要处决了。我若不是因他处决在即，今夜也不这么匆忙去瞧他了。"这人道："论你的本领，要救他出狱，能办的到么？"胡九点头道："休说救一个，救十个、百个也不费事。"这人道："既是至好朋友，然则何以不救呢？"胡九摇头道："我胡九肯干这种无法无天的事，又何必在三十年前就洗手呢？并且我那朋友，自己不听我的劝告，弄到了这步田地；若还有心想我救他出狱，我也决不认他是我的好朋友，辛辛苦苦的去瞧他了。还好，他方才见了我，不曾向我说半句丢人的话。不过我做朋友的，自己洗手三十年，不能劝得他改邪归正，以致有今日，我心里终觉难过。"说罢，悠然长叹，自回房歇宿去了。

这抹牌的四个人，亲眼见了胡九这种骇人的举动，怎能不向人说呢？衙门中人虽都知道胡九是有大能为的人，然究竟没人见胡九显过什么能为，经过这事以后，简直都把胡九当神人看待了。这事传到了彭纪洲耳里，便问胡九是不是确有其事。胡九道："怎敢在大老爷台前说谎话。"彭纪洲道："此去济南府，来回万余里，不到两个更次的功夫，如何能行这么多路？"胡九道："不是走去的，是飞去飞来的。从此间到济南，在地下因山水的阻碍，弯弯曲曲的来回便有万余里，从半空中直飞过去，来回不上二千里，那夜若不是在狱中谈话耽搁了些时，还不须两个更次的功夫呢！"彭纪洲听了，越发钦敬胡九身怀这般本领，居然能安贫尽孝，不胡作乱为；若这种人不安本分，揭竿倡乱起来，真是不堪设想了。

彭纪洲在平时原不欢喜武艺的，见了胡九这般本领，心里不由得欣羡起来，只是自恨年纪老了，不能从事练习，而自己的儿子，此时才七八岁，太小了也不能练习，只得要侄儿彭庶白认真跟着胡九学习。

彭庶白的天分虽高，无奈身体不甚壮实，年龄也仅十二岁，胡九传授的不能完全领会。不间断的学了两年，正在渐渐的能领略个中玄妙了，彭纪洲却要进京引见，想带胡九同行。胡九道："胡九受了大老爷的深恩大德，理应伺候大老爷进京，但是胡九的老母年寿日高，体质也日益衰弱了，在大老爷这里住着，胡九能朝夕侍奉；于今大老爷既要进京，胡九实不忍撇下她，这私情仍得求大老爷宽恩鉴谅。"

彭纪洲心想教人撇下年将九十的老母，跟随自己进京，本也太不近情了。便对胡九说道："做官的味道，我也尝够了，这回引见之后，一定回桐城不再出来了。你不同我进京使得，不过我的家眷行囊，打算先打发回桐城去。这条路上原来很不好走，而我在城固任上，办理盗案又比历任的上手认真，这其中难保不结了许多怨恨，若没有妥当的人护送，我如何能放心打发他们动身呢？这一趟护送家眷回桐城的事，无论如何，你得帮我的忙。好在我进京不妨略迟时日，等你护送家眷到桐城回来，我才动身；在你去桐城的这若干日子当中，你侍奉老母的事，我一律代做，你尽可安心前去。"

胡九连忙道："大老爷这么说，不但胡九得受折磨，就是胡九的母亲也承当不起。此去桐城这条路上，本来是不大好走，不过汉中道的绿林，知道胡九在这里伺候大老爷的居多，或者他们有些忌惮，不敢前来尝试，所怕在汉中道以外出乱子。从城固由旱路去桐城，路上便毫不耽搁，因有许多行李，不能急走，至少也得一个月才能送到。胡九思量年将九十的老母，已是风前之烛，瓦上之霜，今日不知道明日，做儿子的何忍抛撒这么多的时日。然而太太带着许多行李动身，路上非有胡九护送，不仅大老爷不放心，便是胡九也不放心，万一在半途出了意外，虽不愁追不回劫去的行李，然使太太、少爷受了惊恐，便是胡九的罪过。胡九想了一个两全之道，不知大老爷的尊意怎样？大老爷允许了，胡九方敢护送太太、少爷动身。"

彭纪洲道："只要是能两全的方法，哪有不允许的，你且说出来商量商量。"胡九道："胡九虽则洗手了三十多年，然绿林中人知道胡九的还不少，沿途总有遇着他们的时候，在路上不论遇着哪个，只要是有些声望的，胡九便请他代替，护送太太、少爷到桐城去，胡九仍可实时回来。"彭纪洲踌躇道："绿林中人，不妨请他代替护送么？"胡九道："有绿林中人同走，比一切的保镖达官护送都好，不是胡九敢在大老爷台前夸口，是曾经胡九当面吩咐的绿林中人，在路上决不敢疏忽。不知倀少爷这番是跟太太回桐城呢，还是跟大老爷进京？"

彭纪洲道："我进京引见之后，并不停留，用不着带庶白去，教他伺候他婶母回桐城去，免得徒劳往返，耽搁光阴。"胡九道："那就更好了。倀少爷跟胡九也练了两年多武艺，虽没练成多大惊人的本领，然普通在绿林中混饭吃的人物，他已足够对付得了；就只他的年纪太轻，不懂得江湖行当，有一个绿林老手同行，由他去对付新水子（初做强盗、没有帮口的，称为新水子），本领充足有余。"

彭纪洲道："这里面的情形，我不明白。总之我托你护送，只求眷属行囊，得安然无恙的回到桐城，我的心便安了，你的职责也尽了。至于你亲去与否，我可不问。我相信你，你说怎么办好就怎么办。"当下胡九遂决定护送彭纪洲的眷属动身。

彭纪洲因接任的人未到，仍在县衙里等候。彭太太带着儿子彭辛白、侄儿彭庶白，并丫头、老妈一行十多口人，并彭纪洲在陕西收买的十几箱古书，做十几副包扛，用十几名脚夫扛抬了同走。胡九赤手空拳的，骑着一匹黑驴，口里衔着一支尺多长的旱烟管，缓缓的在大队后面押着行走。彭庶白原是跟着他堂兄弟辛白坐车的，行了几日之后，他忽觉得终日坐在车中纳闷，想骑马好和胡九在一块儿行走，就在半途弄了一匹马。他是会些儿武艺的人，骑马自非难事，一面跟着胡九走，一面在马上与胡九谈论沿途的山水风物。好在胡九是陕西人，到处的人情风俗都很熟悉，东扯西拉的说给彭庶白听。

这日行到一处，已只差三四日的路程，便要出陕西境了。忽有八个骑马的大汉，从小路上走出来，不急不慢的跟在胡九的后面走。彭庶白尚是初次出门的人，然看了这八个人，心里也猜疑不是好人。因八骑马之外，并没有行李，有六个的背上，都驮着一只包袱，包袱的形式细而长，一望就使人知道包袱里面，有仿佛是兵器的东西；并且八个汉子的年龄、相貌虽各自不同，然看去都是很雄壮很凶恶的，又不是军人的装束，更不是做生意人的模样，不是强盗是什么呢？

他心里这么猜疑，便与胡九并马而行，凑近胡九的耳根说道："你瞧后面的八骑马，不是强盗来转我们的念头的么？"胡九点头道："不是强盗是什么呢？"彭庶白道："你一个也不认识么？"胡九道："若有一个认识我，也不跟在我背后转念头了。"彭庶白道："你不是时常说陕西的绿林，不知道你的很少吗，怎的这八人连一个也不认识呢？"胡九笑道："我是说知道，不是说认识，我常说洗手了三十多年，衙门中同事的都还不相信，说既是洗手三十多年，不与强盗往来了，何以肯替那些强盗担声名，更何能将所有劫案的赃物都追了回来？我听了他们那些言语，也懒得争辩，你于今看这八个人，是这么不急不慢的跟着我们走，必是想动手无疑的了。我如果真不曾洗手，此刻尚没有出陕西境，就有人来转念头么？"

彭庶白道："那些师爷们，都是些只能装饭的饭桶，说出来的话，也都和放屁一样，他们说的何足计较。他们也不思量，你既敢住在离城固县二三里路的地方，听凭人家告你明火执仗，更公然敢到县衙里来和大老爷会面，可知是一个心里毫无惧怯的人。既是心里毫无惧怯，何必说什么假话呢？不过现在那些话也不用谈了，这八个狗东西，我猜是强盗；你的眼睛是不会看错人的，也看了是强盗，你打算怎么办呢？"

不知胡九说出什么办法来，且俟下回再说。

总评：

　　著者前撰此书，仅至第二部第八回，即已戛然而止，读者每以未睹全豹为憾。今乘闲暇续成之，一入手，即叙明前书之终结点，盖使读者不致茫然也。从此纲提领挈，依序而进，自免散漫无归之弊。

胡九为本回书中之主中主，彭纪洲为主中宾，而胡九自有胡九之神情；彭纪洲自有彭纪洲之神情，曲曲写来，一笔不苟。从知著者已神与书会，胸中宛有胡九、彭纪洲二人之模型在，故能曲折尽致至此。

胡九之私出府衙，为代人置备食物耳。忽又岔入狱中访友一节事，弥极奇诡之致，文心自见曲折。而著者之不肯作一闲笔，作一废笔，亦于此而益见。

瞬息万里，飞行绝迹，我美胡九，我爱胡九，矧其人又安贫乐道，而有孝行者乎！从此《侠义英雄传》中，又多一出色人物矣。

写护送家眷行装事，所以逗起下文。

护送一节，写行装车辆之后，随一骑驴老叟，口衔烟袋，得得徐行于道上；而一少年，乘马，与之并辔偕行，指点山水，为状至得。忽小径中，复有八骑窜出，皆为彪行大汉，紧蹑于后，欲有所图。此情此景，历历如绘，宛有一幅绝雄奇、绝名隽之图画，列于吾人之前。而吾人读书至此，亦此身飘飘然，如在图画中矣。谓非写生妙手，曷克臻是乎！

第十回

玩把戏吓倒群盗
订条约羞煞西人

话说胡九见彭庶白问他打算怎么办，他随口说道："我不打算怎么办，且看他们怎么办。"彭庶白摇头道："等到他们动起手来，我们才防范，只怕已是来不及了呢！"胡九笑道："他们还没有动手，我们怎么好先动手？依你的意思，打算怎么办呢？"彭庶白想了一想道："我是没遇过这种事的人，究竟应该怎么办，我也不知道。不过依我想，我们这一行的人虽多，认真动起手来，除了你一个人而外，只有我还能勉强保住自己，其余都是连自身且保不了的。他们有八个人，看情形一个也不弱。他们在白天动手倒罢了，所怕在黑夜动手，你一个人顾此失彼，到那时岂不为难？我想既已确实看出他们是强盗了，常言：'先下手为强，后下手遭殃。'不如趁着白天，你出头去与他们打招呼，他们闻了你名头害怕，不敢动手，自然是再好没有的了，多一事不如少一事。若他们不肯讲交情，不买你的账，那就说不得，老实不客气给些厉害他看，也免得太太受惊。"

胡九也笑着摇头道："你说老实不客气，我看你却太对他们客气了，要我出头去与他们打招呼，还太早了；再过三四天之后，已走出陕西境了，那时要我出头打招呼，我便不能不去。"彭庶白道："你这话我不明白。他们如何肯跟我们走三四天之后，出了陕西境才动手呢？我看他们今夜不动手，明夜定要动手的。"胡九道："他们要动手，我也不阻拦，看他何时高兴便了。我说太早的话，是因为此地还是陕西境内。在陕西境内，只有人家来向我打招呼的，我出世就不曾向人家打过招呼，既出了陕西境，便要看各人的情面了。我几十年没有出来，或者有不和我讲情面的，我不能不先出头与人家打招呼。这八个东西，不是瞎了，便是聋了，公然敢跟在我背后，想显神通给我看，我还不看吗？你不知道，这也是难得的事。我几十年躲在家里不出来，说不定陕西省出了大英雄、大豪杰，我乐得见识见识，岂不甚好！你不要害怕，更不可去对太太说。"

彭庶白听了，才明白胡九的意思，是不把这八个强盗看在眼里，便也不再说什么了。这夜宿店，八骑马也在一处市镇上歇了。只因彭家眷属一行人马太多，占满了一家火铺，不能再容纳以外的旅客，八骑马只得在旁边另一家火铺里歇宿。

胡九亲自指挥着脚夫，将所有行李包扎安放妥当了，照例到彭纪洲太太面前请了安出来。大家用过了晚膳，吩咐一切人早些安寝，即对彭庶白说道："我带你同去玩一个把戏，你愿意去么？"彭庶白问道："带我去哪里玩什么把戏？我们去了，留下他们在这里不妨事么？"胡九道："就到隔壁去玩一个把戏便回来，我们从后院里翻过去，但是你不可高声。"彭庶白虽知道隔壁必是八个强盗歇宿的火铺，然猜不出他去玩什么把戏，少年人好事，自是欣然答应。

胡九当下携着彭庶白的手，悄悄走到后院子里，看两边都有丈多高的土墙障隔了。胡九在彭庶白耳边轻轻说道："你能跳过这墙去么？"彭庶白摇头道："我不敢跳。"胡九即挽着他的胳膊，只一耸身就提起彭庶白身体腾空，简直如脚下有东西托住的一样，并不如何迅速，缓缓的由墙越空而过，脚踏了实地。彭庶白看那边楼上有一个小小的窗户，从里面透出有灯光来，因窗户太高，在地下看不见里面有没有人。

胡九用手指着那窗户对面给他看，原来是一株很高大的树。彭庶白知道是要他爬上树枝，好看见窗户里面的情形，遂缘了上去；果然看见窗户里面，有八个汉子围着一张方桌坐了。方桌中间安放一个烛台，插着一支大蜡烛，八人好像会议什么大事。那八人的装束相貌，不待细看，已能认识就是骑马的八个强盗，议论的是什么话，因相离太远，说话的声音又不大，一句也听不明白。

正待低头看胡九有什么举动，猛见窗户上有黑影一晃，即分明看见胡九飞了进去，头朝下，脚朝上，倒悬在方桌当中，口衔着那支旱烟管，就烛火上吸旱烟，只吓得那八个强盗同时托的跳了起来。有抽出单刀来要动手的，却又有些害怕的神气，各自向后退了两步，即有一个喝问道："你是哪里来的？快通出姓名来。"胡九已翻身落下来，声色俱厉的向八人叱道："你们这些狗东西，真瞎了眼么？嘎嘎！连我胡九都不认识了？我倒要看看你们的手段。"这几句话说得非常响亮。

彭庶白在树枝上听得分明，以为八个强盗受了胡九这般呵斥，必有一番反抗的举动，谁知八人都吓得面面相觑，没一个敢动一动；再看胡九时，已没了踪影。并没看见是如何走了的，也不见他从窗口出来，不由得觉着奇怪。正拿眼向那楼上搜索，猛听得胡九的声音在树下喊道："把戏玩过了，我们可以回去了。"

彭庶白倒吃了一惊，忙跳下树来。胡九伸手又将彭庶白的胳膊挽住，身体不知不觉的就腾空而起，越过了土墙，回到前面房里。彭庶白问道："刚才那么腾空翻过墙去，既不是纵跳，是腾云驾雾么？"胡九笑着摇头道："哪里是腾云驾雾，我固能腾云驾雾就好了，这不过是运气飞腾之法罢了！"彭庶白道："这法子我能学么？"胡九道："有谁不能学？但是不容易学。你将来虽不是仕宦中人，然也不是能山林终老的，这种学问不易讲求，也不必讲求，有防身的本领就够了。刚才我在那边楼上，玩了那么一回把戏，他们若是识相的，立刻就得过这边来，向我请罪，我决不能拿嘴脸给他们看，这事要留个好人给你做。你在后边房里听着，我口里尽管说定要取他们的性命，你听到他们求情不准的时候，便出来替他们说几句求情的话。我把这面子做到你分下，以后的事情好办些。"

彭庶白道："他们既是怕了你，立时撒开手不做这批买卖就完了，无端还跑到这里来请什么罪，求什么情呢？"胡九正色道："这不是你们当公子少爷的人所能知道的。"正说到这里，忽听得有人敲店门，胡九挥手对彭庶白道："必是那些狗东西来了，你且去后房里等着吧。"

彭庶白心里还有些疑惑不是那八个强盗，以为另有来落店的人，先从门缝中朝外面一看，只见店小二开了店门，跨进门来的，不是那八个强盗又还有谁呢？为首的一个进门便问："胡九太爷住在哪间房里？"彭庶白连忙躲入后房，心想胡九的威望真不小，只看这八人面上诚惶诚恐的神情，和白天那种雄抖抖的样子比较起来，便可知道他们心里委实害怕极了。彭庶白是这般心里想着，听那八人已走进了前房，忙就门缝中张望，只见八人中有一个随手将房门关上，也不说话，也不作揖，一个个拜佛也似的，排列着跪下去，朝着胡九一起一伏拜个不停止；并且把额头碰在地下，只听得咚咚的响。

胡九踞坐在土炕上，理也不理。碰了不计数的响头，为首的一人停止了，其余七人才跟着停止，就听得胡九用很和平的声音说道："你们来干什么的？"为首的一人才开口说道："我们罪该万死，实在不认识是九太爷。若早知道有九太爷在这里，我们就有吃雷的胆量，也不敢跟上来转这妄念了；特地过来磕头，求九太爷高抬贵手，放我们回去。"

胡九冷笑了一声道："你们眼睛里有我么？怎么说出不认识的话来！本也难怪，你们都是后起的英雄，哪里把我这个三十多年躲在家里不敢出头的角色，看在眼里呢？你们要知道，我虽是躲在家里三十多年不敢出头，不知道有了你们这些大英雄、大豪杰，但是陕西省还是陕西省，并不曾变成陕南、陕北。那句不认识我的话，恐怕哄骗三岁小孩，也哄骗不过去。你们打算做这一大批的买卖，难道就不问问来头？我胡九的面貌，你们可以说不认识，难道连我胡九的声名也不认识？我从城固动身到这里，只差三四日路程要出陕西境了，一路上经过了多少码头，多少山寨，倒不曾遇见有因我躲在家里三十多年，便不认识我的人。可见你们存心想斗斗我这个老东西，要栽我一个跟头，好显显你们的脸子。想不到我这老东西肚皮里还有几句春秋，没奈何，只得过来敷衍敷衍。主意是不错，做得到时，脸子也显了，财也发了；做不到时，不过说几句不费本的话，碰几个不值价的头，世间最便宜的事，只怕除了这个没有了。老实对你们讲，你们若出了陕西境再跟上来，那么你们是主，我是客，恶龙斗不过地头蛇，我只好让你们一脚。此地还在陕西境内，不能和你们客气，各自值价些，九太爷没精神一个一个的动手，你们自己去把脑袋瓜子摘下来，最后一个由九太爷亲自动手。这事怨不得我九太爷太狠，去吧！"

胡九说这番话的声调，并不严厉，看八个人跪在地下，简直全体抖得和筛糠一样，又不住的碰响头，只求饶恕了这一遭。胡九这才厉声喝道："休得在这里啰唣，谁有工夫和你们纠缠？"八个人一面碰头求饶，一面哭泣起来了。

彭庶白心想这是时候了，遂走了出来，对胡九说道："九爷的话，我已听得明白了，他们果然太慢忽了，使九爷的面子下不来。不过这番有家伯母同行，她老人家居心最是仁慈不过，平日杀鸡、杀鸭都不忍看的，若因护送她老人家，了却他们八条性命，在他们固是罪有应得，家伯母心里必很难过；望九爷暂息雷霆之怒，饶恕了他们这一遭。如下次再敢这么对九爷慢忽，那时我也不敢再求情了。"胡九缓缓的点头道："既是佺少爷来替他们说话，太太不愿意伤生，我看在太太和佺少爷份上，便饶恕了他们。"

八个人想不到有彭庶白来说情，听了胡九饶恕的话，登时如奉了赦旨，一个个脸上都露出欢喜感激的样子，对胡九碰了几个头，掉过身躯来又对彭庶白叩头。胡九道："你们这些东西，确是没长着眼睛，哪里配在绿林中混？姑无论这番有我九太爷同行，你们不应糊里糊涂动这妄念，便是我九太爷不在内，你们做一批买卖，也应打听这批买卖有多少的油水。你们可知道这里十几副包扛里面，扛抬的是什么东西？"

为首的一个答道："我们看包扛的分量，估料不是银两，便是洋钱。若是衣服裁料，不应有这般沉重。"胡九哈哈笑道："你们是这样的一双眼睛，如何配做这种没本钱的买卖。不过于今在绿林中混的，像你们这般瞎眼睛的居多，因此才不能不要人护送；若都是有眼力的，十几包扛古书，难道还怕强盗劫了去，给盗子盗孙读吗？你们且坐下来，我有话和你们说。"

八个人都斜着半边屁股坐了，彭庶白也坐在胡九旁边。胡九向八人说道："你们大约都知道我还有一个年将九十的老母，我之所以躲在家里三十多年不出头，为的就是要侍奉老母。这一趟去桐城的差使，我原是不能接受的；无奈来头太硬，我推却不了，只得忍心动身。此刻在陕西境内遇了你们，倒得了一个通融的办法。你们自己推举出两个交游宽广、武艺高强的人来，代替我护送到桐城，我在城固县衙里等你们的回信。"

八个人听了，竟像得了好差事的一样，实时欣然推出两个人来，说道："我等如何够得上在九太爷面前说交游宽广、武艺高强的话，只是我两人在同伙的里面，略混的日子多些，河南、安徽都去过几趟；这番能替九太爷当差，我们的面子也就很有光彩了。九太爷尽管安心回城固县去，我两人在路上决不敢疏忽。"胡九点头，问了两人的姓名并履历。次日早起，胡九亲自带着两人见过彭纪洲的太太，禀明了缘由，饭后即分途动身，胡九仍回城固。

两强盗继续护送去桐城，一路上真是兢兢业业的，丝毫不敢大意。究竟这两个强盗，也是有些资望的，沿途有两人打着招呼，得以安然无恙的到了桐城。彭太太因他两人一路辛苦了，拿出一百两银子，交彭庶白赏给两人。两人哪里肯受呢？竭力推辞着说道："只求少爷一封信，我两人好带回去销差。蒙太太、少爷的恩典，不责我两人沿途伺候不周，求少爷在信上方便一两句，使九太爷知道我两人不敢偷懒，我两人就感激少爷的恩典了。有什么功劳敢领太太、少爷的重赏？"

彭庶白道："不待你们说，我的信已写在这里了。这一点儿银子，并不算是赏号，只给你两人在路上喝一杯酒，我信上也不曾提起。这是家伯母一点儿意思，你们这般推辞，家伯母必以为你们是嫌轻微了。"

两人露出很为难的神气说道："不是我两人不受抬举，敢于推却，实在因这回是九太爷的差使，不比寻常，无功受赏，怎敢回去见九太爷的面呢？"彭庶白道："我信上不提这事，你们也不对九太爷说，九太爷从哪里得知的呢？"两人连忙摇手道："受了赏回去不提还了得，提了不过受一番责骂，勒令实时将银两退回；若瞒下去不说，那么我们就死定了。"

彭庶白问道："九太爷既有这么厉害，你们何以又跟上想打劫我们的行李呢？"两人叹道："我们真是做梦也想不到九太爷忽然会替人护送行李，我等因距离城固县太远，又素来知道九太爷早已不问外事，所以才弄出这么大的笑话来。我们绿林中自从有了他胡九太爷，也不知替我们做了多少挡箭牌，救了我们多少性命？我们不服他，又去服谁呢？不怕他，又去怕谁呢？"彭庶白点头道："既是这般的情形，我信上写出你们不肯受银子的情形来，是我家太太定要你们受的。写明白了，九太爷便不能再责骂你们。"两人不好再说，只得收了信和银两，作辞回城固。

这日到了，胡九正和彭纪洲同坐着闲谈，门房上来禀报，彭纪洲也想看看这两人，遂教传了进来。两人进见，先向胡九碰了几个头，才对彭纪洲叩头，捧出彭庶白的信和银两，送给胡九。胡九随手送给彭纪洲，彭纪洲看了信说道："辛苦了你两个。这一点点银子，说不上赏号两个字，你们喝杯酒吧！"两人望着胡九，不敢回答。胡九看了信，问了问沿途的情形，说道："既是大老爷和太太的恩典，赏给你们银两，你们叩头谢赏便了。"两人这才接受了，然仍是先碰头谢了胡九的赏，再向彭纪洲叩头谢赏。彭纪洲事后向人谈起这事，还叹道："皇家国法的尊严，哪里赶得上一个盗首！"

彭纪洲这回进京引见之后，便回桐城休隐了。彭庶白就在回桐城的第二年，他的父亲死了。他母亲是江苏人，因亲戚多住在上海，彭庶白又是少年，性喜繁华，便移居到上海来。从胡九手里学来的武艺，虽不曾积极用苦功练习，然每日也拿着当一门运动的功课，未尝间断。凡是练过武艺的人，自然欢喜和会武艺的来往。江、浙两省人的体魄，虽十九孱弱，而上海又是繁华柔靡的地方；然因上海是中国第一个交通口岸，各省各地的人都有在这里，其中会武艺的也就不少，加以彭庶白好尚此道，只要耳里听得某人的武艺高强，他一定去登门拜访。虽其中有不免名过其实的，但是真好手也会见得不少。有外省人流落在上海卖武的，他不遇着便罢；遇了只要功夫能勉强看得上眼，他无不竭力周济。因此，很有许多人称道他疏财仗义，而尤以一班在圈子里的人，对他的感情极好。上海所谓"白相朋友"，稍稍出头露脸的，无不知道他彭大少爷，都不称他的名字。

奥比音在上海卖艺，他已看过了，他也很佩服奥比音的力量了得，只因他的心理，不与霍元甲相同，虽看了奥比音夸大的广告，只认作是营业广告招徕的法门，并不感觉其中含有瞧不起中国人、欺侮中国人的意思。又因他自己的武艺，并无十分惊人之处，加以是文人体格，就是感觉外国人有欺侮中国人的用意，也没有挺身出头替中国人争面子的勇气。这次在张园看了黑人与白人比赛的武剧，也觉得黑、白二种人的身手都极笨滞，并自信以他自己的武艺，无论与白人或黑人比赛，决不至失败，但是不曾动这个去请求比赛的念头。

　　他看过比赛之后，忽听得那个当通译的朋友，说起霍元甲来交涉与黑人孟康比赛的事，不禁触动了他少年好事之心。他久闻霍元甲在天津的威名，这回来了上海，便没有要与孟康比赛的事，他也是免不了要去拜访的，何况有这种合他好尚的事情在后面呢！当下向姓萧的问明了霍元甲的寓处，乘兴前来拜访。

　　非常之人，必有非常的气宇。在俗人的眼光分辨不出，然在稍有眼力的人见了，自有一种异乎寻常的感觉。农劲荪一见彭庶白，即觉得这少年风度翩翩，精神奕奕，不是上海一般油头粉面的浮薄少年可比，不因不由的注目而视。彭庶白访霍元甲不着，本已将一团的高兴扫了大半，打算去马路上闲逛一会儿再来。他既不曾与霍元甲会过面，自然没有希望在路上巧遇的念头。谁知刚待走出那客栈的大门，迎面就遇着三人回来，当时从那大门出进的络绎不绝，在彭庶白的眼中看来，只觉得霍元甲等三个人的精神气宇，与同时出进的那些人有别。

　　他曾听得姓萧的说，去与孟康办交涉的是三个人，心里登时动了一下，然觉得不好就冒昧上前询问，暗想这三人若是住在这客栈里的，必有霍元甲在内是无疑的了。若不是住在这客栈，也是来这里访朋友的，就是我猜错了，且看他们瞧不瞧旅客一览表，并向账房或茶房问话也不。心里如此想着，两眼即跟在三人背后注意。只见三人径走到一间房门口站住，有一个茶房从身边掏出一把钥匙来，将房门开了，放三人进去，彭庶白暗自喜道："我猜的有八成不错了。"连忙回身到账房探问，果然所见的不差，三人中正有霍元甲在。

彼此见面谈了一阵，彭庶白说道："庶白听得敝友萧君说，霍先生已与孟康交涉妥当了，约了明日带律师去亚猛斯特朗家里订比赛的条约，不知道将订些什么条约？外国大力士或拳斗家比赛，十九带着赌博性质，输赢的数目并且很大，每有一次比赛，输赢数十万元的，今日孟康不曾提出比赛金钱的话么？"

霍元甲摇头道："这倒没听他说起。"遂向农劲荪问道："是不曾说么？他若说了，农爷必向我说。"农劲荪笑道："今日是不曾说，或者在明日订条约的时候说出来也未可知。"霍元甲问道："外国大力士拳斗家，难道都是大富豪么，怎的能一赌数十万元的输赢呢？"彭庶白道："外国大力士拳斗家，不要说大富豪，连有中人资产的都不多，其所以能赌这么大的输赢，并不是他们本身的钱，就和我们中国人斗蟋蟀一样，输赢与蟋蟀本身无关。蟋蟀是受人豢养的，外国大力士拳斗家略有声名的，无不受几个大富豪的豢养。就是到各处卖艺，也是受有钱人的指挥，完全自动的绝少。日本人虽不敢公开的赌博，然大力士与柔道家受富豪贵族的豢养，也和西洋人一样。"

霍元甲道："原来外国会武艺的人，是这般的人格，这般的身份。我若不是因他们太欺负我国人了，不服这口气，无端找他们这种受人豢养、供人驱使的大力士比赛，实不值得。"彭庶白道："霍先生是何等胸襟，何等气魄的豪侠之士，完全为要替国人争面子，才荒时废事的来上海找他们比赛。这一点不但我等自家人知道，就是外国略明白中国社会情形的人，也都能知道。并且所比赛的是武艺，至于他们的人格如何，身份如何，与比武是没有关系的。德国大力士森堂与狮子比武，霍先生也只当他们是狮子就得了。"说得大家都笑起来了。

彭庶白接着说道："据敝友萧君说，明日订条约的时候，霍先生这边也得带律师去，不知这律师已经聘请了没有？"农劲荪道："我们刚从张园回来，律师还不曾去聘。"彭庶白问道："农先生有熟识的律师么？"农劲荪道："没有！"彭庶白道："这种事原不必有熟识的律师，不过律师照例是有些敲竹杠的，熟律师比较的容易说话。庶白在上海居住的时间略久，倒有熟识的律师，这类替国人争面子的事，庶白可以去

105

找一个愿尽义务的律师来。"

农、霍二人听了都很高兴，连说拜托。彭庶白道："庶白还认识几个专练武艺的人，人品都很正直，并多是在上海住了多年的。他们不待说，必也是景仰二位先生之为人的，我想介绍与二位先生见见，不知尊意怎样？"霍元甲嬉笑道："我正苦此地的朋友太少，有彭先生给我们介绍还不好吗？此地专练武艺的朋友，我本来应该一到岸就去登门拜访，无奈不知道姓名、住处，不能前去拜会。就是彭先生，我们也应该先到府上奉看，难得先生倒先到这里来。今日就劳神请介绍我们去拜那几位朋友何如呢？"

彭庶白略沉吟了一下说道："用不着二位先生亲劳步履，并且各人住的地址不在一方，今日辰光也不甚早了，庶白有一个办法，虽然简慢一点儿，但是很便当。我今晚七点钟，请农、霍二先生并这位刘君到一枝香大菜馆晚膳，将那几个要介绍的朋友和熟识的律师，都约到一枝香相见。我也不做虚套，不再发帖相请了。"霍、农二人因欢迎彭庶白介绍律师与专练武艺的朋友，也就不甚谦辞。这夜便由彭庶白介绍了六七个武术家，和在上海有些场面的绅士相见了，执律师业的也有几个。

席间，彭庶白将霍、农二人的历史、来意，大略介绍了一番。农劲荪接着把霍元甲的性情抱负，以及在天津逼走俄大力士，这番来找奥比音不遇，明日将与黑人孟康订条约比赛的话，详细演说了一遍。说得在座的人无不眉飞色舞，鼓掌称赞。几个当律师的，都欣然愿尽义务，但是只用得着一个，当下由几个律师中推定了一个，负责同去办理这交涉。霍元甲问了各武术家的住处，准备日后拜访。

次日早饭后，彭庶白特雇了两乘马车，带同那律师到客栈里来。霍、农、刘三人正在客栈里盼望，亚猛斯特朗住在徐家汇，路程很远，农劲荪叫茶房雇马车，彭庶白拦住道："我特地雇两乘马车来，就是准备与三位分坐的。"霍元甲笑道："这如何使得！"彭庶白忙抢着说道："霍先生这种举动，凡是中国人都应当尽力赞助，方不辜负霍先生这番替中国人争面子的热心，何况庶白是久已钦仰霍先生、农先生的人，又是素性欢喜武事的，将来叨教的日子长，望两位先生以后不要对庶白存心客气。"

霍元甲、农劲荪都是慷爽性质，见彭庶白一见如故，也就不故意客气了。当即五人分乘两辆马车，直向徐家汇奔来。一会儿到了，霍元甲看亚猛斯特朗的住宅，倒是一座三层楼，规模很大的洋房。农劲荪拿出自己和霍元甲的名片，向门房说了来意。那门房似乎已受了他主人的吩咐，看了名片，并不说什么，也不先进里面通报，随即将五人请进一间很宏敞、很精丽的客室坐了；复向彭庶白等三人索名片。三人都拿了名片给他，才转身通告去了。不一会儿，就听得有通电话的声音。农劲荪笑对霍元甲道："这电话多半是通给律师和那孟康的，他说我们都已来了，请即刻到这里来，不是通给律师是什么呢？"

霍元甲还不曾回答，亚猛斯特朗已出来了，宾主相见，农劲荪替律师、彭庶白介绍了。亚猛斯特朗道："我们外国人和中国人角力的事，上海租界上还不曾有过先例，工部局能不能领取执照，此刻尚不可知。鄙人已约了一个在巡捕房里供职的朋友到这里来，大家讨论讨论。"农劲荪道："角力的事，在上海租界上虽没有先例，然在各外国是普通常有的事，工部局没有不许可的理由。并且，孟康君昨日与英国大力士角力，工部局能许可，岂有霍君与孟康君角力，便不许可的道理。无论章程法律，皆不能因对人而有区别。"

亚猛斯特朗道："鄙人也希望工部局不发生障碍。"农劲荪将这话译给霍元甲听，霍元甲已蕴怒说道："岂有此理！他们若借口工部局不许可来推却比赛，我决不能承认工部局应有这无理的举动。"那律师笑道："不会有这种事。角力是任何国家法律所许可的，工部局除却有意作难，断无不发执照的道理。"

几人正这么谈论，忽见房门开处，走进四个外国人来，黑人孟康走在最后。亚猛斯特朗起身向双方介绍，彼此相见，自有一番应酬故套。原来同进来的三个西人，一个是在上海执律师业的，一个是在工部局供职的，一个是孟康的朋友。相见已毕，一共宾主十人，分两边围着一张大餐台坐下。先由亚猛斯特朗开口说道："大力士角力，在世界各国原是普通常有的事，照例没有多少条约磋商。不过鄙人在中国住了多年，知道中国的武术，绝对不与各国的武术相同，常有极毒辣的方法，只须用一个指头，就能断送对手的性命，这种武术，究竟是很危险的。外国大力士角力，差不多有一定的方法，从没有用一个指头便能断送对方性命的。鄙人主张要订的条约，就是为霍君是中国有名望的武术家，他的方法必也是很毒辣的。孟康君不知道中国武术，两下角力起来，应该有一种限制，才可避免伤害性命的危险，不知霍君的意思以为怎样？"

农劲荪将这番言语译给霍元甲听了，霍元甲道："看他说应该有什么限制？"农劲荪和亚猛斯特朗说了，亚猛斯特朗起身与孟康等四人低声商议了好一会儿，方回到原位说道："鄙人知道中国武术，拳头脚尖果然很厉害，就是用头撞、用肩碰，都能撞碰死人。孟康君的意思，要角力须限制霍君不许用拳，不许用脚，不许用头，不许用肩，肘也是用不得的，指头更不能伸直戳人。霍君对于这几种限制能同意，再议其他条约。"

农劲荪听了这类毫无理由的限制，已是很气愤了，但因角力的主体是霍元甲，不能不对霍元甲翻译，就由他自己驳复，只得照样向霍元甲说了。霍元甲怒道："这也不能用，那也不能用，照他这样的限制，何不教我睡在地下不动，听凭他那大力士捶打呢！他既是这么怕打的大力士，我就依了他的限制，他还是免不了要另生枝节的。农爷对他说罢，他不敢与我角力，只说不角就得了，不用说这些替他们外国人丢脸的话。"

农劲荪气愤不过，也就懒得客气，照着霍元甲的意思，高声演说了一遍，只说得几个外国人都羞惭满面，没一个有话回答。霍元甲愤愤极了，立起身望着同来的四人道："走吧！像这种大力士，不和他比赛也罢了。"刘振声、彭庶白也同时立起身来。亚猛斯特朗还勉强带笑说："请坐下来慢慢商议。"农劲荪和那律师都说："孟康君既是存心畏惧，还是不与霍君比赛的最妥当。"说话时，霍元甲已头也不回的大踏步走出去了。

五人仍同回到客栈，霍元甲一肚皮没好气的当先走进栈房，只见茶房迎上来说道："刚才有个西崽来找霍老爷，说是从静安寺路来的，留了一封信在霍老爷房里桌上。"霍元甲回头对农劲荪道："静安寺路必是沃林。我的运气倒霉，你瞧着吧，一定也是和今天一样，通知上必有种种留难。"边说边走进房，一手就从桌上取了那封信递给农劲荪。不知信中写些什么，且俟下回再说。

总评：

> 胡九之于八人，纯以游戏三昧出之，而八人者已惊悸亡魂。事既弥极诙诡之致，而笔亦曲折以达，正自旗鼓相当，实为说部中有数文字。

> 前书正将叙及霍俊清订约比武事，忽又岔入彭纪洲、胡九二人之小传，斯盖著者故弄狡狯耳。虽然，不如是，《侠义英雄传》中无数人物，又何由一一登场耶？著者之狡狯，正著者之苦心，读者不可不知也。今则枝叶已去，似又将归入本题矣。然以著者行文之喜出奇兵，又安知其不另起波澜乎？

> 亚猛斯特朗者，荒伧耳！畏霍俊清之神威，知孟康实非其敌也，不敢与之订约；而又不欲明言，支吾掩饰，丑态百出。白人固凤称天之骄子，矫矫然似不可侵犯者，至是而本来面目悉露矣！此一节事，著者曲曲写来，弥有风致，堪称神来之笔。

> 方写与亚猛斯特朗订约不成，即接写与沃林订约事，此著者故意欲于相犯处，仍笔笔求其不犯也。余勇可贾，于此可见。

第十一回

霍元甲二次访沃林
秦鹤岐八代传家学

话说农劲荪拆开那信看了一遍，笑道："四爷，恭喜你！信中说已得了奥比音的同意，约我们明天去他家里谈话。"霍元甲道："我看这番又是十九靠不住的，外国人无耻无赖的举动，大概都差不多。今天的事，不是昨日已经得了那孟康的同意的吗？双方律师都到了场，临时居然可以说出那些无理的限制来。只听那亚猛斯特朗所说我应允了他这些限制，再议其他条件的话，即可知我就件件答应他了，他又得想出使我万不能承认的条件来。总而言之，那黑东西不敢和我较量，却又不肯示弱，亲口说出不敢较量的话来，只好节外生枝的想出种种难题，好由我说出不肯比较的话。究竟奥比音有没有和我较量的勇气，不得而知，他本人真心愿意与我较量，便没有问题；若不然，一定又是今日这般结果。较量不成没要紧，只是害得我荒时废事的从天津到这里来，无端在此地耽搁了这么多时间，细想起来，未免使人气闷。"

农劲荪安慰他道："四爷尽管放心。我看沃林虽也是一个狡猾商人，然奥比音绝非孟康可比。奥比音的声望，本也远在孟康之上，并且白人的性质，与黑人不同。白人的性质多骄蹇自大，尤其是瞧不起黄色人。黑人受白人欺负惯了，就是对黄色人，也没有白人那种骄矜的气焰，所以孟康对四爷还不免存了些畏怯之念。我料奥比音不至如此。"霍元甲叹道："但愿他不至如此才好。"

彭庶白不知道与沃林约了，在此等候通知的事，听不出霍、农二人谈话的原委。农劲荪向他述了一遍，他便说道："沃林他既知道霍先生是特地从天津来找奥比音角力的，如果奥比音不愿意，他何妨直截了当的回复不角。并且奥比音已不在上海了，沃林尤其容易拒绝，与其假意应允，又节外生枝的种种刁难，何如一口拒绝比赛的为妙呢？沃林信里只约霍先生明日去他家里谈话，我不便也跟着去，明日这时分我再到这里来，看与沃林谈话的结果怎样？"说毕，同着那律师作辞去了。

这夜霍元甲因着急沃林变卦，一夜不曾安睡。第二日早点后，即带着刘振声跟农劲荪坐了马车到沃林家来。沃林正在家中等候，见了农劲荪即道歉说道："这番使霍君等候了好几日，很对不起。鄙人为霍君要与奥比音比赛的事，特地就到南洋走了一遭，将霍君的意思向奥比音说了，征求他的同意。尚好，他闻霍君的名，也很愿意与霍君比赛，并很希望早来上海实行。无奈他去南洋的时候，已与人订了条约，一时还不能自由动身到上海来。不过，比赛是决定比赛了，鄙人昨日才从南洋回来所以请霍君来谈谈。"

农劲荪对霍元甲译述了沃林的言语，霍元甲听了，顿时笑逐颜开的问道："他不曾说什么时候能比赛么？"农劲荪道："还不曾说，且待和他谈判。他既决定了比赛，比赛日期是好商量的。"遂对沃林说道："奥比音君去南洋的条约，何时满期，何时方能来上海比赛，已与沃林君说妥了没有呢？"

沃林道："鄙人前次已与霍君谈过的，此刻已近年底了，鄙人的事务多，不能抽闲办理这比赛的事。明年一月内的日期，可听凭霍君选择。"农劲荪笑道："这话鄙人前次也曾说过的，阳历一月，正是阴历年底，霍君在天津经商，年底也是不能抽闲。我看，比赛之期既不能提早，就只得索性迟到明年二月，不知奥比音可能久等？"沃林踌躇了一会儿说道："他本人原没有担任旁的职务，与人角力或卖艺，本是他生平唯一的事业，教他多等些时，大约是不生问题的。"

农劲荪将这话与霍元甲商量，霍元甲道："既是教他多等些时不生问题，那就好办了。只是我们是要回天津去的，此时若不与沃林将条约订好，将来他有翻覆，我们岂不是一点儿对付的办法也没有？"农劲荪点头道："那是当然要趁此时交涉妥当的。"遂向沃林说道："前次沃林君曾说霍君与奥比音君比赛，得赌赛银子一万两，这种办法，霍君也很欢迎，并愿意双方都拿出一万两银子，交由双方推举的公正人管理。比赛结果谁胜了，谁去领那银两。关于这一层，不知奥比音君有无异议？"

沃林道："鄙人已与奥比音君研究过了，他觉得一万两的数目过大了些，只愿赌赛五千两。"农劲荪笑道："一万两的数目，原是由沃林君提议出来的。霍君的志愿，只在与奥比音大力士角力，并没有赌赛银两的心思，因沃林君说出非赌赛银两不可的话，霍君为希望角力的事能于最近的时期实现，所以情愿应允沃林君这种提议。于今奥比音君只愿赌赛五千两，我想霍君是决不会在这上面固执的。"便与霍元甲商议，霍元甲道："做事这么不爽利，真有些教人不耐烦。他说要赌一万两，我不能减价说赌五千，他于今又只要赌五千，我自然不能勉强要赌一万。赌一万也好，赌五千也好，总求他赶紧把合同订好，像他这样说话没有凭准，我实在有些害怕。农爷要记得订合同的时候，务必载明如有谁逾期不到的，须赔偿损失费银一千两。"

农劲荪点头对沃林说道："霍君虽没有定要赌赛一万两银子的心，不过因沃林君要赌赛一万两，他已准备着一万两银子在这里。若沃林君愿践前言，霍君是非常希望的。如定要减少做五千两，好在还不曾订约，就是五千两也使得。但是霍君在天津经商，年内不能比赛，是得仍回天津去的，明年按照合同上所订日期，再到上海来。是这般一来一往，时间上、金钱上都得受些损失。这种损失，固是为角力所不能不受，不过万一奥比音君不按照合同上所定的日期来上海，以致角力的事不能实行，那么这种损失，就得由奥比音君负赔偿的责任。翻转来说，若霍君逾期不到，也一般的应该赔偿奥比音君的损失，这一条须在合同上订明白。"沃林也笑道："这是决无其事的。霍君既提出这条来，合同是双方遵守的，就订明白也使得。"

农劲荪道："霍君这方面的保证人和律师，都已准备了，只看沃林君打算何日订立合同？鄙人与霍君为这事，已在这里牺牲不少的时间了，订合同的日期，要求愈速愈妙。"沃林问道："霍君的保证人，是租界内的殷实商家么？"农劲荪道："当然是租界内能担保一万两银子以上的商家。"当下双方又议论了一阵，才议定第三日在沃林家订约；比赛的时日也议定了阴历明年二月初十。因霍元甲恐怕正月应酬多，羁绊住身体不能到上海来，赔偿损失费，也议定了数目是五百两。霍元甲心里，至此才稍稍的宽舒了。

三人从沃林家回到客栈里来，彭庶白已在客栈里等候，见面迎着笑道："看霍先生面上的颜色，喜气洋洋的样子，想必今日与沃林谈话的结果很好。"农劲荪笑道："你的眼睛倒不错，竟被你看出来了。今日谈话的结果，虽不能说很好，但也不是霍四爷所料的那么靠不住。"随即将谈话的情形述了一遍。

彭庶白道："沃林前次要赌赛一万两银子的话，是有意那么说着恐吓霍先生的，及见霍先生不怕吓，一口就应允他，他有什么把握敢赌赛这么多银子？恭喜霍先生，这回的比赛，一定是名利双收的了。"霍元甲道："比赛没有把握的话，我是不会说的。因为他奥比音并不曾要求和我比赛，我既自觉没有胜他的把握，何苦是这般烦神费力的自讨没趣呢？若教我与中国大力士比赛，无论那大力士是什么样的人，我也不敢说有把握。对外国人确有这点儿自信力，所虑的就是后天临时变卦。只要不变卦，订妥了合同，事情总可以说有几成希望。"

彭庶白道："角力时应有限制的话，沃林曾说过么？"农劲荪道："那却没有。"彭庶白道："今日他不曾说，后日料不至说。外国人虽说狡猾，也没有这么不顾面子的，霍先生放心好了。后日与沃林订过了合同，还是就回天津去呢，还是再在此地盘桓些时呢？"霍元甲道："我若不是为要等候沃林的通知，早已动身回去了。我在天津因做了一点小生意，经手的事情原来很多，不是为这种重大的事，决不能抽工夫到这里来。只待后天合同订好了，立刻便须回去，巴不得半日也不再停留。后天如不能将合同订好，也决心不再上这东西的当了。总之，过了几天，有船便走。"

彭庶白道："可惜这回与霍先生相见得迟了，还有一个老拳术家，不能介绍与霍先生会面。"霍元甲连忙问道："老拳术家是谁，怎么不能介绍会面，这人不在此地吗？"彭庶白道："这人祖居在上海，前夜我已请了他，想介绍与霍先生在一枝香会面，不料他家里有事，不能出门。昨日我到他家，打算邀他今日到这里来看霍先生，无奈他的家事还不曾了，仍是不能出来。这人姓秦名鹤岐，原籍是山东人，移家到上海来，至今已经过九代了。不知道他家历史的，都只道他家是上海人。"

霍元甲登时现出欣喜的样子说道："秦鹤岐么，这人现在上海吗？"彭庶白点头道："先生认识他吗？他从来住在上海，少有出门的时候。"霍元甲笑道："我不听你提起他的名字，一时也想不起来。我并不与他认识，不过我久已闻他的名。我在几年前曾听得一个河南朋友说过，因家父喜研究伤科，无论伤势如何沉重，绝少治不好的。有一次有个河南人姓杜名毓泉的，来我家访友，定要看看我霍家'迷踪艺'的巧妙，不提防被我一脚踢断了他一条腿。他自谓已经成了废人，亏了家父尽心替他医治，居然治好了，和没有受过伤的一样。他心里不待说又是感激，又是佩服，偶然与我谈论现在伤科圣手，据他说在不曾遇到家父以前，他最钦佩的就是秦鹤岐。我问他秦鹤岐是何许人，他说是上海人，不但伤科的手段很高，便是武艺也了不得。我那时忘记问秦鹤岐住在上海什么地方，有多大年纪了，后来我到天津做生意，所往来的多是生意场中的人，因此没把秦鹤岐这名字搁在脑筋里，到于今已事隔好几年了。今日若不是有你提起他来，恐怕再过几年，便是有人提起他，我也想不起来了。"

彭庶白笑道："一点儿不错，他是祖传的伤科。他的伤科与武艺，都是祖传，一代一代的传下来；传到他手里，已是第八代了。据他说，他家的武艺，简直一代不如一代。他祖传的本是内家功夫，他的叔父的本领，虽赶不上他祖父，然端起一只茶杯喝茶，能随意用嘴唇将茶杯的边舐下来，和用钢剪子剪下来的一般无二。他自谓赶不上他叔父。只是以我的眼睛看他的本领，已是很了不得了。"

霍元甲喜问道："你见过他什么了不得的本领呢？"彭庶白道："我亲眼看见他做出来的武艺，有几次已是了不得，而当时我不在场，事后听得人说的，更有两次很大的事，上海知道的极多。一次我与他同到一个俱乐部里玩要，那俱乐部差不多全是安徽人组织的，因组织的分子当中，有一半欢喜练练武艺，那俱乐部里面，遂置了许多兵器和沙袋、石担之类的东西，并有一块半亩大小的草坪。只要是衣冠齐整的人，会些武艺，或是欢喜此道的，都可直到里面练习，素来的章程是这么的。这日我与秦鹤岐走进那草坪，只见已有二三十个人，在草坪中站了一个圈子，好像是看人练把式。我固是生性欢喜这东西，他也很高兴的指着那人圈子向我说道：'只怕是来了一个好手，在那里显功夫，我们何不也去见识见识呢！'我说：'那些看的人看了兴头似乎不浅，我们今日来得好。'他于是牵了我的手走到那圈子跟前。

"不看犹可，看了倒把我吓了一跳，原来是一个身材比我足高一尺、足大一倍的汉子，一手擎着一把铁把大砍刀，盘旋如飞的使弄着。那把刀是一个同乡武举人家里捐给俱乐部的，科举时代练习气力的头号大刀，重一百二十五斤，放在俱乐部将近一年了。俱乐部内喜武的人虽多，却没有一个人能使得动那把刀。那汉子居然能一只手提起来使弄，那种气力自然也是可惊的了。

"当下秦鹤岐看了，也对我点头道：'这东西的力量确是不错，你认识他是谁么？'我说：'今日是初次才看见，不认识是谁。'我正和他说话的时候，那汉子已将大刀放下了。看的人多竖起大指头，对那汉子称赞道：'真是好气力。这种好气力的人，不但上海地方没有，恐怕全国也是数一数二的人物。'那汉子得意扬扬的说道：'这刀我还嫌轻了，显不出我全身的力量来，我再走一趟给你们看看。'围着看的人不约而同的拍掌，口里一迭连声的喊'欢迎！'秦鹤岐也笑嘻嘻的跟着喊'欢迎！'

"那汉子剥了上身的衣服，露出半截肌肉暴起的身体，走了一趟，并踢了几下弹腿，却没有甚了不得的地方。只是看的人吼着叫好，吼得那汉子忘乎其所以然了，一面做着手势，一面演说这一手有多重的力量，如何的厉害。我听了已觉得太粗俗无味了，向一个俱乐部里的人打听他的来历，才知他也是我们安徽人，姓魏名国雄，曾在第七师当过连长，到处仗着武艺逞强，没有遇过对手。我因这魏国雄谈吐太粗俗无味了，拳脚又并不高明，仅有几斤蛮力，已显露过了，懒得多看，拉了秦鹤岐的手，待去找一个朋友谈话。忽听得他高声说道：'有些人说，好武艺不必气力大，气力大的武艺必不好，这话完全是狗屁。只要真个气力大，一成本领，足敌人家十成本领。我生成的气力大，仅从师练了一年武艺，南北各省都走过，有名的拳教师也不知被我打倒了多少。'说时手舞足蹈，目空一切的样子，使人看了又好气又好笑。

当时在场的也有几个练了多年武艺的，虽听了这话，面子上也很表示不以为然的神气，但是都存心畏惧魏国雄的气力太大，不敢出头尝试。哪知道秦鹤岐是最不服人夸口的，已提步要走了，忽转身撇开我的手，走进圈子，向魏国雄劈头问道：'你走南北各省，打倒多少有名的拳教师，究竟你打倒的是哪几个？请你说几个姓名给大家听听。既是有名的，我们大家总应该知道。'魏国雄想不到有人这般来质问，只急得圆睁着两眼，望着秦鹤岐半晌才说道：'我打倒的自然有人，不与你相干，要你来问我做什么？我又不曾说打倒了你。'秦鹤岐笑道：'你只说打倒了南北各省多少有名的拳教师，又不说出被打倒的姓名来，好像南北各省有名的拳教师，都被你打倒了似的。区区在南北各省中，却可称得起半个有名的拳教师。你这话，不说出来便罢，说出来，我的面子上很觉有些难为情。若不出来向你问个明白，在场看热闹的人，说不定都要疑心我也曾被你打倒过。我并不是有意要挑你的眼，说明了才免得大家误会。我这个拳教师是不承认你能打得倒的，不但我自己一个不承认，并且我知道我江苏全省有名的拳教师，没一个曾被你打倒过。你果是曾打倒过的，快些把姓名说出来。'

"秦鹤岐这般说，那些面子上表示不以为然的人，也都气壮心雄起来了，也有问他到山东打倒了谁的，也有问他到安徽打倒了谁的。这个一言，那个一语，问得魏国雄委实有些窘急了，举起两手连向左右摇着说道：'你们不要以为我这话是吹牛皮的，我打倒过的人，姓名我自然知道，不过我不能破坏人家名誉，便不能说出他们的姓名来。你们不相信的，尽管来试两手。'说毕，对秦鹤岐抱了抱拳说道：'请教尊姓大名。'秦鹤岐笑道：'好在你不肯破坏人家的名誉，就把姓名说给你听也不要紧，便是被你打倒了，喜得你不至对人宣布。你是想打倒我么？

要打也使得。'话不曾说完，魏国雄有一个同来玩的朋友，看了这情形不对，连忙出来调和，想将魏国雄拉出来。

"魏国雄仗着那一身比牛还大的气力，看秦鹤岐的身材又不高大，有些文人气概，不像一个会武艺的人，已存了个轻视的心，哪里肯就是这么受了一顿羞辱出去呢？一手把那朋友推得几乎跌了一跤，说道：'我出世以来，没受人欺负过，哪怕就把性命拼了，也得试两下。'说到这里，已恶狠狠的举拳向秦鹤岐面上一晃，跟着一抬右腿，便对准秦鹤岐的下阴踢来。我这时目不转睛的看着，只见秦鹤岐并不躲闪，迎上去只将左臂略荡了一荡，碰在他脚上，就和提起来抛掷过去的一般，魏国雄的高大身体，已腾空从看的人头顶上抛过去一丈五六尺远近，才跌落下来，只跌得他半晌动不得。

"秦鹤岐跑过去把他拉起来，笑道：'对不起，对不起！我的姓名叫秦鹤岐，你以后对人就说秦鹤岐被你打倒了也使得。'魏国雄羞得两脸如泼了鲜血，一言不发的掳起剥下的衣服就跑。魏国雄既走，留在草坪中的那把大刀，依然横在青草里面，本是魏国雄拿到草坪里去的，于今魏国雄走了，谁有这力量能将那刀移回原处呢？当时就有一个常住在俱乐部的同乡，笑对秦鹤岐道：'秦先生把魏国雄打走了，这把大刀非秦先生负责搬到原处去不可。我们平日四个人扛这把刀，还累得气喘气急，秦先生能将魏国雄打倒，力量总比魏国雄大些。'秦鹤岐笑道：'我却没有他那么大的蛮力，不过这刀也只有一百多斤，不见得就移不动。'旋说旋走近大刀，弯腰用一个中指勾住刀柄上头的铁环，往上一提便起来了，问那同乡的要安放何处？那人故意羁延时刻，一面在前引着走，一面不住的回头和秦鹤岐说话，以为一个指头勾住的决不能持久，谁知秦鹤岐一点儿没露出吃力的样子，从容放归原处。这两件事是我亲眼看见的。"

霍元甲连连点头称赞道："只就这两事看起来，已非大好手干不了，不是魏国雄难胜，难在打得这么爽利，不是内家功夫，决打不到这么脆。就是中指提大刀，也是内家功夫。魏国雄的气力虽大，然教他用一个指头勾起来，是做不到的。"

彭庶白道："唯英雄能识英雄，这话果然不错。我曾将这两事说给也是有武艺的人听，他们都不相信，说我替秦鹤岐吹牛皮。他们说，秦鹤岐的手既没打到魏国雄的身上，又不曾抓住魏国雄的脚，只手膀子在魏国雄脚上荡了一荡，如何能将身材高大的魏国雄，荡得腾空跌到一丈五六尺远近呢？我也懒得和他们争辩。霍先生的学问，毕竟不同，所以一听便知道是内家功夫。"霍元甲笑道："这算得什么。你曾听说过他家功夫的来历么？"

彭庶白摇头道："我只知道他是八代的祖传。他八代祖传自何人，倒不曾听他说过。他家原来住在浦东，虽是世代不绝的传着了不得的武艺，然因家教甚严，绝对不许子弟拿着武艺到外边炫耀，及行凶打架，就是伤科也只能与人行方便，不许借着敛钱。所以便是住居浦东的人，多只听说秦家子弟的武艺好，究竟好到怎样，附近邻居的人都不知道。直到秦鹤岐手里，才在浦东显过一次本领。那次的事，至今浦东人能说得出的尚多。那时浦东有一个茶楼，招牌叫做'望江楼'，是沙船帮里的人合股开设的。沙船帮里无论发生了什么问题，只要不是属于个人的，照例都在那望江楼会议，船帮不会议的时候卖客茶，遇有会议就停止客茶不卖，是这般营业已有好几年了。因为上茶楼喝茶的，早起为多，而船帮会议多在下午，所以几年也没有时间上发生过冲突。

"秦鹤岐在浦东生长二十多年，竟不知道那望江楼是船帮中人开设的。这日下午，他在外边闲逛，忽然高兴走上那茶楼喝茶，这时茶楼上还有几个喝茶的客。他才坐了一会儿，那几个客都渐渐的走了，只剩下他一个人。他正觉得没有兴味，也待起身走了，忽听得梯子声响，仿佛有好多人的脚声，他只道是上楼喝茶的客，回头望楼口，果然接连上来了四五十个人，看得出都是些驾船的模样。他心想必是新到了一大批的船，也没作理会，仍旧从容喝茶，随即就有一个堂倌过来说道：'请客人让一让座头，我们这里就要议话。'

"秦鹤岐既不知道那茶楼的内容，陡然听了让座头的话，自然很觉得诧异，反质问那堂倌道：'什么话，我的茶还没喝了，你怎么能教我让座头给人，你们做买卖是这般不讲情理的吗？'那堂倌道：'客人不是外路人，应该知道我们这里的规矩。我们这茶楼是船帮开的，照例船帮里议话，都在这楼上，议话的时候，是不能卖客茶的，此刻正要议话了。'秦鹤岐生气道：'既是议话不能卖客茶，你们便不应该卖茶给我，既卖了给我，收了我的钱，就得由我将茶喝了，不能由你们教我让座头。若定要我让也使得，只需你老板亲自来说个道理给我听。'堂倌道：'老板不在店里，就是老板回来，也是要请客人让的。'

"堂倌正在与秦鹤岐交涉，那上楼的四五十个驾船模样的人，原已就几张桌子围坐好了的，至此便有几个年轻的走过来，大模大样的向堂倌说道：'只他一个人，哪里用得着和他多说，看收了他多少茶钱，退还给他，教他走便了。'堂倌还没有答应，秦鹤岐如何受得起那般嘴脸，已带怒说道：'谁要你退钱！你收下去的钱可以退，我喝下去的茶不能退。你们定要我走，立刻把招牌摘下来，我便没得话说。'这句话，却犯了船帮中人的忌讳，拍着桌子骂他放屁。

"船帮仗着人多势大，也有些欺负秦鹤岐的心思，以为大家对他做出些凶恶样子来，必能将他吓跑。哪知道这回遇错人了，秦鹤岐竟毫不畏惧，也拍着桌子对骂起来。年轻的性躁些，见秦鹤岐拍桌对骂，只气得伸手来抓秦鹤岐，秦鹤岐坐着连身都没起，只伸手在那人腰眼里捏了一下，那人登时立脚不稳，软瘫了下去，仰面朝天的躺在楼板上，就和死了的人一样。那些驾船的见秦鹤岐打死人了，大家一拥包围上来，有动手要打的，有伸手要抓的。秦鹤岐这时不能坐着不动了，但又不能下重手打那些人，因为真个把那些人打伤了，也是脱不了干系的；待不打吧，就免不了要受那些人的乱打，只得一个腰眼上捏一把，顷刻将四五十个人，都照第一个的样捏翻在地。横七竖八的躺满了一茶楼，把几个堂倌吓得不知所措。喜得茶楼老板不前不后的在这时候回来了，堂倌将情形说给他听。好在那老板是个老走江湖的人，知道这是用点穴的方法点昏了，并不是遭了人命，连忙走上楼。看秦鹤岐的衣冠齐整，气宇不凡，一望就料定是一个有钱人家的少爷，即带笑拱手说道：'我因有事出门去了，伙计们不懂事，出言无状，得罪了少爷，求少爷高抬贵手，将他们救醒来。我在这里赔罪了。'说罢，就地一揖。

"秦鹤岐问道：'你是这里的老板么？'老板答道：'这茶楼生意，暂时是由我经手在这里做，一般人都称我老板，其实并不是我一个人的老板。这茶楼是伙计生意，不过我出的本钱，比他们多些。话虽如此，只是生意是我经手，伙计们得罪了少爷，就是我得罪了少爷，求少爷大度包涵吧。'秦鹤岐刚待开口，楼梯响处，接连又走上十多个人来，看这十多个人当中，竟有大半是秦鹤岐素来认识的本地绅耆。原来有一个精干些儿的堂倌，料想打翻了这么多人在楼上，这乱子一定是要闹大的，也来不及等老板回来，匆匆溜出门。跑到本地几个出头露面的绅耆家里，如此这般的投诉一遍，求那些绅耆赶紧到望江楼来。那些绅耆都没想到是秦鹤岐干的玩意，以为若真个闹出了四五十条命案，这还了得？因此急忙邀集了十多个绅耆，一道奔望江楼来。其中多半认识秦鹤岐的，上楼一看，老板与秦鹤岐同站在许多死人中间，楼上并没有第三个人，都失声叫"哎呀"，问道：'凶手呢，已放他逃跑了吗？'秦鹤岐接声答道：'凶手便是我，有诸位大绅耆来了，最好。请你们将我这个凶手捆起来送官吧！'众绅耆不由得诧异起来，有两个和秦家有交谊的，便向秦鹤岐问原因，问明之后，自然都责驾船的不应该倚仗人多，欺负单身客人，要秦鹤岐救醒转来，再向秦鹤岐谢罪。这件事传播得最远，当时浦东简直是妇孺皆知。"

霍元甲道："真了不得！有这种人物在上海，我又已经到上海来了，不知道便罢，知道了岂可不去拜他！你说他因家里有事不能出来，我邀你同去他家里拜他，使得么？"彭庶白道："霍先生高兴去，我当然奉陪。这几日他在家中不至出外，随时皆可以去得。"

霍元甲回头问农劲荪道："我打算后天不论合同订妥与否，得动身回天津去；明日须去邀保证人和律师，趁今日这时候还早，我们同去访访这位秦先生好么？"农劲荪笑道："四爷便不说，我也是这般打算了。这种人物，既有彭君介绍，岂可不去瞻仰瞻仰。"于是霍、农二人带着刘振声，跟彭庶白同乘车向秦鹤岐家进发。

此时秦鹤岐住在戈登路，车行迅速，没多一会儿工夫就到了。霍元甲看大门的墙上，悬挂着一张"九世伤科秦鹤岐"的铜招牌，房屋是西洋式的，门前一道矮墙，约有五尺多高，两扇花格铁门关着，在门外能看见门内是一个小小的丹墀，种了几色花木在内。只见彭庶白将铁门上的电铃轻按了一下，实时有个当差模样的人走来拉开了门，喊了一声："彭大少爷。"彭庶白问道："你老爷在家么？"当差的道："有客来了，正在客房里谈话。"彭庶白问道："是熟客呢，还是来诊病的呢？"当差的摇头道："不是熟客，也不像是来诊病的。"说时望了望霍元甲等三人，问彭庶白道："这三位是来会我家老爷的么，要不要我去通报呢？"彭庶白道："用不着你去通报。"说罢，引霍元甲等走进客房。

霍元甲留神看这客房很宏敞，一个宽袍大袖的人，正在面朝里边演把式。一个身材瘦小、神气很精干的汉子，拱手立在房角上，聚精会神的观看。彭庶白回头低声对霍元甲道："演手法的就是。"秦鹤岐似乎已听得了，忙收住手势，回身一眼看见彭庶白背后立着三个气宇非凡的人物，仿佛已知道是霍元甲了，连忙向三人拱手，对彭庶白道："你带了客来，怎么不说，又使我现丑，又使我怠慢贵客。"彭庶白这才为霍元甲三人一一介绍。秦鹤岐指着那旁观的汉子向三人道："诸位认识他么？他便是南北驰名的"开口跳"赛活猴，好一身武艺，我闻他的大名已很久了，今日才得会面。"赛活猴过来与彭庶白四人见礼，秦鹤岐也替四人介绍了。彼此都说了一阵久闻久仰的客气话。

宾主方各就座，霍元甲先开口向秦鹤岐说道："几年前在静海家乡地方不曾出门的时候，就听得河南朋友杜毓泉谈起秦先生的内家功夫了得，更是治伤圣手，已是很钦仰的了。这回遇见庶白大哥，听他谈了秦先生许多惊人的故事，更使我心心念念的非来拜访不可。"秦鹤岐笑道："霍先生上了庶白的当了。庶白是和我最要好的朋友，随时随地都替我揄扬，那些话是靠不住的。"

秦鹤岐说到这里，霍元甲正待回答，赛活猴已立起身来说道："难得今日幸会了几位盖世的英雄，原想多多领教的；无奈我的俗事太多，只得改日再到诸位英雄府上，敬求指教。"说罢，向各人一一拱手告别，秦鹤岐也不强留，即送他出来，霍元甲等也跟着送了几步。因这客室有玻璃门朝着前院，四人遂从玻璃门对外面望着，本来是无意探望什么的，却想不到看出把戏来了。只见赛活猴侧着身体在前走，秦鹤岐跟在他背后送，赛活猴走几步又回头拱手，阻止秦鹤岐远送，秦鹤岐也拱手相还，接连阻止了两次。第三次，赛活猴已走到了阶基的沿边，复回头拱了拱手，乘秦鹤岐不留意，猛将两手向秦鹤岐两肋插下。

说时迟，那时快，秦鹤岐毫不着意的样子，双手仍是打拱手的架势，向上一起，已轻轻将赛活猴两手挽在自己肘下，身体跟着悬空起来，就听得秦鹤岐带着嘲笑的声音说道："你今日幸亏遇的是我，换一个人说不定要上你的当，又幸亏你遇的是今日的我，若在十年前，说不定你也得上我一个小当。须知暗箭伤人不是好汉，去吧！"吧字未说了，赛活猴已腾空跌出铁花格大门以外去了。

霍元甲看了，情不自禁的喊了一声"好！"秦鹤岐掉头见霍元甲在玻璃门里窥探，连忙带笑拱手道："见笑方家，哪值得喝好。"随说随转身回到客室里来，连眼角也不向大门外望望赛活猴。走进客室即对霍元甲说道："这算得什么人物！他来访我，要看我的功夫，自己又不做功夫给我看。我请他指教几手，他又装模作样的说什么不敢不敢。我客客气气的把他当一个人，送他出去，他倒不受抬举了；并且这东西居心阴险，一动手就下毒手。我一则因有贵客在这里，没心情和他纠缠；二则因我近年来阅世稍深，心气比较几年前和平了。不然，只怕要对不起他。"

彭庶白笑道："这东西照上海话说起来，便是一个不识相的人。你已做功夫给他看了，难道连功夫深浅都看不明白吗？"霍元甲也笑道："他若看得出功夫深浅，也不至在这里献丑了。看他动手的情形，是个略懂外家功夫的角色，如何能看得出秦先生的内家功夫呢？"秦鹤岐谦逊道："见笑，见笑！像我这样毛手毛脚，真辱没'内家功夫'四个字了。"

秦鹤岐说话时喜做手势，霍元甲无意中看见他左手掌上有一道横纹。这种横纹，一落内行的眼，便看得出是刀伤痕，心里登时有些怀疑，忍不住问道："秦先生左掌上怎的有这么一道痕呢？"秦鹤岐见问，即望着自己的左掌，还没有回答，彭庶白已抢着说道："他这一道痕，却有一段很名誉、又很惊人的历史在内，霍先生听了，一定也要称道的。"秦鹤岐笑叱彭庶白道："你还在这里替我瞎吹，有什么很名誉、很惊人的历史。你要知道，这真菩萨面前，是不能烧假香的。"

霍元甲道："兄弟是个生性粗鲁的人，全不知道客气。秦先生也不要和我客气才好。"秦鹤岐道："提起这道痕，虽说不到有什么名誉，也没有什么惊人的地方，只是在我本人一生，倒是留下这一个永远的纪念，就到临死时候，这纪念也不至磨灭。霍先生是我同道中人，不妨谈谈，也可使霍先生知道，租界上并不是完全安乐之土，我一条性命，险些儿断送在这一道痕里面了。这事到于今八年了，那时，寒舍因祖遗的产业，一家人勉强可以温饱，只为我手头略散漫了些儿。外边有一班人看了，便不免有些眼红，曾托人示意我，教我拿出几千块钱来结交他们。我不是不舍得几千块钱，只是要我拿出钱来结交，除了确是英雄豪杰，我本心甘愿结交的便罢；一班不相干的人，敲竹杠也似的要我几千块钱。我若真个给了他们，面子上好像太过不去了。"

霍元甲道："那是自然。这般平白无故的拿钱给人，就有百万千万的产业，也填不了那些无底的欲壑。"

不知秦鹤岐说出些什么历史来，且俟下回再说。

总评：

写比武事，煞费周折，始将合同订成，诚极千回百折之妙。而读者至是，亦可为之心安，知比武瞬将实行，复有如火如荼之文字，烘现眼前矣。

白人骄矜，黑人卑怯，其性质固迥不相同。而对黄色人之观念，自亦大相径庭，卓哉劲荪，竟能洞若观火，诚不愧为熟悉洋务之一人才也。

前文，在霍元甲将欲与奥比音比武时，忽岔入吴振楚传；及欲与孟康比武时，又岔入彭纪洲传。致此比武事二次无端搁起，令人闷煞、急煞。今合同方订成，而秦鹤岐传又从中岔入矣。此盖作者狡狯故技，愈令读者聚精会神，亟欲一读起比武正文耳。

第十二回

杀强盗掌心留纪念
成绝艺肺部显伤痕

话说秦鹤岐听了霍元甲的话，即点头答道："上海的流氓痞棍，可以说多得不能数计，若无端来敲我的竹杠，我便答应了他们，以后还能在上海安身吗？我当时只得一口回绝了来示意的人，谁知祸根就伏在这时候了。那班东西见我不肯出钱，便四处放谣言，要与我为难。当时也有些朋友，劝我随意拿出一点儿钱来，敷衍那班东西的面子；免得为小失大，当真闹出乱子来，追悔不及。三位和我是初交，不知道我的性格，庶白是知道的。我并不是生性欢喜算小的人，若他们的话说的中听，我未尝不可通融，只是他们显得吃得住我的样子，哪怕要我拿出一文钱，我也不甘心；因此遂不听朋友的劝。

"这是那年六月间的事，看看已快近中秋节了，那班东西大约是节关需钱使用。打听得舍间存有二三千块钱的现洋，就集合了三四十个凶暴之徒，其中也有十来个会些武艺的，半夜乘我不防备，撬开门偷进舍间来。他们原打算是文进武出的。我平日本来欢喜独宿，在热天尤不愿和敝内同睡。那夜九点钟的时候，我因做了一会儿功课，觉得有些疲乏了，上床安歇。但是透明的月色照在房中，使我再也睡不着，翻来覆去的到十一点钟，刚要蒙眬入睡，猛听得房门呀的一声开了，我立时惊醒转来。暗想房门是闩好了的，外面如何能开呢？一睁眼就看见月光之下，有几个人蹑乎蹑脚的向床前走来，手中并带了兵器。

"我知道不好，翻身坐了起来。首先进门的那东西真可以。他隔着帐门并不看见我，只听我翻身坐起，就知道我坐的方向，猛然一枪朝我

124

的肚皮戳来。枪尖锋利，帐门被戳了一个透明窟窿，幸得有帐门隔住了。我这么一起手将枪尖接过来，顺势一牵，他来势过猛，不提防我把他的枪尖接住了；只牵得他扑地一跤，跌倒在床前。我顺势溜下床沿，一脚点在他背上，那时他既下毒手要我的性命，我也就顾不得他的性命了，脚尖下去，只'哇'的叫了一声，就翘了辫子。

"第二个跟上来的，见我打翻了第一个，乘我不曾站起，劈头一单刀剁下。我既未站起，便来不及躲闪，并且也没看仔细是一把单刀，只得将左手向上一格，那刀已夺在我手中了。想不到那东西倒是一个行家，见单刀被我夺住，就随手往怀中一拖，经他这一拖，我手掌却吃不住了，不过当时也不觉着怎样，只觉胸头冒火，也趁他往怀中那一拖的势，踏进去右手便将他下阴撩住，连他的小肠都拉了出来，一声不响的倒地死了。第三个上来的，使一条齐眉短棍，来势并不甚凶狠，奈我因左手受了伤，弄发了我的火性，那东西身材又矮，我迎头一拳下去，不容他有工夫躲闪，已脑浆迸裂的死了。

"一连打死了三个，我的心不由得软了，暗想走在前面的三个，本领尚且不过如此，在后面的也可想而知。他们并没有劫去我什么贵重东西，于我有何仇怨，何必伤他们的性命？于是就存心只要他们不下毒手打我，我决不下毒手伤他们。可怜那些东西，哪有下毒手的能耐？见我已打死了三个，觉舍间的人都已惊醒起来了，只慌得一窝蜂的往外逃跑。各人手中的兵器，都掼在舍间，不敢带着逃跑，恐怕在路上被巡捕看见了盘诘。我也懒得追赶，连忙打发人去捕房报案，捕房西人来查勘，详细问了我动手的情形，似乎很惊讶的。"

霍元甲伸着大指头向秦鹤岐称赞道："不怪他们外国人看了惊讶，便是中国会武艺的朋友听了这种情形，也得惊讶。实在是了不得，佩服，佩服！"农劲荪问道："那些被打得逃跑了的东西，后来也就安然无事了吗？"

秦鹤岐摇头道："那些东西怎肯就这么放我的手。喜得捕房的西人，料知那些东西决不肯就此罢休，破例送一杆手枪给我，并对我说道：'我知道你的武艺，足敌得过他们，不至被他们劫了财产去。但是一个

125

人没有能制人的武器，究竟不甚安全，有了这杆手枪，就万无一失了。'我得了那杆手枪之后，不到十多日，那些东西果然又来报仇了。这回来得早些，我还不曾安歇，忽听得舍间养的一只哈巴狗，对着后门乱叫。我轻轻走到后门口一听，外面正在用刀拨门，我便朝门缝高声说道：'你们用不着费事，我和你们原无仇怨，就是那三个被我打死的人，他们若不是对我下毒手，存心要我的性命，我也断不至伤他们。如果那夜我不是安心放你们一条生路，你们有命逃走么？老实说给你们听，你们实在不是我的对手，并且巡捕房送了我一杆手枪，你们真要进来讨死，我开门教你们进来就是。'说着，向天连开了两枪，一手将后门扯开。那些不中用的东西，只吓得抱头鼠窜，谁还有胆进来和我厮打呢？他们经了这次恐吓，直到现在相安无事，只我这手上的刀痕，就永远不得磨灭了。"

霍元甲道："听庶白大哥说，秦先生的武艺，是多年祖传下来的，不知道是哪一个宗派的功夫？"

秦鹤岐道："谈到武艺的宗派，很不容易分别，霍先生也是此道中的世家，料必也同我一般的感想。因为功夫多得自口授，册籍上少有记载，加以传授功夫的，十九是不知书卷的粗人，对于宗派的传衍，如何能免得了错语。一般俗人的心理，照例欢喜认一个有名的古人做祖师，譬如木匠供奉鲁班、唱戏的供奉唐明皇、剃头的供奉关云长之类，不问是也不是，总以强拉一个有名的古人做祖师为荣。因此拳术家的宗派越衍越多，越没有根据，越没有道理。

"我曾听得一个拳术家自称是'齐家'的武艺，我不明白齐家是哪个，问他才知道就是齐天大圣孙悟空。姑无论齐天大圣是做《西游记》的寓言，没有这么一个怪物；即算确有其人，究竟孙悟空传授的是哪个，一路传下来，传了些什么人，有无根据知道是孙悟空传的？这种宗派，霍先生能承认他么？

"不但这种宗派靠不住，便是内家、外家的分别，也是其说不一。有的说武当派为外家，少林派为内家，然现在许多武当派的拳术家都自称内家。本来内、外的分别，有两种说法，少林派之所谓内家，乃因少林派是和尚传下来的，从来佛学称为内学，佛典称为内典，佛家的拳术称为内家拳术，也就是这般的意思，并不是就拳术本身讲的。佛家照例称佛道以外的道为外道，自然称武当派为外家。武当派之所以自称为内家，乃是就拳术本身分别出来的。武当派拳术，注重神与气，不注重手脚，尚意不尚力，与一切的拳术比较，确有内外之分。究竟谁是内家，谁是外家，这标准不容易定，原也不必强为分别。

"谈到我祖传的武艺，也可以说是少林派。只是少林派的拳棍，创始于何人？一路流传下来，传了些什么人？当日少林寺是不是拿这拳棍功夫，与佛家修行的功夫一同传授，在何时失传的，我都不知道。我所知道的，仅根据秦氏族谱上的记载，那种记载是留示子孙的，大概还不至有夸张荒谬的毛病。

"我秦家原籍是山东泰安人，我九世祖海川公才移家浦东，武艺也由海川公传授下来的。寒舍族谱上所记载的，就是记载海川公学武艺的始末。说海川公少时即失怙恃，依赖远房叔父生活，叔父会武艺，多与镖行中人往来，海川公也就跟着练习武艺。因生性欢喜武艺，练习的时候，进步异常迅速，在家练了几年之后，十八岁便出门寻师访友。两年之间走遍山东全省，不曾遇着能敌得过他的人，休说有够得上做他师傅的。他偶然听得人谈起少林寺的拳棍天下无敌，遂打听去少林寺的路程，动身到河南少林寺去。及至到了少林寺一问，谁知与往日听得人所谈论的，绝不相符。一般人说，河南少林寺里面，有种种练习拳棍的器具，并有一条长巷，长巷两旁安设了无数的机器木人，地下竖着梅花桩；凡在少林寺学习武艺的，几年之后，自信武艺可以脱师了，就得脚踏梅花桩，双手攀动木人的机器，那木人便拳打脚踢的向这人打来，这人一路打出那条长巷，武艺就算练成功了。若武艺略差一点儿，万分招架不了，只要身上着了一下，立时跌倒梅花桩，寺里的师傅，即不许这徒弟下山，须再用若干时候的苦功，总以能打出长巷为脱师的试验。

"海川公以为寺中既有这种设备，所传授武艺之高妙，是不待说的了。到少林寺之后，才知道外边所谈的，完全是谣言，不但没有那种种的设备，少林寺的和尚，并没一个练习拳棍。海川公大失所望，待仍回

127

山东去吧，一则因山东并没有他的家；二则因回山东也无事业可做，既已出门到了少林寺，何妨就在少林寺借住些时，再作计较。

"那时少林寺里有数百个和尚。他心想俗语说：'人上一百，百艺俱全。'数百个和尚当中，不见得就没有武艺高强的；住下来慢慢的察访，或者也访得出比我高强的人来。这种思想却被他想着了。不到几日，果然访出两个老和尚来。那两个老和尚，年龄都在八十以上了，并不是在少林寺出家的和尚，一个法名惠化；一个法名达光。两和尚的履历，满寺僧人中无一个知道，在少林寺已住锡二十多年了。到少林寺的时候，二人同来，又同住在一个房间，平日不是同在房中静坐，便一同出外云游，二人不曾有一时半刻离开过。满寺僧人并不注意到他二人身上，也没人知道他二人会武艺。

"海川公在寺里借住的房间，凑巧与惠化、达光两法师的房间相近。海川公正在年轻气壮的时候，每夜练习武艺，三更后还不休息，独自关着门练习；哪里知道隔壁房里，就有两个那么了不起的大人物在内。才住了十多日，这夜海川公正在独自关着房门练功夫，忽听得有人用指头轻轻的弹门，海川公开门看时，却是惠化、达光两法师。惠化先开口说道：'我每夜听得你在这房里练武艺，听脚步声好像是曾下过一会儿苦功夫的，年轻人肯在这上头用功，倒也难得。我两人将近四十年没见人练拳了，因此特地过来瞧瞧，有好武艺使出来给我们见识见识何如？'

"海川公此时的年纪虽轻，然已在外面跑了几年，眼力是还不差的，见惠化法师说出这番话来，料知不是此中高手，决不至无端过来要看人武艺。他原是抱着寻师访友的志愿到河南去的，至此自然高兴，连忙让两法师进房坐了，答道：'须求两位法师指教，我不过初学了几下拳脚，实不敢献丑。'达光法师老实不客气的说道：'我看你的资质很好，若有名师指教，不难练成一个好手。你且做一点儿给我们看看，我两人都是八十多岁的老人了，难道还笑你不成！'

"海川公因从来不曾遇过对手，气焰自是很高，这时口里不敢明说，心里不免暗忖道：'你这两个老和尚，不要欺我年轻，以为我的武艺平常，对我说这些大话。尽管你两人的武艺高强，只是年已八十岁了，不见得还敌得过我。我何不胡乱做几下给他们看了，使他们以为我的武艺不过如此，和我动起手来，我才显出我的真才实学，使他以后不敢藐视年轻人。'主意打定，即向两法师拱了拱手道：'全仗两位老师傅指教，武艺是看不上眼的。'说罢，随意演了一趟拳架子。惠化看了，望着达光笑道：'气力倒有一点，可惜完全使不出力来。你高兴么？和他玩两下。'达光含笑不答，望着海川公说道：'你功夫是做得不少，无奈没有遇着名师，走错了道路，便再下苦功夫，也没多大的长进。'

"海川公听得惠化说使不出力来的话，心想我是有意不使力，你们哪里会看功夫！只是也不动气的说道：'以前没有遇着名师，今日却遇着两位名师了，请求指引一条明路吧。'达光法师从容立起身说道：'我两人的年纪都老了，讲气力是一点儿没有，只能做个样子给你看看。我们因为年纪大了，再不把武艺传给人，眼见得就要进土了，你来与我试试看。'

"海川公想不到八十多岁的老和尚，竟敢这么轻易找人动手，反觉得不好意思真个下重手打这年老的人，向达光问道：'老和尚打算怎生试法呢？'达光笑道：'随便怎样都使得，我不过想就此看看我的眼法如何？你练成了这样的武艺，想必与人较量的次数也不少。我本不是和你较量，但是你不妨照着和人较量的样子打来。'海川公遂与达光交起手来，只是二三个回合以后，分明看见左边一个达光，右边也有一个达光，拳脚打去，眼见得打着了，不知怎的却仍是落了空。又走几个回合，又加上两个达光了，一般的衣服，一般的身法。海川公心里明白，自己绝不是达光的对手，并且已觉得有些头昏目眩了，哪敢再打？真是扑翻身躯，纳头便拜。再看实只有一个达光，哪里有第二个呢？连叩了几个头说道：'弟子出门寻师几年，今日才幸遇师傅，弟子就在这里拜师了。'拜过了达光，又向惠化叩了几个头，两老和尚毫不谦让，从此就收海川公做徒弟。

"海川公在少林寺内，足足的寄居了一十九年，还只学到两老和尚十分之七的本领。原打算完全学成了才离开两位师傅的，无奈那时还是清初入关不久，不知是因为哪一件谋逆的案子，牵连到少林寺里的和尚，忽一夜来了几千精兵，将少林寺围困得水泄不通，呐喊一声，火球火箭，只向寺里乱投乱射。满寺僧人都从睡梦中惊醒，缘到屋顶一看，哪里有一隙可逃的生路呢？只吓得众僧人号啕痛哭。海川公也是从梦中惊醒起来，急忙推开两位老师傅的房门一看，只见两位老师傅已对坐在禅床上唏嘘流泪，一言不发。

"海川公上前说道：'于今官兵无故将山寺包围，不讲情由的下这般毒手，寺中数百僧人，难道就束手待死？弟子情愿一人当先，杀开一条生路，救满寺僧人出去。在弟子眼中看这几千官兵，直如几千蝼蚁，算不了什么！'惠化连连摇手说道：'这事你管不了。你原不是出家人，你自去逃生便了。'海川公着急道：'此刻后殿及西边寮房，都已着了火了，弟子独自逃生去了，寺中数百僧人的性命，靠谁搭救，不要尽数葬身火窟吗？'达光长叹道：'劫运如此，你要知道逆天行事，必有灾殃。论你的能为，不问如何都可冲杀出去，只是万般罪孽之中，以杀孽为最重，此事既不与你相干，官兵也没有杀你之意。你自不可妄杀官兵，自重罪孽。此刻围寺的兵，只东南方上仅有五重，你从东南方逃去，万不可妄杀一人。此去东南方五六里地面，有一株大樟树在道路旁边，你可在那树下休息休息再走。'

"惠化掐着指头轮算了一会儿，说道：'你此去还是东南方吉利，出寺后就不必改换方向，直去东南方，可以成家立业。'海川公朝着两位老师傅叩头流泪说道：'弟子受两位师傅栽成的大恩十有九年，涓涯未报。于今在急难的时候，就是禽兽之心，也不忍弃下两位师傅，自逃生路。两位师傅要走，弟子甘愿拼死护送出这重围；两位师傅不走，弟子也甘愿同死在这里。'达光拍着大腿说道：'这是什么时候，你还在这里支吾！你没听得么，隔壁房上也着火了。'

"海川公回头看，窗眼里已射进火光来，只急得顿脚道：'弟子逃了，两位师傅怎样呢？'惠化道：'你尚且能逃，还愁我两人不能逃么？你在那樟树下等着，还可以见得着我们。'海川公被这一句话提醒了，实时走出房来，满寺呼号惨痛的声音，真是耳不忍闻，目不忍睹，急忙拣那未着火的房上奔去。借着火光，看东南角上围兵果然比较的单薄，心想要不杀一兵，除却飞出重围，不与官兵相遇，若不然，我又不会隐身法，这么多的官兵，如何能使他们不看见我呢？既是看见了我，就免不了要动手。师傅吩咐我万不可伤一人，可见得是教我飞出重围去。想罢，随即运动十九年的气功，居然身轻似叶，直飞过五层营幕，着地也不停留。奔到路旁大樟树下，才回头看少林寺时，已是火光烛天，还隐约听得着喊杀的声音。

"约莫在树下等候了半个时辰，忽见半空中有两点红星，一前一后从西北方缓缓的飞来，海川公觉得诧异，连忙跳上树巅，仔细看那两颗红星，越飞越近。哪里是两颗红星呢，原来就是两位老师傅，一人手中擎着一盏很大的红琉璃灯，御风而行，霎时到了海川公头顶上。只听得惠化法师的声音说道：'你可去浦东谋生，日后尚能相见。'海川公还想问话，奈飞行迅速，转眼就模糊认识不清楚了。海川公就此到浦东来，在浦东教拳，兼着替人治病。一年之后，惠化、达光两位师傅同时到浦东来了。达光法师没住多久，即单独出外云游，不知所终。惠化法师在浦东三年，坐化在海川公家里，至今惠化法师的墓，尚在浦东，每年春秋祭扫，从海川公到此刻二百多年，一次也未尝间断。"

霍元甲笑道："怪道秦先生的武艺超群绝伦，原来是这般的家学渊源，可羡可敬！"秦鹤岐道："说到兄弟的武艺，真是辱没先人，惭愧之至。霍府'迷踪艺'的声名，震动遐迩，兄弟久已存心；如果有缘到天津，必到尊府见识见识。前日听得庶白谈起霍先生到上海来了，不凑巧舍间忽然发生了许多使兄弟万不能脱身出外的琐事，实在把我急煞了。难得先生大驾先临，将来叨教的日子虽多，然今日仍想要求先生使出一点儿绝艺来，给我瞻仰，以遂我数年来景慕的私愿。"

霍元甲的拳法，从来遇着内行要求他表演，他没有扭扭捏捏的推诿过，照例很爽直的脱下衣服就表演起来。此时见秦鹤岐如此说，也只胡乱谦逊了几句，便解衣束带，就在秦家客室里做了一趟拳架子。秦鹤岐看了，自是赞不绝口。霍元甲演毕，秦鹤岐也演了些架势，宾主谈得投机，直到夜间在秦家用了晚膳，才尽欢而散。

次日彭庶白独自到秦家，问秦鹤岐："看了霍元甲的武艺，心里觉得怎样？"秦鹤岐伸起大指头说道："论拳脚功夫，做到俊清这一步，在中国即不能算一等第一的好手，也可算是二等第一的好手了。不过我看他有一个大毛病，他自己必不知道，说不定他将来的身体，就坏在那毛病上头。"彭庶白连忙问道："什么毛病？先生说给我听，我立刻就去对他说明，也使他好把那毛病改了，免得他身体上吃了亏还不知道。"

秦鹤岐道："这种话倒不便对他去说，因为大家的交情都还够不上，说得不好，不但于他无益，甚至反使他见怪。他的毛病，就在他的武艺，手上的成功得太快，内部相差太远。他右手一手之力，实在千斤以上，而细察他内部，恐怕还不够四百斤，余下来的六七百斤气力，你看拿什么东西去承受，这不是大毛病吗？"

彭庶白愕然问道："先生这话怎么讲？我完全不懂得。"秦鹤岐道："你如何这也不懂得呢？俊清做的是外家功夫，外家功夫照例先从手脚身腰练起，不注意内部的。专做外家功夫的人，没有不做出毛病来的。霍家的'迷踪艺'，还算是比一切外家功夫高妙的，所以他练到了这一步，并不曾发生什么毛病。不过，他不和人动手则已，一遇劲敌，立刻就要吃亏。所吃的亏，并不是敌人的，是他自己的。你此刻明白了么？"彭庶白红了脸笑道："先生这么开导，我还说不明白，实在说不出口，但是我心里仍是不大明白。"

秦鹤岐点头道："我比给你看，你就明白了。我这么打你一拳，譬如有一千斤，打在你身上，果然有一千斤重。只是这一千斤的力量打出去，反震的力量也是有一千斤的。我自己内部能承受一千斤的反震力，这一千斤力便完全着在敌人身上，我自己不受伤损。若内部的功夫未做成，手上打出去有一千多斤，敌人固受不了，自己内部也受了伤，这不是大毛病吗？"

彭庶白这才拍掌笑道："我明白了，我明白了！我并且得了一个极恰当的譬喻，可以证明先生所说的这理由，完全不错。"秦鹤岐笑问道："什么恰当的譬喻？"彭庶白道："我有几个朋友在军舰上当差，常听得他们说，多少吨数的军舰，只能安设多少口径的炮。若是船小炮大，一炮开出去，没打着敌人的船，自己的船已被震坏了，这不是一个极恰当的譬喻吗？"

秦鹤岐连连点头道："正是这般一个道理。我看他的肺已发生了变故，可惜我没有听肺器，不能实验他的肺病到了什么程度。"彭庶白惊讶道："像霍元甲那样强壮的大力士，也有肺病吗？这话太骇人听闻了。"秦鹤岐道："你只当我有意咒他么？昨天他在这里练拳，我在旁听他的呼吸，已疑心他的肺有了毛病。后来听他闲谈与人交手的次数，连他自己都不能记忆。北方的名拳师，十九和他动过手，他这种武艺，不和人动手便罢，动一次手，肺便得受一次损伤，我因此敢断定他的肺有了病了。"

彭庶白紧蹙着双眉叹道："这却怎生是好呢？像他这般武艺的人，又有这样的胸襟气魄，实在令人可敬可爱。肺病是一种极可怕的病，听别人患了都不关紧要，霍俊清实在病不得。先生是内家功夫中的好手，又通医理，可有什么方法医治没有呢？"秦鹤岐道："医治的方法何尝没有，但是何能使他听我的方法医治？他于今只要不再下苦功练他的'迷踪艺'，第一不要与人交手，就是肺部有了些毛病，不再增加程度，于他的身体还不至有多大的妨碍。若时刻存着好胜要强的心，轻易与人交手，以他的武艺而论，争强斗胜果非难事，不过打胜一次，他的寿数至少得减去五年。"

彭庶白很着急的说道："我们与霍俊清虽说都是初交，够不上去说这类劝告他的话，只是我对他一片崇拜的热心，使我万分忍不住，不能不说。好在农劲荪也是一个行家，与霍俊清的交情又极厚，我拿先生的话去向他说。他既与霍俊清交厚，听了这种消息，绝没有不代霍俊清担忧的。"说毕，即作辞出来，直到客栈看霍元甲。不凑巧，霍元甲等三人都出外去了。彭庶白知道霍元甲明日须与沃林订约，事前必有些准备，所以出去了，只得回家。

次日正待出门，秦鹤岐走来说道："霍俊清既到我家看了我，我不能不去回看他。我并且也想打听他今日与沃林订约的情形怎样，特地抽工夫出来邀你同去。"彭庶白喜道："这是再好没有的了，此刻虽然早了一点，恐怕他们去订约还不曾回客栈，但是就去也不要紧。那客栈里茶房已认识我了，可以教他开了房门，我们坐在他房里等候他们回来便了。"于是二人同到霍元甲的寓所来，果然霍元甲等尚未回来。二人在房里坐候了两小时，才见霍元甲喜气洋洋的回来了。

秦、彭二人忙迎着问约的情形，不知霍元甲怎生回答，且俟下回再写。

总评：

本回书仍为秦鹤岐传，故写其技艺之外，复详述其家世。而两番退贼，一详一略，写法迥不相同，尤知剪裁之道，行文者可取以为法。

霍元甲之绝艺，人尽知之，其受病处，固非人所能知也。而秦鹤岐于一瞥之间，竟能洞若观火，神矣！且就内部、外部功夫立言，推阐至为明晰，尤知其非妄语也。所惜者，未能令霍元甲亲闻之，致纠正有所不及耳！

写秦鹤岐评论霍元甲技艺一节，为后文霍氏卧病不起张本。

第十三回

程友铭治伤施妙手
彭庶白爱友进良言

话说彭庶白见霍元甲喜气洋洋的回来，忙迎着笑道："我和秦先生已在此恭候多时了，看霍先生脸上的气色，可以料定今日的交涉，必十分顺遂。"霍元甲不及回答，先向秦鹤岐告了失迎之罪，农、刘二人也都与秦鹤岐相见了，霍元甲才笑向彭庶白道："这回托秦先生和大哥的福，交涉侥幸没有决裂，条约可算是订妥了。不过订的时期太远了些，教人等的气闷。"

秦鹤岐问道："定期在什么时候？条约是如何订法的？"农劲荪接着答道："今日订的约和前日所谈判的没有出入，双方的律师和保证人都到了，条约上订明了赌赛银五千两，定期明年阴历二月二十日，仍是在张家花园比赛。如偶然发生了意外事故，不能如期来比赛，得先期通知延期若干日，然至多不得延至五日以外。若不曾通知延期，临时不到的，得向保证人索赔偿损失银五百两。我们这边的保证人是汇康钱庄；沃林那边的是大马路外滩平福电器公司。这约上并订明了从今日起发生效力，不得由一方面声明毁约，要毁约亦须赔偿损失五百两。"

彭庶白笑道："农先生办事真想得周到，这么一来，便不怕他们再逞狡狯了。"秦鹤岐问道："今日订约的时候，奥比音本人不在场，将来不致因这一层又发生问题么？"农劲荪摇头道："那是不会有问题发生的。奥比音就在这里，他也不能做主，沃林教他和人比赛，他不能不和人比赛，沃林不教他比赛，他便不能比赛。这回订条约、赌银两，在霍四爷这方面，是纯粹的心思，想替中国人争面子；而在他那一方面，

135

只算是沃林要借此做一回生意，想利用奥比音的大力，赢霍四爷五千两银子，旁的思想是一点儿没有的。”

秦鹤岐问霍元甲道："日期既定了明年二月二十日，此刻尚在十一月底，先生还是在上海等候呢，还是且回天津，等过了年再来呢？"霍元甲摇头笑道："我这回在此地已等得不耐烦了，何能再坐守在这里等到那时候？明日就得动身回天津去，过了年再来。"秦鹤岐道："先生明年到上海来的时候，务望给我一个信，我还有几个同道的朋友，我很想给先生介绍介绍。他们平日闻先生的名，都甚愿意结识。无奈各人多有职务羁身，不能远离，所以未曾到天津拜访。这回先生到上海来了，原是彼此结交的好机会，偏巧我又被许多俗务绊住了，若不是先生肯惠临寒舍，只怕这回又错过了。我以为先生在此还有几日耽搁，昨夜有几个同道的朋友在寒舍谈起，他们还说要开欢迎会欢迎先生呢！"

霍元甲谦逊了几句，问彭庶白道："前夜庶白大哥在一枝香给我介绍的，其中有没有秦先生的同道？"彭庶白道："秦先生的同道，只有一个姓程的和一个姓李的，与我见过面，并没有交情，我所介绍的又是一类人，多半是上海所谓'白相朋友'，不是秦先生的同道。"霍元甲对秦鹤岐道："我生性欢喜结识天下豪杰之士，既是先生同道的朋友，学问不待说是好的。我只要知道了他们的姓名、住处，便没人介绍，我也得去登门拜访，何况有先生介绍呢？今日天色尚早，可否就烦先生引我们去拜会几个。"秦鹤岐踌躇道："霍先生不是打算明天就动身回天津去吗？此时如何还有工夫去看朋友啊！"农劲荪道："可以留振声在这里拾掇行李，我二人不妨抽闲同去。"

秦鹤岐道："有一个姓程字友铭的，就在离此不远的一家陶公馆里教书，我且介绍两位去谈谈，他也是安徽人。"农劲荪接住问道："是不是中了一榜的程镛呢？"秦鹤岐连连点头道："正是中了一榜的程镛。农先生与他熟识么？"农劲荪道："只闻他的名，不曾见过面。程先生在我安徽的文名很大，却不知道他会武艺。"

秦鹤岐道："他此刻的武艺，虽是了不得，但他的武艺并不是从练拳脚入门的。他也是得了不传的秘诀，专做易筋经功夫，不间断的已做了二十多年了，于今两膀确有千斤之力，遍体的皮肤都能自动。"霍元甲道："易筋经的功夫，也可以做到这一步吗？"秦鹤岐道："岂但能做到这一步，据程友铭说，照他那般做下去，实在能做到'辟谷数十日不饥，日食千羊不饱的境界'。"霍元甲随即立起身说道："这样可算是神仙中人了，我岂可到了上海不去瞻仰一番？"秦鹤岐也起身对彭庶白道："程先生你是会过面的，今日可以不去，因为他在人家教书，太去多了人不好。"彭庶白笑道："我正想不同去，好在这里和振声哥谈谈，也可以帮着他料理动身的事。"于是霍、农二人遂跟着秦鹤岐到陶公馆来。

路上没有耽搁，不一会儿到了陶公馆。秦鹤岐取出自己的名片来，向陶公馆的门房说了特来看程老师的话。只见那门房接过秦鹤岐的名片，面上露出迟疑的神气说道："先生若没有要紧的事，就请明日再来何如？"秦鹤岐看门房这种对待，不由得生气道："没有要紧的事，也不到这里来了。你还没有进去通报，为什么由得你做主，要我们明日再来呢？"

那门房见秦鹤岐动气了，才赔笑说道："不是我敢做主，因为知道程老师此刻正有要紧的事，绝没有闲工夫会客。方才有两个朋友来会，我拿名片进去通报，程老师就是这么回复请明日来的。"秦鹤岐觉得很诧异的问道："他此刻正有什么紧要的事，你可以说给我听么？"门房尚没有回答，忽听得外面敲的门环响，门房一面走出房门去开门，口里一面念道："只怕就是那人来了。"

霍元甲看了这门房的神气，疑心是程友铭吩咐了门房，来客不许通报，便也露出不快活的神气对秦鹤岐道："既是程先生有要紧的事，不能见客，我们下次再来不好吗，何苦妨碍他的要事呢？"秦鹤岐只微微的点头不作声，只见门房将两扇大门打开，即有四个人扛抬一张番布软床。床上仰卧一人，用毡毯蒙头罩脚的盖了，看不出是死是活、是男是女；后面还跟着一个年约三十多岁、服饰整齐的男子，进门向门房说了两句话。因相隔稍远，也没听清楚说的是什么，只见门房对扛抬的人向里面挥手，好像是教扛抬到里面去。直抬到里面丹墀中放下，门房随手掩了大门，才回身走近秦鹤岐跟前说道："程老师就为这个躺在布床上的人求他治伤，所以不能见客，并没有旁的事。"秦鹤岐问道："这人受的什么伤，怎么请程老师治？程老师又不会做伤科医生。"门房摇头道："这个我不知道。"秦鹤岐道："你不要管程老师见客不能见客，只拿我这名片进去通报一声就得了。"门房只得应是，擎着名片进去了。

农劲荪笑道："今日秦先生倒是来得凑巧，这人既是受了伤，遇着秦先生，总算是他的幸运。"秦鹤岐也很自负的神气说道："我倒不曾听说程先生善于治伤的活，不知何以会把受伤的人扛到这里来求他治。我既和他要好，他如果委我治，我是不能推诿的。"正说着，就听得里面脚步声响了出来，霍、农二人都望着通里面的门，即见一个宽袍缓带的老者，从容走了出来。

看那老者的五官端正，颔下一部花白胡须，约有四五寸长短，身体虽不魁伟，却是精神饱满，气宇不凡。满脸堆笑的走出来，两眼并不看布床上的病人，笑眯眯的望着秦鹤岐拱手道："秦鹤翁来得正好，真想不到有这么凑巧的事。"边说边用两眼打量霍、农二人。

秦鹤岐引二人迎上去，慎重其事的将彼此介绍了。程友铭只略道了几句仰慕的客套话，即向二人拱手告罪道："今日因有一个朋友的朋友和人口角，被人用碗砸伤了头颅，性命只在呼吸，俗语所谓：病急乱投医，竟扛到我这里来，求我诊治。我从来不懂伤科，却又把秦鹤岐忘记了，只好答应尽尽人事，委屈两位宽坐片刻，一会儿就奉陪谈话。"

霍、农二人见程友铭有这么要紧的事，自然情愿在旁等候。程友铭这才邀秦鹤岐走近布床，轻轻揭开蒙在头面上的毡毯，对秦鹤岐说道："请鹤翁瞧瞧，伤系用瓷碗劈的，于今劈进许多碎瓷到头骨里面去了。人已昏迷不醒，只有一口气不曾断绝，看应如何诊治？鹤翁治好了他，不但他和我那朋友感激，连我都感激不尽。"秦鹤岐点头道："哪里说到感激的话上头去。我本是挂牌的伤科医生，治伤是我职务，不过瓷屑劈进了头骨里面，要取出来却非容易，不曾扛到医院里去求治么？"

那个同来的三十多岁的男子接着答道："广慈医院和宝隆医院都曾扛去求治过了，因在两个医院里用爱克斯光照了，才知道有许多碎瓷劈进了头骨，不然我们也不得知道。两医院里的医生，都是一般说法：可

138

惜劈在头部，若劈在身上或四肢上，哪怕再厉害几倍，也不难将碎瓷取出来，限期痊愈。头上是不能施用手术的。"秦鹤岐就伤处翻看了几遍，苦着脸说道："这种重伤，果是使人束手，于今的鲜血还流出不止，我也没有这手段，能将头骨里的碎瓷取出来。不把碎瓷完全取出，就是将外面的伤处用药敷好了，也是枉然。程老师打算尽尽人事，还是仰仗程老师看怎生办法？"霍元甲、农劲荪看了伤处，也唯有摇头太息。

程友铭迟疑着说道："鹤翁知道我是从来不会治伤的，休说是这么重的伤。我的打算，是因为我近年做的功夫当中，有一种运气提升的方法，平日也试验过，只要不是过于笨重的东西，还勉强能提升得起。我思量这类碎瓷劈进了骨里，除了把它提升出来，不好着手；但是取出碎瓷之后，伤处应该用什么药，或敷或服，我都不得而知，那是非求鹤翁帮忙不可的。"

秦鹤岐高兴答道："程老师能提升出瓷屑来，伤处我包治是不成问题的。"程友铭遂向那同来的男子说道："受伤的人既沉重到了这一步，谁担任诊治的也不能保险不发生意外。于今我自是尽我所有的力量来治，治好了不用说是如天之福，只是万一因我用提升的力量过大了一点儿，就难免不发生危险，那时你能担保不归咎于我么？"那人听了连连作揖道："你老人家说的哪里话！世间岂有这般糊涂不通情理的人，受伤的家里衣衾棺木都已准备好了，如何能归咎你老人家？"

程友铭对霍元甲等三人道："我若是原在上海挂牌做医生的，这话我就可以不说，我既不做医生，治病不是我的职责，自量没有治好的把握，何苦送人家的性命呢！那时人非鬼责，我真难过呢！"说罢，左手将右手的袖口往胳膊上一捋，端端正正的立在受伤的头颅前面，闭目凝神了好一会儿；将右掌心摸着伤处，离头皮约莫有二三寸高下，缓缓的顺着手势旋转，表示一种精神专注的样子来。掌心虽是空处从容旋转，然仿佛有千百斤轻重，非用尽平生之力旋转不动似的。

经过不到一分钟时刻，只见程友铭额头上的汗珠，一颗一颗爆出来，比黄豆子还大。再看受伤人的头颅，也微微的照着掌心旋转的方向，往两旁掉动，就和掌心上有绳索牵着动的一般。如是者约莫又经过了一分钟，只见程友铭的右掌，越旋转越快，离伤处也越切近，伤者的头颅，也跟着益发掉动得快了。在旁边看的人，没一个不聚精会神的目不转睛望着。右掌心看看贴着头额了，猛听得程友铭口喊一声"起！"右掌就和提起了很沉重的东西一般，随着向上一拔。作怪，受伤的已抬进来几分钟了，一没有声响，二没有动作，经程友铭这么一治疗，身体也随着那右掌向上一震，并逗口而出的叫了一声"哎哟！"那同来的男子忙口念阿弥陀佛道："好了，好了！从受伤到此刻，已昏沉沉的经过二十四小时了，口里不曾发出过声息；于今已开了口，大概不妨事了。"

程友铭将右掌仰转来给众人看道："侥幸，侥幸！险些儿把他的脑髓都提拔出来了。"霍元甲等看他掌心上血肉模糊，有无数的碎瓷混杂在血肉中间，不由得吐舌摇头的叹服。

程友铭对秦鹤岐道："头骨里西的碎瓷，大约没有不曾吸出的了。这伤口便得仰仗鹤翁帮忙。"秦鹤岐当即掳起长袍，从腰间掏出一个小小的手巾包儿来，笑道："我的法宝是随身带着走的，就替他敷起来吧，免得淌多了血不好。"边说边打开手巾包，选了些丹药调和敷上。受伤的已半张两眼，望着那同来的男子，发出很微弱的声息说道："我还有命活着么？这是什么地方，我想你将我扶起来坐坐使得么？"

秦鹤岐已听了这几句话，说道："不但此时坐不得，便再迟两三日，也得看伤口好到了八成，才能竖起腰肢来坐坐。我现在再配几料丹药给你，每日按子、午两时，自己去敷上便了，不必要我亲自动手。"程友铭和那同来的男子，都向秦鹤岐殷勤称谢。秦鹤岐调了几包丹药递给那男子，程友铭教扛夫仍旧扛抬出去，然后邀霍、农二人与秦鹤岐，到里面书房里就座。

霍元甲先开口问道："听得秦鹤翁说，程先生所做的是易筋经功夫，不知先生这易筋经，与现在书坊中所印行的有没有多大的区别？"程友铭道："我是得自口授的，动作与书上所载的只略有区别，不过书上关于紧要的都没有记载，并且动作也有许多错误的地方。只是若有人能照著书上的做去，果能持之有恒，所得的益处也不在小。"秦鹤岐指着程友铭对霍元甲说道："他还有一种功夫，是现在一般练武艺的人所难做到的。他遍身的肌肉，都能动弹，苍蝇落在他身上，无论在哪一部分，他能将皮肤一动，使苍蝇立脚不牢，直跳了起来，我可以要他试给两位看看。"

程友铭笑道："霍先生是当今鼎鼎大名的拳术家，我这个不过是一种小玩意，你何苦要我献丑，算了吧！"霍元甲立起身笑道："我懂得什么武艺！今日特来拜访，就是为想见识老先生惊人的道艺，老先生不要客气。"秦鹤岐对程友铭道："霍、农二位虽是初次相会，然都不是外人，不妨大家开诚相见。你做给他看了，他免不得也要做点儿给你看。"程友铭笑道："教我抛砖引玉，我就只得献丑了。不过此刻天气这么寒冷，我的把戏是得将一身衣服脱得精光，才好玩给人看的。"秦鹤岐笑道："好在你的把戏，是从来不问寒暑的。"

程友铭遂向霍、农二人拱手道："恕我放肆。"随即将宽大的皮袍卸下，露出上半身肉体来。霍元甲注意看他身上的肌肉，虽不及壮年人的丰肥；然皮肤白嫩，色泽细润，望去仿佛是十四五岁女孩子的嫩皮肤，通体没有老年人的皱纹，不由得对农劲荪点头称赞道："用不着看他做什么功夫，只专看他这一身肌肉，便可知道是了不得的内功了。寻常的老年人，岂有这般白嫩的肌肉？"

农劲荪也连连点头。只见程友铭将腰间的裤带解了，盘膝坐在炕上，露出小腹来，两手据膝，不言不动，好像是调鼻息的模样。不过一分钟的时候，霍元甲已看出他上身肌肉之内，似乎有无数的爬虫在里面奔走，连头面耳根的皮肤内都有。秦鹤岐指点给霍、农二人看道："这便是易筋经里易筋的重要功夫，周身的气血筋络皆可以听他自由支使。我曾用黄豆试验过，拿一颗黄豆，随便放在他身上哪一部，黄豆立刻向上跳起来，就和有东西在皮肤里弹了一下的样子。可惜这里没有黄豆，大概拿纸搓一个小团子试验也行。"说着，即从书案上撕了一片旧纸，揉成一团，两个指头拈着，轻轻往程友铭肩窝里一放。秦鹤岐的手还没有收回，那纸团已经跳起一尺多高，直向炕下滚去了，霍、农二人都非常惊服。

程友铭已下炕披上衣服笑道："这种玩意，做起来于自己的身体确有不少的好处，不过做给人看，是没有多大看头的。这下子得请两位做点儿给我见识见识了。"霍元甲也不推辞，当即聚精会神使了一趟家传的武艺。程友铭看毕，对秦鹤岐说道："硬功夫做到了这一步，总可算是数一数二的了，怪不得京、津各报纸称赞霍先生为剑仙。"秦鹤岐要求农劲荪做点儿功夫看，农劲荪便推辞不肯做，秦、程二人也不勉强。因天色已晚，霍元甲和农劲荪作辞出来，彼此叮咛后会，自有一番言语，无关紧要，不去叙它。

且说次日霍元甲等上了去天津的轮船，离开了上海，刘振声才向霍元甲说道："可笑彭庶白那小子，他知道什么功夫，倒对我说师傅的武艺练出毛病来了，这不是笑话吗？"霍元甲问道："他何时对你说，是怎么说法的？"

刘振声道："昨日师傅同农爷跟秦鹤岐出去的时候，彭庶白不是在客栈里和我谈话的吗？他显得很关切的样子对我说道：'我对贵老师的武艺人品，都是极端佩服的。中国若多有几个像贵老师这般，肯努力替中国争面子的人，外国人也决不敢再轻视中国人、欺侮中国人了。我心里越是钦佩，便越是希望贵老师能久在上海，多干些替中国人争面子的事。上海不比别处，因华洋杂处，水陆交通便利，报馆又多，所以消息极为灵通；只要有一点儿特别的举动，不到几日，消息就传播全国了。即如明年与奥比音比赛的事，将来必是全世界闻名的。能打倒一个外国大力士，此后的外国大力士断不敢轻易到中国来卖艺，在报纸上乱吹牛皮。这种事不但关系贵老师个人名誉，其关系国家的体面并且很大。不过我有一句话，本不应由我这个与贵老师新交的口中说出来，只是我因为爱护贵老师的心，十分迫切，不说出来，搁在心里非常难过；只得对老哥说说，请老哥转达霍先生。'

"我当时听彭庶白说得这么慎重，以为必是很紧要的话，也就很客气的答道：'承彭先生盛情关切，无论什么话，请对我说，我照着转达便了。'彭庶白道：'前日我不是陪贵老师到秦先生家里，演了些武艺给秦先生瞧吗？当时贵老师告辞出来之后，我和秦先生谈起贵老师的武艺，他推崇佩服是不待说，但是他觉得外家功夫专重手脚，很容易将内部应做的功夫忽略，每每手脚上的功夫先成，内部的功夫还相差甚远，这是练武艺的普通毛病。犯了这种毛病的，和人较量的时候，不遇劲敌还罢了；一遇劲敌，便是仗着自己的气劲能取胜于人，然自身内部总多少得受些损伤。就是因为内部功夫相差太远，禁受不起大震动的缘故。霍先生也就不免有这类毛病。我见秦先生这般说，就劝秦先生将这番意见和贵老师商量，我逆料贵老师是个襟怀宽大的豪杰，必能虚中采纳，无如秦先生说，交浅不宜言深，不肯直说。我想贵老师这种人物，中国能有几人，万一因有这点儿毛病，使他身体上发生了变态，岂不令仰慕贵老师的人心灰气短！所以我宁肯冒昧说出来，请老哥转达。'"

霍元甲听到这里，即截住话头问道："这些话在上海的时候，你为什么不早对我说，直待此刻开了船才说？"刘振声不明白霍元甲责备说迟了的用意，随口答道："一来忙着要动身，没工夫说；二来就是恐怕说出来，师傅听了生气。并且我想这些话，是彭庶白自己说出来的，假托秦鹤岐的名，好使人家听了相信。我当时只冷笑了一笑，并没回答什么话。"霍元甲正色问道："你何以知道不是秦鹤岐说的？"刘振声道："秦鹤岐已是四十多岁的人了，看他说话，不像是一个不通窍的人，何至无缘无故的说师傅这些坏话呢？"

霍元甲指着刘振声生气道："你这东西，真是不识好人。这番话怎么谓之坏话？人家一片相爱的热忱，说一般人不能说、不肯说的好话，你听了不向人道谢，反对人冷笑，不是糟踏人吗？你要知道，他说我有这种毛病，我如果自问没有，他说的话于我没有妨碍；若我真犯了这个毛病，不经他说破，我不知道，说破我就改了，岂不于我有很大的益处吗？专喜受人恭维的人，学问能希望有长进么？"几句话责备得刘振声低头不敢开口。

农劲荪在旁笑道："这却也怪振声不得，只怪中国的拳术家，素来门户之见极深。不同家数、不同派别的，不待说是你倾我轧，就是同一家数、同一派别的，只要是各自的师承不同，彼此会面都得存些意见，不是你挑剔我，便是我轻视你，从来少有和衷共济的。振声是个没多心眼儿的人，见彭庶白忽然说四爷的武艺有毛病，无论说得如何天花乱坠，他怎肯相信呢？并且他明知彭庶白、秦鹤岐都是标榜内家，更是格格不相入。他听了只冷笑了一笑，没拿言语抢白人家，还算是跟随四爷的日子久了，学了些涵养功夫；若在几年前，怕不和彭庶白口角起来了吗？四爷还记得摩霸的事么？彭庶白虽没明说是秦鹤岐的徒弟，然听他称呼和言语，已可知彭庶白是以师礼事秦鹤岐的。彭庶白对他拿着秦鹤岐的话，说他师傅的武艺有毛病，他居然能忍耐住不回答，你还责备他不该没向人道谢，就未免太冤枉了。"说得霍元甲也笑起来。

霍元甲于此等处，虽然虚心听话，只是他限于外家功夫的知识，心中并不甚相信自己内部功夫与手脚上的功夫，相差悬远，更不知要补偏救弊，应如何着手。在船上谈论过这次之后，他身上担负的事情多，也就没把这番话放在心里。

到天津后，农劲荪自回寓处，霍元甲仍是忙着经理生意。才过了几日，这日正在监着几个工人打药材包，刘振声忽进来报说，有一个姓李的同一个姓刘的，从北京来看师傅。霍元甲迎出来看时，认得前面身材高大的是李存义；后面的身体也很壮实，不曾会过。宾主相见后，李存义对霍元甲介绍那人道："这是我师弟刘凤春，他因久闻霍四爷的名，今日有事到了天津，所以特来拜会。"

这李存义是董海川、李洛能的徒弟，在北五省的声名极大，因他最善用单刀，北五省的人都不称他的名，只称他为"单刀李"。为人任侠尚义，遇有不平的事，他挺身出来帮助人，往往连自己性命都不顾。少年时候，在北五省以保镖为业。他的镖没人敢动，他同业中有失了镖的，求他帮忙，他答应了，哪怕拼性命也得将镖讨回来。因此不论是哪一界的人，看了他的为人行事，无不心悦诚服的推崇他是一个好汉。他和大刀王五是同行，又是多年要好的朋友。王五死于外人之手，他悲伤得比寻常人死了兄弟还厉害。他因在天津的时候多，认识霍元甲在王五之先，这回霍元甲特地去上海找奥比音角力的事，他在北京已听得人说，他也是一个切齿痛恨外人在中国猖狂的，听得人说起霍元甲去上海的事，他喜得直跳起来，急切想打听出一个结果。正愁无便到天津去，凑巧这日他师弟刘凤春急匆匆的跑来，一见他的面便苦着脸说道："我有大不了的事，大哥得帮我的忙，替我想想法子。"李存义吃惊问道："老弟有什么大不了的事，急到这般模样，请坐下来从容说给我听。只要是我力量做得到的，无不尽力帮忙。"

不知刘凤春说出什么大不了的事来，且俟下回再说。

总评：

　　本回书中，程友铭为主，余人为宾，故写程友铭特详，而于余人皆略。此盖深知宾主之分，而不欲喧宾夺主耳！

　　程友铭所能者，运气提升耳！而于治伤之术，则非所谙也。故于其治伤之时，特插入秦鹤岐往访一节。如此，可以省却无数闲文，而此书亦如天衣无缝。脱易庸手为之，必曰程友铭之术如何如何神奇，非近怪诞，即涉不经矣！

　　以霍元甲之襟怀阔大，闻刘振声转述之言，虽初不以为忤，顾亦未能全信。易以他人，更可知矣。甚矣！拳术家门户之见之深也。

第十四回

碎石板吓逃群恶痞
撒灰袋困斗老英雄

话说刘凤春见李存义问有什么大不了的事，便坐下来说道："年来虽承大哥的情，将我做亲兄弟看待，然我舍间的家事，从来不曾拿着向大哥说过，料想大哥必不知道我舍间的情形。我先父母虽是早已去世，我名下并没有承受遗产，只是我的胞伯，因在外省干了半生差事，积蓄的财产还不少。我伯父没有儿子，在十年前原已将我承祧伯父做儿子的；就是我现在的敝内，也是由伯父替我婚娶的。无如我伯母生性异常偏急，因嫌敝内不是她亲生儿子的媳妇，觉得处处不能如她的意，每日从早到晚，啰里啰唆的数说不住口，并且时常闲言杂语的骂我不该成日的坐在家中吃喝不做事。我伯父是个懦弱不堪的人，历来有些畏惧伯母，因伯母没有生育，本打算纳妾的，争奈伯母不肯答应，所以只得将我承祧。及至承祧过去，又不如意，伯母却发慈悲，许可伯父纳妾了，但是须将我承祧的约毁了，等我夫妻出门之后，方可纳妾。

"我伯父再三说，凤春夫妻并不忤逆，又是没有父母的人，便是不承祧给我做儿子，我于今还有一碗饭吃，也不忍将他夫妻推出门去。我伯母听了不依，就为这事和伯父大吵大闹起来。我这时心想，我是一个男子汉，应该出外谋生，难道不受伯父养活，便没有生路吗？为我俩夫妻使伯父伯母吵闹不和，我再不走也太无颜了。因此即日带了我媳妇出来，情愿在翠花作坊里做工，夫妻刻苦度日。我在北京的生活情形，大哥是亲眼看见的。我以为我夫妻既已出来了，伯母必可以许伯父纳妾，谁知竟是一句假话。伯父也无可如何，直到一月以前，伯父的老病复发，不能起床，教伯母打发人到京里来追我回去，伯母只是含糊答应。可怜伯父一日几次问：'凤春回来了没有？'其实伯母并不曾打发人来北京叫我。

"前几日，我伯父死了，伯母还不打算叫我回去，不料我刘家的族人当中，有好几个是素行无赖的，我伯父在日，他们曾屡次来借贷，多被我伯父拒绝了。这回见我伯父已死，又没有儿子，就有族人来对我伯母说，要把儿子承继给我伯父做儿子。我伯母明知他们这种承继，完全是为要谋夺遗产，自然不肯答应。可恶那些无赖，竟敢欺负我伯母是个新寡的妇人，奈他们不何，居然不由分说的大家蜂拥到我伯母家来，将伯父的丧事搁在一边不办，专一点查遗产的数目。家中猪、牛什物，随各人心喜的自由搬运出去，只把我伯母气得捶胸顿足的痛哭。这时却思念起我夫妻来了，立刻专人到这里来叫我夫妻回去。

"我曾受过我伯父养育之恩，又曾承祧给他做儿子的，论人情物理，我夫妻本当立刻奔丧前去才是。只是我知道我同族的那些无赖，多是极凶横不法的东西，我若是从来住在我伯父家里不曾离开，于今也不畏惧他们。无奈我夫妻已到北京多年，没有回家去了，这时一个人要回去，那些东西定有与我为难的举动做出来。大哥的年纪比我大，阅历比我多，胆量见识都比我好，我想求大哥跟我同回家去，没有是非口舌固是万幸，万一他们真要与我为难，我有大哥在跟前，就不愁对付他们不了。不知大哥肯为我辛苦这一趟么？"

李存义道："你老弟有为难的事，我安有坐视不肯帮忙的？不过我和你是师兄弟，不是同胞兄弟。你姓刘，我姓李，你和异姓人有缪镣，我不妨挺身出头帮助你；于今要和你为难的，是你刘家的族人，而所争执的又是家事，我如何好插足在中间说话呢？"

刘凤春道："凡事只能说个情理。他们那些东西，果是以族谊为重的，就不应该有这种谋夺遗产的举动做出来。他们既不讲族谊，我便可以不认他们做族人，拿他们作痞棍看待，也不为过。大哥是个精明有主意的人，到那里见机行事，若真个异姓人不好说话，何妨在暗中替我做主，使我的胆量也壮些。"

李存义叹道："有钱无子的人死了，像这种族人谋夺遗产的事实在太多，情形也实在太可恶。若在旁人，我决不能过问，于今在老弟身上的事，我陪你去走一遭就是。看他们怎么来，我们怎么对付。他们肯讲理，事情自是容易解决；就是他们仗着人多势大，想行蛮欺负孤儿寡妇，我们也是不怕人的。我近来正想去天津走一趟，看霍四爷到上海找外国人比武的事情怎样。"

刘凤春道："霍四爷不就是霍元甲吗？"李存义道："不是他还有谁呢！"刘凤春道："我久闻他的名，可惜不曾会过。这回若不是因奔丧回去，倒想跟大哥去会会他。大哥怎么知道他到上海找外国人比武呢？"李存义道："我也正听得人说。我与他虽有点儿交情，但是我这番在北京，已有多时不去天津了，久不和他见面，只听得从天津来的朋友说，他见新闻纸上登载了外国大力士在上海卖武的广告，便不服气，巴巴的跑到上海去，要找那个大力士比武，不知究竟是不是这么一回事。此去顺便会会他，并不需绕道耽搁时刻，老弟有何不可跟我同去？霍四爷为人最爱朋友，他若听说你族人欺负你伯母、谋夺遗产的情形，他必是一腔义愤，情愿出力帮助你对付那些无赖。"

刘凤春道："我与他初次相交，怎好拿这类家事去对他说呢？"李存义笑道："我这话不过是闲谈的说法，并不是真个要你说给他听，求他出头帮忙。我们事不宜迟，今日就动身去吧。"刘凤春自是巴不得李存义立刻动身。当下二人便动身到天津来，会见了霍元甲之后，李存义替刘凤春介绍了，彼此自有一番闻名仰慕的客套话，不用细说。

李存义开口问霍元甲道："听说四爷近来曾去上海走了一趟，是几时才回来的？"霍元甲笑问道："老大哥怎么知道我曾去上海走了一趟？"李存义道："从天津去北京的朋友们，都说四爷这番到上海替中国人争面子去了。说有一个西洋来的大力士，力大无穷，通世界上没有对手。一到中国就在上海卖艺，登报要中国人去与他比武，已有多少武艺了得的人，上去与他比赛，都被他打得不能动了。四爷听了这消息不服气，特地到上海去，要替中国人争回这场面子。我在北京听了这话，虽相信四爷的手段，不是寻常练武艺的可比，只是不知道那西洋人，究

148

竟是怎样一个三头六臂的哪吒太子，终觉有些放心不下，总想抽工夫到天津来打听打听。可恨一身的穷事，终日忙一个不得开交，哪里能抽工夫到这里来呢？今日因凤春老弟有事邀到天津来，我思量既到了天津，岂可不到四爷这里来看看，到底四爷去上海，是不是为的这么一回事？"

霍元甲点头笑道："事倒是这么一回事，不过其中也有些不对的地方。那大力士是英吉利人，是否通世界没有他的对手，虽不可知，只是他登报的措辞，确是夸大得吓人。中国人并没有上去和他比赛的，只我姓霍的是开张第一，耽搁了不少的时间，花费了不少的银钱，巴巴的跑到上海去，不但武没有比成，连那大力士是怎生一个模样，也没有见着。承老大哥的盛情关切，不说倒也罢了，说起来我真是怄气。"

李存义连忙问是何道理，霍元甲只得将在上海的情形，简单说了一遍。李存义道："这也无怪其然，休说那奥比音是外国人，初次与中国人比赛，不能不谨慎；就是我们中国人和中国人较量拳脚，若是不相识的人，也多有要凭证人，先立下字据才动手的。不过四爷既没有与奥比音见过面，更没见过他的手段，怎肯一口答应他赌赛这么多的银两呢？"

霍元甲笑道："他的手段，我虽不知道；我自己的手段，自己是知道的。不是我敢在老大哥面前说夸口的话，我这一点点本领，在中国人跟前，哪怕是三岁小孩子，我也不敢说比赛起来能操胜券。和外国人比，不问他是世界上第几个大力士，我自信总可以勉强对付得了。"

李存义道："四爷平日并不曾与外国人来往，何以知道外国人便没有武艺高强的呢？"霍元甲道："我也没有到过外国，也不认识外国人，但是我有一个最好的朋友，是在外国多年的。他结交的外国朋友最多，他并且是个会武艺的。他曾对我说过，拳脚功夫，全世界得推中国第一。中国的拳脚方法，哪怕是极粗浅、极平常的，外国拳斗家都不能理会。外国的大力士，固然是专尚蛮力，就是最有名的拳斗家所使用的方法，也笨滞到了极处。日本人偷学了我国的蹴跤，尚且可以横行天下，我们还怕些什么呢？"

李存义道："论四爷的本领，不拘和什么好手较量，栽跟斗的事，是谁也能断定不会有的。我是一个完全不知道外国情形的人，因见外国的枪炮这么厉害，种种机器又那么灵巧，以为外国的大力士，本领必也是了不得的，所以不免有些替四爷着虑。既是这般说，我却放心了。"

霍元甲笑道："我说一句老大哥听了不要生气的话，我这回掼下自己的正事不干，巴巴的跑到上海干那玩意儿，就为的见此刻像老大哥这么思想的人太多了，都是因看见外国强盛，枪炮厉害，机器厉害，一个个差不多把外国人看待得和神仙一样。休说不敢和外国人动手动脚的比赛，简直连这种念头也不敢起。是这么长此下去，中国的人先自把气馁了，便永远没有强盛的时候。殊不知我中国是几千年的古国，从来是比外国强盛的，直到近几十年来，外国有些什么科学发达了，中国才弄他们不过。除了那些什么科学之外，我中国哪一样赶他们不上？我中国人越是气馁，他外国人越是好欺负。我一个人偏不相信，讲旁的学问，我一样也不能与他外国人比赛，只好眼望着他们猖獗；至讲到拳脚功夫，你我都是从小就在这里面混惯了的，不见得也敌不过他外国人。我的意思并不在打胜了一个外国人，好借此得些名誉，只在要打给一班怕外国人的中国人看看，使大家知道外国人并不是神仙，用不着样样怕他。"

李存义拍着大腿说道："四爷这话丝毫不错。于今的中国人怕外国人，简直和耗子怕猫儿一样了，尤其是做官的人怕得厉害，次之就是久住在租界上的人。四爷约了在上海租界上比赛，是再好没有的了，巴不得将来有人在北京也是这么干一次。我明年倘若能抽出些工夫来，决定陪四爷到上海去，也助助四爷的威风。"

霍元甲喜道："老大哥果能同去，我的胆量就更大了。我以为这种事，是我们练武艺的人一生最大最重要的事，一切的勾当，都可以暂时搁起来，且同去干了这件大事再说。不是老大哥自己说起愿同去，我不能来相请，既有这番意思，我便很希望多得一个好帮手。"

李存义欣然说道："四爷和人动手，哪用得着帮助的人！我也因为觉得这种事，是很大很重要的，才动了这同去看看的念头，且到那时再说。我还有一句话要问四爷，有一条最要紧的，不知道那合同上写明白了没有。两下动起手来，拳脚是无情的东西，倘使一下将奥比音打死了，那五千两赌赛的银子，能向他的保证人要么？"

霍元甲踌躇道："这一条在合同上虽不曾写明白，不过既是赌赛胜负，自然包括了死伤在内。他不能借口说我不应将他打死或打伤，便赖了五千两银子不给。好在明年到上海去，未较量以前，免不了还得与沃林会面，预防他借口，临时补上这么一条也使得。"

李存义因刘凤春急于要回去奔丧，不便久谈，随即告辞出来。从天津到刘凤春的伯父家里，只有十来里路，没一会儿工夫就走到了。还相离有半里路远近，就迎面遇见两个年约三十来岁的粗汉，扛着一张紫檀木的香儿，气呼气喘的跑来。

李存义也没注意，刘凤春忽立在一旁，向李存义使了个眼色，低声说道："快看吧，这便是我的本家。"李存义也立在道旁，让扛香儿的过去。两个粗汉望了刘凤春一眼，同时现出很惊讶的神色，似乎想打招呼，因刘凤春已掉转脸去，只得仍扛着向前走。刘凤春不由得旋走旋哭起来说道："我伯父刚去世几日，连肉还没有冷，他们就这么没有忌惮的闹起来了。"

李存义看了这种情形，也蓄着一肚皮的怒气，心里计算要如何给点儿厉害他们看。刘凤春号啕大哭的奔进大门，见堂中停了一具灵柩，以为是已经装殓好了的，就跪在旁边哭起来。李存义一进大门，真是眼观四路，耳听八方，只见堂上堂下的人，各人脸上多现些惊慌之色，也有怒目望着刘凤春的；也有带些讪笑神气的。堂上毫没有居丧的陈设，灵柩的盖还竖在一边，再看柩内空空的，并没有死尸，连忙推着刘凤春说道："且慢哭泣，尊伯父还没有入棺，且到里面见了伯母再说，有得你哭泣的时候。"

正说着，猛听得里面有妇人哭泣的声音，一路哭了出来。刘凤春一看，是自己伯母蓬头散发的哭出来了，平日凶悍的样子，一点儿没有了。刘凤春忙迎上去叩头，他伯母哭道："我的儿！你怎么这时候才回来？你哪里知道你的娘被人欺负得也快要死了啊！"刘凤春自从承祧给他伯父做儿子之后，原是称伯父母为父母的，到他伯母逼着他夫妻出门的时候，便不许他夫妻再称父母了。此时刘凤春心里还是不敢冒昧称娘，及听得伯母这么说了，才敢答道："我爸爸刚去世，谁敢欺负我娘！

这是我的师兄李存义，因听得爸爸去世了，特来帮忙办理丧事的。你老人家放心，不要着急，家里的情形我已知道了。我刘家便没有家法，难道朝廷也没有国法了吗？且办了爸爸的丧事，再和这些混账忘八蛋算账。怎么爸爸去世了这几日，还不曾装殓入棺呢？"

他母子说话的时候，李存义看拥在堂上的那些族中无赖，已一齐溜到下面一间房里去了。便上前对刘母施礼道："请伯母不要着急了，小侄这回同来，就是为听得风春老弟说起贵族人欺侮伯母的情形，存心来打这个不平的。世间不肖的族人也多，谋夺遗产的事也时常听得有人说过，然从来没有听说像这样搁着死者的丧事不办，公然抢劫财物如贵族人的，这还了得！小侄是异姓人，本不应来干预刘家的事，不过像这样的可恶情形，不要说我和风春是师兄弟，就是一面不相识的人，我也不能忍耐住不过问。我料想他们此时在下边屋子里，必是商量对付风春的方法。这件事得求伯母完全交给小侄来办，不但伯母不用过问，便是风春也可以不管，不问弄出多大的乱子来，都由我一个人承当。"

刘风春母子还不曾回答，只见那些族人都从那屋子里蜂拥出来，走在前面的几个痞棍，神气十足的，盘辫子的盘辫子，捋衣袖的捋衣袖，显出要行蛮动手的模样；口里并不干不净的大声说道："是哪里来的杂种？谁不知道刘老大六十多岁没有儿女，今日忽然会钻出这么大的儿子来，我们族人不答应！看有谁敢来替刘老大做孝子，经我们族人打死了，只当踏死了一个蚂蚁。拖下来打！"边骂边拥到院子里来。

李存义看了这情形，险些儿把胸脯都气破了，急回身迎上去，拱着双手高声说道："你们现在听我说几句，刘风春承祧给他伯父做儿子，不是今天与昨天的事，他的媳妇是他伯父、伯母给他娶的，事已十多年了，谁人不知，谁人不晓？近年来风春因在北京做生意，回家的时候稀少，谁知你们因此就起了不良的念头。"

李存义的话才说到这里，众族人中有一个大叱了一声，其余的也就跟着齐向李存义连连的喊叱，只叱得李存义虎眉倒竖、豹眼圆睁，大声吼着问道："你们有话何不明说，是这般放屁似的叱些什么！"其中即有一人应声说道："刘风春承继的事，刘家同族的果是人人知道；不过毁继的事，也是人人知道。倘不毁继，何至两口子被驱逐到北京去学做翠花。在十年前已经驱逐出去了，于今忽然跑回来做孝子，这种举动，只能欺负死人，不能欺负活人！"

李存义道："这些话，我不是刘家的人，不和你们争论。刘凤春是不是在十年前曾被他承继的父亲驱逐，此刻他父亲已死了不能说话，但是他承继的母亲尚在。如果他母亲开口，说出不认刘凤春做儿子的话，刘凤春还赖在这里要做孝子，你们当族人的，尽管出头治刘凤春以谋夺遗产之罪；若他母亲已承认他是儿子了，便轮不到你们族人说话。"

当下就有一个形象极凶恶的族人，伸拳捋袖的喝骂道："放屁！你是什么东西？轮不到我们当族人的说话，倒应该轮到你这杂种说话吗？这是我刘家的事，不与异姓人相干。你是识趣的，快滚出去，便饶了你，休得在这里讨死。"

李存义听了这些话，心里自是愤怒到了极处，只是仍勉强按捺住火性，反仰天打了一个哈哈说道："我本不姓刘，不能过问刘家的事。但是我看你们也不像是姓刘的子孙，谁也不知你们是哪里来的痞棍，假冒姓刘的来这里欺孤虐寡，想发横财。我老实说给你们听，这种伤天害理的事，不给我李存义知道便罢；既是已给我知道了，就得看你们有多大的能为，尽管都施展出来。我素来是个爱管闲事的人，你们若仗着人多势大，想欺负凤春母子和我李存义，就转错念头了。专凭空口说白话，料你们是不肯相信的，且待我做个榜样给你们瞧瞧。"

李存义当进刘家大门的时候，早已留神看到天井里，有一条五尺多长、一尺多宽、四寸来厚的石凳，大概是暑天夜间乘凉坐的，看见这石凳之后，心中便已有了计算了。此时说了这篇话，几步就抢到那石凳旁边，并排伸直三个指头，在石凳中间只一拍，登时将石凳拍得"哗嚓"一声响，成了两段；并拍起许多石屑，四散飞溅。

众族人眼睁睁看了这种神勇，没一个不惊得脸上变了颜色。李存义乘势说道："我看你们都做出要用武的样子，这是弄到我本行来了。你们自信身体比这石凳还要坚硬，就请上前来尝尝我拳头的滋味。"

其中也有两个年轻，略练了些儿武艺，不知道天高地厚的，打算上前和李存义拼一下，却被年老的拉住了说道："我们族间的家事，用不着和外人动武。我们且看他姓李的能在刘家住一辈子！"说罢，如鸟兽散了。李存义这才一面帮着刘凤春办理丧葬，一面教刘凤春的母亲出名，具禀天津县，控告那些掠夺财物的族人。凑巧遇着一个很精明的县官，查实了刘家族人欺凌孤寡的情形，赫然震怒，将那几个为首凶恶的拘捕到案，重责了一番。勒令将抢去的钱财器物，悉数归还，并当官出具甘结，以后不再借端到刘凤春家中滋事。

此时刘凤春的武艺，虽赶不上李存义那般老到，然也有近十年的功夫，寻常拳教师，已不是他的对手了。就因从此须提防着族人来欺负的缘故，越发寒暑不辍的用苦功，不多时也在北方负盛名了；于今在北几省说起刘凤春，或者还有不知道的，只一提"翠花刘"三字，不知道的就很少了。

李存义帮着刘凤春将家务料理妥当之后，因刘凤春不能实时回北京，李存义只得独自回天津，复到曲店街淮庆药栈，会见霍元甲。约定了次年去上海的日期，才回北京度岁。

此时李存义在北京住家，有许多喜练武艺的人，钦佩他的形意拳功夫，一时无两，都到他家里来，拜他为师，从事练习，因此他的徒弟极多。不过从他最久、他最得意的徒弟，只有尚云祥、黄柏年、郝海鹏几个人。他自己是个好武艺的人，也就欢喜和一班会武艺的结交。北京是首都之地，这时还有些镖行开设着，武艺高强的，究竟荟萃得比较外省多些，凡是略有些儿名头的，无不与他有交谊，常来往，因此他家里总是不断的有些武术界名人来盘桓谈论。尤其是新年正月里，因有拜年的积习，就是平日不甚到他家里来的，为拜年也得来走一趟。

这日来了一个拜年客，他见面认得这人姓吴名鉴泉，是练内家功夫的。在北京虽没有赫赫之名，然一般会武艺的人，都知道吴鉴泉的本领了得。因为吴鉴泉所练的那种内家功夫，名叫"太极"，从前又叫做"绵拳"，取缠绵不断及绵软之意。后人因那种功夫的姿势手法，处处不离一个"圆"字，仿佛太极图的形式，所以改名太极。相传是武当派祖师张三丰创造的，一路传下来，代有名人。到清朝乾、嘉年间，河南陈家沟子的陈长兴，可算得是此道中特出的人物。陈长兴的徒弟很多，然最精到最享盛名的，只有杨露禅一个。杨露禅是直隶人，住在北京，一时大家都称他为"杨无敌"。

杨露禅的徒弟也不少，唯有他自己两个儿子，一个杨健侯，一个杨班侯，因朝夕侍奉他左右的关系，比一切徒弟都学得认真些。只是健侯、班侯拿着所得的功夫与露禅比较，至多也不过得了一半。班侯生成的气力最大，使一条丈二尺长的铁枪，和使白蜡杆一般的轻捷。当露禅衰老了的时候，凡要从露禅学习的，多是由班侯代教；便是外省来的好手，想和露禅较量的，也是由班侯代劳。

有一次，来了一个形体极粗壮的蛮人，自称枪法无敌，要和露禅比枪。露禅推老，叫班侯与来人比试。那人如何是班侯的对手，枪头相交，班侯的铁枪只一颤动，不知怎的，那人的身体，便被挑得腾空飞上了屋瓦，枪握在手中，枪头还是交着，如鳔胶粘了的一般。那人就想将枪抽出也办不到，连连抽拨了几下，又被班侯的枪尖一震，那人便随着一个跟斗，仍旧栽下地来，在原地方站着。那人自是五体投地的佩服，就是班侯也自觉打得很痛快，面上不由得现出得意的颜色。

不料杨露禅在旁边看了，反做出极不满意的神气，只管摇头叹道："不是劲儿，不是劲儿！"班侯听了，心里不服，口里却不敢说什么，只怔怔的望着露禅。露禅知道班侯心里不服，便说道："我说你不是劲儿，你心里不服么？"班侯这才答道："不是敢心里不服，不过儿子不明白要怎么才算是劲儿？"杨露禅长叹道："亏你跟我练了这么多年的太极，到今日还不懂劲。"边说边从那人手中接过那支木枪，随意提在手中，指着班侯说道："你且刺过来，看你的劲儿怎样？"

他们父子平日对刺对打惯了的，视为很平常的事，班侯听说，即挺枪刺将进去。也是不知怎的，杨露禅只把枪尖轻轻向铁枪上一搁，班侯的铁枪登时如失了知觉，抽不得，刺不得，拨不得，揭不得，用尽了平生的气力，休想有丝毫施展的余地，几下就累出了一身大汗。杨露禅从容问道："你那枪是不是劲儿？"班侯直到这时分才心悦诚服了。

吴鉴泉的父亲吴二爷，此时年才十八岁，本是存心要拜杨露禅为师，练习太极的。无奈杨露禅久已因年老不愿亲自教人，吴二爷只得从杨班侯学习。杨班侯的脾气最坏，动辄打人，手脚打在人身上又极重。从他学武艺的徒弟，没一个经受得住他那种打法，至多从他学到一二年，无论如何也不情愿再学下去了。吴二爷从十八岁跟他学武艺，为想得杨班侯的真传，忍苦受气的练到二十六岁，整整的练了八年。吴二爷明知有许多诀窍，杨班侯秘不肯传，然没有方法使杨班侯教授，唯有一味的苦练，以为熟能生巧，自有领悟的时候。

谁知这种内家功夫，不比寻常的武艺，内中秘诀，非经高人指点，欲由自己一个人的聪明去领悟，是一辈子不容易透彻的。这也是吴二爷的内功合该成就，凑巧这回杨班侯因事出门去了，吴二爷独自在杨家练功夫，杨露禅一时高兴，闲操着两手，立在旁边看吴二爷练习。看了好大一会儿时间，忽然忍不住说道："好小子，能吃苦练功夫，不过功夫都做错了，总是白费气力。来来来，我传给你一点儿好的吧！"

吴二爷听了这话，说不出的又高兴又感激，连忙趴在地下对杨露禅叩头，口称："求太老师的恩典成全。"杨露禅也是一时高兴，将太极功夫巧妙之处，连说带演的，尽情说给吴二爷听。吴二爷本来聪颖，加以在此中已用过了八年苦功，一经指点，便能心领神会。

杨班侯出门耽搁了一个月回来，吴二爷的本领已大胜从前了，练太极功夫的师弟之间，照例每日须练习推手，就在这推手的里面，可以练出无穷的本领来。这人功夫的深浅，不必谈话，只须一经推手，彼此心里就明明白白，丝毫勉强不来。杨班侯出门回来，仍旧和吴二爷推手，才一粘手，杨班侯便觉得诧异，试拿吴二爷一下，哪里还拿得住呢？不但没有拿住，稍不留神，倒险些儿被吴二爷拿住了，原想不到吴二爷得了真传，有这么可惊的进步。

当推手的时候，杨班侯不曾将长袍卸下，此时一踏步，自己踏着了自己的衣边，差点儿跌了一跤。吴二爷忙伸手将杨班侯的衣袖带住，满口道歉，杨班侯红了脸，半晌才问道："是我老太爷传给你的么？"吴二爷只得应是。杨班侯知道功夫已到了人家手里去了，无可挽回，只好勉强装作笑脸说道："这是你的缘法，我们做儿子的，倒赶不上你。"

从此，杨班侯对吴二爷就像有过嫌隙的，无论吴二爷对他如何恭顺，他只是不大睬理。

吴二爷知道杨班侯的心理，无非不肯拿独家擅长的太极，认真传给外姓人，损了他杨家的声望。自己饮水思源，本不应该学了杨家的功夫，出来便与杨家争胜，只得打定主意，不传授一个徒弟，免得招杨家的忌。自己的儿子吴鉴泉，虽则从小就传授了，然随时告诫，将来不许与杨家争强斗胜。一般从杨家学不到真传的，知道吴二爷独得了杨露禅的秘诀，争着来求吴二爷指教。吴二爷心里未尝不想拣好资质的，收几个做徒弟，无奈与杨家同住在北京，杨健侯、杨班侯又不曾限制收徒弟的名额，若自己也收徒弟，显系不与杨家争名，便是与杨家争利，终觉问心对不起杨露禅，因此一概用婉言谢绝。

一日，吴二爷到了离北京三十多里的一处亲戚家里做客，凑巧这家亲戚有一个生性极顽皮的小孩，年龄已有十五六岁了，时常在外面和同乡村的小孩玩耍。小孩们有什么道理，三言两语不合，每每动手打起来。他这亲戚姓唐，顽皮小孩名叫奎官。唐奎官生性既比一般小孩顽皮，气力也生成比一般小孩的大，不动手则已，动手打起来，总是唐奎官占便宜。平日被唐奎官打了的，多是小户懦弱人家的小孩，只要不曾打伤，做父母兄长的，有时尚不知道，就是知道了，也只有将自家小孩责骂一顿，吩咐以后不许与唐奎官一同玩耍罢了，也没人认真来找唐家的人理论。唯有这番唐奎官把同村李家小孩的鼻头打坏了，打得鲜血直流不止。李家虽不能算是这乡村里的土豪恶霸，然因一家有二三十口男丁，都是赶脚车和做粗重生活的，全家没一个读书识字的人。

李家在这乡村居住的年代又久，左邻右舍，非亲即故。这日忽见自己家里的小孩，哭啼啼的回来，脸上身上糊了许多鲜血。初见自然惊骇，及盘问这小孩，知道是被唐奎官打成了这个模样。这小孩的父亲、哥子便大怒说道："这还了得？唐家那小杂种，专一在外面欺负人，也不知打过人家多少次了，于今竟敢欺到我们家里来了，我们决不能饶恕他。"这小孩原来只打坏了鼻头，鼻血出个不止，并没有受重大的损伤。无如李家是素来不肯示弱让人的，有意教这小孩装出受了重伤的样子，躺在门板上，用两个扛抬起来，由小孩的父亲、母亲哭哭啼啼的，率领一大群男女老少，摩拳擦掌拥到唐家来。登时喊的喊，骂的骂，将唐家闹得乌烟瘴气，俨然和遭了人命官司的一样。

唐家除了唐奎官是个顽皮小孩，糊里糊涂的不知道轻重利害而外，一家男女多是老实忠厚人，从来不敢做非分的事。奎官平日在外面顽皮撞祸，因不曾有人闹上门过，家里人终是蒙在鼓里，哪里知道呢？于今陡然弄得这样的大祸临门，一家人都不知不觉的吓慌了手脚。唐奎官的父亲，和吴二爷是姨表兄弟，此时年纪已有五十来岁了。奎官是他最小最钟爱的儿子，当下看门板上躺着的小孩，鲜血模糊，奄奄一息，问明缘由，见说是和奎官在一块儿玩耍，被奎官打成了这种模样，特地扛到这里来，非要奎官偿命不可。奎官的父亲，还不相信奎官有这般胆量、这般凶恶，敢平白将人打到这样，一迭连声的叫奎官出来对质。

哪知道奎官乖觉得厉害，自打了李家的小孩回家，就逆料着这场是非必然上门，独自躲在大门外探看动静。当李家一大群男女蜂拥前来的时候，远远的就被唐奎官看见了，哪敢回家送信，早已一溜烟逃跑得无影无踪了。他父亲大叫了几声"奎官！"没人答应，忙教奎官的哥子去寻找，也寻找不着，李家的人就更加吵闹得凶狠了。奎官的父亲以为这小孩伤重要死了，自己的儿子又逃得不知去向，心里又慌又急，竟不知这交涉应如何谈判，其余的人也不知怎生处理才好。

亏得吴二爷是个胆大心细的人，看门板上小孩的面容呼吸，都不像是曾受重伤的，鲜血分明从鼻孔里流出来。鼻孔流血是极平常的事，见自家表兄弟吓得没有主张，便对姓李的说道："你们用不着这么横吵直闹，就是打死了人，照国家的律例，也不过要凶手偿命，只这么吵闹是不能了事的。于今凭你们一方面说，这孩子是和唐奎官在一块儿玩耍，被奎官打成了这个模样，此刻奎官不在家里，不能当面问他，究竟是不是他打伤的还不能定。"

小孩的父亲不待吴二爷说下去，即吼起来截住说道："不是他打伤的，难道我们来诬赖他？我们东家不下马，西家不泊船，单单扛到这里来，不是唐奎官打伤的是谁打伤的？此刻他自己知道打伤了人，畏罪潜逃了，我们只知道问他的父兄要抵命。"

吴二爷点头道："不错，他们小孩在一块儿玩耍的时候，我不在跟前，我本不能断定不是唐奎官打的。我只问你还是亲眼看见唐奎官打的，还是听得这孩子说的呢？"李家的人说道："有许多同玩的小孩看见，他受伤的也是这般说。若是我们大人在旁边看见，就由那小子动手打吗，打了就放他逃跑吗？"吴二爷道："打伤了什么地方？我也略知道一点儿伤科的药方，且待我看看这伤势有救无救！"说时，走近门板跟前，只一伸手握小孩的脉腕，便不由得大笑道："这是个什么玩意，好好的一个人，就只出了几滴鼻血，此外毫无伤损，怎值得这般大惊小怪，扛尸一般的扛到这里来，把人家小孩吓得逃跑不知去向，这是何苦！"

几句话说得李家的人恼羞成怒，群起指着吴二爷骂道："你是哪里来的？我们与唐家理论，和你什么相干？你不要在这里神气十足。唐奎官这小子，专一在外面欺负人家小儿女。这一带几里路以内的小孩，谁没被他打过？这回大胆打到我们李家来了，你去外边打听打听，看我李家可是容易受人欺负的？现在我家的人已经被他唐奎官打伤到这般模样，有目共见，难道能由你一个人说毫无伤损就罢了不成！"

吴二爷仍是和颜悦色的说道："有伤的果然不能由我一个人说无伤，但是本没有受伤的，又何能由你们硬赖有伤呢？"旋说旋向唐奎官的父亲道："老弟不要着急，这些东西分明是一种无赖敲竹杠的行为，我担保这小孩除了几滴鼻血之外，毫无伤损；且听凭他们吵闹，不用理会。第一要紧的是奎官这孩子，被他们这般其势汹汹的一来，吓得逃跑得不知去向，须赶紧派人四处寻找，提防真个弄出乱子来。次之，就得打发人拿老弟的名片，去将本地方明理的绅士多请几位到这里来，凭他们判断。能了结便了结，倘不能了结，哪怕告到官府，就和他姓李的打一场官司，事到临头也说不得了！"

唐奎官父亲素知道吴二爷是个老成谨慎的人，见他这么说，料知他必有把握，当下也就把勇气鼓起些儿来了。加以自己心爱的儿子奎官被吓得逃跑了，经吴二爷一提醒，越发着急，也不与李家的人争论，即依着吴二爷的话，派人分头照办。李家的人因为历来知道唐家的人都老实可欺，才有这种欺诈的举动，以为唐家看了这鲜血模糊、奄奄一息的小孩，又有同去的人一号哭吵闹，必然吓慌了手脚，托人出来求和，赔偿若干医药费了事，决无人能看出是装伤诈索的举动。想不到偏巧遇着吴二爷来了，这种举动，如果认真打起官司来，自是李家理屈，并且装伤诈索的声名，传扬出去也不好听。暗忖唐家既有吴二爷做主，这番十九讨不了便宜，与其等到本地方绅士来了，说出公道话来，弄得面子上难看，不如趁那些绅士还不曾来的时候，想法子先站稳脚步。粗人的思想究竟有限，以为这事是坏在吴二爷手上，若没有吴二爷，唐家的人是好对付的。本来李家的人，多是野蛮性质，心里既痛恨吴二爷，就想动手且把吴二爷打走了再说。

吴二爷此时的年纪，已将近六十了，专从表面上，如何看得出是身怀绝艺的来，故意与吴二爷辩论，骂出许多粗恶不堪的话来，打算激怒吴二爷先动手。吴二爷虽然年老，却是忍耐不住，这边既存心要打吴二爷，当然三言两语不合，便动起手来了。吴二爷手中拿着一根尺来长的旱烟管，哪里把这些人看在眼里！每人手腕上敲一旱烟管，受着的就痛得不敢上前了，只有十多个男子，不过一霎眼工夫，都被敲得抱着手腕跑了。跟来的老弱妇孺，见男子被打跑，也都随着跑出去，仅剩了躺在门板上装伤的这个小孩，不跑心里害怕，要跑却又记着父母吩咐装伤的话。正在为难的时候，吴二爷忽然凑近他身边，举手在他肩上轻轻拍了两下，笑嘻嘻的说道："你这小子还在这里装什么假，你瞧他们不是都跑回去了吗？"

小孩子果然容易上当，真个一蹶劣爬起来，跳下地就待往外跑。吴二爷一把拉住笑道："这门板是你家的，并没有多重，你自己肩回去吧！"这小孩已有十四五岁了，乡间十四五岁的小孩，挑动几十斤的担子是极平常的事，一片门板没有肩不起的。听了吴二爷的话，哪里顾得自己是装伤的人，当即将门板顶在头上，急匆匆的去了。吴二爷忍不住哈哈大笑。

唐家的人也多以为这一场骇人的祸事，就此不成问题了，请来了本地几位绅士，听说这种情形，大家笑谈了一阵，各自回家去了。唐奎官也找寻了回来，经他父亲责罚一顿，便是吴二爷也没把这回事放在心里了。

谁知才过了一夜，次日绝早，吴二爷还睡着没有起床，唐家的人就到他床前将他推醒，说道："不得了，门外来了许多李家的人，指名要你出去见个高下。"吴二爷毫不在意的答道："要见高下就见高下，我去会他们便了！"说着正待起来，他表兄弟慌里慌张的跑进来说道："二哥，这事怎么办？李家那些混账东西，简直像要来找你拼命的样子。我刚才出去瞧了一下，都是金刚一般的汉子，至少也有百十个。二哥这么大年纪了，怎好去与他们动手呢？"

吴二爷已披衣坐起来说道："岂有此理！难道这里是没有王法的地方吗？老弟刚才出去，他们对老弟怎么说？"他表兄弟道："他们倒没说旁的话，只说知道二哥是北京有名的好手，昨夜已显得好本领，今日特来见个高下。"吴二爷问道："他们手上都带了家伙没有？"他表弟道："好像多是空手，不见有带了兵器的。"吴二爷道："他们昨夜已和我动过手的，于今又来找我，可知是存心要与我为难。我活到六十岁，不曾被人家吃住过，若今日被他们一吓便不敢出头，也没面目再回北京见人了。只可恨我平日不肯收徒弟，这回又不曾带鉴泉同来，少了一个帮手，不免吃亏些。但是事已至此，也没有方法可想了。老弟快去弄些儿点心给我吃了充充饥，免得斗久了疲乏。"

他表弟着急道："二哥难道真个出去与他们打吗？常言'好汉难敌三双手'，尽管二哥的武艺了得，已经是六十岁的老头了，如何能敌得过百多个凶汉？并且昨夜是为我家奎儿的事，打了他们，万一二哥出去，有个一差二错，教我良心上怎么对得起二哥？"吴二爷连连摆手道："此时岂是说这类客气话的时候，他们既指名和我见个高下，我不出去，难道你出去能行吗？"他表弟道："我出去有什么不行？这地方谁也知道我不会武艺，他们决不至动手打我。只要二哥赶紧从后门去避开一时半刻，我就去向他们说，二哥昨夜已经回北京去了。"吴二爷听了不由生气道："快收起你这些不像汉子说的话。我宁可伸着脖子把头给他们断了，也不肯从后门逃跑。休得再多说闲话，耽误时刻，使他们疑心我畏惧，快去弄点心来!"

他表弟知不能劝阻，只得跑出去一面弄点心，一面打发人从后门飞奔去北京，给吴鉴泉送信。吴二爷在里面用点心，大门外已和反了一般的吆喝起来了。吴二爷也不理会，从容用过了点心，结束了身上衣服，依旧提了那根尺来长的旱烟管，缓缓的踱出大门。唐家大门外是一块很大的草坪，只见无数的健汉，坐的坐，立的立，将这草坪团团围困了数重，只有四五个像把式装束的大汉，在草坪中来回的走动，仿佛是等待厮杀的样子。各人手中果然多没有兵器，不过每人的腰间都凸出来，却看不出是缠了什么。

吴二爷看了这情形，明知这些凶汉存心要和他久斗，使他疲乏，但他既不屑偷逃，就只得死中求活，打算仗着生平本领，冲出重围。当下走到大门外，便含笑向围住的人说道："你们就是因昨夜诈索不遂，反被我打跑了，不服这口气，此时特地邀齐了帮手来图报复的么?"在坪中走动的五个大汉，见吴二爷出来，连忙分做四方立着，中间一个边向吴二爷打量边回答道："不差，不差!难得你这种好汉到我们这地方来，我们是要领教领教的。"这大汉答话，周围坐在地下的，都立了起来，一个个准备抵敌的神气。

吴二爷并不与坪中五个大汉交手，大踏步向围住的人跟前冲去，五个汉子哪里肯放呢，一齐打过来。只见吴二爷两条胳膊一动，先近身的三个同时都跌倒一丈开外，后两个忙低下身体抢过去，以为不至远跌。谁知才一靠近吴二爷的大腿，就身不由己的腾空又抛去一丈多远近，只跌得头晕眼花，险些儿挣扎不起。吴二爷连正眼也不瞧他们一下，直向重围外走去。那跌倒在地的五人齐声喊道："这老鬼近身不得，你们快拿灰袋撒去，打瞎他两眼，看他如何走?"

吴二爷万分想不到五人这般一喊，四围的人登时各从腰间取出一个白色布袋来，石灰即弥空而下。吴二爷的两眼，因年老已不如少年时明亮，加以眯了石灰，顿时痛得热泪直流，睁眼不得，既不能睁眼，便不能举步，只得立住不动。众人见吴二爷紧闭双目，呆立不动，哪敢怠慢，蜂拥上前，拳足交下。

不知吴二爷被众人打得怎样，且俟下回再说。

总评：

刘凤春，本嗣于其伯父为子者也。讵因未能得继母之欢而被逐，以是空穴来风，后此种种争夺遗产之事起矣。而一究其原，则皆其继母一念之差也。庸人自扰，其此之谓。

李存义，虎也。刘氏之族人，蠢蠢如群羊耳，虎入羊群，又安得不纷纷辟易！吾读至此节时，辄哑然失笑，而谓羊虎之喻，殆不虚也。

中外武术，互有不同。中国尚巧，而外国则尚力，即此之间，优劣各判，而外国武术，终不能与我中国相提并论也。霍元甲之所以敢毅然与外国大力士比武者，即以此。盖知己知彼，固可权操必胜矣。

枪炮，机械二者，固为外国之特长，初非我中国所能及，然非所语于拳术也。鼠目寸光者流，辄以慑其枪炮、机械，而亦慑其拳术，奉之若神明，脱不有霍元甲者出，一正其误，不将长为所蒙乎？然则元甲传矣。

本回，因吴鉴泉而引起吴二爷，复因吴二爷而引起杨氏父子，人物愈引愈多，事迹愈转愈妙，可作太极拳家之世谱读。而杨班侯之器小，吴二爷之恭顺，亦可于此略见一斑矣！

入吴二爷被困群小事，为下文收徒张本。

第十五回

服仙丹决计收徒弟
出王邸飞箭杀追兵

话说吴二爷紧闭双目，立着不动，明知自己双眼既不能睁开，想动手打出重围是办不到的。逆料众人当中，没有了不得的武艺，身上就给他们打几下，也不至受如何的伤损，只运起全身的气功来，听凭众人摆布。众人见吴二爷闭目不动，果然争着上前，拳足交下，初打时并不觉得有异，打踢了几十下之后，动手的才不由得叫起苦来。

原来挥拳的，拳头忽然肿得和碗口一般大；踢脚的，脚骭肿得和吊桶一般粗，并且麻木得如失了知觉。那些还不曾打着吴二爷的看了，才知道是这般打不得，登时改变了方法，揪住吴二爷的辫发，拖翻在地。打算用力大的人将他按住，拿带来的石灰袋压塞七孔，使他不能呼吸，便不愁闷不死他。

吴二爷以为他们只是用拳脚敲打，但须把气功运起来，使自己皮肤中发生反射抵抗，已足对付了，谁知他们竟下这种毒手？吴二爷两眼原已痛得不能睁开，只听得压在身上的人喊拿石灰包来，才觉得是这般听凭他们摆布不妙，但是想挣扎起来，压在身上的人哪里肯放松半点儿呢？任凭吴二爷的内功好到如何程度，怎奈年纪大了，没有持久的力量。这边人多，可以替换着动手，吴二爷几下不曾挣扎得起，就只好咬紧牙关等死，便是气功也提不起来了。

他表弟看了这危急情形，只得跑出来向众人说道："你们都是些年轻力壮的，是这般以多胜少，就把他这个老头处死了，也算不得你们有本领。并且你们都是本地方人，果然打出了人命，有谁能脱得了干系？"

众人中为首的出来答话道："我们不预备和他打一场人命官司，也不到这里来了。京兆人谁不知道他吴二爷是个好汉，好汉出门被人家打死了，照例只当是打死一只狗。"

他表弟道："这是什么话！你们若凭证人说好了比武，个对个打死了，自然打不起官司，告不成状。于今你们一百多个精壮汉子，丛殴一个年逾花甲的老头，还用石灰袋将他的双眼弄坏，你们自问天良说得过去么？"他表弟从来老实不会说话，这回情急无奈，逼得说出这些话来，却发生了效力。众人既觉悟了是这么打出人命来，免不了受累，再看吴二爷已昏死过去了，只吓得一窝蜂逃跑。他表弟见他昏死在地，也吓得什么似的，连忙教家里人拿姜汤来灌救。

姜汤还不曾取来，只见吴二爷已张开两眼，一面用手揉着，一面说道："老弟请过来搀扶我一下。我这番吃了这种大亏，不恨别的，只恨我自己为什么不收几个徒弟，以致这么年纪出门，还是单身一个人。若有徒弟，哪怕他们再来多些，我也不至吃这般结实的亏。"他表弟道："这些混账东西也太可恶了，邀集一百多人来打一个人，若不指名去告他们，他们也太把我们当好欺负的了。好在他们为首几个人的姓名居处，我都知道。这回事是因我家闹出来的，打官司需用的钱，便要我卖田当地，我也情愿拿出来，只要出了这口恶气。"边说边搀扶吴二爷起来。

吴二爷摇着头说道："这有什么官司可打！在你看起来，以为他们一百多人来打我一个，算是欺负我；在我却以为他们越是来的人多，越是瞧得起我。我若是存心畏惧他们，你既经指点我，教我走后门暂且避开一步，我何妨依你的避开呢？为的是不情愿示弱，哪怕就被他们打死了，我若喉咙里哼了一声，也算不得是个汉子。休说他们连伤我的能为都没有，凭什么配和我打官司？"

他表弟既是一个老实怕事的人，怎么会存心和人家打官司呢？其所以对吴二爷这么说，为的是恐怕吴二爷为他家小孩在外闯祸的事，吃了这大的亏，心里不甘，不是这般说说，显得他太不懂人情了。见吴二爷这么说，便道："为我家那不争气的孽畜，害二哥如此受累，不设法出这口恶气，教我心里怎生过得去？"吴二爷道："这些话不用说了，倒使我听了不快活，只快去雇一辆车来，送我回家去。我得好好的将养几日，方得复原。"

正说着，只见一个少年飞奔前来。原来是吴鉴泉在家得了那人的报告，哪敢怠慢，恨不得插翅飞到这里来；无如路隔二三十里，便是飞也来不及。吴鉴泉见面闻知了相打的情形，只气得磨牙顿足，悔恨不曾随侍父亲左右，当即雇车伺候吴二爷一同回家。吴二爷睡在床上，忽将吴鉴泉叫到床前，流泪说道："我实在是年纪老了，血与气原来都不如少年时充足，这番因相持过久，身上虽不曾受伤，气分上却伤损得太厉害。内家功夫最要紧就是这个气字，于今气分受伤到这步田地，我自知是不可救药的了。我其所以在唐家的时候不说这话，并不是怕丧我一生的威名，实是怕传播出去，使后来练武艺的人以我为鉴戒，说内功是招打的幌子，不肯教子弟学习。我生平的武艺，早已尽情传给你了，除平日常对你说的诀窍外，并没有其他诀窍。功夫只要吃得苦，持之有恒，自然由熟生巧，由巧通神，自己没有功夫做到，尽管所有的诀窍都懂得，也是不中用的。我没有旁的遗嘱，只依着我平日所传授的，朝夕不间断的下苦功夫做去，便算是你克家令子。我一生没收外姓徒弟，是我一生的恨事，于今悔也来不及了。你将来功夫练成之日，不可再和我一样不肯传人。"

吴鉴泉听得自己父亲吩咐这些话，忍不住伏在床沿痛哭起来。吴二爷道："你何须如此悲伤！世间没有不死的人，我于今活到了六十多岁，还不是应死的时候到了吗？我这回便不和他们打这一场，也是免不了要死的。你一个人没有帮手，赶紧去预备后事吧！有一句俗语道得好：'父母老死，风流孝子'，不要哭了。"

吴鉴泉恐怕哭得自己父亲难过，只得勉强收住哭声，拭干眼泪，忽见当差的进来报道：外面来了一个老道人，要见少爷有话说。吴鉴泉道："我没有熟识的老道人，去回他我此刻有事没工夫见客，请他改日再来吧。"当差的道："已是这么回过了，他说他的事最要紧，若少爷不出去，他自会进来。"

吴二爷对吴鉴泉道："他既这么说，想必是有紧要的事，去见见何妨呢？"吴鉴泉只得出来，走到厅堂上，只见一个年约五十多岁的道人，身穿青色道袍，顶上头发散披在脑后，如青丝一般，并不花白，脚下青袜套着麻绾草鞋，像是从远道来的。吴鉴泉见是不曾会过的，便走上去抱了抱拳说道："道长有何贵干见访？"那道人两眼不住的将吴鉴泉打量，也合掌当胸答道："贫道从武当山来此，有道友托贫道带一颗丹药，送给这里吴二爷，请你转交给他吧。"旋说旋从腰间取出一个纸包来，递给吴鉴泉。

　　吴鉴泉只当是自己父亲有朋友在武当山，不敢怠慢，忙伸双手接了，一面让道人就座，一面捧着纸包到吴二爷床前来，将道人说话的情形说了，并呈上纸包。吴二爷听说是武当山来送丹药的，忙挥手教吴鉴泉将道人请进来。吴鉴泉复转身走出厅堂，谁知那道人已不见了，随即追出大门，向两头张望，不但不见那道人，连过路的人也没有。吴鉴泉觉得诧异，回身问当差的，也说不曾看见那道人走大门出去。吴鉴泉又在四处寻觅了一阵不见，才回到吴二爷床前，把这怪异的情形说了。

　　吴二爷打开那纸包，便闻到一种异香扑鼻，非兰非麝，包内一颗梧桐子大小的丹药，半边火也似的红，半边漆一般的黑，放入掌心中，团团旋转不定。吴二爷对吴鉴泉笑道："合是我命不该绝，这必是张三丰祖师赐我的丹药，你快去厅堂上摆设香案，待我挣扎起来，当天谢了祖师活命之恩，再服这丹药。"

　　吴鉴泉此时年轻，心里还不相信有这么一回事，但是吴二爷自服下这颗丹药，精神陡长，比前越发健朗了。从此，有资质好的徒弟来拜师，吴二爷便不拒绝了。吴、杨两家的太极拳法，虽都是由杨露禅传授下来的，然因吴二爷招收徒弟的缘故，杨家这方面的人，对之总觉有些不满，但又不便倡言吴二爷所学的非杨氏真传。

　　杨露禅死后，京城里便喧传一种故事，说杨露禅在将死的前一日，就打发人通知各徒弟，说师傅有事须出门去，教众徒弟次日上午齐集杨家，师傅有话吩咐。众徒弟见老年的师傅要出门，自然如约前来送别。

　　次日各徒弟走到杨家门首，见门外并无车马，不像师傅要出门的样

167

子，走进大门，只见露禅师傅盘膝坐在厅堂上，班侯、健侯左右侍立，众徒弟挨次立在两旁，静候露禅师傅吩咐。露禅师傅垂眉合目的坐着，直待所有的徒弟都到齐了，才张眼向众徒弟望了一遍，含笑说道："你们接了我昨日的通知，以为我今日真是要出门去么？我往常出门的时候，并不曾将你们传来，吩咐过什么话，何以这回要出门，就得叫你们来有话吩咐呢？因为我往常出门，少则十天半月，多则一年半载，仍得回家来和你们相见，这回却不然。我这回出门，一不用车，二不用马，这一去就永远不再回家，永远不再和你们会面，所以不能不叫你们来，趁此时相见一次。至于我要吩咐的话，并没有旁的，就只盼望你们大家不要把我平日传授的功夫抛弃了，各自好好的用功做下去，有不明白的地方，可来问你们这两个师兄。"说时手指着班侯、健侯。说毕，教班侯附耳过来，班侯连忙将耳朵凑上去，露弹师傅就班侯耳跟前低声说了几句，班侯一面听，一面点头，脸上现出极欣喜的颜色。

露禅师傅说完了，杨班侯直喜得跳起来，拍掌笑道："我这下子明白了，我这下子明白了！原来太极拳有这般的巧妙在内。"众徒弟见杨班侯这种欢喜欲狂的样子，不知道为的什么事，争着拉住杨班侯问："师傅说的什么？"杨班侯连忙双手扬着笑道："此时和你们说不得，全是太极拳中的秘诀。你们各自去发奋练习，到了那时候，我可以酌量传授些给你们。"这里说着话，再看露禅师傅时，已是寿终正寝了。

这种故事一喧传出来，京内外会武艺的朋友，便有一种议论道："杨班侯是杨露禅的儿子，班侯的武艺，是露禅传授的，父子朝夕在一处，有什么秘诀，何时不可以秘密传授？定要等到临死的时候，当着一干徒弟的面，是这般鬼鬼祟祟的传授，究竟是一种什么举动？既是秘传，就不应当着人传，当着不相干的人也罢了，偏当着一干徒弟。这些徒弟花钱拜师，就是想跟杨露禅学武艺，你杨露禅藏着重要的秘诀不传，已是对于天良道德都有些说不过去了，却还要故意当着这些徒弟，如此鬼鬼祟祟的传给自己的儿子。而接受秘传的杨班侯，更加倍的做出如获至宝的样子，并且声明全是太极拳中的秘诀，当时在场的徒弟，果然是心里难过，独不解杨露禅父子那时面子上又如何过得去的。"

事后还有一种议论，说杨露禅这番举动，是因自己两个儿子都在京师教拳，声名不小，恐怕这些徒弟也都在京师教起太极拳来，有妨碍自己儿子的利益，所以特地当着众徒弟，做出这番把戏来；使外边一般人知道杨露禅的秘传，直到临死才传给儿子，旁人都不曾得着真传授，不学太极则已，要学太极就非从杨家不可。这是一种为子孙招徕生意的手段，其实何尝真有什么秘诀，是这么三言两语可以说得明白！

　　又有一种议论，就说杨露禅这番举动，是完全为对付吴二爷的。因为吴二爷原是杨班侯代替杨露禅教的徒弟，班侯见吴二爷精明机警，存心不肯将真传授予。想不到自己出门去了，杨露禅不知儿子的用意，将秘诀尽情传给了吴二爷，杨班侯回来，险些败在徒弟手里；背后免不得抱怨老头子，不为子孙将来留地步。因此杨露禅临终的做作，不教杨健侯附耳过来，却教杨班侯附耳过来，无非要借此表示真传是杨班侯独得了。

　　以上三种议论和那故事同时传播，因之杨、吴两家表面上虽不曾决裂，骨子里都不免有些意见。杨班侯的脾气生成暴躁，既不肯拿真功夫传授徒弟，又欢喜拿徒弟做他自己练习功夫的靶子，时常把徒弟打得东歪西倒，以致徒弟望着他就害怕，没有一个在杨班侯手里练成了武艺的。就是吴二爷，若没有杨露禅是那么将真传授予，也是不会有成功希望的。

　　庚子那年，大刀王五是个与义和团没有丝毫关系的人，尚且横死在外国人手里；杨班侯的拳名不亚于王五，又是端王的拳师傅，怎能免得了嫌疑呢？当联军还不曾入京的时候，就有人劝杨班侯早走，无奈杨班侯生成的傲性，一则仗着自己的武艺好，不怕人；二则他一晌住在端王邸里，真是养尊处优，享从来拳教师所未尝享过的幸福，终日终夜的躺在炕上抽鸦片烟，好不舒服，如何舍得这种好所在，走到别处去呢？但是联军入京，很注意这端王邸，就有一队不知是哪一国的兵，竟闯进端王邸里来了。幸喜杨班侯早得了消息，外兵从大门闯进，杨班侯骑了一匹快马从后门逃出，手中并没有抢着兵器，仓促之间仅夹了一大把马箭，打马向城外飞跑。刚跑出城，就见从斜刺里出来一队外兵，大喊站

169

住，杨班侯不懂得外国语，不作理会，更将两脚紧了一紧，马跑得越发快了。

那一队外国兵不知杨班侯是什么人，原没有要捉拿他的打算。只因看见他胁下夹着一大把马箭，又骑着马向城外飞跑，一时好奇心动，随意呼喝一声，以为中国人见了外国兵就害怕，一经呼喝便得勒马停缰不跑的；打算大家将那一大把马箭夺下来，作为一种战利品。不料杨班侯不似一般无知识的中国人胆小，公然不作理会，并且越发跑得快了。这一队外兵看了，不由得恼怒起来，在前面的接着又喝了几声，杨班侯仍是不睬，这外兵便拔步追上来。

因是从斜刺里跑过来的，比从背后追上来的容易接近。看看相距不过几丈远近了，杨班侯抽了一支箭在手，对准那外兵的脑门射去，比从弓弦上发出去的还快，不偏不倚的正射在脑袋上，入肉足有二三寸，那外兵应手而倒。跟在后面追的见了，想不到这人没有弓也能放箭，心里大吃一惊，正要抽出手枪来，不提防杨班侯的第二支箭又到了，也是正着在脑袋上，仰面便倒，以后的兵这才各自拔出枪来射击。而这些兵的枪法都很平常，又是一面追赶，一面放枪，瞄准不能的当，只能对着杨班侯那方向射去，哪里射得着呢？有一颗子弹恰好从杨班侯的头顶上擦过去，将头皮擦伤了少许。

杨班侯大吃一惊，不敢坐在马上，将身体向旁边横着。亏得是一匹端王平日最爱的好马，能日行七八百里，步行的外国兵如何能追得上呢？一转眼工夫，子弹的力量就达不到了。杨班侯自从这次逃出北京，以后便没了下落。有说毕竟被外国人打死了的，有说跟随端王在甘肃的，总之不曾再回北京来。

吴二爷服过那颗丹药，又活了七八年，传了几个好徒弟。吴二爷死后，吴鉴泉继续收着徒弟，在北京的声名也很不小，和李存义是忘年之交。

这日到李存义家拜年，李存义陪着谈了几句新年照例的吉利话，吴鉴泉说道："我去年便听得许多人传说，静海霍元甲去上海寻找一个外国大力士比武，在上海住了不少时候，直到年底才回天津。你去年腊月不是去天津走了一趟吗，可会着了霍元甲没有呢？"

李存义点头道："我也是因听得有许多人这么说，久想去天津打听个实在，叵耐一时只是抽身不得。凑巧凤春为他族人争产的事，邀我去他家帮忙，我不能推托，得顺便到淮庆会馆见了霍四爷。去上海寻找外国大力士比武的话是实，但是至今还不曾比得，不过已订好了条约，在今年二月下半月仍在上海比赛。霍四爷邀我同去上海帮帮场面，我心里未尝不想趁此去上海玩玩，只恐怕临时又有事情耽搁。"

吴鉴泉道："怎么去年巴巴的跑到上海去找外国大力士比武，当时又不比，却订条约到今年二月才比，是什么道理呢？"李存义便将听得霍元甲所说的原因说了。吴鉴泉道："原来有这些周折，这种事情只霍元甲干得下，旁人不是没有霍元甲那般本领，但苦没有霍元甲那般胸襟胆量。年轻的经验不多，不敢轻于尝试；年老的世故太深，既不曾与那大力士会面，决不敢订赌赛几千两银子的条约。胜了果然很好，万一有失手的地方，被那大力士打输了，一辈的声名就从此扫地，还得赔出五千两银子来，这不是天地间第一糟透了的事吗？"

李存义笑道："这种和人比赛的事，若在被人逼迫的时候，哪怕这人就长着三头六臂，著名天下无敌，我也得和他拼一拼，决不害怕退缩；没有被人逼迫，无端教我去寻人比赛，就明知有十分把握，自己也鼓不起这口气来。你要知道霍元甲其所以这般，拿着和外国大力士比武的事，当他生平第一件大事在这里干，其中还有一个外边人不大知道的原因，并不完全关于他的胸襟胆量。"

吴鉴泉忙问其中有什么原因，李存义道："霍四爷有一个最相契的朋友，姓农名劲荪，听说是一个文武兼全的好汉，并且在外洋留学多年，外国的新学问也了不得。他在外国的时候，眼里时常看见外国人欺负中国人的举动，和新闻纸上瞧不起中国人的议论，已经心里很难过了。回到中国来，住在天津，在天津的外国人，又常有欺负中国人的事情做出来，他看了更加怄气。自从与霍元甲结交，平时谈话，总是劝勉霍元甲做一个轰轰烈烈的汉子，多干些替中国人争气的事给外国人看，也好使外国人知道中国还有人物，不是好欺负的。霍元甲本是一个很爽直的汉子，因农劲荪的学问好，心中钦佩到了极点。农劲荪平日和他谈论劝勉的那些话，他随时牢记在心，总想干出些替中国人露脸的事来，以慰知己。偏巧有一个不走运的俄国大力士，早不到中国来，迟不到中国来，偏偏在霍元甲要寻外国人出气的时候，跑到天津来卖武，并在广告上吹了一大篇的牛皮，简直不把中国人看在眼里。霍元甲看了那广告，登时气得去找那大力士比武，竟把那大力士吓得屁滚尿流的跑了。武虽不曾比成，把那大力士吓得不敢在天津停留，并不敢去中国各处卖武，就那么转身回他本国去了，也是一桩痛快人心的事。别处的外国人，知不知道那回事不能断定；在天津的外国人，料想是没一个不知道的。那回事已可算是替中国人露脸不少了。"

吴鉴泉道："怪道霍四爷情愿搁下自己的正经买卖不做，花钱废事的去上海找外国人比武，原来有那么一个朋友终日在身边劝导。我虽没有想和外国人比赛的心思，然我因不曾见过外国人的武艺，不知究竟是怎么一种身法、手法，倒想同霍四爷到上海去看看。他既邀你老前去帮场，你老何妨前去替他壮一壮声威！那条约虽是霍四爷一个人订的，只是认真说起来，这不是霍四爷一个人的事。他打胜了，我们大家有面子；他若打败了，也是我们大家失面子。"

李存义点头道："你这话不错。他若是订条约赌银两，和中国人比赛，我们可以不理会，胜败都只关系他一人。你真个打算到上海去看么？我一定同去就是了。"吴鉴泉正色道："我岂敢在你老跟前乱说？我并且打算日内去天津走一遭，一则到亲戚家拜年；二则趁此去瞧瞧霍四爷。我久闻他的名，还不曾有机缘和他见面。"

李存义道："你去天津再好没有了，就请你代我致意霍四爷，我决定同他去上海替他助场，只看他约我何时动身，我按时去天津会他便了。"吴鉴泉道："这是不待你老吩咐的。"说着，起身作辞走了。

过了两日，吴鉴泉果然动身到天津，先到亲戚家把新年照例的应酬手续办完了，便专程到淮庆会馆来拜霍元甲。霍元甲也早久闻得吴鉴泉的声名，知道是练内家功夫的好手，当下接了吴鉴泉来拜会的名片，忙整衣迎接出来。看吴鉴泉的年龄，约莫三十多岁，生成得猿臂熊腰，魁梧雄伟；只是眉长目朗，面白唇红，堂堂仪表，望去很像是个斯文人模样，毫无粗暴的气习。霍元甲看了，不由得暗自思量道："练内家功夫的果是不同，若是不知道他会武艺的人见了他，有谁能看出他是一个会武艺的人呢？"一面忖想，一面趋步上前拱手笑道："吴先生何时到天津来的？兄弟不曾去请安，很对不起。"吴鉴泉连忙行礼叩拜下去，慌得霍元甲回拜不迭。

宾主二人同进客室坐下，吴鉴泉开口说道："久仰四爷的威名，真是如雷贯耳！去年听得一般朋友说起四爷去上海，找外国大力士比武的事，更使我钦佩到极处。有谁能像四爷这样情愿自己受多大的损失，劳多少的精神，替中国全国的人争这口气呢？"

霍元甲笑道："惭愧，惭愧！这算得什么？不用说是白辛苦了一趟，并还不曾比赛，将来尚不知道胜负如何；就算是比赛胜了，也是我辈应该做的事，值不得称道。吴先生这么一恭维，倒使我又惭愧、又害怕。我当时是被一种争强要胜的心思所驱使了，不假思索，奔波到上海，一口气将条约订下来了。回天津后经我仔细一思量，觉得这番举动实在太鲁莽了些。中国人和外国人比赛武艺的事，在外国不知如何，在中国还是第一次。两下凭律师订条约，定期比赛，侥天之幸能胜过他，本可以说替中国人争争面子。但是拳脚无情，武艺更没有止境，倘若那大力士的功夫果在我霍四之上，不能侥幸取胜，我一个人的声名弄糟了，家产赔去了，都是我自作之孽，不能怨人；不过我存心想替中国人争面子，不曾争得，倒替中国人失尽了面子，我以后还有什么脸见人呢？所以我仔细思量之后，不由得有些失悔起来了。"

吴鉴泉笑道："四爷说哪里的话！这种豪杰的举动，谁听了都得钦敬，决不可存失悔之心。以四爷的能为，什么大力士配得上四爷的手！中国的好汉，四爷尚不知道打过了多少，何况一个外国鬼！'单刀李'就因钦佩四爷的这番举动，情愿抽出些工夫来，陪四爷去上海壮一壮精神。我虽是一个无能之辈，也甘愿跟随四爷前去，呐喊助威。"霍元甲忙抱了抱拳头谢道："感激，感激！不过拖累先生及李前辈，我心里委实有些不安。"吴鉴泉道："自家人怎说得这般客气！"

刚说到这里，忽见两个身材高大的男子走了进来。走前的身穿外国衣服，另有一种雄伟的气概；走后的虽是普通商人装束，但是比平常人显得分外的精壮。吴鉴泉料知不是寻常人物，先立起身来。霍元甲也起身介绍道："这是我至好的朋友农劲荪先生，这是小徒刘振声。"接着向农劲荪介绍了吴鉴泉，彼此免不了都得说几句客气话。农劲荪坐定后，霍元甲含笑问道："农爷去看余伯华怎样了？"

　　不知农劲荪怎生回答，且俟下回再写。

总评：

　　自诩秘传，不肯授人，为我国学艺者之通病。而各种艺术之未能发扬光大，或竟因之失传，半坐于此。若杨氏父子之所为，则更陋矣！殊不值明眼人一笑也。

　　霍元甲之与大力士比武，欲为中国争面子耳。故其关系乃至重，宜有得失之心存其间。然其豪气初不因之而稍挫，此霍元甲之所以终为霍元甲也。斯足贵矣！

　　篇末，将余伯华事轻轻一提，弥有柳暗花明之妙。

第十六回

方公子一怒拆鸳鸯
卜小姐初次探囹圄

　　话说农劲苏见霍元甲问去看余伯华怎样了的话，即长叹了一声说道："'无孽债不成父子，无冤愆不做夫妻'的这两句古话，依余伯华这回的事看来，确是有些儿道理。余伯华原籍是安徽六安州的人，家业虽不甚富裕，然他家世代书香，也算是六安州的望族。他本人没有同胞兄弟，堂兄虽有几个，只因分析多年了，名为兄弟，实际各不相顾。堂兄弟之中，有两三个处境还好，只他一个人最穷，也只他一个人面貌生得最漂亮，性情生得最温和，天资不待说也是最聪悟，少时际遇倒好，被一个远房族叔赏识了他。这族叔在京里做京官，嫌六安地方没有甚高明俊伟的师友，恐怕误了余伯华这般好资质，情愿受些损失，将余伯华带到北京来。留在自己身边，教了几年文学，就送进译学馆读书。

　　"余伯华天资既好，又肯用功，毕业时的成绩，比一般同学的都好，毕业后在总理各国事务衙门当差，年龄还不过二十六岁。当日在六安州的时候，他的堂兄弟，比他年长的不待说，多已娶妻生子；就是比他年轻的，也都订好了亲事，唯有他因家业不富，无人过问。此时从译学馆毕了业，又得了总理各国事务衙门的差事，都知道他前程未可限量，同乡同事中托人向他族叔说媒，要将女儿或妹子许配给他的，不计其数。

　　"他族叔也是一个很漂亮的人，知道婚姻大事，须得由他本人做主，由家长代办的最不妥当，一概回绝，教说媒的去与伯华本人交涉。谁知余伯华眼高于顶，打听这些来说媒的女子，不是姿色平常，就是毫无知识，多不堪与伯华这种新人物匹配，一个一个的都被拒绝了。弄得那些同乡同事的人，没一个不说余伯华这样挑精选肥，东不成、西不就，看他将来配一个怎样天仙似的人物。余伯华也不顾人家议论，存心非得称心如意的眷属，宁可鳏居一世。

"那时恰好天津报纸上，刊登了一条中国从来没有的征婚广告。有一个原籍美国的女子，年龄十七岁了，几岁的时候就跟着他父亲到中国来，十多年不曾回国。他父亲是个海军少将，死在中国，留下这一个未成年的女公子，遗产倒很丰富，约莫有二三百万，遗嘱将所有的财产，一股脑儿传给这个女公子。这女公子虽是美国人，然因出国的时候太小，对于他本国的情形都不知道，加以在中国住成了习惯，不情愿回本国去。只因自己是个年轻女子，管理这许多财产，很不是一件容易的事，想招一个合适的丈夫来家，帮同管理，精神上也可以增加许多愉快。

"登报征婚的事，在中国自是稀奇，在外国却甚平常。她刊登来征婚的条件，并不苛细，第一，年龄只要在三十岁以内的；第二，学问只要能通中、英两国语言文字的；第三，体格只要五官端正，无疾病及无嗜好的。应征的以中国人为限，但不限省份。这三种资格，中国人有当选希望的自是车载斗量。她虽没有入中国籍，然她的姓名，多年就学中国人的样，姓卜名姐丽，广告上也就把这姓名登了出来。

"自从这广告刊登后，一般年龄在三十岁以内、略懂英文的未婚男子，纷纷投函寄相片去应征。卜姐丽拣那容貌整齐、文理清顺的，复函约期一一面试。整整的忙了两个月，面试了四五百人，简直没有一个当意的。因为卜姐丽本人实在生得太美，看得那一般应征的不是粗俗不入眼，就是寒酸不堪，没有能与她理想中人物恰合的。

"这时也有人和余伯华开玩笑的说道：'你选不着合意的老婆，这卜姐丽就选不着合适的老公，这倒是天生的一对好配偶。你何不好好的写一封信，和相片一同寄去，碰碰机缘呢？'余伯华笑道：'我选老婆若只是为家财，到此刻只怕是儿子都养了。卜姐丽仗着几百万财产，只要人家给相片她看，她就不拿相片给人家看。她若看中了我，愿意要我做她的丈夫，但是我和她见面的时候，若因她生得不好，不愿意要她做我的老婆，那时却怎么办呢？'毕竟不肯去应征。也是天缘凑巧，余伯华正在这时候，奉了他上司的派遣到天津来。他本是总理各国事务衙门的人员，多是与外人接近的职务，一次在美国人家中，偶然遇见一个西洋少女，余伯华见这少女生得美丽绝伦，不但是他生平不曾见过，并且是他理想中所不曾有过的美人。向那美国人打听，才知道这少女就是登报征婚的卜姐丽。

"他不由得心里想道：'我只道卜姐丽不过富有财产，姿色必很平常，不然何以没资格好的少年去向她求婚，要她自己出名登报来征婚呢？我因存着这种思想，所以任凭她登报，任凭朋友劝诱，只是不愿意投函寄相片去，不料我这理想竟是大错了。她既生得这般艳丽，我能与她成夫妇，岂非幸福？何不写一封信与相片同时寄去，看是如何？'真是千里姻缘似线牵，他见了卜姐丽，满心欢喜；卜姐丽见了他，也是相见恨晚。既是两下都情愿，而两下又都没有障碍，自然容易配成眷属。

"他两人成为夫妇之后，卜姐丽因不愿丈夫离开，教余伯华把差事辞了，一心安闲的过那十分甜蜜的日月。卜家原有极华丽的钢丝轮马车，余伯华还嫌那车是平常人坐的，若是夫妻同坐尚有许多不便的所在。由他自出心裁，定制了一辆，用两匹一般高大、一般毛色的亚剌伯高头骏马。寻常西洋人所用驾驶马车的多是中国人，头戴红缨大帽，身着红滚边的马车夫制服。余伯华觉得这种办法，是西洋人有意侮辱中国的官吏，因红缨大帽是做官人戴的，制服是模仿开气袍形式做的。所以，他的马车夫花重价雇两个年轻生得漂亮的西洋人充当，用西洋贵族马车夫的制服。就是家中守门的，以及供驱使的男女雇役，也都是西人。

"卜小姐极爱余伯华，无论大小的事，都听凭余伯华的意思办理，丝毫不忍拂逆。每日夫妻两个，必盛装艳服的，同坐了那特制的马车，出门寻种种快乐。卜姐丽从小欢喜在海岸上散步，余伯华每日必陪伴她到海岸闲行片时。天津的中、西人士，看了他们这样一对美满夫妻，无不在背地里叹为人仙中人。由是因羡慕而变为妒嫉，这一般人的妒嫉之心一起，余伯华夫妇的厄运便临头了。

"最使一般人看了两眼发红的，就是卜姐丽拥有的数百万财产，都存心欺她年轻容易对付，无人不想沾染几个上腰包，写危言恫吓的信来，向卜姐丽借钱的，中外人都有。卜姐丽年轻胆小，接了这类书信，真吓得不知所措。无奈余伯华生性强项，说这是诈索的行为，无论中国法律与外国法律，都是不许可的。若凭这一纸恐吓的书信，就害怕起来，真个送钱给他们，此端一开，你我此后还有安静的日月吗？只有置之不理，看他们有什么办法。卜姐丽道：'他们信中多说了，如果我过了他的限期，没有回信给他们，他们自有最后的手段施行出来。我想他们所谓最后的手段，必是乘我们出外的时候，用危险品与我们拼命。他们都是些下等动物，不值钱的性命，算不了什么要紧的东西，我们如何值得与他们拼呢？'

"余伯华摇头道：'不然，人虽有贫富贵贱等阶级的分别，然自己的性命，自己看得要紧，不肯胡乱牺牲，是不论贫富贵贱的人都是一般的。他们尽管写信来吓我们，也不过是这么吓吓罢了。恐吓得生了效力，真个得了钱，他们自是心满意足，就是不生效力，他们也受不到损失。所谓最后手段的拼命，是要他们先自决心，拼着自己不要性命，方能施行的。试问他们拼性命来对付我们，即算如愿相偿，将我们的性命断送了，究竟于他们自己有什么好处？并且他们与我两人无冤无仇，何苦拼着性命来干这种损人害己的事呢？'卜姐丽道：'话虽如此。我总觉得这些写信的人，是和强盗一般可怕的危险人物。若照你所持的理由说来，世间应该没有杀人放火的强盗了。'余伯华道：'你所见也是，不过我们只可设法防范他们的最后手段，不能应允他们的要求，因为这种要求不应允倒罢了，应允了甲，就得应允乙、丙、丁来信，又得援例，将不胜其扰，非到财产散尽不止。'

"卜姐丽点头问道：'他们最后的手段，究竟如何施行，信上不曾说出来，你我不得而知，或者各人有各人的不同，我们怎生防范呢？'余伯华道：'不问他们各人准备的是什么手段，要而言之，不外侵害我两人身体上的安全。我两人只从保护身体安全上着想就得了。'卜姐丽道：'我家的房产、器具以及装饰品，都早已保了火险，只可恨女子不能保生命险，快点儿替你去保生命险好么?'余伯华笑道:'保寿险不过为死后得赔偿，与我们此刻保护身体上安全的目的绝不相涉。'

"卜姐丽也不觉笑起来说道:'我真转错念头了，你以为怎样才可以保全呢?'余伯华道:'我有方法，多雇几名有勇力有胆量的人，日夜分班在家中保护。不问谁人来拜会，我须教来人在门外等着，将名片传进来，你我许可会见，方引到客厅里坐着。你我再从屏风后窥看，确是可会的人，便出面相见。就在主客谈话的时候，雇来的勇士也不妨在左近卫护。你我没有要紧事，总以少出门为好;必不得已要出去时，至少也得带三四个勇士，跟随左右护卫。是这么办法，我们花的钱有限，料想他们的最后手段，决不能实施出来。'

"卜姐丽道:'这样一来，我们的居处行动都不能自由了，有财产的应该享受快乐，似这般倒是受苦了。'余伯华道:'似这般朝夕防范，本来精神上不免感觉许多不自由的痛苦，不过我打算且是这么防范些时，看外面的风声怎样。那些写信的东西，没有旁的举动做出来便罢;若再有其他诈索方法使出来，你我何不离开天津，或去上海，或去香港呢? 你我既离了此地，看他们还有什么方法使出来?'卜姐丽道:'我却早已想到离开天津这一着了，无奈此地的产业，没有妥当人可以交其经管。'余伯华道:'好在此时还用不着这么办，到了必须走开的时候，找人经管产业，决非难事。'

"他两夫妻商议妥当了，余伯华就找着同乡的，物色了八个会武艺的年轻人，充当卫士，不理会那些写信的人。那一般妒嫉他夫妻的中、西无赖，见恐吓信不发生效力，最后手段又因他夫妻防范严密，不能实行，一时也就想不出对付的方法。本来已经可望暂时相安无事了，这也怪余伯华自己不好，得意忘形。那一种骄蹇的样子，不用说妒嫉他们的人看不上眼，就是绝不相干的人见了，也都觉得他骄奢过分。偏巧他有一次在堂子里玩耍，无意中开罪了现在直隶总督的方大公子。方大公子当时就向自己左右的人说道:'余家这小子，太轻狂得不像样儿了，下次他若再敢这么无礼，真得揍他一顿。'

"方大公子左右的人当中，就有三四个是曾向卜姐丽求婚的，妒嫉余伯华的心思，也不减于那些写恐吓信的人，此时听了方大公子的话，正合他们的意思。他们终年伴着方大公子，知道方大公子性格是服软不服硬的，其中有一个最阴毒险狠的清客，便微笑了一笑说道：'大爷要揍旁人都容易，余家这小子的靠山来头太大，这是非不惹上身的好多了。'

"方大公子一听这话，果然气得圆睁两眼喝问道：'那小子有什么靠山，来头如何大？'那清客又做出自悔失言的样子说道：'大爷不要生气，晚生因为常见老师每遇与外国人有关联的案子，总是兢兢业业的，唯恐外国人不肯罢休，宁可使自己人受些委屈，只求外国人不来吵闹。余家这小子，本人有什么来头，大爷便是要弄死他，也和捏死只苍蝇相似，真是胖子的裤带，全不打紧。不过他老婆卜姐丽是个美国人，又有数百万财产，那东西是不大好惹的。余家这小子有这般靠山，所以晚生说这场是非不惹的好。'

"方大公子冷笑道：'你只当我不知道卜姐丽是余伯华的老婆么，只要是外国人就可以吓倒我么？老实说给你听吧，像卜姐丽这样外国人，除了多几个钱而外，其能力不但比不上久在中国的外国人，并比不上稍有名头的中国绅士。不是我说夸口的话，我教余伯华怎样，余伯华不敢不怎样！'

"那清客做出怀疑的神气说道：'论大爷的地位，要对付这小子本不是一件难事，但是一时抓不着他的差头，也不大好下手。如果大爷真能使这小子栽一个跟斗，跳起来称快的倒是不少。大爷不知道这小子，自从娶上了卜姐丽，那种气焰熏天的样子，简直是炙手可热。在大爷跟前尚且敢那么无状，地位声势赶不上大爷的，哪里放在他眼里！大爷平日不大出外，没听得外面一般人的议论，凡是在天津卫的，不问中国人外国人，谁不是提到余伯华，就骂这小子轻狂得不成话！'

"方大公子道：'你这话只怕说得太过火了。中国人骂他有之，外国人也骂他做什么？'那清客连忙辩道：'晚生怎敢在大爷面前乱说，实在还是外国人骂的厉害，这也有个道理在内。卜姐丽本是美国人，照例应该嫁给美国人，即不然，也应该嫁给欧洲各国的人。于今卜姐丽偏嫁给世界人最轻视的中国人，并将数百万财产，一股脑儿交给余伯华管理，听凭余伯华挥霍，外国人看了已是眼睛发红。而余伯华这东西，还存心恐怕卜姐丽受外国人引诱，限制卜姐丽，不许随意接见外国人。有许多平日与卜姐丽有交情、时相过从的外国人，余伯华一概禁绝来往。大爷试想那些外国人，如何能不骂余伯华？'

"方大公子托的立起身来道：'既是如此情形，那些外国人为什么不想法子把他夫妻拆开呢？'那清客笑道：'晚生刚才不是说了一时抓不着他夫妻的差头，不好下手的话吗？那些外国人就抓不着他两人的差头，只好光起眼望着他们轻狂放肆。'方大公子低头想了一想道：'哪有抓不着差头的道理，自己没有这力量也罢了，古人说得好：欲加之罪，何患无辞。我是犯不着无端多事，若不然，真不愁余伯华能逃出我的掌心。'

"那清客巴不得方大公子出头，替他们这些求婚不遂的人出气，见大公子这么说，即趁势诌笑道：'怨不得许多外国人都佩服大爷是智多星，天津卫多多少少中国人、外国人都没法奈何的余伯华，大爷若果能显出一点手段来，外国人从此必更加佩服大爷了。大爷何不干一回大快人心的事，也可以显显威风呢！'

"方大公子是个好恭维的人，禁不起左右的人一恭维、二怂恿，实时高起兴来说道：'这算不了一回事，好在我横竖闲着没有事干，借这小子来寻寻开心也好。不过我因地位的关系，只能在暗中划策，不能显然出面，最好得找两个心恨余伯华和卜姐丽的美国人来，我当面指示他的办法。由他出面，再妥当也没有了。'那清客道：'心恨余伯华和卜姐丽的美国人，休说两个，就要二十个也不难立刻找来，这事包在晚生身上。'

"不多一会儿，那清客就找了两个因做小本经纪流落在天津的美国人来，一个叫摩典，一个叫歇勒克。方大公子问两人道：'卜姐丽的父亲，你两人认识么？'摩典道：'不但认识，我并和他有点儿交情。在十四年前，我与他同船从亚美利加到中国来的。'方大公子点头道：'只要认识就行了。余伯华和卜姐丽成为夫妇，原不干你我的事，不过余伯华这小子，吃了这碗裙带子饭，太骄狂得不像样了，眼睛哪里还瞧得见人呢？我也因外边怨恨他两个的人太多了，不由我不出来使他栽一个跟斗。只是我仔细思量，卜姐丽拥有数百万财产，古人说得好：钱能通神。我们不打算惹他便罢，要惹他就得下毒手，把所有的门路都得堵煞，使他无论如何逃不出这圈套。叫你们两人来，用不着做旁的事，只以卜姐丽的亲属资格，出名具一个禀帖进到天津县，告余伯华骗奸未成年闺女，谋占财产，恳请天津县严办。你们是外国人，不通中国文字，禀词并不须你们动手，我吩咐师爷们办好了，交你们递进去。天津县张大老爷，我当面去对他说明底蕴，嘱托他照我的计策办理，照例传讯的时候，你两人尽管大着胆子上堂，一口咬定与卜姐丽父亲是至戚，又系至交，曾受她父亲托孤重寄。今见卜姐丽甘受奸人诱惑，不听劝告，不得不出面请求维护。张大老爷有我事先嘱托了，临时必不至向你们追究什么话，你们不可情虚胆怯。事成之后，多少总有些好处给你们，但是事要机密，万不能将到了我这里及我吩咐的话，去向外人漏一言半语。'

"这种下流西洋人，比中国的下流人还来得卑鄙势利，能见到总督的公子谈话，已觉荣幸得了不得；总督公子吩咐的言语，哪敢违拗？当下诺诺连声应是。次日，这种控告余伯华的禀帖，果然由摩典、歇勒克二人递进天津县衙里去了。

"张某是新升任的天津县令，到任就想巴结方大公子，苦没有机会，这事一来，正是他巴结的机会到了，哪里还顾得什么天良？只等摩典、歇勒克的禀帖到了，立刻用迅雷不及掩耳的手段，打发八名干差，带了一纸张某的名片并一张拘票，飞奔到卜姐丽家里来。先拿出张某的名片，对守门的勇士说：'县里张大老爷有要紧的公事，须请余大少爷实时同到衙门去。'

"勇士照着话向余伯华传报，余伯华做梦也想不到有祸事临头，自以为无求于张某，他有事求我，应该先来拜我。我快要入美国籍做美国人了，他一个小小的知县，管不着我，不能凭一纸名片，请我去就去。想罢，觉得自己应该这么摆架子，随即挥手教勇士回复身体不快，正延了几个西医在家诊治，不能出门吹风。勇士自然不知道轻重，见主人吩咐这么回复，就也神气十足的出来，将名片交回差役，依余伯华的话说了。

"差役一则奉了上官的差使，胸有成竹；二则到这种大富人家办案，全仗来势凶猛，方可吓得出油水来。听了勇士的话，就冷笑道：'倒病得这般凑巧，我等奉命而来，非见了他本人的面，不敢回去销差。我们当面去请他，看他去也不去？'边说边冲进大门。勇士是余伯华派定专责守门的，连忙阻挡，差役也懒得多说，一抖手铐哴哴抖出一条铁链来，往勇士颈上便套。

"勇士虽受了余伯华的雇用，然决没有这胆量，敢帮着余伯华反抗官府，铁索一上颈，不但施不出勇力，且吓得浑身发抖起来。连向差役作揖哀求道：'不干我们的事。我们才到这里来，也不知道东家是干什么事的。差役不作理会，留了两个在门口看守勇士，余六个冲到里面，也是勇士跳出来阻拦着，喝问：'哪里去？'众差役仍是一般的对付，抖出铁链来便锁。

"余伯华正和卜姐丽在房中，议论张某拿名片来请的事，忽听外边喧闹之声，走出来看时，见勇士被锁着和牵猴子一样，也不由得吃了一惊。只得勉强镇定精神，上前问为什么事捉拿他们。众差役正是要喧闹得声达内室，使余伯华听了出来探看，便好动手捉拿。余伯华既落了这个圈套，走出来讯问理由，即有两个极粗鲁的差役，各出袖中铁链，同时向余伯华颈上一套，并各人往前拖了一把；只拖得余伯华往前一栽，险些儿扑的跌了一跤。

"余伯华也不是懦弱怕事的人，当向众差役说道：'我一不是江洋大盗，二不是谋反叛逆的人，你们是哪个衙门里派来的，我犯了什么罪？要传要拘，传应有传单，拘应有拘票，国家没有王法了吗？你们敢这般胡作非为！'一个差役听了余伯华的话，笑道：'啊呀，啊呀！请收起来吧。这样松香架子不搭也罢了，我们代你肉麻。我们若没有拘你的拘票在身边，就敢跑到这里来捉拿你吗？'

"余伯华道：'既有拘票，可拿出来给我看。'这差役道：'没有这般容易给你看的拘票，将你拘到我们上司面前，我们上司怪我们拘错了

人，那时再给拘票你看也不迟。拘票是上司给我们做凭据的，不与你相干，走吧！自己值价些，不要在街上拖拖拉拉得不像样。'

"此时卜姐丽已跟了出来，看了这种凶恶情形，知道这些差役也含了敲诈的意思在内，她虽是一个外国女子，倒很聪明识窍。当即上前赔笑对众差役道：'你们请坐下来休息休息，我们自知不曾犯罪，是不会逃走的。既是你们上司派你们来拘捕我家少爷，谅必不会有差错的。我也不问为什么事，也不要拘票看，到了你们上司那边，自有个水落石出的时候。有一句俗语说得好：千错万错，来人不错。你们都是初次到我家来，我是这家的主人，也应略尽东道之意，不过此刻不是吃酒饭的时候，留下你们款待吧，又恐怕误了你们的公事，我这里送你们一点儿酒钱，请你们自去买一杯酒喝。'说着，回房取了一叠钞票出来，交给一个年纪略大些儿的差役道：'你们同来的几个大家分派吧！'

"谁说钱不是好东西？卜姐丽的钱一拿出来，六个差役的一十二只狗眼睛，没一只不是圆鼓鼓的望在钞票上，就如火上浇了一瓢冷水，燎天气焰，登时挫熄下去了，脸上不知不觉的都换了笑容。伸手接钞票的差役，更是嘻着一张口说道：'这这这如何敢受，我只好替他们多谢卜小姐了！我们于今吃了这碗公门饭，一受了上司的差使，就身不由己了。此刻只请余大少爷同去走一遭，不然，我们不敢回去销差。'

"卜小姐连连点头道：'自然同去，不但少爷去，我也得同去。'这差役道：'卜小姐用不着同去，敝上司只吩咐请余大少爷。'卜姐丽也不回答，只叫当差的吩咐马夫套车，见差役仍将铁链套在余伯华颈上，不肯解下来，只得又塞了一叠钞票，方运动得把铁链撤下来了。但是铁链虽撤，六个差役还是看守要犯似的，包围在余伯华左右，寸步不肯离开。几个勇士都哀求释放，溜到无人之处藏躲着，不敢露面了。

"卜姐丽恐怕说中国话被差役听得，用英语对余伯华说道：'今日这番意外的祸事，必是那些向我两人诈索不遂的人，设成这种圈套来侮辱我们的，我们也无须害怕。我们不做恶事，不犯国法，任凭人家谋害，看他们将我两人怎生处治？我跟你一阵去，看是如何，我再去求我国的领事。我料中国官府，决不敢奈何你。'余伯华点头道：'我心中不惭愧，便不畏惧。天津县原是拿名片来请我的，我推辞不去，不能就说我是犯了罪。这些东西，居然敢如此放肆，我倒要去当面问问那姓张的，看他有什么话说？你是千金之体，不值得就这么去见他，你还是在家等着，我料那姓张的不敢对我无礼。'

"卜姐丽见余伯华阻拦她同去，也觉得自己夫妻不曾有过犯，不怕天津县有意外的举动，遂不固执要去。余伯华仍坐上自家的马车，由八名差役监守着到了天津县。依余伯华的意思，立刻就要见张知县，讯问见拘的理由，无奈张知县传出话来，被告余伯华着交待质所严加看管。这一句话传出来，哪里有余伯华分说的余地，简直和对待强盗一样，几个差役一齐动手，推的推、拉的拉，拥到一处。

"余伯华看是一所监牢，每一间牢房里，关着四五个、七八个不等钉了脚镣手铐的罪犯，因为都是木栅栏的牢门，从门外可看得见门内的情形，并且那些罪犯听得有新犯人进来，一个个站近牢门向外边张看。余伯华此时心想，张知县传话是要交待质所的，大约待质所在监牢那边，所以得走这监牢门口经过。谁知拥到一间监牢门口，忽停步不走了。余伯华看这牢门是开着的，里面黑沉沉的，没有罪犯，正要问差役为什么送到这地方来。差役不待他开口，已伸手捏着他身上又整齐又华丽的衣服，拉了两下，厉声叱道：'这房里不配穿这样漂亮的衣服，赶快剥下交给我，我替你好好的收藏起来。等到你出牢的时候，我再交还给你穿回去。'

"余伯华听了又是羞惭，又是恼怒，只得忍气吞声的说道：'你们上头传话交待质所，你们怎敢将我送到这监牢里来？像这样无法无天还了得！'那拉衣服的差役不待他的话说完，搓开五指，就是一巴掌朝他脸上打来，接着横眉怒目的骂道：'你这不睁眼的死囚，这不是待质所是什么？老子是无法无天，是了不得，你这死囚打算怎样？在外边由得你摆格搭架子，到了这里面，你的性命根子都操在老子手里，看你敢怎么样？好好的自己剥下来，免得老子动手。'

"余伯华生平虽不是养尊处优的人，然从小不曾受过人家的侮辱，像这种打骂，休说是世家子弟的余伯华受不了，就是下等粗人也不能堪。只是待回手打几下，又自觉是一个斯文人，手无缚鸡之力，动手决非众差役的对手，气起来恨不得一头就墙上撞死。然转念是这么死了，和死了一只狗相似，太不值得；并且害了卜姐丽终身受凄凉之苦。回手既不敢，自杀又不能，只得含诟忍辱，将身上的衣服剥下，掼在地下，禁不住伤心落泪，走进牢房就掩面而哭。众差役立在门外看了，一个个拍手大笑，将牢门反锁着去了。

"余伯华虽明知是敲诈不遂的人挟嫌陷害，然猜不透是什么人，用什么方法能与张知县串通舞弊的。满心想通一个消息给卜姐丽，好设法营救，无如看守的人不在门外，又不好意思高声呼唤。直等到夜深二更以后，才见门外有灯光闪烁和脚步声响亮。一会儿到了门口，余伯华借外面的灯光，看门口立了三个差役，用钥匙将栅栏门上的大铁锁开了。一个差役向牢里喊道：'余伯华出来！'

"余伯华走出牢门，两个差役分左右挽着胳膊往外走，弯弯曲曲的走到一个灯烛光明的花厅下面。看正中炕上，张知县便衣小帽的坐着，两个不认识的外国人立在旁边，由一个通事与张知县传话。挽左手的差役走上前报，余伯华提到了。张知县道：'叫到这里来！'余伯华听得分明，待自行走上去行礼，质问拘捕的理由，两个差役仿佛怕他逃跑了似的，不肯松手，仍捉着胳膊推上厅来。不由余伯华动手作揖，用膝盖在余伯华腿弯里使劲抵了一下，喝道：'还不跪下待怎样！'余伯华心想：'我既落了他们的圈套，到了这地方还有怎么能力反抗，要跪下就跪下吧。'但是，见两个差役仍紧紧贴身立着，忍不住说道：'我姓余的决不逃跑，请两位站开一点儿，也无妨碍！'

"张知县即挥手教差役站开些，遂低头向余伯华道：'你是余伯华么？'余伯华道：'我自然是余伯华，请问公祖将我余伯华当强盗一般拿来，究竟余伯华犯了什么大罪？'张知县笑了一笑，晃着脑袋说道：'本县不拿张三，不拿李四，独将你余伯华当强盗一般拿来，你自有应拿之罪。不待你问，本县也得说给你知道。你是哪里人，现在天津干什么事？'余伯华将自己身世和卜姐丽结婚的事，约略述了一遍。张知县道：'你知道卜姐丽的身家履历么？'余伯华道：'也约略知道一点儿。

她母亲生她不到两岁，就在美国原籍去世了，三岁时即跟随她父亲到中国来，直到于今十四年，不曾回国去过。她父亲是美国的海军少将，在三年前死在天津。她孑然一身，没有亲属。'

"张知县道：'你知道她没有亲属么？你们结婚，是谁的媒妁，是谁的主婚人？'余伯华道：'确知她没有亲属。她因为没有亲属，又过惯了中国的生活，不愿与外国人结婚，所以只得登报征婚。'张知县冷笑道：'你自然说她没有亲属，不许多和亲属往来，你方好施行欺诈拐骗的举动。你既确知她没有亲属，如何又有她的亲属在本县这里控告你？'余伯华道：'谁是她的亲属？求公祖提来对质。'张知县随手指着两西人说道：'这不是卜姐丽的亲属，是谁的亲属？'

"余伯华一看摩典和歇勒克服装态度，便能断定是两个无职业的外国流氓，不由得气愤起来，当即用英语问两人道：'你们与卜姐丽有什么关系，怎么敢冒认是她的亲属？'

"摩典现出极阴险的神气笑答道：'卜姐丽是美国人，我两人也是美国人，如何倒不是亲属？你一个中国人，倒可以算她的亲属？这理由我不懂得，请你说给我听。'余伯华道：'你两人既是卜姐丽的亲属，平日怎的不见你两人到卜姐丽家里来呢？'摩典仍嘻嘻的笑道：'这话你还问么？你欺卜姐丽未曾成年，用种种诱惑她的手段，将她骗奸了，占据了她的财产。因防范我们亲属与她往来，把你的奸谋破坏，你特地雇些流氓打手来家，用强力禁阻亲属往来。我们就为你这种举动，比强盗还来得阴险，只得来县里求张大公祖做主，保护未成年的卜姐丽。'

"余伯华一听这番比快刀还锋利的话，只气得填胸结舌，几乎昏倒，一时竟想不出理由充分的话，反驳摩典。张知县即放下脸来，厉声说道：'你知道美国的法律，未成年的女孩，是不能和人结婚的么？是没有财产管理权的么？你这东西好大的胆量，天津乃华洋杂处之地，由得你这么无法无天么？'余伯华道：'卜姐丽登报征婚，时历两个多月，这种中国从来没有的奇事，可以说得轰传全世界。投函应征的多到七八百人，报上已载明了卜姐丽本人的年龄、籍贯，既是于美国法律有所妨碍，美国公使和领事都近在咫尺，当时何以听凭卜姐丽有这违法的行动，不加纠正？并且这两个自称卜姐丽亲属的人，那时到哪里去了，何以不拿美国的法律去阻止她征婚的行动？我与卜姐丽结婚，是光明正大的，并不曾瞒着人秘密行事，当结婚的时候，这两个人又到哪里去了，何以不见出头阻挡？结婚那日，中、西贺客数百人，其中美国籍的贺客占十分之四，就是驻天津的前任美国领事佳乐尔也在座。如果于法律上有问题，那十分之四的贺客，也应该有出面纠正的。于今结婚已将近一年了，还是研究美国法律的时候吗？大公祖明见万里，卜姐丽薄有遗产，又有登报征婚的举动，凡是曾投函应征的人，多不免有欣羡她财产的心思，应征不遂，自不免有些觖望，因此就发生嫉妒，写种种恐吓信件给卜姐丽，图诈索银钱的，从结婚以来无日没有。卜姐丽为图保护她自身的安全计，不能不雇几名有勇力的人，随侍出入，这是实在情形，求大公祖见谅。'

"张知县鼻孔里'哼'了一声道：'好一张利口，怪不得卜姐丽被你诱惑成奸，未成年的姑娘们世故不深，如何受得起你这样一条如簧之舌的鼓动？喜得本县这里控告你的，不是应征不遂的中国人，乃是卜姐丽征婚资格以外的年老美国人。若不然，有了你这张利口，简直不难将挟嫌诬告的罪名，轻轻加在控告人的身上。本县且问你，你说雇勇士来家，是为敲诈卜姐丽的人太多了，为保护卜姐丽本身的安全计，不能不雇的；然则本县打发差役拿名片去卜家请你，与卜姐丽本身的安全有何关系，你为何竟敢指挥打手，对县差逞强用武。对本县打发去请你的差役，你尚敢如此恃强不理，推说有病，平日对卜姐丽无权无势的亲属，其凶横不法的举动，就可想而知了。你究竟害的什么病？本县也懂些医道，不妨说出来，本县可以对症下药，替你治治。'

"余伯华被张知县驳诘得有口难分，更恨没有凭据可以证明摩典、歇勒克两人不是卜姐丽的亲属，心中正自着急，张知县已接着说道：'余伯华，你知道你这种诱奸霸产的行为，不用说美国的法律，就是国朝宽厚仁慈的律例，也不能容宥的么？按律惩办，你应得杖五百，徒三千里的处分。本县因曲谅你是一个世家子弟，又曾在总理各国事务衙门里当过差，而卜姐丽登报征婚，无异引狼入室，也应担当些不是，姑从宽处分。你赶紧具一张悔过切结、并与卜姐丽离婚的字据，呈本县存案，从此退回原籍，安分度日。本县也只要不为这事闹出国际交涉，有损朝廷威信，有失国家体面，也就罢了，不愿苛求。'

"余伯华摇头说道：'我不觉得这事做错了，具什么悔过切结？我与卜姐丽自成夫妇，如胶似漆，异常和谐，无端写什么离婚字？大公祖虽庇护原告，说他们不是敲诈不遂的人，但我心里始终认定他们是挟嫌诬告。我的头可以断，与卜姐丽的婚事万不能改移，应该受什么处分，听凭大公祖处分便了。'

"张知县见余伯华说得这么坚决，故作吃惊的样子说道：'嗄！本县有意曲全你，你倒敢如此执迷不悟，可见你这东西是存心作恶。'说时望着立在下边的差役喝道：'抓下去好生看管起来，本县按律惩办便了。'差役雷鸣也似的应了一声，仿佛是将罪犯绑赴杀场的样子。一个差役抢住余伯华一条胳膊，拖起来往外便跑。厅外有差役提着灯笼等候，见余伯华出来，即上前引到日间所住监牢，并取了一副极重的脚镣手铐来，不由分说的上在余伯华手脚上。

"余伯华本是一个很文弱的人，没有多大的气力，加以饿了一整日半夜，又怄了一肚皮的恶气，空手空脚的尚且走不动，何况戴上极重的镣铐呢？一个人在牢里整整的哭了半夜，直到天明才蒙眬睡着。刚合上眼就看见卜姐丽立在跟前，对着他流泪。他在梦中正待向卜姐丽诉说张知县问案的情形，忽觉耳边有很娇脆的声音，呼唤他的名字。惊醒转来看时，不是别人，正是卜姐丽，蓬松着一脑金黄头发，流泪满面的立在身边，恰与梦中所见之景相似，连忙翻身坐了起来。初戴手铐的人，猝然醒来，竟忘了手上有铐，不能自由，举手想揉揉两眼，定睛细看，是真是梦，却被手铐牵住了，只得口里发声问道：'我不是在这里做梦么？'"

农劲荪说书一般的说到这里，霍元甲和吴鉴泉都不约而同的逗口说道："可怜，可怜！"农劲荪道："这就可怜么？还有更可怜的情节在后头呢！"

189

不知还有什么可怜的情节，且俟下回再写。

总评:

本回书，忽写余伯华一段惨史，读者或将讶其不伦，以为斯固与《侠义英雄传》无关也，实则著者之用意乃至深。盖痛官府之大肆淫威，无辜之惨遭涂毒，而侠客义士之袖手旁观，未能施救耳！例以太史公之草《史记》，而写游侠，事实适反，旨趣正同，无可厚非。

登报求婚，今已数见不鲜，其在当时，固位创举。矧又为一美貌多资之外国少女，人又安得不趋之若鹜哉！然而癞虾蟆想吃天鹅肉之讥，恐正未能免耳。

有余伯华之狂妄，而祸根已种；有方大公子之险狠，而毒益蔓延；复有清客辈之媒孽其间，于是轩然大波，莫可或遏矣！至若张知县也，此二美国人也，不过一时傀儡聊资点缀已耳，又乌足道哉！

"小小衙门八字开，有理无钱莫进来！"此俗谚也。其写我国旧时司法界之黑暗，可谓惟妙惟肖，蔑以复加。今读伯华入狱后之一节，益信此谚之不谬。而伯华以一翩翩公子，遽辞华堂，来此黑狱，一切待遇都非，其痛苦更可知矣。然而果孰令之至是哉？噫！

190

第十七回

假殷勤魏季深骗友
真悲愤余伯华触墙

　　话说农劲荪接着说道："卜姐丽到监牢里看了余伯华这样可惨的情形，不待说是心如刀割，即用手帕替余伯华揩着眼睛说道：'怎么是做梦呢？可怜，可怜！你怎么弄到这般模样，究竟犯了什么罪，你心里明白么？'余伯华恨声说道：'你难道不知道我没犯过什么罪吗？说起来直教我气破肚皮，简直是暗无天日，你如何弄到这时候才来？昨日把我关进这监牢，我就打算贿通狱卒，送一个信给你。无奈这牢门锁了，并无狱卒看守，我还以为你明知道我是被天津县拿来了，见我久去未回，必然亲自前来探听。谁知盼望了一夜，竟不见你到来！'

　　"卜姐丽也流下泪来说道：'我昨日怎么没有来呢？你走后不到一个时辰，我就慌急得在家中坐立不安，只得亲来县衙，取出名片交门房，要拜会张知县。门房回说张知县上总督衙门去了，不曾回来，我一看你乘坐的马车，还在门外等候，知道你进去没有出来，回头又向门房诘问道：你们张大老爷既是上衙门去了，为何打发差役拿名片到我家里，请我家余大少爷到这里来呢？门房摇头说不知道。我走到马车跟前，看车夫并不在车上，正待找寻，车夫已从二堂上走出来了。我问他少爷现在哪里？他慌里慌张的向我说道，小人正要回家禀报奶奶，少爷下车被那八个差役拥进去后，许久没见少爷出来，小人只好去里面打听。无奈里面的人，都不肯说。忽见有两个差役走过，一个手中提一件很漂亮的衣服，旋看旋走，面上现出极高兴的样子。小人一见那两件衣服的花样颜色，便认得是少爷刚才穿在身上的。我知道少爷这次出来，并没带更换的衣服，怎么会脱下来交给差役呢？因有这一点可疑，就更觉得非打听实在不可，逆料空口去打听，是打听不出的。小人在中国已久，知道中国衙门中人，两眼只认得是金银，喜得身边还有少爷前夜在堂子里赌赢了钱，赏给小人的十两银子，就取出来送给一个年老的差役。那差役方喜滋滋的说出少爷已被看守在待质所了，因少爷没使费银钱，所以把袍褂剥了。我当时听得车夫这么说，只急得我走投无路，连忙拿出一叠钞票，教车夫再去贿通看守的人。车夫去了不一会儿，即空手回来说道:钞票已交给待质所看守的人了，他说要看犯人，尽管前去，他可引着去犯人前面谈话。我听了好生欢喜，以为可以见你的面了，谁知走到待质所一看，虽有几个衣服体面的男子坐在里面，却不见有你在内。再问看守的人，他说不知道，找寻那个收钱的人，已是不知到哪里去了。我心想我和车夫都是外国人，衙门里情形又不熟，交涉是徒然花钱办不好的，不如且回家带你的书记李师爷来，当下又坐车回家，到家后带李师爷再来时，天色已是黄昏时候了。李师爷又拿了些钞票，独自先进来找人关说，虽已探听明白，知道你已被禁在监牢里，然一因还不曾过堂审问，又因天色已晚，无论什么人，不能在这时候进监牢看犯人，尽管有多少钱也办不到。李师爷并听得衙里的人说，这案子太重大了，是由总督交下来的，便是张大老爷都不敢做主，总督吩咐要怎么办，张大老爷不能不怎么办。我一听这个消息，真个险些儿急死了，如何能忍心不顾你，便回家去呢？还是托李师爷进去，不问要多少银钱都使得，只要能把少爷运动出来，就是能使我见着少爷的面，也不惜多花钱。李师爷又拿了些钱进去，好大一会儿工夫才出来说，已经买通几个看守的人了，不过今夜见面的事，决办不到，明日早晨便不妨事了。至于运动释放的事，既是总督交下来的案子，仍得去总督衙门里花钱关说，方有效验，这里连张大老爷都不敢做主，其他就可想而知了。因此我只得丧气回家，昨夜整整的哭了一夜，片刻不曾安睡，今早天还没明，就到衙门外边等候，你还责备我来迟了么？'说罢，抽抽咽咽的哭起来。

"余伯华自也忍不住心酸落泪，只恨手脚被镣铐禁住了，不能自由将卜姐丽搂抱。两人对哭了一会儿，狱卒已到牢门口催促道:'出去吧，停久了我们担当不起啊！'卜姐丽听了走出牢门，又塞了些钱给那狱卒，要求多谈一刻。狱卒得了钱走开了。卜姐丽回身进来拭干眼泪说道：'我仔细思量，与其独自归家，受那凄凉之苦，不如和你同坐在这监牢里，要死同死，要活同活，身体上虽略受些痛苦，精神上安慰多了。我就在这里陪伴你，不回家去。'

"余伯华道：'那使不得！你我两人都坐在这里面，有谁去寻门道来营救我呢？并且你用不着在这里多耽搁，快出去求驻天津的美国领事，既已打听明白了，知道是总督交下来的，就求美国领事去见总督说项。昨夜张知县提我去对审，我才知道原告是摩典、歇勒克两个美国下等流氓，不知受了什么人的主使，是这么告我？你出去可托人去找摩典、歇勒克两人说话，暗中塞点儿钱给他们，劝他不可再告了。张知县这里，也得托人送钱来。我揣想他们的心理，无非见我们的钱多了眼红，大家想捞几文到手。我们拼着花费些银子，我回家之后，立刻带你到上海去，离开这个暗无天日的天津，看他们还有什么方法奈何你我。'

"卜姐丽细问了一会儿昨夜对审的情形道：'我便去求我国领事，如果他去向总督说话无效，我再去北京求我国公使设法。总而言之，我没有亲属在中国，我本人不告你诱惑，不告你强占，休说摩典、歇勒克是两个下等流氓，就是我国领事、公使，也无权干涉我。张知县糊涂混账，劝你和我离婚，我们两厢情愿，好好的夫妻，为什么由他劝你离婚！无论他如何劝诱，如何威逼，手生在你肩上，你只咬紧牙关不理他，不具悔过结，不写离婚字，看他能将你怎生处置？'

"余伯华道：'你放心走门路运动，就砍掉我的脑袋，要我写离婚字是办不到的。'卜姐丽道：'你能这般坚忍不屈，我不问为你受多大的损失，都是心甘情愿，决无后悔的。'刚说到这里，又换了一个狱卒前来，如前一般的催促出去，余伯华生气道：'他们见催你出去的，便可以得钱，所以一会儿又换一个人来。你不用睬他，有钱用到外边去。这些东西的欲望，是填塞不满的，他催出去，就出去好了。'

"卜姐丽虽觉有些难分难舍，然不能不出去求人营救，只得退了出来。那狱卒前来催促出去，原是为要卜姐丽照样塞钱给他，谁知他的运气不佳，卜姐丽真个退出去了；又不好上前另生枝节，向卜姐丽诈索，眼睁睁望卜姐丽一路袅袅婷婷的走去了，大失所望。这一肚皮没好气，无处发泄，知道这条财路是被余伯华三言两语堵塞了，气得走到余伯华跟前冷笑道：'你这好小子，怪道你弄到这地方来了，实在太没有天良。你自己是个煎不出油的东西，还要把旁人的财路堵塞。外国人的钱，只有你这东西挥霍得，我看她还有得给你挥霍，只怕天也不容你这东西。这副镣铐太轻了，不结实，我去换一副结实的来。'说着去了，一会儿双手提着一副大倍寻常的镣铐来，不由分说的给余伯华换上。

"余伯华身边本没多带钱，所带的钞票，又被那差役连衣服剥去了，此时手中一文也没有。狱卒存心给苦犯人吃，除却花钱才能解免，空口说白话，尽管说得天花乱坠，也不中用。余伯华明知狱卒是借此泄愤，也就宁肯受苦，不肯说低头哀告的话，听凭狱卒换上极重的镣铐，简直是手不能移，脚不能动，只是他咬紧牙关受苦，一心瞧望卜姐丽出外求援，必有好消息送来。度日如年的等了三日，不但没有好消息送来，连卜姐丽的影儿都不来了。看守的狱卒，除却每日送两次食物到牢里给余伯华吃，以外的时间并见不着狱卒的面。余伯华拿不出现钱来，便要求狱卒带信给卜姐丽，狱卒也不理会。余伯华心里虽逆料卜姐丽是被衙门里人阻拦了，不能进来，然又恐怕是上了恶人的当，甚至也和他自己一样失了自由，这时心中的焦急难过，实非言语所能形容。

"到了第四日夜深，正蒙眬睡着了，忽被人惊醒，耳里听得有人叫'伯华'。张眼看时，牢里有灯光照着，只见三个人立在身边。两人都手提透明纱灯笼，身穿短衣服，当差的模样，一个穿着很整齐漂亮的衣服。余伯华还没抬头看出这人的面貌，这人已开口说道：'伯华，我得了你这案子的消息，特地从北京来瞧你。'余伯华看这人，原来是译学馆的同学，又曾在总理各国事务衙门里同事，姓魏名季深，原籍河南人，他父亲、哥子都在京里做官。

"余伯华一听魏季深的话，心里说不出的感激，暗想与我同学而兼同事的，何止数十人？平日有和我交情最厚的，不见前来看我，魏季深当日和我并没深厚的交情，听了我的事，居然特地赶来，半夜还来看我，可见得我平日眼不识人，不曾拿他当我的好朋友。心里这般想，不知不觉的流下泪说道：'季深！你来得正好，你设法救救我吧！我若这般苦死了，不太冤枉么？'魏季深道：'你不要悲伤。世间没有不了的事，一颗石子打上天，迟早终有下地的时候。我今夜刚赶到，片刻没停留就来瞧你，你这案的详情，还不大明白，你细细说给我听了，我自然替你设法。我若不是存心为救你，也不半夜三更的来瞧你了！'

"余伯华忽想起初进牢的这夜，卜姐丽用钱贿通差役，只因天色昏黑了，便不能来，这魏季深如何能进来的呢？遂问道：'你有熟人在这衙里当差吗？'魏季深道：'不仅当差之中有熟人，新上任的张公，并是我的母舅。若不因这种关系，我在北京有差事，你又没写信给我，我怎么能知道你为卜小姐的事进了监呢？我母舅平日很器重我，所以我得了你这消息以后，思量这事非我亲来替你帮忙，求旁人设法很难有效。为的我母舅做官，素来异常清正，不肯受不义之财，卜小姐是有名的巨富，今见你为她关在牢里，想必会托人出来，拿钱到我母舅跟前行贿。这案不行贿便罢，我母舅既是清正廉明之官，你有冤屈，他必竭力代你洗刷。只一行贿就糟透了，你就确有冤屈，也洗刷不清了。我母舅必说果是理直气壮，如何肯来行贿，那不是糟透了吗？我因这一层最不放心，恐怕你一时糊涂，有理反弄成无理，不能不赶紧到这里来瞧你。你不曾向我母舅行贿么？'

"余伯华翻着两眼望了魏季深道：'我自从进牢房四昼夜了，只第一夜提我到花厅里对审了一次，自后不曾见过张公的面。我身边的钱早被差役连衣剥去了，哪有银钱、哪有机会向张公行贿呢？不过敝内前日到这里看我，我曾吩咐她托人去向张公略表孝敬之意，这两日不见敝内前来，不知她已经实行了我的吩咐没有？我关闭在这里，也无从打听，更不能传递消息给她；于今有你来了，真是我的救星到了。这事还是得求你探听，若敝内还没有实行，不用说是如天之福，请你送信给她，教她不要托人实行了。如果她已经实行过了，也得求你竭力向张公解释，你来时已见过了张公没有呢？'

"魏季深摇头道：'他还不曾回衙，我听得舅母说，他这几日陪伴方大公子赌钱，不到天明不能抽身回来。'余伯华露出诧异的神气说道：'张公既是清正廉明的好官，怎么陪伴方大公子赌钱，整夜不归衙呢？'魏季深见问，仿佛自觉失言的样子，随即长叹一声说道：'当今做首府、首县的官儿，对于督抚、总督跟前的红人，谁不是只怕巴结不上，敢得罪吗？方大公子就因我母舅为官清正，欢喜留在公馆里赌钱，不到天明兴尽了，不肯放我母舅回衙。我母舅实在没法推却。'余伯华道：'官场本不是讲道学的所在，张公能不受非义之财，当今之世已是绝无仅有的了。'

"魏季深就纱灯的光，低头看了余伯华手脚上的镣铐，向身边当差的说道：'去把锁匙取来，我暂时做主将这东西去了，好谈话。'当差的走出去，不一会儿拿了锁匙来，去了镣铐。魏季深现出沉吟的样子说道：'镣铐虽去了，但是这房里连坐的东西也没有，怎好谈话呢？也罢，我索性担了这干系，好在我母舅器重我，就有点儿差错，也不难求他原恕，我带你到里面书房里去，好从容细谈。我拼着向我母舅屈膝求情，也得求准，不再把你送到这地方来。'

"余伯华一时感激得流下泪来，不知如何道谢才好。魏季深实时挽了他的手，两个当差的提灯在前引导，一路弯弯曲曲的穿过多少厅堂甬道，到了一间陈设很精雅的书房，房中并有很华丽的床帐被褥。魏季深让余伯华坐了笑道：'这房是我舅母准备给我住的，我舅母的上房，就在花厅那边。你这几日，大约不曾得着可口的饮食，我去向舅母要些点心出来，给你充饥，方有精神谈话。'说罢，出书房去了。

"没一刻工夫，听得有两人的脚声走来，只见魏季深双手捧了几个菜碟，进房放在桌上，复回身到房门口，提进一个小提盒，并低声对门外说道：'不要什么了，你去吧！老爷回来时，就送信给我。'余伯华趁这时伸头向门外看，仿佛看见一个年约十五六岁的丫鬟，只是还没看明白就转身去了。魏季深笑道：'你我今夜的口福还好，我舅母因我今夜才到，特的教厨房弄了几样菜给我喝酒。我就借花献佛，拿来款待你。'余伯华道：'这是我沾你的光，你待我这般厚意，我将来不知要如何方能报答。'魏季深已将酒菜摆好了说道：'休得这么客气，你我

又是同学，又是同事，这点儿小事都不能帮忙，五伦中要朋友这一伦做什么呢？'

"余伯华正苦肚中饥饿不堪，一面吃喝，一面将自己与卜姐丽结婚后，中西人士种种敲诈情形，及拿进县衙种种经过，详细对魏季深说了一遍。魏季深问道：'那摩典和歇勒克两人，果是卜姐丽的亲属么？'余伯华道：'如果是卜姐丽的亲属，岂有卜姐丽不知道的道理？卜姐丽说她没有亲属在中国。这两个下流的东西，完全是因敲诈不遂，不知受了何人的主使，假冒卜姐丽的亲属，到这里来告我。'魏季深问道：'大约是何人的主使，你心里也可以猜想得出么？'

"余伯华道：'猜想是靠不住的，因为我本人并没有冤家对头，所有写信来吓诈的人，十九是想与卜姐丽结婚不遂的。这其中有数百人之多，如何能猜得出是谁主使呢？不过卜姐丽前日到监牢里对我说，据探听所得，这案是由总督衙门交下来办的，只怕这主使人的来头很大。探听的消息虽是如此，然究竟是不是确实，我仍不得而知。总之是有人挟嫌陷害我，是可以断言的。难得有你仗义出头，前来救我，等张公祖回来，你必可以问个水落石出。解铃还须系铃人，这事必须打听出那主使的人来，再托人向那人说项，就是要我多报效几个，我与卜姐丽都是情愿的。于今像张公祖这么清正不要钱的，举世能有几人？'

"魏季深正待回答，忽听得门外有极娇脆的女子声音叫少爷。魏季深连忙起身走到门口，听不出那女子说了几句什么话，只见魏季深转身笑道：'我母舅回来了。你独自在此坐坐，我去一会儿便来陪你。'说毕，匆匆去了。余伯华心想：'真难得魏季深这么肯出力帮我的忙。张知县跟前，有他替我求情，料想不至再有苦给我吃了。'他独自坐在书房，满心想望魏季深出来必有好消息。

"约莫等了一个时辰，方见魏季深缓缓的踱了进来。余伯华很注意看他的脸色，似乎透着些不高兴的神气，连忙起身迎着问道：'张公祖怎生吩咐的，没有意外的变动么？'魏季深摇头叹道：'什么意外意中，这桩案子，认真说起来，不全是出人意外吗？你方才说，据卜姐丽打听得这案，是由总督交下来的。我初听虽不曾与你辩驳，心里却不以为

197

然，因为明明的有两个外国人在这里控告你，对审的时候，外国人曾出头与你当面争论，并且这案子与总督有何相关？旁人与你们俩为难，可以说是求婚不遂，敲诈不遂，总督难道也有这种原因？谁知此间的事，真不容易猜测，这案子棘手得很，不但我有心替你帮忙不能有效，便是我舅父也思量不出救你的法子来。'

"余伯华听了这话，又和掉在冷水盆里一样，有气没力的问道：'究竟张公祖怎样说呢？'魏季深一手拉了余伯华的手，就床沿坐下来说道：'你知道你的冤家对头是谁么？这案子虽确是由方总督交下来的，其实方总督并不是你的仇人。'魏季深说到这里，忽低声就余伯华耳边道：'现在新任驻天津的美国领事，乃是你的死对头。他当面要求方总督是这么办你的。'余伯华吃惊说道：'这就奇了。他是文明国的驻外使臣，如何会有这种荒谬的举动？他当面要求方总督这么办我，凭的什么理由呢？'

"魏季深道：'你这话直是呆子说出来的，要求办你这般一个毫无势力的余伯华，须凭什么理由呢？公事上所根据的，就是歇勒克、摩典两人的控告，你不相信么？今日卜姐丽糊里糊涂的跑到美国领事馆去，想求领事出面援救你，那领事竟借口保护她，将她留住在馆中。表面是留住，实在就是羁押她，不许和你见面。以我的愚见，你和卜姐丽结婚的手续，本来也不大完备，主婚、证婚的人都没有。她是一个未成年的女子，容貌又美，家业又富，也难怪一般人说你近于诱惑。不是我也跟着一般人怨你，假使当时你能谨慎一点儿，依照外国人结婚的习惯，先和卜姐丽做朋友来往，等待她成年之后，再正式结婚，谁也不能奈何你们。于今既弄成了这种局面，你与卜姐丽都被羁押得不能自由了，有谁来援救你们呢？我虽有此心思，但恨力量做不到，这事却如何得了呢？'

"余伯华问道：'卜姐丽被羁押在美国领事馆的话实在吗？'魏季深道：'我舅父对我说的，怎么不实在？'余伯华道：'是这么分两处将我夫妻羁押了，打算如何呢？'魏季深道：'据我舅父说，卜姐丽因未成年，这事不能处分她。依美领事的意见，非办你欺骗诱奸之罪不可。方总督照例很容易说话，只要是外国人要求的，无事不可以应允。亏了我舅父不肯照办，你能具一纸悔过切结，写一纸与卜姐丽离婚的字，就可以担些责任，放你出去。'余伯华道：'你看我这两张字应该写么？'魏季深道：'有什么应该不应该？你能写这两字，就能脱离这牢狱之苦。若情愿多受痛苦，便可以不写，然迟早还是免不了要写的。不过我与张公是嫡亲甥舅，与你又是至好朋友，不好替你做主张。'

"余伯华双泪直流，哽咽着说道：'我自信与卜姐丽结婚，不是我的过失，悔过切结如何好写？至于离婚字，照律须得双方同意，双方签字才有效。若卜姐丽能和我见面，她当面许可与我离婚，我立刻写离婚字，决不含糊。教我一个人写，就砍掉我的脑袋，我也不写。'

"魏季深望着余伯华不开口，半晌才微微的叹道：'我在京因为得了你进监的消息，很代你不平，巴巴的赶到天津来，以为与张公有甥舅的关系，总能替你帮忙，却不料是这么一回事。只好明早仍回北京去，望你原谅我实在是没有帮忙的力量。'余伯华也没有话可说。魏季深向窗外呼唤了一声来，那两个提灯笼的当差应声而至，魏季深对余伯华拱手道：'请恕我不能做主，不敢久留你在此多坐。我明早回京后，如遇有可救你的机会，无不尽力，哪怕教我再来天津走一遭也使得。'

"余伯华跟着两个当差的仍回到监牢，狱卒早已过来，用锁强盗的镣铐，依旧锁住余伯华的手脚。余伯华勉强忍受痛苦，希望卜姐丽不至为美领事羁押，再进监来，好商量一个办法。无如一天一天的过去，又过十多日，不仅不见卜姐丽来，每日除了狱卒送两次极不堪的牢饭进来之外，简直不见着一个人影。几次求狱卒带信出去，只因手边无钱，狱卒不肯供他的驱使。

"直到半月之后，好容易才瞧望到魏季深从北京寄来一封信，并托了县衙中一个书记，到监里照顾他。那书记因受了魏季深之托，代余伯华求情，将镣铐去了，饮食也改了略为可口的饭菜。余伯华自是非常感激魏季深的厚意，就请那书记带着他自己的亲笔信，密秘去见卜姐丽，并嘱托那书记，如果卜姐丽真个被羁押在美国领事馆，也得设法去见一面，务必当面将信交到。那书记慨然应允，带着余伯华的亲笔书去了。

"经过大半日的时间，才回来说道：'卜小姐家的房屋，此刻已空锁在那里。据左右邻居的人说，在十多日前，已有好几个外国人来，帮同卜小姐将箱笼什物搬走了，仿佛听说搬到美国领事馆内去住，因为美领事怕有人谋夺她的产业。我听了这话，即到美领事馆，刚待走进大门，只见一个身体很雄壮，衣服很整齐的外国人，和一个十分美貌的少女，挽手谈笑出来。我看那少女，疑心就是卜小姐，但是我不曾见过卜小姐的面，不敢冒昧相认，让他两人走过去了，方到门房里问卜小姐住在哪间房里。门房盘问我的来历，我只得说余伯华少爷托我来的，有书信得面交卜小姐。门房道：你可惜来迟了一步，卜小姐已跟着她最要好的朋友，同到海滨散步去了，你可将书信留在此地，小姐回来时我代你交她便了。我说余少爷叮嘱了须面交，我且在这里多等一会儿。那门房倒好，引我到会客厅里坐着，足等了三点多钟，还不见回来，我怕你在这里瞭望的难过，打算且回衙来，与门房约定时间，明日再去。亏了那门房说：你多的时间已经等过了，何妨再等一会儿。果然话没说了，卜小姐挽着那外国人的手走回来了。我看那外国人满脸通红，说话舌尖迟钝，好像是喝醉了酒的样子。卜小姐却还是去时的模样，似乎不曾喝酒。门房指着卜小姐给我看道：你把信拿出来，我带你当面去交。我就取信在手，跟随门房迎着卜小姐将信递上。卜小姐接了也没问话，忙背过身拆信。那外国人身体高，从卜小姐背后伸长脖子偷看。我恐怕你信上写了不能给旁人知道的事，故意咳嗽了一声，想使卜小姐知道有人在后偷看。可恶那外国人，大约是恨我不该咳嗽，气冲冲的走到我跟前，恶声厉色对我说了一大串，我也听不出他说的什么。那外国人见我不答，竟举起拳头要打我，若不是卜小姐慌忙转身来，将那外国人抱住时，我头上怕不受他几拳？卜小姐抱住那外国人，走进里面去了。我以为等一会儿必有回信出，谁知又等了两刻钟光景，仍是毫无动静。我心想白跑一趟回来，岂不使你空盼望，就请那门房去里面向卜小姐讨回信。一会儿便见那门房空手出来，远远的对我摇手，教我去的意思。我偏要问问他，看卜小姐到底是怎生说法，门房低声答道：你快去吧！卜小姐的朋友喝醉了酒，他的酒性不好，喝醉了动辄打人，你不要真个送给他打一顿，无处伸冤。我说：我又不惹他，他喝醉了酒打我做什么呢？

我请你去向卜小姐讨回信，卜小姐如何说呢？门房摇头道：那醉人坐在卜小姐房里，寸步也不离开，我是没这胆量开口向卜小姐讨回信。我说：我是外边的人，醉人不讲理，又因怪我不该咳嗽，所以要动手打我。你在这里当门房，回话是你的职务，难道他也打你吗？那门房道：若是回旁的话，我怕什么？你是余伯华打发来的，一封信又给那醉人看见了，我便有吃雷的胆量，也不敢上去讨没趣。我见门房说出这些话来，料知久等无益，只得回来，看你打算如何办法。'

"余伯华不听这些话犹可，听了这些话，只气得猛然一头向壁上撞去，实时昏倒在地，人事不知，把那书记吓得慌忙将狱卒叫了进来，一面去上房禀报张知县。张知县打发官医进牢灌救，喜得不曾将头脑撞伤，没一会儿就灌救转来了。余伯华仍捶胸顿足的痛哭，官医是个六十多岁的老年读书人，诚朴谨慎的模样，使人一望就知道是个好人，见余伯华哭得这么伤心，一边劝慰，一边探问什么缘由。余伯华不肯说，只是抽抽咽咽的哭。那书记便将事情始末述了一回，那官医沉吟半晌叹道：'正是《西厢记》上说的痴心女子负心汉，今日反其事了。外国女子的心，如何靠得住啊！外国人历来不重节操，美国人更是只讲自由，礼义廉耻几个字求之于外国人，简直可以说是求龙章于裸壤，进韶舞于聋俗，虽三尺童子，犹知是背道而驰了。'

"余伯华虽在哭泣，然他是一个对中国文学有根底的人，见官医说话文绉绉的，很容易钻入耳鼓。不由得将官医所说的在心里翻来覆去的忖想，越想越觉有理。官医复接着劝道：'我诊你的脉息，知道你的身体很不结实。古人说忧能伤人。你自己的性命要紧，不可冤枉作践。老朽是个专读中国书的，不懂得外国学问。女子应该守节，果然是中国几千年来的古训，不用说是我赞成的，就是男子果能为女子守义，老朽也非常钦佩。不过节、义两个字，是明媒正娶的夫妻，才够得上守，如果不是明媒正娶的，女子既不知节操是什么，转眼就爱上了别人，男子还咬紧牙关自夸守义，岂不是大笑话！'

"余伯华被这番话说得恍然大悟的样子，不住的点头道：'既然如此，是我瞎了眼，是我错了，我具悔过切结便了，我写离婚字便了。'

官医和书记同赞道：'好啊！你是一个中国人，凭空娶到卜小姐这般美丽、又这般豪富的女子，你想他们美国人怎肯干休！若不趁早与她离开，将来后患还不堪设想呢！'余伯华既变换了心思，便觉得这些话都有理。官医立时去回禀了张知县，并不坐堂提讯，只将余伯华传到签押房，当着张知县亲笔把两张字写好了，因没带图章，只好印上指模。

"张知县收了两张字，和颜悦色的对他说道：'这回委屈了老哥，很对不起！像老哥这样年少清正，何愁没有才貌兼全的佳人匹配？最好即日回北京去，不可在天津勾留，因为季深来书，异常惦记老哥，到北京去会会他，使他好放心。'余伯华就此出了县衙，心里本也打算即日回北京去的，无奈在监牢里拘禁了这么久，一个风流蕴藉的少年，已变成一个囚犯模样，满脸生毛，浑身污垢；加以身边分文没有，不能实时动身到北京去，所以到一家小客栈里住下，想求亲友帮助。无如他没有关系深密的亲友在天津，就是有几个同乡熟识的人在此，又因为他在卜家做赘婿的时候，得意过分了，不大把同乡熟人看在眼里，一旦遭难落魄了，去求人来帮助，有谁肯去理他呢？我与他虽也同乡认识，但从来不曾交往，他也没来求我帮忙。我在朋友处听了这么一回事，不由得心里有些不平，并觉得余伯华受这种委屈，太不值得，就带了些儿钱在身边，找到那小客栈里去看他，想顺便探听个详细。谁知不探听倒也罢了，心里总抱着替余伯华不平的念头，及至探听了实在情形，险些儿把我的胸膛气破了。"

霍元甲不知不觉的在桌上拍了一巴掌，只拍得桌上的茶杯直跳起来，吴鉴泉正听得出神，被这一拍惊得也跟着一跳。霍元甲望着农劲荪大声问道："还有比以上所说更可气的事在后头吗？"

不知农劲荪怎生回答，且俟下回再写。

总评：

　　悔过切结，离婚字据，皆彼方之欲得于伯华者也。然不具悔过结，不写离婚字，卜妲丽既殷殷以此为嘱，余伯华亦烈烈以此自矢，宜可使彼方失望矣！顾卒为赚之而去者，其亦为余伯华之定力不坚乎？吁！有负彼美矣。

世间真有小人乎？此一疑问也。若诚有之，则魏季深是矣。何其一言一笑，一举一动，皆出自矫揉做作耶？愚哉伯华，奈何竟深信不疑，入其彀中而不悟。

彼方之计赚伯华，有埋伏，有接应，布置亦至井井，不可谓非煞费苦心。顾其可指摘处亦至多，在在足以滋人疑窦，特余伯华未能觉察耳。设令心思较精细者处此，其结果或不如是。

第十八回

霍元甲谈艺鄙西人
孙福全数言惊恶道

话说农劲荪见问说道："四爷不用忙，若没有更可气的事，我也不说险些儿把胸膛气破的话了。原来余伯华这个不中用的东西，完全上了人家的当，活活的把一个如花似玉的卜姐丽断送了。魏季深那个丧绝天良的东西，假意殷勤做出十分关切他，尽力援救他的模样，其实是承迎方大公子和张知县的意旨，设成圈套，使余伯华上当的。余伯华若是个有点儿机智的人，就应该知道魏季深与自己并无深厚的交情，同学而兼同事的人，总理各国事务衙门里至少也有几十人，何以有深交的来也不来，而没有深交却忽然来得这么诚恳，并且来得这么迅速，不是很可疑吗？魏季深本人既可疑，他托付的人倒可信吗？那书记所说卜姐丽的情形，分明是有意捏造这些话，好使他对卜姐丽绝望的，怎么可以信以为实呢？

"他直到出衙门打听，才知道卜姐丽虽确是迁居在美领事馆，然无日不到天津县衙哭泣，出钱运动衙差狱卒，求与余伯华会面。怎奈张知县受了方大公子的吩咐，无论如何不能使他两人见面，知道见了面，就逼不出离婚字来了。美领事并没有羁押卜姐丽的行为，不过也与方大公子伙通了，表面做出保护卜姐丽的样子，实际也希望天津县逼迫余伯华离婚。卜姐丽不知道底蕴，还再三恳求美领事设法援救余伯华。美领事若真肯出力援救，哪有援救不出的道理？可惜卜姐丽年轻没有阅历，见理不透，余伯华写的离婚字，一到张知县手里，即送给方大公子。方大公子即送给美领事，美领事即送给卜姐丽看。卜姐丽认识余伯华的笔迹，上面又有指模，知道不是假造，当下也不说什么，回到她自己房里，一剪刀将满脑金黄头发剪了下来，写了一封埋怨余伯华不应该写离婚字的信，信中并说她自己曾读中国《列女传》，心中甚钦佩古之列女，早已存不事二夫之心。于今既见弃于丈夫，何能再腼颜人世，已拼着一死，决心绝食。可怜一个活跳跳的美女，只绝食了六昼夜，竟尔饿死了。"

霍元甲托的跳了起来叫道："哎呀！有这等暗无天日的事吗？余伯华出牢之后，何以不到美领事馆去见卜姐丽呢？"农劲苏道："何尝没去？只是他已亲笔写了与卜姐丽离婚的字，卜姐丽听说他来了，气得痛哭起来，关了门不肯相见，美领事也不愿意他两人见面。余伯华去过一次之后，美领事即吩咐门房，再来不许通报，因此第二、三次去时，倒受那门房的白眼。然也直到卜姐丽饿死后，传出那封绝命的信来，才知道她的节烈。此刻余伯华也悲伤得病在床褥，一息奄奄，你们看这事惨也不惨？"

吴鉴泉道："这事虽可怪余伯华不应该误信魏季深，但是方大公子和张知县伙谋，设下这种恶毒的圈套，便没有魏季深，余伯华也难免不上当。为人拼一死倒容易，拘禁在监牢里，陆续受种种痛苦，又在外援绝望的时候，要始终坚忍不动，却是很难。总之，他们夫妻，一个是年轻不知世故的小姐；一个是初出茅庐、毫无权势、毫无奥援的书生，落在这一般如狼似虎、有权有势的官府手里，自然要怎么样，只得怎么样。余伯华若真个咬紧牙关不写那离婚字，说不定性命就断送在天津县监里，又有谁能代他伸冤理屈呢？"

霍元甲点头道："这话很对，余伯华若固执不肯写离婚字，方制台的儿子与张知县吃得住余伯华没有了不得的来头，脚镣手铐之外，说不定还要授意牢禁卒。三日一小比，五日一大比的，将余伯华吊打起来，打到受不了的时候，终得饮恨吞声的写出来，怎样拗得过他们呢？这种事真气破人的肚子。农爷，你是一个有主意的人，有不有方法可以出出这口恶气？"

农劲苏摇头道："于今卜姐丽也死了，二三百万遗产已没有下落了，余伯华也已成为垂死的人了，无论有什么好方法，也不能挽救。只可恨我得消息太迟了，若在余伯华初进监的时候，我就得了消息，倒情愿费些精神气力，替他夫妻做一个传书的青鸟，一方面用惊人的方法，去警告陷害余伯华的人，那么或者还能收点儿效果。事后专求出气，有何用处呢？"

吴鉴泉道："事前能设法挽回，果然是再好没有的了，但是此刻若能设法使设谋陷害余伯华的人，受些惩创，也未始不可以惩戒将来，使他们以后不敢仗着自己有权有势，再是这么无法无天的随意害人家的性命。"

农劲荪慢慢的点着头，说道："依你老兄有什么高见可以惩戒他们？"吴鉴泉摇了摇脑袋笑道："我们家属世代住在北首的人，不用说做，连空口说说都难。兄弟今日虽是初次登龙，不应如此口不择言，只因久慕两位大名，见面更知道都是肝胆照人的豪杰，为此不知不觉的妄参末议。"

霍元甲连忙说道："兄弟这里是完全做买卖的地方，除了采办药料的人而外，没有闲人来往，不问谈论什么事，从来是在这房间里说，便在这房间完了，出门就不再谈论。老兄有话尽管放胆说，果有好惩戒他们的方法，我等有家有室在北首的不能做，自有无家无室的人可以出头。他们为民父母的人，尚敢在光天化日之下，明目张胆的陷害无辜良善；我们为民除败类，为国除奸臣，可算得是替天行道，怕什么！"

农劲荪道："四爷的话虽有理，但是为此事犯不着这么大做，因为事已过去了，就有人肯出头，也无补于事，无益于人。至于奸臣败类，随处满眼皆是，如何能除得尽？"

吴鉴泉点首称赞道："久闻农爷是个老成练达的豪杰，果是使人钦佩，霍四爷得了农爷这样帮手，无怪乎名震海内。兄弟在京听得李存义谈起两位，在上海定约与外国大力士比武的话，不由得异常欣喜。中国的武艺，兄弟虽不能称懂得，只是眼里却看得不少，各家各派的式样，也都见识过一点；唯有外国的武艺，简直没有见过，不知是怎样一类的手法。久有意想找一个会外国武艺的人，使些出来给我瞧瞧，无如终没有遇着这种机会。前几年在京里听得许多人传说，有一个德国的大力士，名叫'森堂'，是世界上第一个大力士，行遍欧美各国，与各国的大力士相比，没有一个是森堂的对手。这番到中国来游历，顺便在各大码头卖艺，已经到了天津。兄弟那时得了这消息，便打算赶到天津来见识见识，有朋友对我说道：'森堂既是到中国来游历，已到了天津，能够不到北京来吗？北京是中国的都城，他在各码头尚且卖艺，在北京能不卖艺吗？他送上门来给你看，何等安逸，为什么要特地赶到天津去看？'兄弟一听这话有理，就坐在京里一心盼望他来，每日往各处打听，看森堂来了没有。转瞬过了十多日，仍没有大力士来京的消息，很觉得诧异。

"一日遇了一个从天津来京的朋友，遂向他探问，据他谈起来，却把我笑坏了。他说半月前果有一个体魄极魁伟的、红面孔外国人，带了一个中国人做翻译，还同着几个外国人，身体也都强壮，到天津来在外国旅馆里住着。登时天津的人，都传说德国大力士森堂来了，不久就有外国武艺可看。谁知过了几日，一点儿动静也没有。他们初来的一两日内，街上随时都看见他们游行观览；三日以后，连街上都不见他们行走了。又过了两日，才知道什么大力士已在登岸的第四日，被一个卖艺的童子打跑了。原来那日，森堂独自带了那个翻译，到街上闲游，走到一处，遇到一老一少两个人在空处卖艺，围了不少的闲人看热闹。森堂不曾见过的，自然要停步看看。他看了打拳使棍，似乎不明白是做什么，问那翻译，翻译是中国人，当然说得好听些。他听说这就是中国的武艺，不由得面上现出鄙薄的神气，复问在街上显武艺做什么，翻译说也是卖艺，不过不像外国卖艺的有座位，有定价，这类卖艺，看赏是可以随意给的，便不给一文也使得。

"森堂听了，即从口袋里取出皮夹来，抽了一张五元的钞票，交给翻译。那翻译口里对森堂虽说得中国武艺很好，心里却也不把那卖艺的当人，用两个指头拈了那张钞票，扬给卖艺的童子看道：'这里五块钱，是世界最有名的第一个大力士森堂大人赏给你的，你来领去，快向森堂大人谢赏。'那童子虽只有十四五岁，志气倒不小，森堂面上现出鄙薄的神气，他已看在眼里了，已是老大的不愿意，但不敢说什么。及见翻译这么说，才知道是世界第一个大力士，也就做出鄙薄的样子说道：'我拿武艺卖钱，谁要他外国人赏钱，我不要！'翻译见他这么说，倒吃了一惊，不好怎生说话。

"森堂听不明中国话，看童子的神情不对，忙问翻译什么事。翻译只得实说，森堂禁不住哈哈大笑，对翻译说了几句，翻译即向童子说道：'你拿去吧！森堂大人说，是可怜你穷苦。你这种行为，不算是卖艺，只能算是变相的乞丐，你这是什么武艺，如何能卖钱？'这几句话，把那童子气得指手画脚的说道：'他既说我使的不是武艺，好在他是世界第一个大力士，教他下来与我较量较量。我若打胜了他，休说这五块钱，便是五十块、五百块我都受。我打不过他，从此也不在江湖上卖艺了。'翻译道：'你这小子不要发糊涂，森堂大人打尽全世界没有对手，你乳臭未除，有什么了不得的本领，你敢同他较量？打死了你，是你自己讨死，和踏死一个蚂蚁相似，算不了什么！须知你是我们中国人，失了中国人的体面，这干系就担得太大了。'那童子道：'我又不是中国有名的第一个大力士，就被他打死了，失了中国什么体面？'

"翻译没法，照着要比较的话对森堂说了。森堂倒看着那童子发怔，猜不透他凭这瘦不盈把的身材，加以极幼稚的年龄，为什么居然敢要求和世界第一个大力士较量？森堂心里虽不明白是何道理，然仍旧异常轻视，看热闹的人，横竖不关痛痒，都从旁怂恿较量。森堂遂脱了外褂，走进围场，问童子将怎生较量。那童子随意将手脚舞动了几下，森堂也就立了个架势，那童子身手很快，只将头一低，已溜进了森堂的胯下。森堂没见过这种打法，措手不及，被摔了一个跟斗。还不曾爬起来，那童子已溜到翻译跟前，将五元钱钞票取到手中了，回身扬给那些看热闹的看道：'这才是武艺卖来的钱。'看热闹的都拍手大笑。

"森堂爬起来，羞得面红耳赤，一言不发的带着翻译走了。从这日起，天津街上便不见森堂等人的踪影，大约已上船走了。我听得那朋友这般说，虽欢喜那童子能替中国人争体面，然想见识外国武艺的心愿，仍不能遂。过不到几年，又听得人说，又有一个什么俄国大力士，也自称世界第一，到了天津卖艺。这回我是决心要到天津来看的，不凑巧舍间有事，一时不能抽身，因听说那大力士在天津卖艺，至少也得停留十天半月，不至即刻离津。我打算尽一二日之力摒挡家事，即动身到这里来，谁知道还没动身，就听说这大力士又被霍四爷撵走了。所以今番听李存义提起霍四爷在上海定约的话，就忍不住来拜访，请问两位定了何时动身去上海？我决计同去见识一番。"

霍元甲笑道："外国武艺，在没见过的，必以为外国这么强盛，种种学问都比中国的好，武艺自然比中国的高强，其实不然。外国的武艺可以说是笨拙异常，完全练气力的居多，越练越笨，结果力量是可以练得不小，但是得着一身死力，动手的方法都很平常。不过外国的大力士与拳斗家，却有一件长处，是中国拳术家所不及的。中国练拳、棒的人，多有做一生世的功夫，一次也不曾认真和人较量过的，尽有极巧妙的方法，只因不曾认真和人较量过，没有实在的经验，一旦认真动起手来，每容易将极好进攻的机会错过了。机会一错过，在本劲充足、功夫做得稳固的人，尚还可以支持，然望胜已是很难了。若是本劲不充足，没用过十二分苦功的，多不免手慌脚乱，败退下来。至于外国大力士和拳斗家，就绝对没有这种毛病。这人的声名越大，经过比赛的次数越多，功夫十九是由实验得来的。第一得受用之处，就是无论与何人较量，当未动手以前，他能行所无事，不慌不乱；动起手来，心能坚定，眼神便不散乱。如果有中国拳术的方法，给外国人那般苦练出来，我敢断定中国的拳术家，决不是他们的对手。

"你既有心想到上海玩玩，这是再好没有的事。与我订约比赛的奥比音，我至今不曾会过面，也不知道他的武艺，与我所见过的大力士比较怎样。我这回订约，也是极冒昧的举动，在旁人是断不肯如此鲁莽从事的，人还没有见面，武艺更摸不着他的深浅，就敢凭律师订比赛之约，并敢赌赛五千两银子的输赢，我究有何等出奇的本领，能这般藐视外国人，万一比赛失败了怎么办？输五千两银子，是我姓霍的私家事，算不了什么，然因此坏了中国拳棒的威名，使外国人从此越发瞧不起中国人，我岂不成了中国拳术界的罪人吗？在我们自家人知道，中国的拳术，从来极复杂，没有系统，谁也不能代表全国的拳术。只是外国人不知道中国社会的情形，与外国完全不同，他们以为我薄有微名，是这么争着出头与外国人订约，必是中国拳术界的代表，这样一来，关系就更重大了。

"我当时因痛恨外国人无时无地不藐视中国人，言语神气之间简直不把中国人当人，论机器、枪炮，我们中国本来赶不上外国，不能与他争强斗胜；至于讲到武艺两个字，我国古圣先贤创出多少方法，给后人练习，在百十年前枪炮不曾发明的时候，中国其所以能雄视万国，外国不能不奉中国为天朝的，就赖这些武艺的方法，比外国的巧妙。我自信也用了半生苦功，何至不能替中国人争回这一口气！因此不暇顾虑利害，冒昧去上海找奥比音较量。不凑巧，我到上海时，奥比音已经走了，然我一腔争胜之气，仍然不能遏抑，所以有订约比赛之事。约既订妥，我却发生自悔孟浪之心了，但是事已至此，悔又何益！就拼着一死，也得如期而去，见个高下。最好像老哥这种高手，能邀几位同去，一则好壮壮我的声威胆量；二则如果奥比音的本领真了得，我不是他的对手，有几位同去的高手，也好接着和他较量，以求不倒中国拳术的威望。"

吴鉴泉笑道："四爷这番话说得太客气了。四爷为人素来谨慎，若非自信有十二分的把握，又不是初练武艺，不知此中艰苦的人，何至冒昧去找人赌赛？这件事也不仅四爷本人能自信有把握，便是同道中的老辈，也无不相信四爷有这种担当，有这种气魄。换一个旁人，尽管本领够得上，没有四爷这般雄心豪气也是枉然。四爷越是自悔孟浪，越可以见得四爷为人谨慎，不敢拿这关系重大的事当儿戏。四爷打算在何时动身，我决定相随同去；并且我久闻上海虽是商务繁华之地，然也有几位内家功夫做得不错的人，早已存心要去拜访拜访，这回才可以如我的心愿。"

霍元甲因将在上海会见秦鹤岐等人的话，说了一会儿道："此去上海的轮船便利，原可以临期前去，不过我唯恐临时发生出什么意外的事来，使我不能动身，那就为患不小。不但照条约逾期不到的，得罚五百两银子，赔偿人家的损失，无论中外的人，必骂我畏难退缩，这面子失的太大了。我曾和农爷商量，于今正二月里，正是我药栈里清闲的时候，我就住在栈里也没有什么买卖可做。三月以后，才是紧张的月份，不如早些去上海，可以从容联络下江的好手，倘能借此结识几个有真实本领的人物，我们开诚布公的结合起来，将来未必不可以做一番事业。农爷是在外洋留过学的人，他常说，外国的枪炮果然厉害，但是使用那厉害枪炮的，也得气力大，体魄强的人方行。像我国现在一般普通的人，都奄奄没有生气，体魄也多半弱到连风都刮得动，便有再厉害的枪炮，这种衰弱的人民能使用么？我很佩服农爷这话不错，所以有心在这上面用一番心力，做出一番事业来。"

吴鉴泉连连称赞道："非农爷没有这般见地，非四爷不能有这般志愿。我国练武艺的人，因为有一些读书人瞧不起，多半练到半途而废。近年来把文武科场都废了，更使练武艺的人，都存一个练好了无可用处的心，越发用功的少了。像农爷这样说起来，若有人果能用武艺使全国人的体魄练强了，谁还敢瞧不起练武艺的人呢？我虽是一个没能耐的人，但也曾得着家传的艺业，很愿意跟在两位后头，略尽我一些力量。"

霍、农、吴三人谈论得十分投机，当即议定了在正月二十五日一同动身去上海。霍元甲并托吴鉴泉多邀好手，同到上海凑热闹。吴鉴泉当面虽已答应了，只是出了淮庆会馆之后，心想我知道的好手虽然不少，但是各人都有各人的职业，这种看中国与外国人比武的事，凡是欢喜练武艺的人，无不想去看看。不过路途太远，来回至少得耽搁半月或二十天，还要掏腰包破费几十块钱的盘缠，不是有钱有闲工夫的人，谁能去得呢？独自思量了一会儿，不禁喜道："有了！李禄宾、孙福全这两个人，我去邀他，必然很高兴的同去。"

吴鉴泉何以知道这两人必高兴同去呢？原来这两个人在当时的年纪，都还在三十岁左右。两人的家业，又都很宽舒，平日除了练武艺而外，双肩上没有担着芝麻大小的责任。两人都是直隶籍，同时从郭云深、董海川练形意，又同时从李洛能练八卦，两人都是把武艺看得和性命一般重。不过李禄宾为人粗率，不识字，气力却比孙福全大；孙福全能略通文字，为人精细，气力不及李禄宾，但功夫灵巧在李禄宾之上。两人因为家境好，用不着他们出外谋衣食，能专心练艺，只要听得说某处有一个武艺好、声名大的人，他两人必想方设法的前去会会。如果那人武艺在他两人之上，孙福全精细，必能看得出来，决不冒昧与人动手；若是纯盗虚声的，遇了他两人，就难免不当场出丑。

那时吉林有一个道人，绰号叫做"盖三省"。据一般人传说，盖三省原是绿林出身，因犯的案件太多，又与同伙的闹了意见，就到吉林拜了一个老道人为师，出家修道。其实修道只是挂名，起居饮食全与平常人无异。老道人一死，他就做了住持，久而久之，故态复作，仗着一身兼人的气力，更会些武艺，与人三言两语不合，便动手打将起来。吉林本地方有气力、会武艺的人，屡次和他较量，都被他打败了，就有些无赖的痞棍，奉他做首领，求他传授武艺。

文章、武艺都是一样，在平常人会的不算稀奇，少人注意，唯有僧道、妓女这几种人，只要略通些文墨，人家便得特别的看待，说是诗僧、诗妓。文人学士、达官贵人无不欢喜亲近，欢喜揄扬，武艺一到这几种人手里也是一样，推崇鼓吹的人分外多些。盖三省既得了当地一般痞棍的拥戴，又有若干人为之鼓吹，声名就一日一日的大了。奉天、黑龙江两省也有练武艺、想得声名的人，特地到吉林来访他，与他较量。无如来的都不是实在的好手，竟没有打得过他的，"盖三省"的绰号就此叫出来了，他也居之不疑。他的真姓名，本来早已隐藏了，在吉林用的原是假姓名，至此连姓名也不用了，居然向人自称是"盖三省"。

孙福全、李禄宾闻了盖三省的名，两人都觉得不亲去会一面，看个水落石出，似乎有些放心不下的样子。两人就带了盘缠，一同启程到吉林来，落了旅店，休息了一夜，次日到盖三省庙里去拜访。在路上孙福全对李禄宾道："我们和盖三省见面之后，彼此谈论起功夫来，你看我的神气，我若主张你和他动手，你尽管和他动手，决不至被他打败；如果我神气言语之间，不主张和他打，便打不得。"

李禄宾时常和孙福全一同出外访友，这类事情已经过多次了，很相信孙福全看的必不错。此时走进了盖三省的庙门，只见门内有一片很宽大的草场，可以看得出青草都被人踏死了，仅剩了一层草根，唯四周墙根及阶基之下，人迹所不到之处，尚长着很茂盛的青草。练气力的石锁、石担，大大小小、横七竖八的不知有多少件放在场上，使人一望就知道这庙里有不少的人练武。不过在这时候，尚没有一个人在场上练习，这却看不出或是已经练过了，或是为时尚早，还不曾来练。

两人边走边留神看那些石锁、石担的重量，也有极大的，李禄宾自问没这力量能举起来，即悄悄的对孙福全说道："你瞧这顶大的石锁、石担，不是摆在这里装幌子吓人的么？不见得有人举得起。"孙福全摇头笑道："装幌子吓人的倒不是，你看这握手的所在，不是都捏得很光滑吗？并且看这地下的草根，也可以看出不是长远不曾移动的，就是举得起这东西，也算不了什么，何能吓得倒有真本领的人？"

两人走到里面，向一个庙祝说了拜访盖三省的来意，原来盖三省因为近来声名越发大了，拜访的人终年络绎不绝，他也提防有高手前来与他为敌，特地带了几个极凶猛横暴的徒弟在跟前，以备不测。逆料来拜访的，同时多不过二三人，决没有邀集若干人同来与他为难的，以他的理想，两三人纵有本领，也敌不过他们多人的混斗，因此凡是平日有些名头的把式去访他，他必带着几个杀气腾腾的徒弟在身边。他自己却宽袍缓带，俨然一个有身份的人物。

李、孙两人在当时声名不大，天津、北京的人知道他两人尚多，东三省人知道的绝少。加以两人的身体，都是平常人模样，并没有雄赳赳、气昂昂的神气，盖三省没把他两人放在眼里，大着胆独自出来相会。孙福全看盖三省虽是道家装束，然浓眉大目，面如煮熟了的蟹壳，颔下更长着一部刺猬也似的络腮胡须，越发显得凶神恶煞的样子。孙福全看他的模样虽是凶恶，但是走近身见礼，觉得没有逼人的威风。彼此通姓名、寒暄几句之后，渐渐的谈到武艺，盖三省那种自负的神气，旋说旋表演自己的功架，目中不但没有李、孙二人，简直不承认世间有功夫在他之上的人物。

李禄宾看不出深浅，不住拿眼望孙福全，孙福全只是冷笑，等到盖三省自己夸张完了，才从容笑问道："你也到过北京么？"盖三省哈哈笑道："北京如何没有到过？贫道并在北京前后教了五班徒弟，此刻都在北京享有声名。"孙福全故作惊讶的样子说道："在北京有声名的是哪几个？"盖三省不料孙福全居然追问，面上不由得露出些不快的样子，勉强说了几个姓名。孙福全冷笑了一声道："北京不像吉林，要在北京享声名，倒不是一件容易的事。请问你在北京的时候，见过董海川、郭云深及杨班侯兄弟么？"

盖三省随口答道："都见过的。"孙福全道："也谈论过功夫、较量过手脚么？"盖三省扬着胳膊说道："当今的好手，不问谁，十九多在贫道手里跌过跟斗的。贫道打倒的人多，姓名却记不清楚了。"孙福全即大声说道："我两人就是董海川、郭云深的徒弟，因听说你打倒的好手很多，特地从北京来领教你几手。想你打倒的好手既多，必不在乎我们两个，请你顺便打倒一下如何？"

盖三省想不到这样两个言不惊人、貌不动众的人物，大话竟吓他们不倒，一时口里说不出不能打的话来，正在踌躇如何回复，孙福全已向李禄宾使眼色。李禄宾知道是示意教他放心动手，即立起身来，将上身的衣服脱下，紧了紧纽带，对盖三省问道："在什么地方领教呢？"盖三省被这样一逼，只得自己鼓励自己的勇气，也起身将道袍卸下说道："我看两位用不着动手，大家谈谈好了，若认真动起手来，对不起两位。人有交情可讲，拳脚却没有交情可讲，两位多远的道路到这里来，万一贫道功夫不到家，失手碰坏了两位的贵体，贫道怎么对得起人呢？"

孙福全笑道："我两人都是顽皮粗肉，从来不怕碰，不怕撞，其所以多远的道路跑来，就是为要请你多碰撞几下。你我初次见面，没有交情可讲，请你不必讲交情。若因讲交情不肯下手，倒被我们碰坏了贵体，那时人家一定要责备我们，说我们不懂得交情。"盖三省一听孙福全这话，知道这两人不大好惹，想把几个徒弟叫到跟前来，一则好壮壮声威，二则到了危急的时候也好上前混斗一场，免得直挺挺的被人打败了难看。只是当初出来相会的时候，不曾把徒弟带在身边，此时将要动手了，却到里面叫徒弟，面子上也觉得有些难为情。正在左右为难的时候，喜得他的几个徒弟，虽不曾跟在他身边出来会客，但是都关心自己师傅，一个个躲在隔壁偷瞧偷听。此时知道要动手了，都在隔壁咳嗽的咳嗽，说话的说话，以表示相离不远。盖三省听了，胆气登时壮了许多，对孙、李二人说道："两位既是定要玩玩，贫道也不便过于推辞。这里面地方太小，施展不来，请到外面草场中去吧！"

孙福全偷着向李禄宾努嘴，教他将脱下的衣服带出去。三人同步走到草场，只见草场周围，就和下围棋布定子的一样，已立了七八个凶神恶煞一般的汉子在那里，都是短衣窄袖的武士装束。孙福全一看这情形，就猜出了盖三省的用意，是准备打败了的时候，大家一拥而上，以多为胜的。细看那些壮汉眉眼之间，没有丝毫聪悟之气，都是些蠢笨不堪的东西。暗想这种蠢材，断练不出惊人的技艺，专恃几斤蛮力的人，纵然凶猛，纵然再多几个，又有什么用处？李禄宾看了那七八个壮汉的神情，心里便有些害怕起来，走过孙福全跟前，低声说道："草场上站的那些人，如果帮助盖三省一齐打起来怎么办呢？"孙福全笑道："不打紧！他们一齐来，我们也一齐对付便了，怕什么呢？我有把握，你只放胆与盖三省动手，他们不齐拥上来便罢；如果齐拥上来，自有我对付，你用不着顾虑。"

李禄宾平日极相信孙福全为人，主意很多，照他的主意行事，少有失败的，见他说不怕，说有把握，胆气也登时壮了。跳进草场，对盖三省抱拳说道："我因拳脚生疏，特来领教，望手下留情。"说着立了个架势，盖三省也抱了抱拳，正要动手了，孙福全忽跳进两人中间，扬手说道："且慢，且慢！"

不知孙福全说出些什么话来，两人比较的胜负怎样，且俟下回再写。

总评：

森堂，自命为"世界第一大力士"，而竟败于一卖艺童子之手，令人忍俊不禁。其写森堂之目空一切，卖艺童子之志气不凡，皆如初写黄庭，恰到好处，真说部能手也！

中西武艺，互有异同，互有短长，固夫人而知之矣。然能详论其异同，细较其短长，则寥寥无几人。卓哉霍四，竟能言之綦详，如数家珍。此其所以毅然决然，敢与外国大力士比武也。易以他人，鲜有不悚然而惧，退缩之心生矣。

本回书，入孙福全、李禄宝二人传，故竭力为二人一写。而盖三省者，特处于陪宾地位耳！写比武事，更一衬显二人之武艺不凡也。

第十九回

李禄宾两番斗恶道
孙福全初次遇奇人

话说李禄宾正要与盖三省动手，孙福全忽然跳到两人相距的中间立着，扬着臂膀说道："且慢，且慢！"盖三省愕然问道："什么事？"孙福全指着立在草场周围的七八个壮汉问道："这几位老兄是干什么事的？"盖三省道："他们都是贫道的小徒，因知道两位是北京来的好手，所以想到场见识见识。"孙福全笑道："看是自然可以看得，不过我见他们都显出摩拳擦掌、等待厮打的样子，并且你们还没动手，他们就一步一步逼过来，简直是准备以多为胜的神气，所以我不能不出来说个明白。如果你们这里的规矩从来是你们几个打一个，只要事先说明白，也没要紧；因为我们好自己揣度自己的能耐，自信敌得过就动手，敌不过好告辞。若是这般行同暗算，我等就自信敌得过也犯不着。为什么呢？为的从来好手和人较量，决不屑要人帮助，要人帮助的决非好手。既不是好手，我们就打胜了一百八十，也算不得什么！"

这几句话，说得盖三省羞惭满面，勉强装出笑容说道："你弄错了，谁要人帮助！你既疑心他们是准备下场帮助的，我吩咐他们站远些便了。"说着，向那些徒弟挥道："你们可以站上阶基去看，不要吓了他们。"孙福全笑道："好啊！两下打起来，拳头风厉害，令徒们大约都是初学，倘若被拳脚误伤了，不是当耍的。"

那几个徒弟横眉怒目的望着孙福全，恨不得大家把命拼了，也要将孙、李两人打败。但是，见自己师傅都忍气不敢鲁莽，只得也各自按捺下火性，跑上阶基，看盖三省与李禄宾两人动手。

李禄宾为人虽比孙福全鲁莽，只是他和人较量的经验很多，眼见盖三省的身体生得这般高大，这般壮实，料知他的气力必不寻常，若与他硬来，难免不上他的当。李禄宾最擅长的拳脚，是李洛能传给他的"游身八卦掌"。这游身八卦掌的功夫，与寻常的拳脚姿式完全不同，不练这游身八卦掌便罢，练就得两脚不停留的走圈子，翻过来，覆过去，总在一个圆圈上走，身腰变化不测，俨如游龙，越走越快，越快越多变化。创造这八卦掌的，虽不知道是什么人，然其用意是在以动制静。因为寻常的拳脚功夫，多宜静不宜动，动则失了重心，容易为敌人所乘。创造这八卦掌的人，为要避免这种毛病，所以创造出这以动制静的拳式。这类拳式的功夫，完全是由跑得来的，单独练习的时候，固是两脚不停留的，练多么久，跑多么久；就是和人动起手来，也是一搭上手便绕着敌人飞跑。平时既练成了这类跑功夫，起码跑三五百个圆圈，头眼不昏花，身腰不散乱。练寻常拳脚的人，若非功夫到了绝顶，一遇了这样游身八卦掌，委实不容易对付。李禄宾平常和人较量，因图直截了当，多用董海川、郭云深传给他的形意手法，这回提防盖三省的手头太硬，不敢尝试，便使出他八卦的手法来。

　　盖三省刚一出手，李禄宾就斜着身体，跑起圈子来。盖三省恐怕敌人绕到背后下手，不能不跟着转过身来，但是才转身过来，李禄宾并没有停步，跑法真快，已转到背后去了。盖三省只得再转过来，打算直攻上去，不料李禄宾的跑法太快，还没瞧仔细又溜过去了，仅被拖着打了十来个盘旋。李禄宾越跑越起劲，盖三省已觉天旋地转，头重脚轻了。自己知道再跟着打盘旋，必然自行掼倒，只好连忙蹲下身体，准备李禄宾打进来，好一把揪扭着，凭蛮力来拼一下。哈哈！当头脑清醒、心不慌乱的时候，尚且敌不过李禄宾，已觉天旋地转、头重脚轻，蹲在地下怕掼倒之后，还能揪扭得着李禄宾吗？想虽这般想，可是如何办的到呢？他身体刚往下蹲，尚不曾蹲妥当的时候，李禄宾已踏进步来，只朝着盖三省的尾脊骨上一腿踢来，扑鼻子一跤，直向前跌到一丈开外。

　　因着盖三省身往下蹲，上身的重量已是偏在前面，乘势一腿，所以非到一丈开外，其势自然收煞不住。这一跤掼下，头眼越发昏花了，一时哪里挣扎得起来呢？那些徒弟立在阶基上看着，也都惊得呆了，不知道上前去拉扯。还是孙福全机灵，连忙上前双手握住盖三省的胳膊往上一提，盖三省尚以为是自己的徒弟来扶，借着上提之力跳了起来，恨恨的说道："不要放这两个东西跑了！"孙福全接声笑道："我两人还在这里等着，不会跑。"

盖三省回头一看是孙福全，更羞得满面通红，现出十分难为情的样子，却又不肯说低头认输的话，咬牙切齿的对李禄宾说道："好的，跑得真快，我跑不过你，再来较量一趟家伙吧，看你能跑到哪里去？"李禄宾道："较量什么家伙听凭你说吧！"盖三省还踌躇着没有回答，孙福全已望着他抱拳说道："依我的愚见，最好就这么彼此说和，常言'不打不成相识'，你我练武艺的人，除却不动手，动手便免不了有高低胜负，这算得什么呢？假使刚才我这位师兄弟的手脚生疏一点儿，被你打跌了，我们也只好告辞走路，不好意思说第二句话。较量家伙，与较量拳脚不是一样吗？"

盖三省也不过口里说要较量家伙，好借这句话遮遮羞，其实何尝不知道，不是李禄宾的对手？今见孙福全这么说，更知道孙、李两人都没有惧怯之意，所以才敢说这样表面像客气、实际很强硬的话。正打算趁此说两句敷衍颜面的话下场，不料立在阶基上的几个徒弟，都是初生之犊不畏虎，加以平日曾屡次听得盖三省说，生平以单刀最擅长，不知打过了多少以单刀著名的好手，以为盖三省拳虽敌不过李禄宾，他自己既说要较量家伙，单刀必是能取胜的。遂不待盖三省回答，异口同声的吼道："定要拿家伙较量较量，既到咱们这里来了，想这般弄几下就罢手，没有这么容易的事。"

盖三省虽知道徒弟们是因争胜心切，误会了他自己的意思，然已经如此吼了出来，实不好由自己再说告饶的话。孙福全明知盖三省较量兵器，也不是李禄宾的对手，心想他也享一时盛名，又徒弟在旁，较量拳脚，将他打跌一丈多远，已是十分使他难堪了；若再较量兵器，将他打败，不是使他以后无面目见人了吗？古人说："君子不欲多上人。"我们此来已领教过他的能为就得了，何必结仇怨和他争胜？

孙福全为人本极宽厚，心里这样一想，实时回头向那几个徒弟摇手说道："我们是闻贵老师的大名，特地前来领教的，于今已领教过了，贵老师固是名不虚传，我们没有争胜的念头，所以不愿意再较。我并知道贵老师也和我们一样，没存一个与我们争胜的心思，因此我这师兄弟，才能侥幸占一点儿便宜。如果贵老师有心争胜，那较量的情形料想不是这样。兵器不比拳脚，更是一点儿生疏不得，劝你们不必只管在旁边怂恿。"

在乖觉善听话的人，听了孙福全这番话，必能明白是完全替盖三省顾面子的，没有夹着丝毫畏惧的意思在内。只是盖三省师徒，都在气愤的时候，不假思索，竟认作孙、李二人只会拳脚，不会使用兵器。本来练习武艺的人，专总练拳脚不练兵器的人很多，哪里知道孙、李二人，十八般武艺都经过专门名家的指点，没一件使出来不惊人。

盖三省原已软了下来，经不起徒弟一吼，孙福全一客气，立时把精神又提了起来，暗想我被他打跌了这么一交，若不用单刀将他打败，我这一场羞辱如何遮盖？我不信他的单刀能比我好。他既决心再打，便也对着孙福全摇手道："我劝你也不必只管阻拦，老实对你说吧，我的拳脚本来平常，平时和人较量拳脚的时候也很少。我盖三省的声名是单刀上得来的，要和我较量，就非得较量单刀不可。"

盖三省说话的当儿，徒弟中已有一个跑到里面，将盖三省平日惯用的单刀提了出来，即递给盖三省。盖三省接在手中，将刀柄上的红绸绕了几下，用刀尖指着李禄宾说道："看你惯使什么是什么，我这里都有，你只说出来，我就借给你使。"几个徒弟立在旁边，都望着李禄宾，仿佛只等李禄宾说出要使什么兵器，就立刻去取来的样子。李禄宾却望着孙福全，其意是看孙福全怎生表示。

孙福全并不对李禄宾表示如何的神气，只很注意的看着盖三省接刀、握刀、用刀指人的种种姿势，随即点了点头笑道："你们都把我的话听错了，既然不依我的劝告，定要较量，我们原是为要较量而来，谁还惧怯吗？"旋说旋对李禄宾道："我们不曾带兵器来，只好借他们的使用。"李禄宾道："借他们的使用，但怕不称手。"孙福全遂向那几个

220

徒弟说道："你们这里的兵器，哪几样是我这师兄弟用得着的，我不得而知，刀、枪、剑、戟，请你们多拿几件出来，好拣选着称手的使用。"

几个徒弟听了，一窝蜂的跑到里面去了。不一会儿，各自捧了两三件长短兵器出来，搁在草地上，听凭李禄宾拣选。李禄宾看那些捧出来的兵器，都是些在江湖上卖艺的人，摆着争场面的东西，竟没一件可以实用的。不由得笑了一笑摇头道："这些东西我都使不来。"盖三省忍不住说道："并不是上阵打仗，难道怕刀钝了杀不死人吗？你不能借兵器不称手为由，就不较量。"李禄宾愤然答道："你以为我怕和你较量么？像这种兵器，一使劲就断了，怎么能勉强教我使用！你若不信，我且弄断几样给你看看。"说时，顺手取了一条木枪，只在手中一抖，接着"咔嚓"一声响，枪尖连红缨都抖得飞过一边去了。便将手中断枪向地上一掼道："你们说这种兵器，教我怎么使？我与其用这种枯脆的东西，不如用我身上的腰带，倒比这些东西牢实多了。"即从腰间解下一条八九尺长的青绸腰带来，双手握住腰带的中间，两端各余了三四尺长，拖在草地上说道："你尽管劈过来，我有这兵器足够敷衍了，请来吧！"

盖三省急图打败李禄宾泄愤，便也懒得多说，一紧手中刀，就大踏步杀将进来。李禄宾仍旧用八卦掌的身法，只往旁边溜跑，也不舞动腰带。盖三省这番知道，万不能再跟着打盘旋，满想迎头劈下去，无奈李禄宾的身法、步法都极快，不但不能迎头劈下，就是追赶也追赶不上；一跟着追赶，便不因不由的又打起盘旋来了。

这番李禄宾并不等待盖三省跑到头晕眼花，自蹲下去，才跑了三五圈，李禄宾陡然回身，将腰带一抖，腰带即缠上了盖三省握刀的脉腕，顺势往旁边一拖，连人带刀拖得站立不住，一脚跪下，双手扑地，就和叩头的一样。李禄宾忙收回腰带，一躬到地笑道："叩头不敢当！"孙福全道："这是他自讨苦吃，怨不得我们，我们走吧！"一面说，一面拖着李禄宾走出了庙门，回头看那几个徒弟，都像要追赶上来，盖三省已跳了起来，向那些徒弟摇手阻止。

孙、李二人出了那庙，因想打听盖三省败后的情形，仍在客栈里住着，随时打发人到庙里去探听。不过两日，满吉林的人多知道盖三省，就因两次败在李禄宾手里，无颜在吉林居住，已悄悄的到哈尔滨去了。孙福全笑向李禄宾道："我们这次到吉林，真丧德不浅。盖三省在此好好的地位，就为你打得他不能立脚，他心里也不知道如何怨恨你我两人。"李禄宾道："谁教他一点儿真实本领没有，也享这么大的声名呢？"孙福全叹道："这话却难说，真实本领有什么界限？我们自以为有一点儿真实本领，一遇着本领比我们高一点儿的，不也和盖三省遇了我们一样吗？不过他不应该对人瞎吹牛皮，为人也太不机灵了，较拳是那么跌了一跤，还较什么家伙呢，不是自讨苦吃吗？"李禄宾道："我们已把他打跑了，此地无可流连，明日就动身回北京去吧！"孙福全连道："很好。"二人决定在次日离开吉林。

只是次日早起，正安排吃了早餐起程，客栈里的茶房，已来关照各客人，到饭厅里吃饭。孙、李二人照例走到饭厅上，坐着连日所坐的地位，等待茶房送饭来吃。不料好一会儿不见送来，同席的都等得焦急起来了，大声问："为什么还不送饭来？"只见一个茶房走过来赔笑说道："对不起诸位先生，不知怎的，今早的饭不曾蒸熟，竟有一大半是生米，只得再扛到厨房里去蒸，大概再等一会儿就能吃了。"

众旅客听茶房说明了原因，也都觉得很平常，无人开口了。孙福全独觉得很奇特的样子，问那茶房道："饭既还有一大半是生米，难道厨房不知道吗，怎么会叫你们开饭呢？"茶房答道："可不是吗？我们也都怪厨房里的人太模糊了，连生米也看不出来。厨房里人还不相信有这么一回事，及至看了半甑生米，才大加诧异起来。说今早的饭，比平日还蒸得时候久些，因几次催促开饭，只为十四号房里的客人没起床，耽延的时候很久。后来恐怕误了这些客人的正事，不能等待十四号房里的客人起床，然已足足的多等了一刻钟，如何还有这半甑生米呢，这不是一件奇事吗？"

孙福全问道："十四号房间，不是我们住的二十号房间对过吗？那里面住的是一个干什么事的客人？我在二十号房间里住了这几日，每日早起总听得茶房在他门外敲门叫他起床，今早也听得连叫了三次，只是

222

没听得里面的客人答应。何以那客人自己不起来，每早要人叫唤呢？"

这茶房现出不高兴的神气，摇头答道："谁也不知道他是干什么事的！到这里来住了一个月了，不见他拿出一个房饭钱来。我们账房先生去向他催讨，他还闹脾气，说我住在你这里又不走，你尽管来催讨做什么呢？我临行的时候，自然得归还你的房饭钱，一文不欠，方能走出你这大门。账房先生素来不敢得罪客人，也不知道这客人的来头，见他这么说，只得由他住下来，近来绝不向他催讨。不过我们当茶房的人，来来往往的客人，两只眼里也见得不少了，这人有没有大来头，也可以看得几成出来。不是我敢说瞧不起人的话，这位十四号房间里的客人，就有来头，也没有大了不得的，只看他那怪模怪样便可知道了。"

孙福全笑问道："是如何的怪模怪样？"茶房道："孙爷就住在他对门房里，这几日一次不曾见过他吗？"孙福全道："我不认识他，就会见他也没留意，你且说他是如何的怪模样？"茶房道："这客人的年纪，大约已有五十来岁了，满脸的黑麻，好像可以刮得下半斤鸦片烟的样子；头上歪戴着一顶油垢不堪的瓜皮帽，已有几处开了花；一条辫子因长久不梳洗，已结得仿佛一条蜈蚣，终日盘在肩头上，一个多月不曾见他垂在背后过；两脚跐了一双塌了后跟的旧鞋，衣服也不见穿过一件干净整齐的。像这种模样的人，还有什么来头吗？"

孙福全又问道："他姓什么，叫什么名字？是哪省的人，来这里干什么事的？既在此住了一个多月，你们总该知道。"茶房道："他说姓陈名乐天，四川宁远府人，特地到这里来找朋友。问他要找的朋友是谁，他又不肯说。"孙福全道："他来时也带了些行李没有呢？"茶房道："行李倒有不少，共有八口大皮箱，每口都很沉重。我们都疑心，他箱里不是银钱衣服，是装假骗人的。"

孙福全还想问话，只见又有一个茶房走过来说道："真是怪事，今早这一甑饭，无论怎样也蒸不熟。"孙福全听了，即问那茶房是怎么一回事，那茶房笑道："我们账房先生说，大概是厨房里得罪了大叫化，或是走江湖的人，使了雪山水的法术，一甑饭再也蒸不熟。方才扛进去蒸了两锅水，揭开甑盖看时，一点儿热气也没有，依然大半甑生米。只得换了一个新甑，又添水加火来蒸，直蒸到现在，就和有什么东西把火遮隔了，始终蒸不透气。此刻账房先生正在厨房里盘问，看在这几日内有没有叫化上门，及和外人口舌争执的事。"

孙福全生性好奇，像这类的奇事，更是欢喜打听，务必调查一个水落石出，方肯罢休。当下听了那茶房的话，就回身对李禄宾说道："有火蒸不熟饭的事，实在太奇了，我们何不到厨房里去看看。这样的奇事，也是平常不容易见着的。"李禄宾本来无可无不可，见孙福全邀他去厨房里看，忙点头说好。

二人正待向厨房里走去，忽见账房带了两个茶房，从厨房里走来，神色之间，露出甚为着急的样子。孙福全认识这账房姓朱名伯益，十多年前在北京一家很大的镖局里管账，三教九流的人物，他认识的极多，孙福全也是在北京和他熟识的。此时见他走来，即忙迎上去问道："蒸饭不熟，究竟是怎么一回事？"朱伯益紧蹙着双眉答道："我现在还不知道，是谁和我开这玩笑。我自己在这里混碗饭吃，实在不曾敢得罪人，想不到会有这种事弄出来，这不是存心和我开玩笑是做什么呢？我刚才仔细查问，看我这栈里的伙计们，有谁曾得罪了照顾我们的客人，查来查去，只有他今早……"

说到这里，即伸手向方才和孙福全谈话、竭力形容鄙薄十四号房客的茶房，接着说道："因催十四号房间里的客人起床，接连在门房外叫唤了三次，不见房里客人回答，他口里不干净的，说了几句埋怨那客人的话。声音虽说得不高，然当时在旁边的人都听得。我猜想，只怕就是因他口里不干净，得罪了十四号房里的客人，所以开我这玩笑。"

那茶房听了就待辩白，朱伯益放下脸来说道："你用不着辩白！你生成这么一张轻薄的嘴，在我这里干了几年，我难道还不明白！我这里的伙计，若都像你这样不怕得罪客人，早已应了那句俗语'阎王老子开饭店，鬼也不敢上门'了。于今也没有旁的话说，快跟我到十四号房里去，向那客人叩头认罪；若不然，害得满栈的客人挨饿，以后这客栈真做不成了。"

那茶房忍不住问朱伯益道："教我向人家叩头认罪，倒没要紧；但是叩头认罪之后，若还是半甑生米，又怎么样呢？难道再教我向满栈的客人都叩头认罪不成！"朱伯益骂道："放屁！你再敢乱说，我就打你。"那茶房见朱伯益动气，方不敢开口了，然堵着嘴立住不动。

孙福全问朱伯益道："十四号房里住的，究竟是一个干什么的客人，你何以知道这伙计得罪了他，蒸不熟饭便是他开的玩笑呢？确实能断定是这样一个原因，自然应该由你带着这伙计去同他叩头认罪。所虑就怕不是他使的捉狭，却去向他叩头，不是叩一百个头也不中用吗？"

朱伯益回头向左右望了一望，走到孙福全身边低声说道："我也直到前四五日，才知道这陈乐天是一个奇人，今早这玩笑，十有八九是他闹出来的。"孙福全听说是个奇人，心里更不由得动了一动，忙问四五日前怎生知道的。朱伯益道："那话说来很长，且待我带这伙计去赔了礼，大家吃过了饭，我们再来细谈吧。"孙福全点了点头。

朱伯益带着茶房朝十四号房间走去。孙福全觉得不同去看看，心里甚是放不下，跟着到十四号房门外；只见房门仍紧紧关着，里面毫无动静。朱伯益举起两个指头轻轻在门上弹了几下，发出极和悦的声音喊道："陈爷醒来么？请开门呢！"这般喊了两声，即听得里面有人答应了。不一会儿，房门呀的一声开了。孙福全看开门人的服装形象，正是那茶房口里的陈乐天，开了房门，仍转身到房里去了，也没看唤门的是谁，好像连望也没望朱伯益一眼。

朱伯益满脸堆笑的，带着茶房进房去了，孙福全忙赶到窗下，只听得朱伯益说道："我这伙计是才从乡下雇来的，一点儿不会伺候客人，教也教不好，真把我气死了。听说今早因请陈爷起来吃饭，口里胡说八道的，可恶极了，我特地带他来向陈爷赔礼，千万求陈爷饶恕了他这一遭。"接着就听改了口腔说道："你得罪了陈爷，还不快叩头认罪，更待何时？"茶房叩头下去了。

陈乐天"哎呀"了一声问道："这话从哪里说起！朱先生是这么无端教他向我叩头，我简直摸不着头脑。我从昨夜睡到此刻，朱先生来敲门，才把我惊醒了。他又不曾见我的面，有什么事得罪了我呢？他今早什么时候曾来催我起床，我何以全不知道？"朱伯益道："他接连在这门外催了三次，因不见陈爷回答，他是一个粗野的人，口里就有些出言不逊，在他还以为陈爷睡着了不曾听见。"陈乐天道："实在是不曾听得，就是听得了，也算不了什么。你巴巴的带他来赔礼做什么呢？"

朱伯益道："只因厨房里开出来的饭，乃是大半甑生米，再扛到厨房里去蒸，直蒸到此刻还不曾上气。我再三查问，方知道是这伙计胆敢向陈爷无礼。"陈乐天不待朱伯益再说下去，连连摇手大笑道："笑话，笑话！哪有这种事？饭没有蒸不熟的道理。我因昨夜耽误了瞌睡，不想竟睡到此刻，若不是朱先生来叫，我还睡着不会醒来呢！我此时也觉得肚皮饿了，去去去，同吃饭去。"一面说，一面挽着朱伯益的手往外走，孙福全连忙闪开。

陈乐天走出房门，掉头向那茶房道："你去教厨房尽管把饭甑扛出来开饭，断不会有不熟的道理。"那茶房即跑向厨房去了。孙福全跟着陈乐天到饭厅里来，众客人因饭不熟，也都在饭厅里等得焦急起来了。大家正在议论，多猜不透是什么原因，见账房走来，一个个争着问饭怎么了。朱伯益笑道："诸位请坐吧，饭就来了。"

说也奇怪，陈乐天打发那茶房到厨房里去教开饭，这时饭甑里仍是冷冰冰的不透热气。那茶房因账房勒令他，向陈乐天叩头认罪，他心中不免有些不服，明知饭甑还是冷的，也教人扛了出来。他用意是要使朱伯益看看。陈乐天见饭甑扛来，随即将自己头上的破瓜皮帽一揭，挥手说道："快盛饭来吃，大家的肚皮饿了，我的肚皮也饿了。"他这几句话才说了，饭甑里的热气，便腾腾而上。那茶房吃了一惊，揭甑盖看时，不是一甑熟饭是什么呢？哪里还敢开口。众客人不知底细，只要大家有饭吃，便无人追问所以然。

孙福全独在一旁，留神看得明白，更不由得不注意陈乐天这人。看陈乐天的容貌服装，虽和那茶房说出来的不差什么，不过茶房的眼力有限，只能看得出表面的形象，为人的胸襟学问，不是他当茶房的人所能看得出来的。孙福全原是一个读书人，见识经验都比一般人强。他仔细看这陈乐天，觉得就专论形象，也有异人之处，两只长而秀的眼睛，虽不见他睁开来看人，只是最奇的，他视线所到之处，就从侧面望去，也看得出仿佛有两线亮光也似的影子，与在日光中用两面镜子向暗处照着的一般，不过没有那么显明罢了。加以陈乐天低头下视的时候居多，所以射出来的光影，不容易给人看见。

孙福全既看出了这一点异人之处，心想平常人哪有这种眼光？世间虽有生成夜眼的人，然夜眼只是对面看去，觉得眼瞳带些绿色，与猫、狗的眼睛相似，从侧面并看不出光影来。像陈乐天这种眼睛，决不是生成如此的；若是生成如此，他也用不着这么尽管低着头，好像防备人看出来的样子。不是生成的，就是练成的了，只不知他练成这么一对眼睛，有何用处？我本打算今日动身回北京去的，于今既遇了这样的异人，同住在一个客栈，岂可不与他结交一番？好在我此刻回北京，也没有重要的事情，便多在此盘桓几日，也没要紧。

早饭吃后，孙福全即与李禄宾商议道："我看这陈乐天，是一个了不得的人物，很不容易遇见的。我打算今日不走了，先和朱伯益谈谈，再到十四号房里去拜访他；若能与他结交，岂不又多一个有能耐的朋友，不知你的意思何如？"李禄宾道："在江湖上混饭吃的人，懂得些儿法术的极多，像这种雪山水，使人蒸不熟饭，尤其平常。会这些法术的乞丐，到处多有，这算得什么？你何必这么重视他。"

孙福全摇头道："不然！使人蒸不熟饭的法术，本是很平常，我也知道。不过我看陈乐天，不仅会这点儿法术，必还有其他惊人的能耐，你不可小觑了他。"李禄宾笑道："我不相信真有大能耐的人，会穷困到这样。我听得茶房说，他住了一个多月，房饭钱一个也还不出来，被这里账房逼得要上杨梅山了。我料他是因还不出房饭钱来，有意借这茶房得罪了他的事，显点儿邪法，好使这里账房不敢轻视他。走江湖的人，常有用这种手段的，你不要上他的当吧。"

孙福全道："我的心里不是你这么猜想，我于今也不能断定，他真有什么惊人的能耐，但是我料他也决不至如你所说的一文不值。朱伯益曾说直到前四五日，才知道陈乐天是个异人。朱伯益也是个极精明的人，不容易受人欺骗的。他说陈乐天是个异人，可见得我的眼睛不至大错。你若不情愿多在此耽搁，可先回北京去，并托你带一口信到我家里，说我至迟六七日后必能回家。"李禄宾笑道："我为什么不情愿多耽搁？你要结交异人，我便不要结交异人吗？"孙福全也笑道："你口口声声说不相信，我自然只得请你先走。"李禄宾道："我虽不相信他，但我相信你，我们问朱伯益去吧，看他因什么事知道陈乐天是个异人。"

孙福全遂同李禄宾走到账房里，凑巧朱伯益独坐在房中算账，见孙、李二人进来，即停了算盘让坐笑道："孙爷是个好友的人，我知道必是来问陈乐天的。"孙福全笑道："我佩服你的心思真细，居然想得到蒸饭不熟，是陈乐天开的玩笑；若是遇了粗心的人，只怕闹到此刻，还是大半甑生米呢！"

朱伯益道："这是很容易猜到的。我这里住的，多半是买卖场中的熟客，他们没有这能耐；就有这能耐，因都和我有点儿交情，也不至为小事这么与我开玩笑。并且开饭的时候，满栈的客人都到了饭厅，只陈乐天一人高卧未起。我前几日又知道他的法术非常高妙，加以查出来那伙计因唤他不醒，口出恶言的事，所以猜透了，不是他没有旁人。"

孙福全问道："饭后你还和他谈话没有，曾否问他使的是什么法术？"朱伯益道："饭后我到房里谈了一会儿，就是为要问他使的是什么法术。因为在我这里的厨司，曾在北京当过官厨，法术虽不懂得，然当官厨的，照例得受他师傅一种传授。万一因口头得罪了人，被仇家用法术使他的饭不熟或菜变味，他也有一种防范的法术，异常灵验，有时甚至把那用法术的人性命送掉。今早蒸饭不熟，厨司已知道，是有人下了手，还不慌不忙的点了香烛，默祷了一阵，向甑上做了几下手势，以为好了，谁知仍不透气。厨司生气道：'定要我下毒手吗？'说时取了一根尺来长的铁签，揭开甑盖，插入生米之中，据说这么一针，能把用法术害人的人性命送掉。谁知铁签插下去好久，依然不能透气。厨司才吃惊说道：'这人的法术太大，得抓一只雄鸡来杀了，并要换一个新甑。'如是七手八脚的换了新甑，厨司摆了香案，捉一只雄鸡，杀死在灶头上。可怪那杀死的雄鸡，一滴鲜血也没有，厨司吓得掼了菜刀，叩头无算。他师傅传授他防范的法术使尽了，奈不何这用法术的人，可知这人用的不是寻常雪山水一类的法术。我既看了这种情形，所以要问陈乐天用的究竟是什么法术？陈乐天道：'并不是真法术，不过是一种幻像而已。我问怎么是一种幻像，他说饭本是蒸熟了的，毫无变动，但是在一般人的眼中看来，是大半甑生米，不是熟饭。其实若有意志坚强的人，硬认定这生米是熟饭，用碗盛起来就吃，到口仍是熟饭，并非生米。'我问：'怎么分明是熟饭，一般人看了却是生米呢？'陈乐天道：'这是我心里要使熟饭成生米，所以一般人看了就是生米。譬如这分明是一个茶杯，我心里要这茶杯变成马桶，一般人看了就只见这里有一个马桶，不见茶杯，其实并非马桶。'我问：'何以分明是一个茶杯，你想变成马桶，人看了就是马桶呢，这是什么道理咧？'他说：'因为茶杯也是幻像，并不是茶杯，所以说是什么便是什么。'我听了他这话，简直是莫名其妙，心想必是他不肯将用的什么法术明说给我听，所以拿这含糊不可解的话来敷衍，也就不便追问，只得告辞出来。"

孙福全听了也不在意，只问道："你刚才说在四五日前，方知道他是一个异人，是因为什么事知道的呢？我极有心想结交他，请你把如何知道他是异人的事，说给我听；并请你引我两人到他房里去拜访他，替我两人绍介一下。"旋说旋起身向朱伯益拱了拱手。

不知朱伯益说出些什样异事来，孙、李二人结交了陈乐天没有，且俟下回再写。

总评：

　　盖三省之称霸关东，亦已久矣！乃一与李禄宝遇，即一败再败，至于不可收拾。甚矣！虚名之不可长恃，而实力之不能不具也。一般纯盗处士虚声者，正可引为殷鉴。

　　两次比武，两番写法，极笔歌墨舞之致，真能手也！

　　因蒸饭不熟事，闲闲出一陈乐天，接搭之佳，有如天衣无缝，而此下即为陈乐天传矣。一般读者，既已见此"奇人"二字之头衔，固无不亟欲一读其下文耳。

第二十回

朱伯益演说奇异人
陈乐天练习飞行术

话说朱伯益见孙福全说得这般慎重，忙也起身拱手说道："介绍两位去拜访他，是再容易没有的事。像陈乐天这样的人物，确是够得上两位去结交。我在几日前，不但不知道他是一个有大本领的人，并把他当做一个吃里手饭的朋友。前几日我因私事到韩春圃大爷家里去，在门房里问韩大爷在不在家？那门房时常见我和韩大爷来往，知道不是外人，便向我说道：'大爷在虽在家，只是曾吩咐了，今日因有生客来家，要陪着谈话，不再见客。若有客来了，只回说不在家。'我便问来的生客是谁，用得着这么殷勤陪款。

"那门房脸上登时现出鄙夷不屑的神气说道：'什么好客？不知是哪里来的一个穷小子，也不知因什么事被我们大爷看上了。今早我们大爷还睡着不曾起床，这穷小子就跑到这里来，开口便问我韩春圃在家么？我看他头上歪戴着一顶稀烂的瓜皮小帽，帽结子都开了花，一条结成了饼的辫子盘在肩上，满脸灰不灰白不白的晦气色，还堆着不少的铁屎麻；再加上一身不称身和油抹布也似的衣服，光着一双乌龟爪也似的脚，套着两只没后跟的破鞋，活是一个穷痞棍。我这里几曾有这样穷光蛋上过门呢？并且开口韩春圃。我们韩大爷在东三省，谁不闻名钦敬，谁敢直口呼我大爷的名字？我听不惯他这般腔调，又看不上眼他这般样范，对他不起，给他一个不理，只当是没有看见。他见我不理，又照样问了一声。我便忍不住回问他道：'你是哪里来的？韩春圃三个字由得你叫唤吗？好笑。'他见我这么说，反笑嘻嘻的对我说道：你是韩春圃家里的门房，靠韩春圃做衣食父母，自然只能称呼他大爷，不敢提名道姓呼韩春圃。我是他的朋友，不称呼他韩春圃称呼什么？请你去通报你们大爷，说我陈乐天特地来拜他。'

"我一听门房说出'陈乐天'三个字，实时想起十四号房间里的客人，正是姓陈名乐天，也正是门房所说的那般容貌装束。不觉吃了一惊问道：'你们大爷在哪里认识这陈乐天的？若是多年的老朋友，陈乐天已在我们栈里住了一个多月，不应该直到今日才来见你们大爷？'那门房蹙着双眉摇头道：'有谁知道他在哪里认识的呢？他虽说与我们大爷是朋友，我如何相信我们大爷会交他这种叫化子朋友？时常有些江湖上流落的人，来找我们大爷告帮，大爷照例不亲自见面，总是教账房师爷出来，看来人的人品身份，多则三串、五串，少也有一串、八百，送给来人。这是极平常的事，每年是这么送给人的钱也不计其数。我以为这陈乐天也不过是一个来告帮的人。平常来告帮的无论怎样，总得先对我作揖打拱，求我进去说两句方便话。这陈乐天竟使出那儿子大似老子的嘴脸来，谁高兴睬他呢？料想他这种形象，就有来头，也只那么凶，即向他说道：我们大爷出门去了，你要见下次再来。他嗄了一声问道：你们大爷出门去了吗，什么时候出门去的？我说：出门去了就出门去了，要你问他什么时候干吗？他不吃着你的，轮不着你管。我这番话，就是三岁小孩听了，也知道我是不烦耐理他，有意给嘴脸他瞧的。他倒一些儿不动气的说道：'不是这般说法，我因他昨夜三更时分还和我谈了话，再三约我今早到这里来。我因见他的意思很诚，当面应允了他，所以不能失信。今早特地早起到这里来，你说他出门去了，不是奇怪吗？'说时伸着脖子向里面探望。我听他说昨夜三更时分，还和我们大爷谈了话，心里就好笑起来，我们大爷昨日下午回家后，便在家里不曾出门，也没有人客来访，并且我知道大爷素来睡得很早，终年总是起更不久就上床，怎么三更半夜还和他谈了话呢？这话说出来，越发使我看出他是个无聊的东西，本打算不睬他的，但是忍不住问他道：你昨夜三更时分，还和我们大爷谈了话吗，在什么地方谈的，谈了些什么话？他说道：'谈话的地方，就在离此地不远，谈了些什么话，却是记不得了，只记得他十分诚恳的求我今早到这里来，你不用问这些闲话吧！请你快去通报一声，他听说我陈乐天来了，一定很欢喜的。'这陈乐天越是这般说，越使我不相信，不由得哈哈大笑道：'我大爷昨日下午回家后，不曾出大门一步，我是在这里当门房的人，大爷出进都不知道吗？我大爷从来起更就上床，你三更时分和他谈话，除非是做梦才行，劝你不必再瞎扯了。你就见着我们大爷，也得不了什么好处。'不料我这几句话，说得他恼羞成怒起来，竟泼口大骂我混账，并指手画脚的大闹。大爷在上房里听了他的声音，来不及穿衣服，披着衣，趿着鞋，就迎了出来。可怪，一见是这穷小子，简直和见了多年不曾会面的亲骨肉一般，跑上前双手握住陈乐天的手，一面向他赔罪，一面骂我无礼，接进去没一会儿，就打发人出来吩咐我今日不再见客的话。原来这陈乐天是住在朱爷客栈里的吗？他到底是一个何等人呢？

"我说：'他虽在我客栈里住了一个多月，但是我也不知道他到底是何等之人。你们大爷若是陪着旁的客人，不再见客，我也不敢冒昧去见，既是陪的是陈乐天，并且如此殷勤恭敬，我倒要进去见见你大爷。打听你大爷何以认识他，何以这般殷勤款待他？'那门房说道：'大爷既经打发人出来吩咐了我，我怎么敢上去通报呢？'我说：'无须你去通报，我和你大爷的交情不比平常。他尽管不见客，我也要见他，我见了他把话说明白，决使他不能责备你不该放我进去。'门房即点头对我说道：'大爷此刻不在平日会客的客厅里，在大爷自己抽大烟的房里。'"

孙福全听到这里问道："韩春圃是什么人？我怎的不曾听人说过这名字？"朱伯益道："孙爷不知道韩春圃吗？这人二十年前，在新疆、甘肃、陕西三省走镖，威名很大，结交也很宽广，因此多年平安，没有失过事。只为一次在甘肃押着几辆镖车行走，半途遇了几个骡马贩子，赶了一群骡马，与他同道，其中有一个年约六七十岁的老头，老态龙钟的也赶骡马。韩春圃见了就叹一口气说道：'可怜，可怜！这么大的年事了，还不得在家安享安享，这般风尘劳碌，实在太苦恼了。'韩春圃说这话，确是一番恤老怜贫的好意，谁知道这不服老的老头听了，倒不受用起来，立时沉下脸来说道：'你怎不在家安享，却在这条路上奔波做什么？'韩春圃随口答道：'我的年纪还不算老，筋力没衰，就奔波也不觉劳苦，所以不妨。'

"这老头不待韩春圃再说下去，即气冲冲的截住话头说道：'你的年纪不老，难道我的年纪老了吗？你的筋力没衰，难道我的筋力衰了吗？'韩春圃想不到一番好意说话，会受他这般抢白，也就生气说道：'我怜恤你年老了，还在这里赶骡马，全是出自一番好意，你这老东西真太不识好了！'老头更气得大叫道：'气死我了！你是个什么东西？做了人家的看家狗，尚不知羞，你配可怜我吗？我岂是受你怜恤的人。'

"韩春圃被老头骂得也气满胸膛，恨不得实时拔出刀来，将老头劈做两半个，方出了胸头的恶气。只是转念一想，这老头已是六七十岁了，这般伛腰驼背的，连走路都走不动的样子，我就一刀将他劈死了，也算不得什么，只是江湖上人从此便得骂我欺负老弱。并且他不曾惹我，是我不该无端去怜恤他，算是我自讨的烦恼，且忍耐忍耐吧！此念一起，遂冷笑了一笑说道：'好，好！是我瞎了眼，不该怜恤你。你的年纪不老，筋力也没衰，恭喜你将来一百二十岁，还能在路上赶骡马。'说毕打马就走。

"不料那老头的脾气，比少年人还来得急躁，见韩春圃说了这些挖苦话，打马就跑，哪里肯罢休呢？竟追上来将几辆镖车阻住，不许行走。韩春圃打马就跑，并非逃躲，不过以为离远一点儿，免得再费唇舌，做梦也想不到老头公然敢将镖车阻住。这样一来，再也不能忍耐不与他计较了，勒转马头，回身来问老头为什么阻住镖车不放？老头仍是怒不可遏的说道：'你太欺负人了！你欺我年老筋力衰，我倒要会会你这个年纪不老、筋力不衰的试试看。'

"韩春圃看老头这种举动，也就料知他不是等闲之辈。但是韩春圃在这条路上，走了好几年的平安镖，艺高胆大，哪里把老头看在眼里，接口说道：'好的！你要会会我，我在这里，只问你要怎生会法？'老头道：'我也随你要我怎生会我就怎生会，马上步下，听你的便。我若会不过你，你可怜我，我没得话说；倘若你会不过我，那时我也要可怜

你了。'韩春圃道:'我会不过你,从此不吃镖行饭,不在这条路上行走,我们就是步下会吧!'

"韩春圃要和他步下会,也有个意思。因见那一群骡马当中,有一匹很好的马,老头是做骡马生意的人,骑马必是好手,恐怕在马上占不了他的便宜。步下全仗各自的两条腿健朗,方讨得了便宜。看老头走路很像吃力的样子,和他步战,自信没有吃亏之理。老头连忙应道:'步下会很好,你背上插的是单刀,想必是你的看家本领,我来会你的单刀吧!'

"韩春圃的刀法,固是有名,在新、甘、陕三省享盛名,就是凭单刀得来的。只是刀法之外,还仗着插在背上的那把刀,是一把最锋利无比的宝刀,略为次一点儿的兵器,一碰在这刀口上,无不削为两段;被这刀削坏了的兵器,也不知有多少了。老头说要会他的单刀,他正合心意,实时抽出刀来,看老头不慌不忙的从裤腰带上取下一根尺多长的旱烟管,形式分两,仿佛是铁打的,然不过指头粗细。韩春圃准备一动手,就得把这旱烟管削断,使老头吃一惊吓。哪知道动起手来,旱烟管削不着倒也罢了,握刀的大拇指上,不知不觉的被烟斗连敲了两三下,只敲得痛不可忍,差不多捏不住刀了。亏他见机得早,自知不是对手,再打下去必出大笑话,趁着刀没脱手的时候,急跳出圈子拱手说道:'老英雄请说姓名,我实是有眼不识泰山,千乞恕我无状。'老头这才转怒为喜,哈哈笑道:'说什么姓名?你要知道,有名的都是饭桶;不是饭桶,不会好名,你走吧!'

"韩春圃自从遇了这老头以后,因曾说了打不过不再保镖的话,就搬到吉林来住家,手边也积蓄了几万两银子的财产,与几个大商家合伙做些生意,每年总得赚一万八千进来。二十年来,约莫有五六十万了,在吉林可算得是一家巨富。生性最好结交,有钱更容易结交,韩春圃好客的声名,早已传遍东三省了。不过他近年因时常发些老病,抽上了几口大烟,武艺只怕久已不练了。但是遇了有真实本领的人,他还是非常尊敬,迎接到家里款待,一住三五个月,临行整百的送盘缠是极平常的事。我与他的交情已有二十年了,承他没把我当外人,做生意的事多喜和我商量，我也竭心力替他计算，依他多久就要请我去他家管账。我因这边的生意有三四成是我自己的，绊着不能分身，只好辞了他不去。

"他抽大烟的房间，在他的睡房隔壁，他前年还买了一位年轻的姨太太，所以抽大烟的房间里，轻易不让外客进去。他知道我一则年纪老了；二则也不是无义气、不正派的朋友，有生意要请我去商量的时候，多是邀我到那房里坐，便是他那新姨太也不避我，因此我才敢不要门房通报，自走进去。

"刚走中门，里面的老妈子已经看见我了，连忙跑到韩春圃房门口去报信。只听得韩大爷很豪爽的声音说道：'朱师爷来了吗？好极了，快请进来！'那老妈子回转身来时，我已到了房门口。韩大爷起身迎着笑道：'你来得正好，我方才知道这位陈师傅，也是住在你那客栈里，这是毋庸我介绍的。'势利之心谁也免不了，陈乐天在我客栈里住了一个多月，我实在有些瞧不起他的意思，此时因他在韩大爷房中，又听得说韩大爷如何敬重他，我心里更不知不觉的对他也生了一种钦敬之念。当即笑回答道：'陈爷是我栈里的老主顾，怎用得着大爷的介绍？'说着，即回头问陈乐天道：'陈爷和韩大爷是老朋友吗？'陈乐天摇头笑道：'何尝是老朋友！昨夜三更时分才会面，承他不弃，把我当一个朋友款待。我也因生性太懒，到吉林住了三四十日，连近在咫尺的韩大爷都不认识，亏得昨夜在无意中和他会了面，不然真是失之交臂了。'

"我听了这话，趁势问韩大爷道：'大爷从来起更后就安歇，怎么昨夜三更时分，还能与陈爷会面呢？'韩大爷大笑道：'说起来也是天缘凑巧，我一生好结交天下之士，合该我有缘结交这位异人。我这后院的墙外，不是有一座小山吗？我这后院的方向，原是朝着那小峰建造的，每逢月色光明的时候，坐在后院中，可以望见山峰上的月色溶溶，几棵小树在上面婆娑弄影。有时立在山峰下视，这后院中的陈设，也历历可数，那山如就是这所房子的屏障。后来因有人说，在山峰上可以望见后院，不大妥当，恐怕有小人从山上下来，偷盗后院中的东西，劝我筑一道围墙，将一座小山围在里面，也免得有闲人上山，侵害山上草木。我想也好，筑一道围墙，观瞻上也好一点，因此就筑了一道丈多高

235

的围墙。自从筑成那道围墙之后，这山上除了我偶然高兴走到上面去玩玩之外，终年没有一个外人上去。昨夜初更过后，我已上床睡了，一觉醒来，也不知是什么时候了，忽觉得肚中胀痛，咕噜咕噜的响个不了。我想不好了，必是白天到附近一个绅士家吃喜酒，多吃了些油腻的东西，肚中不受用，随即起来到厕所里去大解。去厕所须从后院经过，大解后回头，因见院中正是皓月当空，精神为之一爽，便立在院中向山峰上望着，吐纳了几口清气。陡见照在山上的月，仿佛有一团黑影，上下移动。我心里登时觉得奇怪，暗想若不是有什么东西悬在空中，如何会有这一团黑影照到山上呢？遂向空中望了一望，初时并没有看见什么，再看山上的黑影，忽下忽上的移动了一阵，又忽左忽右的移动起来，越看越觉得仔细，好像是有人放风筝，日光照在地下的风筝影一样。此时已在半夜，哪有人放风筝呢？并且这山在围墙之内，又有谁能进来放风筝呢？我心里如此猜想，忽然黑影不见了，我舍不得就此回房安歇，仍目不转睛的向山上看着。一会儿又见有一团黑影从东边飞到西边，但并不甚快，不似鸟雀飞行的那般迅速，这样一来，更使我不能不追寻一个究竟。从后院到山上，还有一道小墙，墙上有一张门，本是通山上的。我也来不及回房取钥匙，急忙将锁扭断，悄悄的开门走上山去。走不到十来步，就看见那团黑影，又从西边飞到东边去了。在院中的时候，被墙头和房檐遮断了，只能看见山上黑影，不能看见黑影是从哪里来的。一到山上，立时看见这位陈师傅，简直和腾云驾雾的一样，从西边山头飞过东边山头。

　　"'我在少年时候，就听得说有飞得起的人，只是几十年来，尽力结交天下豪杰之士，种种武艺，种种能为的人，我都见过，只不曾见过真能飞得起的人，纵跳功夫好的，充其量也不过能跳两丈多高，然是凭各人的脚力，算不得什么。像陈师傅这样，才可算得是飞得起的好汉。我当时看了也不声响，因为一发声出来，恐怕就没得给我看了，寻了一处好藏身的所在，将身体藏着偷看。果见陈师傅飞到东边山头，朝着月光手舞脚蹈了一阵，好像从怀中取出一个纸条儿，即将纸条儿对月光绕了几个圆圈，顷刻就点火把纸条儿烧着。我刚才问陈师傅，方知道烧的是一道符箓，烧完了那符箓之后，又手舞脚蹈起来，旋舞旋向上升起，约升了一丈多高，就停住不升了，悬在空中。凑巧一阵风吹来，只吹得摇摇摆摆的荡动，经过二三分钟光景，缓缓的坠将下来，落在山头，便向月光跪拜；又取一道符箓焚化了，又手舞脚蹈，又徐徐向上升起。这回升得比前回高了，离山头足有十丈以外，并不停留，即向西移动，仿佛风推云走，比从西山头飞过东山头时快了一倍。我看那飞行的形势，不像是立刻要坠落下来的样子，唯恐他就此飞去了，岂不是错过了千载难逢的机会吗？只急得我跳出来向空中喊道：请下来，请下来！我韩春圃已在此看了多时，是何方好汉，请下来谈谈。因在夜深万籁无声的时候，陈师傅离地虽高，然我呼喊的声音，还能听得清楚。他听得我的声音，实时停落下来，问我为何三更半夜不在家里安睡，到这山上来叫唤些什么？'我就对他作了揖，随口笑道：'你问我为何不在家安睡，你如何也在这里呢？我韩春圃今年将近六十岁了，十八岁上就闯荡江湖，九流三教的豪杰，眼见的何止千人，却从来没有见过像你这般飞得起的好汉。这是天假其缘，使我半夜忽然肚痛，不然也看不见。请问尊姓大名，半夜在这山上飞来飞去，是何用意？陈师傅答道：半夜惊动你，很对不起。我姓陈名乐天，四川人，我正在练习飞行，难得这山形正合我练习飞行之用。不瞒你说，我每夜在这山上练习，已整整的一个月了。我听了练习飞行的话，心里喜欢的什么似的。我的年纪虽近六十了，然豪气还不减于少年，若是飞行可以学得，岂不是甚好。便向陈师傅拱手说道：今夜得遇见陈师傅，是我生平第一件称心如意的事。我心里想向陈师傅请教的话不知有多少，一时真说不尽。这山上也不是谈话之所，我想委屈陈师傅到寒舍去休息一会儿，以便从容请教。寒舍就在这里，求陈师傅不可推却。谁知陈师傅连连摇手说道：不行，不行！此刻已是三更过后了，我不能不回去谢神，方才若不是你在下面叫喊，我早已回去了。'

"'陈师傅虽是这么说，但是我恐怕他一去，就再无会面之期，如何肯轻易错过呢？也顾不得什么了，双膝朝他跪下说道：陈师傅若定不肯赏脸到寒舍去，我跪在这里决不起来。陈师傅慌忙伸手来扶，我赖在地下不动，陈师傅就说道：我既到了这山上，为什么不肯到你家去呢？实在因为我练习飞行，须请来许多神道，每夜练过之后，务必在寅时以前谢神，过了寅正，便得受神谴责。此刻三更已过，若再迟半个时辰就过寅正了，我自己的正事要紧，不能为闲谈耽误，这一点得请你原谅。我见陈师傅说得如此慎重，自然不敢再勉强，只是就这么放他走了，以后不知能否见面，不是和不曾遇见的一样吗？只得问他住在什么地方？陈师傅说：我住的地方，虽离此不远，只是我那地方从来没有朋友来往，你既这般殷勤相待，我明早可以到你这里来会你。我在吉林住了四十多日，并在这山上练习了一个月，却不知道你是一个好结纳的人，我也愿意得一个你这样的朋友，以解旅中寂寞。我见陈师傅应允今早到这里来，才喜滋滋的跳了起来，又再三要约，陈师傅一面口中回答，一面已双脚腾空，冉冉上升，一霎眼的工夫，便已不知飞向何方去了。你说像这样的奇人，我生平没有遇见过，于今忽然于无意中遇见了，教我如何能不欢喜？

"'陈师傅去后，我还向天空呆望了许久，直到小妾因不见我回房，不知为什么蹲坑去了这么久，疑心我在厕所里出了毛病，带了一个老妈子，掌灯同到厕所来看。见厕所里没有我，回身看短墙上的后门开着，锁又被扭断在地，简直吓得不知出了什么乱子。正要大声叫唤家下众人起来，我才听出来小妾和老妈子说话的声音，连忙下山跳进后院，若再呆立一会儿必闹得一家人都大惊小怪起来。小妾问我为什么半夜跑上后山去，我也没向她说出来，因为恐怕她们妇道人家不知轻重，听了以为是奇事，拿着去逢人便说。我想陈师傅若不是不愿意给人知道，又何必在三更半夜跑到这山里来练习呢？既是不愿意给人知道，却因我弄得大众皆知，我自问也对不起陈师傅。不过因我不肯将遇陈师傅的事说出来，以致看门的人不认识陈师傅，言语之间多有冒犯之处，喜得陈师傅是豪杰之士，不计较小人们的过失，不然更是对不起人了。'

"我听了韩春圃这一番眉飞色舞的言语，方知道所以这般殷勤款待陈乐天的缘故。韩春圃果然是欢喜结纳天下的英雄好汉，但是我朱伯益也只为手头不及他韩春圃那么豪富，不能对天下的英雄好汉，表现出我欢喜结纳的意思来。至于心里对有奇才异能的人物，推崇钦佩之念，也不见得有减于韩春圃。当下听过韩春圃的话，即重新对陈乐天作揖道：'惭愧之至！我简直白生了两只肉眼，与先生朝夕相处在一块儿一个多月了，若非韩大爷有缘，看出先生的绝技来。就再同住一年半载，我也无从知道先生是个异人，即此可见先生学养兼到，不屑以本领夸示于人。'陈乐天回揖笑道：'快不要再提学养兼到的话了，提起来我真要惭愧死了。我是个一无所成的人，无论学习什么，都只学得一点儿皮毛，算不得学问。蒙韩大爷这么格外赏识，甚不敢当。'

"陈乐天在我这里，住了一个多月，无日不见面两三次，每次一见他的面，看了他那腌臜的形象，心里就不由得生出厌恶他的念头来，谁还愿意拿两眼仔细去看他呢？此时既知道他是一个奇人了，不但不厌他腌臜，反觉得有他这般本领的人，越是腌臜，越显得他不是寻常之辈。再仔细看他的相貌，腌臜虽仍是腌臜极了，然仔细看去，确实不是和平常乞丐一般的腌臜，并且相貌清奇古怪，两眼尤如电光闪烁，尽管他抬头睁眼的时候很少，还是能看得出他的异相来。韩大爷问他到吉林来做什么事？他说他在四川的时候，听得有人说吉林的韩登举，是一个豪杰之士，能在吉林省内自辟疆土，俨然创成一个小国家模样。在管辖疆土之内，一切的人物都听韩登举的号令，不受官府节制，不奉清朝正朔，拥有几万精强耐战之兵，使吉林官府不敢正眼望他。远道传闻，不由得他非常欣羡，所以特地到吉林来，一则要看看韩登举是何等人物；二则想调查韩登举这种基业，是如何创立成功的，内部的情形怎样？到吉林之后，见了韩登举，甚得韩登举的优待，住了几日，就兴辞出来，移寓到我这客栈里。韩大爷又问他，特地从四川来看韩登举，何以在韩登举那里只住几日，而在客栈里却盘桓一个多月，是何用意？他笑答道：'没有什么用意。吉林本是好地方，使人流连不想去，在韩登举那里受他的殷勤招待，多住于心不安，客栈里就盘桓一年半载，也没要紧，所以在客栈里住这么久。'

"韩大爷安排了酒菜，款待陈乐天，就留我作陪客，我也巴不得多陪着谈谈。酒饮数巡之后，韩大爷说道：'我从前只听得说有飞得起的人，还以为不过是心里想想，口中道说罢了，实在决没有这么一回事，哪知道今日竟亲眼看见了。我既有缘遇着，就得请教陈师傅，这样飞行的法术，必须何等人方能练习？像我这种年逾半百的人，也还能练习得成么？'陈乐天点头道：'飞行术没有不能练习的人，不过第一须看这人有没有缘法；第二须看这人能不能耐劳苦，就是年逾半百，也无不可练习之理。但是，人既有了五十多岁，精力总难免衰颓，未必还能耐这劳苦！如果是曾学过茅山教法术的人，哪怕是八十以上的年纪，也还可以练习。'

"韩大爷道：'茅山教的名称，我也只听得有人说过，会茅山教法术的人，并没有见过。我的精力本来不至于就这么衰颓的，只因武艺这项学问，太没有止境了，真是强中更有强中手，谁也不能自夸是魁尖的人物，为此把我少年争强好胜之心，完全销歇了。二十年来既不吃镖行饭了，便不敢自认是会武艺的人，连少年时所使用的兵器，都送给人家去了。常言'拳不离手，曲不离口'，二十年来不练武艺，专坐在家中养尊处优，又抽上了这几口大烟，精力安得不衰颓呢？不过精力虽衰，雄心还是不死，若能使我练成和陈师傅一般的飞行术，我倒情愿忍劳耐苦，除死方休。只要请教陈师傅，我有不有这种缘法。'

"陈乐天笑道：'你能遇着我，缘法倒是有的，只是那种劳苦，恐怕不是你所能忍耐的。不是我故意说得这么烦难，在不会茅山教法术的人，要学画一道符，就至少非有三年的苦功夫，不能使画出来的符生感应。'韩大爷道：'啊呀呀！有这么难吗？画什么有这么难呢？'陈乐天道：'画符没有难易，能画一道，便能画一百道。一道灵，百道也灵；一道不灵，百道也不灵。'韩大爷道：'符有什么难画，笔法多了画不像吗？'陈乐天大笑道：'哪里是笔法多了画不像，任凭有多少笔法，哪有画不像之理？所难的就下笔之初，能凝神一志，万念不生。在这画符的时候，尽管有刀枪水火前来侵害，都侵害画符的人不着。一道符画成，所要请的神将，立时能发生感应，只看画符人的意思要怎样，便能怎样，所以知道画符的人极多，而能有灵验的符极少。并不是所画的形象不对，全在画符的人没有做功夫，神志不一，杂念难除，故不能发生

240

感应。古人说：'至诚格天。'这至诚两个字，不是一时做得到的，无论什么法术，都得从至诚两字下手。会得茅山教法术的人，有了画符的本领，再学飞行术，多则半年，少则百日，可望成功，否则三年五载也难说。'

"韩大爷道：'三年五载可望成功，我也愿意练习，请教先做画符的功夫应该如何下手，不烦难么？'陈乐天道：'万般道法，无不从做坐功下手，虽做法各有派别不同，然入手不离坐功，成功也不离坐功。坐功无所谓难易，成功却有迟早。天资聪颖，平日习静惯了的人，成功容易些；天资钝鲁，平日又生性好动的人，成功难些。'韩大爷听了这话即大笑道：'我本来是一个生性极好动的人，一时也不能在家安坐，但近十多年以来，我的性情忽然改变了，不但不好动，并且时常整月或二十日不愿出门。十多年前，若教我一个人终日坐守在一间房里，就是用铁链将我的脚锁牢，我也得设法把铁链扭断，到外面去跑跑。近来就大不然，哪怕有事应该出外，我也是寅时挨到卯时，今日推到明日。这十多年来，倒可说是习惯静了，于坐功必很相宜。'

"陈乐天听了也大笑，笑了一声，却不往下说什么。韩大爷知道他笑的有因，忍不住问道：'我的话不对吗？陈爷和我初交不相信，这位朱师爷与我来往二十年了，陈爷尽管问他，看我在十多年前，是性情何等暴躁，举动何等轻浮的人。'我正待说几句话，证实韩大爷的话，确是不差。陈乐天已摇头笑道：'我怎么会不相信韩爷的话？韩爷便不说出近来性情改变的话，我也能知道不是十多年前的性情举动了。不过这样还算不得是性情改变，也不能说是习惯静了。'

"韩大爷忙问是什么道理。陈乐天随即伸手指着炕上摆的大烟器具说道：'若没有这东西就好了。抽上了这东西的人，大概都差不多，只要黑粮不缺，就是教他一辈子不出房门，他一心在吞云吐雾，也不烦不躁。若再加上一两个如花似玉的姨太太，时刻不离的在旁边陪着，无论什么英雄豪杰，到了这种关头，英锐之气也得消磨净尽。是这样的不好动，与习静做坐功的不好动，完全是背道而驰的。习静做坐功的人，精神充实，心志坚定，静动皆能由自己做主，久而久之，静动如一。抽上了大烟的人，精神日益亏耗，心志昏沉，其不好动，并非真不好动，是因为精力衰惫，肢体不能运用自如，每每心里想有所举动，而身体软洋洋的懒得动弹。似这般的不动，就是一辈子不动，也不能悟到静中之旨。倘这人能悟到静中之旨，则人世所有的快乐，都可以一眼看透是极有限的，是完全虚假的，并且就是极苦的根苗。我承韩爷格外的殷勤款待，又知道韩爷是一个有豪情侠骨的人，如安于荒乐，没有上进之念倒也罢了；今听韩爷宁忍劳耐苦，要学飞行术的话，可知韩爷还有上进之心。既有上进之心，我便不忍不说。韩爷在少年的时候，就威震陕、甘、新三省，那时是何等气概？五十多岁年纪，在练武艺的人并不算老，以八十岁而论，尚有二十多年可做事业，若能进而学道，有二十多年，其成就也不可限量。苦乐两个字，是相倚伏的，是相因果的，即以韩爷一人本身而论，因有少壮时奔南走北、风尘劳碌之苦，所以有二十年来养尊处优之乐。然少壮时的苦，种的却是乐因，而二十年来之乐，种的却是苦因，所以古人说：'乐不可极'，凡事皆同一个理。乐字对面是苦，乐到尽头，不是苦境是什么呢？'

"韩大爷听了陈乐天这番议论，虽也不住点头，只是心里似乎不甚悦服，随口就说道：'陈爷的话，我也知道确有至理。不过照陈爷这样说来，人生一世，应该是困苦到底，就有快乐也不可享受吗？困苦到死，留着乐境给谁呢？'韩大爷问出这话，我也觉得问得很扼要，存心倒要看陈乐天怎生回答。"

孙福全也点头问道："陈乐天毕竟怎生说呢？"朱伯益笑道："他不慌不忙的答道：'我这番话，不是教韩爷不享快乐，更不是教韩爷困苦到底，有福不享。我刚才说人世所谓快乐，是极有限的，是完全虚假的。就为人世的快乐，太不久长，而在快乐之中，仍是免不了种种苦恼。快乐之境已过，是更不用说了，快乐不是真快乐，而苦乃是真苦。凡人不能闻至道，谁也免不了困苦到底，因为不知道真乐是什么，以为人世富贵利达是真乐；谁知越是富贵利达，身心越是劳苦不安。住高堂大厦，穿绫罗绸缎，吃鸡鹅鱼鸭，也就算是快乐吗？即算这样是快乐，几十年光阴，也不过霎霎眼就过去了，无常一到，这些快乐又在哪里？

所带得进棺材里去的，就只平日贪财好色、伤生害命的种种罪孽。至道之中，才有真正的快乐，所以孔夫子说：'朝闻道，夕死可矣！'可知至道与人的死生有极大的关系。孔夫子的第一个好徒弟颜渊，家境极贫寒，然住在陋巷之中，连饭都没得吃，人家替他着急，而他反觉得非常快乐。他所快乐的，就是孔夫子朝闻可夕死的至道。于此可知，从至道中求出来的快乐，才是真快乐。'

"韩大爷面上现出迟疑的样子说道：'陈爷的话，虽反复详明的说出来，然我听了还是不大明白，不知道至道究竟是个什么东西？'陈乐天点头说道：'这东西一时本也不容易明白，因为道是没有形象，没有声音，没有颜色的。要在道的本身说出一个所以然来，不是说不出，只是说出来，在听的还是不容易明白；倒不如专就道字的字面解说，韩爷听了或者能了解道的意义。譬如从吉林到北京，所走的路也谓之道，这道是去北京的人所必经的。我所说的至道，也就是人生所必经的，所以有'夫道，若大路然'的说法。不过道有体有用，如孝、悌、忠、信、礼、义、廉、耻，是道之用，不是道之体。就是忠、恕，也只是道之用的一端，不是道之体。说孔夫子的道，就是忠、恕两个字，是说错了的，道字包括得甚广，凡人生所必经的，皆谓之道。然也皆是道之用，而非道之体。道之体，是无形、无声、无色，而为一切形、一切声、一切色之本，不可以得，不可以见，但可以证。人能证这至道之体，便可以与天地同其久长，与日月同其明朗，与雷霆风雨同其作用。因无以名之，而名之曰道。其实这道不过是要达到此种境界的必经之路，韩爷这下子明白了么？'

"韩大爷忽然跳了起来说道：'我不但明白了，并且十分相信陈爷所说的道，是生死人而肉白骨的至道，非同小可。我从前虽也时常听得有人说，某人修道，某人学道，我听了，倒觉好笑，以为哪里有什么道？至多修炼些法术，对人玩玩把戏罢了。于今听陈爷说来，才知道真有能与天地同其久长的至道。'陈乐天道：'法术与道绝不相关，会法术的人不必明道，明道的人也不必会法术。不过修道的人，修到了那种时期，自然有神通、有法术，而且那种神通法术，不是寻常会法术的人所能比拟。修道的人有神通、有法术，譬如读书人能做文章、能写字，是读书人的分内事，算不了什么！至于练习飞行术，虽不能说就是修道，然着手的方法是一样，也可以说是入道之门，此中已有真乐，不是人世所谓快乐可与比较。'

"韩大爷听了也不说什么，抖了抖身上衣服，恭恭敬敬的向陈乐天作了三个揖，然后双膝跪下去叩头，吓得陈乐天慌忙陪着跪下，问为什么无端行这大礼。韩大爷道：'我这拜师的礼节，虽是简慢些儿，然我的心思很诚恳，望师傅不要推辞。'陈乐天将韩大爷扶了起来说道：'我的话原含着劝你学道的意思在内，你于今要拜我为师，我岂有推辞之理！不过我老实对你说，我还够不上做你的师傅。我们不妨拜为师兄弟。我有师傅在四川，只要你有诚心向道，入我师傅的门墙，是包可做到的。'韩大爷道：'承你不弃，肯认我做师兄弟，引我入道，我是五内铭感，就教我粉身碎骨图报，我也是情愿的。'陈乐天连连摇手道：'不要说得这般客气，你不知道我师傅的为人，你拜在他老人家门下，果能诚心修炼，始终不懈，不用你感激他老人家。他老人家看了肯下苦功的徒弟，倒非常感激呢！'

"韩大爷问道：'他老人家尊姓，法讳是哪两个字？'陈乐天道：'他老人家姓庄，法讳上帆下浦，原籍是四川绵竹人，他老人家的神通，虽不敢说通天彻地，但是你我此刻在这里的言谈举动，他老人家就和在跟前一样，无所不闻，无所不见。天涯地角，瞬息便来，瞬息便去，而他老人家尚不肯认这是神通，即此可以想见他老人家气量的宏大了。'

"我听他说得这么骇人，仗着他住在我客栈里，我与他认识得久，不怕他生气，就插口问道：'陈爷说修道的人，可以与天地同其久长，古今来修道的人不少，何以不见有活到几百岁、几千岁的人在世上呢？'"

孙福全笑道："你这话也问得扼要，我若在旁边，也得这么问他。他如何回答呢？"

朱伯益笑道："他回答是回答的好，但我心里总不免犯疑。他见我问出这话，从容笑道：'方以类聚，物以群分，你不是修道的人，怎么能见得着修道的呢？岂仅有几百岁、几千岁的人活在世上，活几万岁、几十万岁的人都多着呢！世界之大，何奇不有？凡人的耳目，直可谓之闭听塞明，能见闻多少事？凡人耳目所不曾见闻的，便说没有，即听得人说，也不相信有这么一回事，那么我也就无可如何了。并且我所说证道之体的话，道体就是一个万古不毁灭的东西。天地有时可以毁灭，道体是决不毁灭。'说时接着长叹了一声道：'不过这种道理，要一般人听了都生信心，本也不是容易的事，只是你尽管听了不信，然胡乱听了也有好处。譬如下人，不曾见过火车、轮船，忽然有人对他说，火车一日能行数千里，轮船一日能行数千里，并不须用人力推挽，还可以装载数十万斤的货物，乡下人必不会相信有这么一回事。但是第一次对他说，他不相信；第二次若再有人是这般对他说，无论这乡下人如何固执，也决不至再如第一次听时那么不相信了；若再有第三次、第四次的人对他说，我料这乡下人断无不相信的了。所以我说你就不相信，胡乱听了也有好处。'他是这么回答的，孙爷以为说得怎样？"

孙福全笑道："他说有几万岁、几十万岁的人，还活在世上，我也不能相信有这事，却不能不相信有这理。因为他说道体是亘万古而不毁灭的东西，这话是实在可信的。"

朱伯益道："我陪着陈、韩两人旋谈旋吃喝，一会儿散了筵席，韩大爷指着大烟灯枪问道：'修道的人能吸这东西么？'陈乐天摇头笑道：'这东西是安排做废人的，方可以吸得；不问做什么事的人，都不能吸，吸了便不能做事。'韩大爷随即拿起烟灯枪，往地下一砸，只砸得枪也断了，灯也破了，倒把我吓得一跳。陈乐天拍手笑道：'好啊！这东西是非把它打破不可的。'韩大爷道：'我心里本来久已厌恶这东西了，不能闻道，糊里糊涂的混过一生，就吸到临死也不要紧。于今天假之缘，能遇着你，亲闻至道，若还能吸这东西，岂不是成了下贱胚吗？'我就在旁说道：'大烟自是不抽的好，但是大爷已上瘾十多年了，一时要截然戒断，恐怕身体上吃不住这痛苦吧！'韩大爷举起双手连连摇摆道：'不曾见有因戒大烟送了性命的，如果因戒大烟就送了性命，这也是命里该绝，不戒也不见得能长寿。我从来做事斩钉截铁，说一不到

245

二，自从抽上这劳什子大烟，简直把我火一般烈的性子，抽得变成婆婆妈妈了，时常恨得我咬牙切齿。这回当着陈师傅，砸了灯枪，宁死也不再尝了。'陈乐天道：'朱师爷也不必替他着虑，他的身体毕竟是苦练了多年武艺的人，比平常五十多岁的老人强健多了。他走路尚能挺胸竖脊，毫无龙钟老态，何至吃不住戒烟的痛苦呢？并且有我在这里，可以传给他吐纳导引之术，使他的痛苦减少。'

"韩大爷喜笑道：'那就更妙了。我不特从此戒烟，就是女色，我也从此戒绝。'陈乐天道：'戒绝女色，更是应该的。不过是这么一来，尊宠只怕要背地骂我了。'韩大爷道：'她们岂敢这般无状。她们若敢在背地毁谤，我看是谁毁谤，即教谁滚蛋。'陈乐天'咦'了一声道：'这是什么话，世上岂有不讲人情的仙人！尊宠就是背地骂我，也是人情之中的事；何至因在背地骂了我，就使她终身失所呢？你快不可如此存心，有这种存心，便不是修道的人。修道的人存心，应该对一切的人，都和对自己的亲属一样。人有为难的时候，要不分界限，一律帮助人家，何况本是自己的亲属，偶因一点语言小过犯，就使她终身失所呢！'韩大爷道：'我曾听说修道也和出家一样，六亲眷属都不能认，难道修道也有派别不同吗？'

"陈乐天正色说道：'修道虽有派别不同，然无论是什么派别，决没有不认六亲眷属的道理。不说修道，就是出家做和尚，也没有教人不认六亲眷属的话，不但没有不认六亲眷属的话，辟支佛度人，并且是专度六亲眷属。不主张学佛学道的人，有意捏造这些话出来，以毁谤佛与道。你入了我师傅的门墙，久久自然见到真理，对一切无理毁谤之言，自能知道虚伪，不至盲从了。'韩大爷待开口说话，忽又止住。陈乐天已看出来了，问道：'你待说什么？为何要说又止住呢？'"

不知韩春圃说出什么话来，且俟下回再写。

总评：

陈乐天在前回书中已出场，至此始入其本传，而种种事实，即由朱伯益口中演述而出，此文章之有剪裁者也，省却无

246

数闲文。

　　陈乐天身负绝艺，不以自炫，而人亦无由以知之，或且目之为里巷细人，及为韩春圃所称赏，于是咸为刮目，争以奇人目之矣。甚矣！以耳为目者之众也。然而陈乐天之为陈乐天固自若，前日之轻蔑，今日之推崇，都无与焉。

　　韩春圃年逾知命，犹怀好学之心，不可谓非有志之士。而其决意戒烟，决意戒色，不稍存姑息之心，又何其烈耶？至其中年一败以后，即甘遵守誓言，销声匿迹，亦堂堂乎丈夫气概，虽败犹荣也。若彼驱骡老人，贫贱若此，而倔强又若彼，倘亦所谓无名之英雄欤？

　　飞行术，为陈乐天之绝艺，今世能此者，恐无多人矣！至其论至道，论苦乐，皆具至理，固已骎骎乎而近于道矣，又安得目之为寻常术士哉！

第二十一回

显法术纸人扛剪刀
比武势倭奴跌筋斗

话说"韩春圃见问才说道：'我说句话陈爷不要动气，我知道陈爷必会很多的法术，我对武艺还可夸口说见得不少；至于法术，除了看过在江湖上玩的把戏，一次也没见过真法术，我想求陈爷显点儿法术给我见识见识。'

"我听韩大爷这么说，正合我的心意，连忙从旁怂恿道：'我也正要求陈爷显点儿真法术，却不敢冒昧开口。'陈乐天沉吟道：'法术原是修道人应用的东西，拿着来显得玩耍，偶然逢场作戏，虽没有什么不可，但一时教我显什么呢？'

"韩大爷笑道：'随意玩一点儿，使敝内和小妾等人，也都开开眼界。'一面说，一面伸着脖子向里叫唤了两声，即有一个十六七岁的丫鬟应声走近房门口，问：'什么事？'韩大爷带笑对那丫鬟说道：'快去对太太、姨太太说，这里来了一位神仙，就要显仙术了，教她们快来见识见识，这是一生一世不容易遇着的。'那丫鬟听时用眼向房中四望。我时常到韩家去，那丫鬟见过我的，知道我不是神仙，这时房中只有三个人，除却我自然陈乐天是神仙了。两眼在陈乐天浑身上下打量，似乎有点儿不相信有这样和叫化子一般的神仙。然受了自家主人的吩咐，不敢耽误，应了一声是，回身去了。

"陈乐天就在房中看了几眼笑道：'这房子太小了，不好显什么法术，换一处大点儿的地方去玩吧。'韩大爷连忙说：'好，到大厅上去，这里本来太小了，多来几个人就无处立脚。'说着引陈乐天和我走到大厅上。韩家的眷属，也都到大厅上来，内外男女老幼共有二三十人，月弓形的立着，把大厅围了大半边。我与韩大爷、陈乐天立在上首。陈乐天说道：'我且使一套好笑的玩意儿，给府上的奶奶们、少爷、小姐们瞧瞧，快拿一把剪刀、一大张白纸来。'刚才那个丫鬟听了，立时跑了进去，随即将剪刀、白纸取来，交给陈乐天。只见陈乐天把白纸折叠起来，拿剪刀剪了一叠三寸来长的纸人，头身手脚都备，两手在一边，好像是侧着身体的，耳目口鼻都略具形式。剪好了，放下剪刀，用两指拈了一个纸人，向嘴边吹了一口气，随手往地下一放，这纸人两脚着地，就站住了，身体还摇摇摆摆的，俨然是一个人的神气。又拈一个吹口气放下来，与先放下的对面立着，相离三四寸远近。再将剪刀放在两个纸人当中，仿佛念了几声咒，伸着食指对两边指了两指说道：'把剪刀扛起来！'真奇怪，两个纸人都如有了知觉，真个同时弯腰曲背的，各伸双手去扛剪刀，但是四只手都粘在剪刀上，却伸不起腰来的样子。

"陈乐天望着两纸人笑道：'不中用的东西，两个人扛一把剪刀，有这么吃力吗？使劲扛起来！'两纸人似乎都在使劲的神气，把剪刀捏手的所在扛了起来，离地才有半寸多高，究竟因力弱扛抬不起，'哪'一声又掉下去了。最好笑的剪刀才脱手掉下去，两个纸人同时好像怕受责备，连忙又弯腰将双手粘着剪刀。看的人谁也忍不住笑起来。陈乐天也哈哈大笑道：'你们这两个东西，真不怕笑掉人家的牙齿，怎的这样没有气力呢？也罢，再给你们添两个帮手吧，如果再扛不起来，就休怨本法师不讲情面。'如前一般的再放下两个，仍旧喊了一声扛起来，这下子有八只手粘在剪刀上了，陈乐天也用双手，做出使劲扛抬极重东西的模样，居然慢慢的将一把剪刀扛了起来。不过也仅扛了半寸来高，又都气力不加了，依然掉下地来。看的人又大笑。

"陈乐天这番不笑了，指着四个纸人骂道：'我的体面都被你们丢尽了，你们知道这里的主人是谁么？这里的主人韩大爷，在二十年前是名震陕、甘、新三省的保镖达官，有拔山举鼎的勇力。此刻他立在这里看你们，你们四个人扛一把剪刀不动，不把我的体面都丢尽了么？'这番话更引得韩大爷都大笑起来。陈乐天接着说道：'四个人还扛不起，只怕非再加两个不可。'于是又放下两个。这回喊一声扛起来，就应声扛起，高与肩齐。陈乐天喊声'走!'六个纸人即同移动，两脚都轮流落地，与人走路一般无二。约走了二尺多地面，陈乐天喊声'住!'便停住不走了。

　　"陈乐天回头对韩大爷笑道：'你看这纸人，不是很没有气力么？须六个纸人方能扛起一把剪刀，其实不然，教它们扛铁剪刀，确实没有气力，然教它们扛不是金属的东西，力量倒不小呢!'韩大爷道：'要扛什么东西才显得力大呢？请教它们扛给我看看。'陈乐天道：'好!'随即将纸人手中的剪刀拿过一边，看厅中摆了一张好大的紫檀木方桌，遂指着方桌向韩大爷道：'教它们扛这东西好么？'韩大爷含笑点头。只见陈乐天收了地下的六个纸人，每一个上面吹了一口气，就桌脚旁边放下，纸人的两手，都粘在桌脚上。四个桌脚粘了四个纸人，也是喊一声'扛起来'，这方桌足有六七十斤，居然不费事扛起来了，也能和扛剪刀一样的走动。

　　"韩大爷问是什么缘故，能扛动六七十斤重的方桌，不能扛动二三两重的剪刀？陈乐天笑道：'这不过是一种小玩意儿，没有什么道理。我再玩一个把戏给你们瞧瞧。'说时收了地下的四个纸人，做几下撕碎了掼在地下，亲手端了一把紫檀木靠椅，安放在方桌前面，拱手向看的众人说道：'请大家把眼睛闭一闭，等我叫张眼再张开来，不依我的话偷看了的，将来害眼痛，没人能医治，便不能怨我。'韩家的人有没有偷看的，不得而知，我是极信服陈乐天的人，恐怕将来真个害眼痛，没人医治，把两眼闭得紧紧的不敢偷看，不知陈乐天有些什么举动。

　　"没一会儿工夫，就听得他喊张开眼来。我张眼看时，只惊得我倒退了几步。韩家眷属和韩大爷也都脸上吓变了颜色。原来厅中已不见有方桌靠椅了，只见两只一大一小的花斑纹猛虎。小的蹲在前面，大的伏着，昂起头来与小的对望，两双圆眼，光芒四射，鼻孔里出气，呼呼有声，虎尾还缓缓的摆动，肚皮一起一落的呼吸，不是两只活生生的猛虎是什么呢？地下撕碎了的白纸也不见了，足有千百只花蝴蝶，在空中飞舞不停，也有集在墙壁上的。韩家的大小姐捉住一只细看，确是花蝴蝶，大小颜色的种类极多。

"韩大爷露出惊惶的样子问陈乐天道：'这两只虎，确是真虎么，不怕它起来伤人吗？'陈乐天道：'怎么不是真虎？我教它走给你们看看。'韩大爷忙向自家眷属扬手道：'你们站远些，万一被这两只东西伤了，不是当耍的。'那些眷属张开眼来看见两只猛虎，都已吓得倒退，反是他家的少爷、小姐胆大，不知道害怕，并有说这两只花狗是哪里来的？韩大爷扬手教眷属站远些，众人多退到院子里站着。陈乐天道：'虽是真虎，但在我手里，毋庸这么害怕。'旋说旋走到大虎跟前，伸手在虎头上摸了几下，自己低头凑近虎头，好像就虎耳边低声说话。陈乐天伸腰缩手，大虎便嗞着立了起来，在小虎头上也摸了几下，陈乐天举步一走，大虎低头戢耳的跟在后面，小虎也起身低头戢耳的跟在大虎后面，在厅中绕了三个圈，仍还原处伏的伏，蹲的蹲。陈乐天道：'请大家背过身去。'我们立时背过身去，以为还有什么把戏可看，一转眼的工夫，就听得陈乐天说好，大家再过来看看，我看厅中哪里还有猛虎呢？连在空中盘旋飞舞的花蝴蝶也一只没有了，方桌靠椅仍安放在原处，就是撕碎了的白纸，也依然在地下，连地位都好像不曾移动。

"韩大爷还想要求多玩两套，陈乐天摇头道：'这些把戏没有多大的趣味，懒得再玩了。你将来学会了，自己好每日玩给他们看。'韩大爷不好多说，只得引陈乐天和我回房。我仿佛听得韩大小姐说她不曾闭眼睛，我就问她看见什么情形，她说并没见别的情形，只见陈乐天伸指在桌上、椅上画了一阵，又在地下的碎纸上画了几下，就听得他喊张眼，不知怎的，桌椅便变了猛虎，碎纸变了蝴蝶。我因栈里有事，不能在那里久耽搁，回房只略坐了一会儿，即作辞出来。原是想去找韩大爷商量做买卖的，因有陈乐天在那里，不便开谈。昨日又特地抽工夫到韩家，韩大爷毕竟将大烟戒除了，并且听他说要打发几个不曾生育的姨太太走路，不误她们的青春，居然变成一个修道的人了。无论什么买卖，从此也不过问了。平日甚喜结交，从那日起就吩咐门房，江湖上告帮的朋友，一概用婉言谢绝，简直把韩春圃的性情举动都改变了。两位看这事不是太奇怪了吗？"

李禄宾笑道："朱先生介绍我们去见他，请他也玩两套把戏给我们看看，像这种把戏，确是不容易看见的。"孙福全道："我们初次去看他，如何好教他玩把戏，快不要这么鲁莽。"李禄宾道："韩春圃不也是和他初见面吗？韩春圃何以好教他玩，他玩了一套还玩第二套呢？不见得修道的人也这么势利，把戏只能玩给有钱的人看。"孙福全正色说道："这却不然。你既这般说，我倒要请教你：韩春圃第一次见着他，是何等诚恳的对待，你自问有韩春圃那样结交他的诚恳么？若不是韩春圃对他如此诚恳，他次日未必去见韩春圃，如果与他会见的人，都和你一样要援韩春圃的例，教他玩把戏，他不玩便责备他势利，他不是从朝至暮，专忙着玩把戏给人看，还来不及吗？"李禄宾笑道："把戏既没得看，然则我们去见他干什么呢？他那副尊容，我早已领教过了，不见他也罢！"孙福全知道李禄宾生性有些呆气，也懒得和他辩论，当即邀朱伯益同到十四号房间里去。李禄宾口里说不去，然两脚不知不觉的已跟在孙福全背后。

朱伯益在前，走到十四号门口，回头对孙、李二人做手势，教二人在门外等着，独自推门进去。一会儿出来招手，二人跨进房门，只见陈乐天已含笑立在房中迎候，不似平日的铁青面孔。朱伯益将彼此的姓名介绍了，孙福全抱拳说道："已与先生同住了好几日，不知道来亲近，今日原是安排动身回北京去的，因听这位朱乡亲谈起先生本领来，使我心里又钦佩又仰慕，不舍得就此到北京去，趁这机缘来拜访。"陈乐天也拱手答道："不敢当！我有什么本领，值得朱师爷这样称道！"

彼此谦逊寒暄闹了一会儿，孙福全说道："兄弟从少年时就慕道心切，因那时看了种种小说书籍，相信神仙、剑侠实有其人，一心想遇着一个拜求为师，跟着去深山穷谷中修炼，无奈没缘法遇不着；只得先从练武下手，以为练好了武艺，出门访友，必可访得着神仙、剑侠一流的人。谁知二十年来，南北奔驰，足迹也遍了几省，竟是一位也遇不着，并且探问同道的朋友，也都说不曾遇见过。这么一来，使我心里渐渐的改变念头了，疑心小说书籍上所写的那些人物，是著书人开玩笑，凭空捏造出来，给看书人看了开心的，哪里真有什么神仙、剑侠？念头既经改变，访求之心遂也不似从前急切了，谁知道那些小说书籍上所写的，毫无虚假，只怪我自己的眼界太狭，缘法太浅，如先生这种人物，不是神仙、剑侠一流是什么呢？先生也不要隐瞒，也无须谦让，兄弟慕道之笃，信念之坚，自知决不减于韩春圃，只学道的缘法或者不能及他，然这种权衡操先生之手，先生许韩春圃能学道，请看兄弟也是能学道的人么？"

陈乐天很欣悦的答道："世间安有不能学道之人？不过'缘法'两字倒是不能忽视的。这人有不有学道的缘法，以及缘法的迟早，其权衡并不操之于人，还是操之于自己。足下慕道既笃，信念又坚，我敢断定必有如愿相偿之日。"

孙福全问道："我听这位朱乡亲说，贵老师庄帆浦先生，已是得道的前辈了，不知此刻住在哪里？"陈乐天道："道无所谓得，因为道不是从外来的，是各人自有的，往日并没有失掉，今日如何得来？学道的人，第一须知这道是自家的，但可以悟，但可以证，又须知道所学的道，与所悟所证的道，不是一件东西。所学的是道，即若大路然之道，所悟所证的无可名，因由道而得悟得证，故也名之曰'道'。证道谈何容易！敝老师天资聪明，加以四十年勤修苦练，兄弟虽蒙恩遇，得列门墙，然正如天地，虽日在吾人眼中，而不能窥测其高厚，不过可以知道的，证无上至道之期，或尚有待，然在当今之世，已是极稀有的了。此老四十年来住峨眉山，不曾移动，可谓得地。"

孙福全听了陈乐天这番议论，心里并不甚了解。只因平日不曾与修道的人接近，而寻常慕道之人虽也有结交，然从来没听过这一类的议论。骤然间听了，所以不能了解，但是也不好诘问。知道无论道教、佛教，其教理都甚深微，休说外人不容易了解，就是在数中下了苦功夫的人，都有不甚了解的，断非三言两语可以诘问得明白，遂只问道："贵老师既四十年卜居峨眉山，不曾移动，到峨眉山拜求学道的想必门前桃李，久已成行了。"

陈乐天摇头道："这倒不然，敝老师生性与平常修道的不同。在平常修道的，本来能多度一个人入道，即多一件功德，因为世间多一个修

253

道之人，即少一个作恶之人，有时因度一个人修道，而多少人得以劝化，所以功德第一。敝老师不是不重这种功德，只为自己的功夫没到能度人的地步，就妄想度人，好便是第一功德，不好便是第一罪过。譬如驾渡船的人，平安渡到彼岸，自然是功德；只是如果驾渡船的并不懂操舟之术，而所驾的又是一只朽破不堪的船，将要渡河的人载至河心沉没了，这不是驾渡船的罪过吗？不善操舟，没有坚固渡船，而妄想度人，以致送了人家性命的，其罪过还比自己功夫没到度人地步，妄想度人的轻些。因为渡船上所杀的，是人报身的性命，而引人学道不得其正道的，是无异杀了人法身的性命。报身的性命不过几十年，法身的性命则无穷极，以此敝老师引人向道之心，虽不减于平常修道之人，只不敢以道中先觉自居，随意收人做徒弟。即如足下刚才问学道缘法的话，这缘法就是极不容易知道的，古人引人入道，及向人说道，先得看明白与这人是否投机，投机的见面即相契合；不投机的即相处终年，仍是格格不入。

"所谓投机就是有缘法，我们一双肉眼，有缘与否，看不见，摸不着，如何够得上收人做徒弟？说到这上面来了，兄弟还记得佛教里面有一桩收徒弟的故事，当释迦牟尼佛未灭度的时候，跟前有五百位罗汉。这日忽有一个老头来见罗汉，年纪已有六七十岁了，对罗汉说发心出家，要求罗汉收他做徒弟。罗汉是修成了慧眼的，能看人五百世的因果，看这老头五百世以内，不曾种过善根，便对老头说道：'你不能出家，因为我看你五百世不曾种过善根，就勉强出家，也不能修成正果。'这老头见这罗汉不收他，只得又求第二个罗汉，第二个罗汉也是一般的说法，只得又求第三、第四、第五个罗汉。结果五百位罗汉都求遍了，都因他五百世没有善根，不肯收受。释迦牟尼佛知道了，出来问为什么事。罗汉将老头发心出家，及自己所见的说了，佛祖用佛眼向老头看了一看，对五百位罗汉说道：'他何尝没有善根，只怪你们的眼力有限，看不见也罢了！他的善根种在若干劫以前，那时他是一个樵叟，正在深山采樵的时候，忽然跳出来一只猛虎，其势将要吃他，吓得他爬上一棵树巅。猛虎因他上了树，吃不着了，就舍了他自往别处。他在树巅上见猛虎已去，失口念了一声南无佛，就是念这一声南无佛的善根，种了下来，经过若干劫以到今日，正是那一点善根成熟了，所以他能发出家之心，修行必成正果。'后来这老头毕竟也得了罗汉果。于此可见得看人缘法，便是具了慧眼的罗汉，尚且有时看不明白，肉眼凡胎谈何容易！"

孙福全道："然则先生引韩春圃入道，是已看明白了韩春圃的缘法吗？"陈乐天摇头道："兄弟奉师命而来，韩春圃的缘法怎样，只敝老师知之，兄弟不敢妄说。"孙福全又问道："听说先生到吉林来，为见韩登举，先生看韩登举果是豪杰之士么？"陈乐天点头道："圣贤襟怀，豪杰举动，为求一方的人，免除朝廷的苛政，防御胡匪的骚扰，竟能造成这么一个小国家，非韩登举这样襟怀气魄的人物办不到，兄弟钦佩之至！我四川也有纵横七八百里，从古未曾开辟的一处地方，地名'老林'。湖南左宗棠曾带五千名精兵，想将那老林开辟，无奈一则里面瘴疠之气太重，人触了即不死也得大病；二则里面毒蛇、猛兽太多，有许多奇形怪状的猛兽，看了不知其名，凶狠比虎豹厉害十倍。枪炮的子弹射在身上，都纷纷落下地来，有时反将子弹激回，把兵士打伤。枪炮之声不仅不能把他吓走，倒仿佛更壮他的威风，带去的兵士，不知死伤了多少。以左宗棠那么生性固执的人，也拿着没奈何，只好率兵而退。敝老师因见中原土地都已开辟，可说是地无余利，而人民生活不息，有加无已，其势必至人多地少，食物不敷，以致多出若干争战杀伤的惨事，因发心想将老林设法开辟出来。纵横七八百里地面，开辟之后，可增加若干出产，可容纳若干人民。不过老林这个地方，既是数千年来没人开辟，其不容易开辟是不言可知。敝老师明知道不易，但尽人力做去，能开辟一尺土，便得一尺土的用处，有人开始动工，就有人接续来帮助，存心要开辟的人一多，即无不能开辟之理。偌大一个世界，也是由人力开辟出来的，我这八口皮箱里面所装的，并不是银钱衣服，全是为要开辟那老林，向各地调查种种垦荒的方法，以及垦荒应用的种种器具和药材，由韩登举赠送我的，其中也有不少。"

孙福全见他所谈的，虽则能使人钦敬，然于自己觉得不甚投机。李禄宾、朱伯益两人，更是听了毫无趣味。李禄宾轻轻在孙福全衣角上拉了一下道："坐谈的时间已不少了，走吧。"孙福全遂起身作辞，陈乐天也不挽留，淡淡的送了两步，即止步不送了。李禄宾走到门外，就回头埋怨孙福全道："这种人会他干什么？耽误我们多少路程。他信口开河，不知他胡说些什么，我听了全不懂，简直听得要打瞌盹了。"孙福全笑道："我听了尚且不大明白，你听了自然全不懂，只是我听了虽不甚明白，然我确相信他说得不错，并极钦佩是一个异人。我们若果能做他的徒弟，或能和他在一块修炼，必能得他多少益处，只怨我们自己没有这种缘法。他说的话我们不懂，也只能怨我们自己太没有学问，不能怪他说得太高深。"

李禄宾冷笑道："你还这么钦佩他，我看这穷小子，完全是一个势利鬼。韩春圃是吉林的大富豪，有几十万财产，他眼里看了发红，就恭维他有缘法，年纪老了也不要紧，要他玩把戏看，就玩了一套又一套，想借此得韩春圃的欢心。如果你我也有百十万财产，我知道他必更巴结得厉害，我真不相信韩春圃那样酒色伤身、鸦片烟大瘾的老头，倒可以学道；你我正在身壮力强的时候，又毫无伤身嗜好的人，倒不能学道！"

孙福全正色说道："不是这般说法。他也并不曾说你我不能学道，他说缘法的话，我其所以相信，就因为不仅他一人这般说，大凡学道的多这般说。你骂他势利鬼，我并不替他辩白，不过我料像他这样有本领的人，决不会存心势利，因他无须巴结有势力的人。骂人应有情理，你这话骂得太无情理了，不用说他听了不服，连我听了也不服。"

李禄宾也不服道："你还说他不曾说我们不能修道，他说世间没有不能修道的人，这话就是说如果你们也能修道，那么世间没有不能修道的人了。"孙福全忍不住大笑道："不错，不错！你真聪明，能听出他这种意思来。好！我们已经耽误了不少的路程，不可再闲谈耽误，算清账动身吧。"二人就此离了吉林，动身回北京来。

于今单说孙福全回到家中，已有许多平日同练武艺的人，知道孙福全是和李禄宾到吉林访盖三省去了，几次来孙家探问已否回来，此时到家，随即就有几个最要好的来打听在吉林访问盖三省的情形。孙福全将李禄宾两次斗败盖三省的姿势手法详细的说了，在练八卦拳的朋友听

256

了，都十分高兴。（不肖生自注：前回说八卦拳是李洛能传给孙福全的，错了，错了！李洛能不是练八卦拳的，是练形意拳的，并且不是孙福全的师傅。论年份，孙福全在李洛能之后约七八十年；论辈分，李洛能比孙福全大了三四辈。不肖生是南方人，消息得自传闻，每每容易错误。据说董海川是练八卦拳的，北方人称之为"董老公"，孙福全的八卦拳，是从董老公学的。郭云深是练形意拳的，曾历游南北十余省，未尝有过对手。最得意的徒弟是程亭华，因程做眼镜生意，北人遂称之为"眼镜程"。孙福全本拜郭云深为师，因此时郭云深已老，由眼镜程代教，也可以说是眼镜程的徒弟。李洛能生时，有"神拳李洛能"的称谓。北方练武的人，对于师傅的辈分，非常重视，若稍忽略，就得受人不识尊卑长幼的责备。好在不肖生是在这里做小说给人看了消遣，不是替拳术家做传记，将以传之久远，就是错了些儿，也没要紧。）而在练形意拳的朋友听了，便说李禄宾胆小，不敢用形意拳去打盖三省；若用形意拳法，必直截了当的打得更加痛快，用不着东奔西跑，显得是以巧胜他。

这种门户之见，北方的拳术家当中，除却几个年老享盛名的，不大计较而外；壮年好胜的人，无不意见甚深。唯有孙福全本人，从小练拳术，也练蹚跤，二十多岁的时候，已在蹚跤厂里享有很大的声名了，他却不以享了蹚跤的声名而自满，看不起蹚跤以外拳脚功夫。知道形意拳法简切质实，就拜郭云深为师，练习形意。形意已练得不在一般名流之下了，觉得八卦拳中的长处，多有为形意拳所不及的，于是又从董海川学八卦拳。他在拳术中下的功夫，可以说比无论什么人都努力，白天整日不间断的练习是不用说，就是睡到半夜起来小解，在院子里都得练一时半刻。他的心思比寻常人灵巧，寻常人练拳，多有悬几个沙袋，打来打去，以代理想的敌人；他却不然，他的理想敌人，无时无地没有，门帘竹帘，更是他最好的理想敌。他常说和人动手较量，敌人越硬越容易对付，所怕的就是柔若无骨，绵不得脱，如门帘竹帘，皆是极柔极绵的理想敌，比较沙袋难对付十倍。因为他这么肯下苦功，不到几年，八卦拳已练得神出鬼没，非同等闲了，只是他还觉得不足意。因为此时北京盛行杨露禅传下来的太极拳，除了杨、吴二家之外，练习的人随处多

257

有。他仔细研究太极拳的理法，又觉得形意、八卦虽各有所长，然赶不上太极的地方仍是不少，并且加练太极，与形意、八卦毫无妨碍，遂又动了练习太极的念头。

　　凑巧那时杨健侯的儿子杨澄甫，与他同住在一个庙里，图地方清静好做功夫，他便对杨澄甫说道："太极是你家祖传的学问，我早知道甚是巧妙，不过我的形意、八卦，也有特殊的心得，和普通练形意的、练八卦的不同。其中有许多手法，若用在太极拳法之中，必比完全的太极还来得不可捉摸。我是一个专喜研究拳法的人，目的不在打人，若以打人为目的而练拳，专练形意或专练八卦，练到登峰造极，自可以没有对手。因目的在研究拳法，所以各种派别，不厌其多。我想拿形意、八卦，与你交换太极，你教给我的太极，我把形意或八卦教给你。"

　　杨澄甫听了，心想我杨家的太极，几代传下来没有对手，如何用得着掺杂形意、八卦的手法进去呢？若太极加入形意、八卦的手法，甚至将原有的太极功夫都弄坏了，学八卦、形意的加入太极的手法，那是不须说得力甚大，我何苦与他交换呢！

　　杨澄甫心里虽决定了不与孙福全交换，不过口里不便说出拒绝的话来，含含糊糊的答应，然从此每日自己关着门，做了照例的功课之后即出外，不到夜不回来；回来仍是关着门做功课，绝不向孙福全提到交换的话。孙福全是何等聪明人？看了杨澄甫这般情形，早已知道是不情愿交换，也就不再向杨澄甫提到交换的话上去。暗想太极拳并不是由杨家创造出来的，杨露禅当日在河南陈家沟子地方学来，不见得陈家沟子的太极拳，就仅仅传了杨露禅一个徒弟，于今除杨家传下来的以外，便没有太极拳了？因此到处访问。

　　凡事只要肯发心，既发了心，没有不能如愿的，所争的就只在时间的迟早。孙福全既发心要访求杨家以外的太极，果然不久就访着了一个姓郝的，名叫为真，年已六十多岁了，从小就跟着自己的父亲练太极，一生没有间断，也不曾加入旁的拳法。郝为真的父亲，与杨露禅同时在陈家沟子学太极，功夫不在杨露禅之下，而声名远不及杨露禅，这其间虽是有幸不幸，然也因杨露禅学成之后，住在人才荟萃、全国瞩目的北京，郝为真的父亲却住在保定乡下。

据练太极拳的人传说，有一次，杨露禅在保定独自骑着一匹骏马去乡下游览，驰骋了好一会儿，忽觉有些口渴起来。但是这一带乡下不当大道，没有茶亭饭店，一时无法解渴，只得寻觅种田的人家，打算去讨些儿水喝，却是很容易的就发现了一所大庄院。看那庄院的大门外，有一方草坪，坪中竖了几根木叉，叉上架着竹竿，晾了一竹竿的女衣裤，尚不曾晾干。杨露禅到草坪中跳下马来，顺手将缰索挂在木叉上，刚待走进大门去，突然从门内蹿出一条大黑狗来。看这黑狗大倍寻常，来势凶恶，简直仿佛虎豹。杨露禅赤手空拳，没有东西招架，只好等这狗蹿到身边的时候，用手掌在狗头上一拍。

不曾练过武艺的狗，如何受得起这一巴掌呢！只拍得脑袋一偏，一面抽身逃跑，一面张开口汪汪的叫，走马跟前经过，把马也惊得乱跳起来。马跳不打紧，但是牵扯得木叉动摇，将一竹竿湿衣牵落下来了。杨露禅连忙将马拉住，正要拾起竹竿来，忽见门内走出一个年约十七八岁的女子来，真是柳眉倒竖、杏眼圆睁的叱道："你这人好生无礼，为什么下重手将我家的狗打伤？"

杨露禅看这女子眉眼之间，很露英锐之气，不像是寻常乡村女子，此时满面怒容，若在平常胆小的人遇了，必然害怕；杨露禅正当壮年，又仗着一身本领，怎么肯受人家的怒骂呢？遂也厉声答道："你家养这种恶狗，白昼放出来咬人，我不打它，让它咬吗？你这丫头才是好生无礼！"这女子听了愤不可遏，口里连骂混账，双脚已如飞的跑上来，举手要打杨露禅。

杨露禅哪里把这样年轻的女子放在眼里，不慌不忙的应付。谁知才一粘手，实时觉得不对，女子的手柔软如绵，粘着了便不得脱，竟与自己的功夫是一条路数，一时心里又是怀疑，又是害怕。疑的是陈家沟子的太极，自从他在陈家沟子学好了出来，不曾遇过第二个会太极的人；怕的是自己的功夫敌不过这女子，丧了半世的英名。只得振作起全副精神，与女子周旋应付。约莫走了二百多回合，尚不分胜负，然害怕的念头已渐渐的减少了。因为斗了这二百多回合，已知道这女子的能耐，不能高过自己，竭全力斗下去，自信有把握可以战胜。存心于战胜之后，必向女子打听她学武艺的来历。正在抖擞威风，准备几下将女子斗败的时候，猛听得大门口喊道："大丫头为什么和人打起来了？还不快给我滚进来！"

这女子一面打着，一面说道："爸爸快来，这东西可恶极了，打伤了我家的狗，还开口就骂我，我不打死他不甘心。"杨露禅待要申辩，只见一个五十来岁的老人走来，满面春风的将二人隔开说道："对打是打不出道理来的。"杨露禅看这人的神情举动，料知本领必然不小，女子的武艺，十九是由他教出来的，遂急忙辩白。

这老人不待杨露禅往下辩，即摇手笑道："打伤一只狗算得什么！小女性子不好，很对不起大哥，请问大哥贵姓？"杨露禅说了姓名，这老人说道："看大哥的武艺了得，请问贵老师是哪个？"杨露禅将在陈家沟子学武的话，略说了几句，这老人哈哈笑道："原来是大水冲倒龙王庙，弄到自己家里来了。"杨露禅与这老人攀谈起来，才知道他姓郝，也是在陈家沟子学来的太极，不过不是同一个师傅。因为陈家沟子的地方很大，教拳的也多，学拳的也多，彼此不曾会过面，所以见面不认识。郝为真就是这老人的儿子，这女子的兄弟，姊弟两人虽各练了一身惊人的武艺，然终身在保定乡下，安分耕种度日，也不传徒弟，也不与会武艺的斗殴，如何能有杨露禅这么大的声名呢？

孙福全不知费了多少精神，才访得了这个郝为真，年纪已有六十多岁，若再迟几年，郝家这一支派的太极，简直绝了传人了。这也是天不绝郝家这一派，郝为真在壮年的时候，有人求他传授，他尚且不愿；老到六十多岁，已是快要死的人了，谁也想不到他忽然想收徒弟。孙福全当初访得郝为真的时候，地方人都说郝老头的武艺，大家多知道是好的，但是他的性情古怪，一不肯教人，二不肯和人较量，去访他没有用处。孙福全也知道要传他的武艺很难，不过费了若干精神才访着这样一个仅存的硕果，岂可不当面尽力试求一番！及至见了郝为真的面，谈论起拳脚来，孙福全将平生心得的武艺做了些给郝为真看了，并说了自己求学太极的诚意。郝为真不但不推辞，并且欣然应允了，说道："我于今已被黄土掩埋了，武艺带到土里去也无用。我一生不带徒弟，不知道的人以为我是不肯把武艺教给人家，其实我何尝有这种念头？只怪来找我学武艺的，没有一个能造就成材的人。太极拳岂是和平常外家拳一样的东西，人人可以学得？资质鲁钝的人，就是用一辈子的苦功，也不得懂劲，我劳神费力的教多少年，能教出几个人物来倒也罢了，也不枉我先父传授我一番苦心。只是明知来学的不是学太极的材料，我何苦劳神费力，两边不讨好呢？像你这样的资质，这样的武艺，便不学太极，已是教人伸大指拇的人物了。你要学太极，我还不愿意教吗？"

孙福全能如了这桩心愿，异常高兴，丝毫也不苟且，认真递门生帖，向郝为真叩头认师。郝为真也就居之不疑，因为他自信力量能做孙福全的师傅。孙福全因有兼人的精力，所以能练兼人的武艺，他在北方的声名，并不是欢喜与人决斗，不是因被他打败的名人多得来的，是因为好学不倦得来的。一般年老享盛名的拳术家，见了孙福全这种温文有礼的样子，内、外家武艺无所不能，而待人接物，能不矜才不使气，无不乐于称道。北京为全国首善之区，各省会武艺的出门访友、多免不了要来北京。孙福全既为同道的人所称道，到孙家来拜访的，遂也因之加多了。只是拜访的虽多，真个动手较量的却极少，因为彼此一谈论武艺，加以表演些手法，不使拜访的生轻视之心，自然没有要求较量之理。

有一次，忽来了一个日本人，名片上印着的姓名是"阪田治二"，片角上并写明是柔术四段、东京某某馆某某会的柔术教授。孙福全接了这张名片，心想日本的柔术，我时常听得到过东洋的朋友说，现在正风行全国，军队、学校里都聘了柔术教师，设为专科，上了段的就是好手了。这阪田治二已到了四段，想必功夫很不错，我见他倒得留神才好，随即整衣出见。只见这日人，身体不似寻常日人那般短小，也和中国普通人的身材一样，身穿西服，眉目之间很透露些精明干练之气，上嘴唇留着一撮短不及半寸的乌须。在北京居留的日本人，也每多这种模样。这日人身旁，还立着穿中国衣服的人，年约五十余岁，身体却非常矮小。孙福全暗想两个客怎的只一张名片呢？正要问哪位是阪田先生，那穿中国衣服的已向孙福全行礼，指着穿西服的说道："这是阪田君，因初到中国来，不懂中国话，兄弟在中国经商多年了，因请兄弟来当临时通事。"说罢阪田即脱帽向孙福全行礼。

宾主见礼已毕，孙福全请教这临时通事的姓名，他才取出名片来，当面递给孙福全。看他这名片上印着"村藤丑武"四字，片角上有"板本洋行"四个小字。村藤开口说道："阪田君这番来游历中国，目的在多结识中国的武术家。到北京半个月，虽已拜访了几个有名的武术家，然都因武术的方法和日本的柔术不同，不能像柔术一般的可以随意比试，以致虽会了面，仍不能知道中国武术是怎样的情形。阪田君是存心研究世界武术的人，因研究世界各国的武术，可以就武术观察各国人民的性情习气，及其历史上发展的程序，并非有争强斗胜之意；无奈所会见的武术家，都把比试看得非常慎重。也或许是误会了阪田君的意思，以为是来争强斗胜的。"

孙福全听村藤说出这番话来，即带笑问道："阪田先生到北京所会见的有名武术家，是哪几个，是怎样不肯比试呢？"村藤听了问阪田，阪田好像半吞半吐的说了几句，村藤即答道："阪田君说，是在某处踢跶厂里会见的，也有姓刘的，也有姓张的，名字却记忆不明白了。"孙福全笑道："只怕阪田先生会见的，不是北京的武术家。若是和自己本国的武术家比试，确是非常慎重，轻易不肯动手；如果有外国的武术家来要求比试，这是极端欢迎的，哪有不肯比试之理！阪田先生所会的，必不是武术家，不然就是无赖冒充武术家，欺骗阪田先生的。即如兄弟在中国，认真说起来，还够不上称武术家，若有中国武术家到北京来找兄弟比试，兄弟决不敢冒昧动手。但是外国的武术家，就无论他的本领怎样，见兄弟不提比试的话则已，提到比试，兄弟断无推辞之理。"

村藤又将这话译给阪田一面听，一面就孙福全浑身上下打量。听罢摇头说了一遍，村藤译道："阪田君绝对不是要分胜负的比试，这一点得求孙先生谅解。"孙福全道："比试的结果，自有胜负，本来不必于未比试之前就存要分胜负之心。"阪田对村藤说了几句，村藤问孙福全能识字、能写字么？孙福全听他忽问这话，心想难道他们要和我比试，还得彼此写一张打死了不偿命的字据吗？不然，初次见面的异国人，何必问这些话呢？然不管他们是什么用意，只得随口答应能识字、能写字。村藤笑道："请借纸笔来，阪田君因有许多专门名词，不懂武术的人不好通译，想借纸笔和先生笔谈。"孙福全这才明白问识字、写字的用意，当即叫用人取了纸笔来。

村藤说道："我曾听说北京会武术的人，多不识字，更不能写字，孙先生更是特出的人物。"阪田起身与孙福全同就一张方桌旁坐下，二人就笔谈起来。孙福全存心要引阪田比试，好看日本柔术是何等的身法手法，故意不肯露出自己一点儿功夫来，防阪田看了害怕，不敢比试。阪田果然落了圈套，见孙福全笔谈时很老实，渐渐的又提到比试的话，孙福全故意说道："兄弟当然不能不答应比试，不过兄弟平生还不曾和人比试过，恐怕动手时手脚生疏，见笑大方。"在阪田的意思，又想比试，又怕冒昧比不过孙福全，踌躇了好久，才被他想出一个方法来，要求和孙福全比着玩耍，作为友谊的比赛，彼此都不竭全力分胜负。

孙福全自然明白他这要求的用意，也就答应了他。阪田很高兴的卸了西服上的衣，双手扭着孙福全的胳膊，一揉一揪。孙福全暗中十分注意，表面却随着他掀摆，只顾退让。阪田初时不甚用力，孙福全退让一步，他便跟进一步。孙家会客之处，是一间狭而长的房屋，宽不过一丈，长倒有二丈开外，一步一步的退让，已让到离上面墙壁仅有尺多余地了，孙福全虽是背对着墙壁，然自家房屋的形式，不待回顾也知道背后将靠墙壁了。阪田见孙福全的退路已尽，心里好生欢喜，以为这番弄假成真，可以打败这大名鼎鼎的武术家了，急将两手扭紧，变换了步法，打算把孙福全抵在壁上，使不能施转。这种笨功夫，如何是孙福全的对手？孙福全不慌不忙的叫了一声"来得好"，只一掣身就将阪田的两手掣落了。

孙福全的身法真灵巧，阪田还没有看得分明，仅仿佛觉得两腿上受了一下激烈的震动，身体登时如驾云雾，翻了一个筋斗，才落下地来，仍然是两脚着地，并没倾倒；看落下的所在，正是起首揪扭之处。再看孙福全，还是从容自若的走过来，拱手说："对不起!"阪田心想孙福全这样高强的本领，何尝不可以将我打跌在地，使我不能动弹呢？我这么

263

逼他，他尚且不将我打倒，可见他是有心顾我的面子。阪田因为如此着想，不但佩服孙福全，并且异常感激，殷勤相约后会而别。阪田自被孙福全打翻了一个筋斗之后，一日也没在北京停留，就动身回日本去了。

孙福全打翻阪田的次日，正待出门去看朋友，刚走到门口，只见一人迎面走来，看去认得是吴鉴泉。吴鉴泉也已看见孙福全了，即拱手笑道："打算去哪里吗？"孙福全道："再来迟一步，你这趟便白跑了。"吴鉴泉道："平常白跑十趟也没要紧，今日有要事来商量，喜得在路上没有耽搁。"孙福全与吴鉴泉原来有点儿交情，听说有要事来商量，即回身让吴鉴泉来家。

不知吴鉴泉商量了什么要紧的事，且俟下回再写。

总评：

幻术者，学道人之余事耳！然一施用，亦能令观者眉飞色舞，咋舌不止。唯施术之地，必于华堂大厦，否则地小将不足以供回旋，是则只富贵人有此眼福。吾侪寒酸，不将为之减气耶！

"缘法"二字，实在可解不可解之间，而陈乐天竟能论之如是透彻，对之深信不疑，伟矣！至若以罗汉之慧眼，尚于人之缘法，未能十分了然，虽其事近于神话，要亦足令人忍俊不禁者也。

孙福全艺已兼人，犹孜孜如不及，广访名师，再练太极，其好学不倦，实足令人钦佩。初非常人所能及，宜其后之能集大成矣！虽然，脱不遇郝为真，其志将终无以偿，殆亦所谓缘法者欤？若杨澄甫者，陋人耳，乌足道哉！

日本柔术，持以与我国拳术较，巧拙之分立判，直如小巫之见大巫耳！顾日人尚沾沾自喜，三段、四段头衔，常用以夸耀于人，一若其艺之真不可及者。今观孙福全之对阪田，六辔在手，一尘不惊，纯出之以谈笑，而阪田已惊悸亡魂，自知非敌，不可谓非快事！而终顾全其体面，不肯仆之于地，更见其忠厚处，尤足使倭人怀德无穷也。

第二十二回

霍元甲助友遭呵斥
彭庶白把酒论英雄

话说孙福全让吴鉴泉来家，彼此寒暄了几句，孙福全开口问道："承你赐步，有什么贵干？"吴鉴泉笑道："并没有旁的事故，想来邀你同去上海走一遭，不知你能否抽身同去？"孙福全道："我身上原无一定的职务，无论要去哪里，只要我自己高兴，随时皆可前去，不过得看我自己愿意不愿意。你邀我去上海干什么呢？你且说说出缘由来，我若高兴去，一定陪你同去走一遭。"

吴鉴泉即将到天津看霍元甲，霍元甲托他多邀几个好手前去上海帮场的话，说了一番道："霍四爷曾对我说，此刻上海也有几个练内家武艺的能手，我其所以安排前去，固然是想看看这位英国大力士的本领，然也想借此时机，与在上海的几个会内家武艺的人物结识。"孙福全喜道："霍元甲和英国大力士比武，真有这一回事吗？我在去年就听得从天津来的人说，霍元甲带了一个徒弟，同一个姓农的朋友，到上海找英国大力士比武去了，我立时就打听英国大力士是谁。霍元甲在天津做生意，为什么要巴巴的跑到上海去和那大力士比武？无奈说这话的人也弄不明白，据说是听得旁人这么说。后来我遇着天津来的熟人就问，多不知道有这回事，我以为必是谣言，便不搁在心上。照你这样说来，竟是实有其事。喜得还没在去年比赛，留给我们也瞧瞧热闹。我决定和你同去，霍元甲说在何日动身呢？"

吴鉴泉见孙福全应允同去，也很高兴的答道："霍四爷说比赛的期虽在二月，但是他预备就在日内动身前去。"孙福全道："从天津去上海一水之便，何必要去这么早呢？像我们身上没有一定职务的人，迟去早去，本来都没有关系，不过早去得多花几文旅费罢了。霍四爷现做着药材生意，不比闲人，去这么早干什么？"

吴鉴泉摇头道："早去有何用意，他没明说。他仅说正二月生意清淡，早去没有妨碍，因恐怕迟走临时发生意外的阻隔，以致过了约期，得受五百两银子的罚金尚在其次，名誉上所受的损失太大。"孙福全摇头道："缘由决不止此，必还有道理，他不肯在事前说出来。好在你我闲着无事，就在日内动身前去也使得。"当下吴、孙二人约好了动身的日期，各自准备，后文自有交代，暂且放下。

于今单说霍元甲在淮庆会馆过了新年初五，因不久就得去上海和奥比音比赛，虽自信有八九成可望比赛胜利，然不能绝对不作失败的准备。万一比赛的结果，竟不能取胜，五千两纹银，在中人之产的霍家自是巨款，并且这种事情关系霍家的声名甚大，不得不在事前归家一趟，将情由奉告老父。在霍元甲以为这种因外国人藐视中国无人，仗义出头和外国人赌赛的事，不但是个人得名誉，霍家迷踪艺的声威，也可因此震动全世界。自己老父和众兄弟，都是能相信他自己的武艺，不至比不过外国人的，断无不赞成此举之理，谁知竟大不然。霍元甲归到家园，向霍恩第拜了年，众兄弟都在家中度岁，新年相见，自有一番家礼，这都不用细表。

霍元甲特地将众兄弟邀到他老父房中，将去年到上海详细情形说了一遍道："我其所以敢于赌此巨款，实在是自信和外国大力士动手，确有把握，不至被他打败。"霍恩第听了就问道："你在天津曾和外国大力士比过么？"霍元甲道："不曾比过。去年俄国的大力士到天津来显武艺，自称是世界上第一个大力士，孩儿特地邀同好友农劲荪君前去，要求较量。那大力士不中用，竟不敢动手，就这么悄悄的跑了。后来打听，才知道已从天津往别国去了，不敢再在中国地方显武艺。"霍恩第又问道："你会过上海那个英国大力士，见过他的功夫么？"霍元甲道："孩儿见报载奥比音在上海显艺的事，邀农君赶到上海时，不料迟了几日，奥比音已动身到南洋群岛去了，因此不曾会过面，功夫如何，更不知道。"

霍恩第摇头道："你这孩子真荒唐极了，既是不曾会过面，更不知道功夫深浅，怎敢糊里糊涂的与人赌胜负，赌到五千两银子呢？你是练武的世家子弟，难道不知道武艺这东西，功夫深浅是没有止境的吗？无论谁人，也不能说自信没有对手。你冒昧与外国人订赌五千两银子的约，岂不是荒谬的举动？"

霍元甲道："爹爹请放宽心，孩儿决不敢荒谬。孩儿虽不曾与奥比音会过面，不知道他的功夫如何。只是孩儿的好友农君，他是一个会武艺的人，在外国多岁，深知外国人的武艺，曾详细将外国武艺的方法说给孩儿听。孩儿又亲眼看过外国大力士与外国大力士比赛，外国武艺的手法身法，早已知得一个大概了。外国武艺全仗气力，若能使他有气力用不着，他便无法可以取胜了，因此孩儿觉得有把握，不至被外国人打败。"

霍恩第见霍元甲这么说，知道这个儿子，平日做事，素不荒唐，也就不再说责备的话了。只是众兄弟当中，有两个听了不愿意，最反对的是霍大爷。他接着向霍元甲这么说道："外国武艺的手法身法，在你所亲目看见的，尽管极笨极不中用，然不能就此断定外国人的武艺不好。因为武艺在乎各人能否下苦功夫，哪怕手法身法都好极了，不曾下过一番苦功夫，难道就中用吗？这英国大力士既能名震全球，居然敢漂洋过海到上海来显武艺，可知他的武艺，断不是平常外国人所能赶上的。你看了有武艺不好的外国人，便断定凡是外国人都没有好武艺，公然敢与人订约，赌五千两银子的胜负；万一这英国大力士，不和你所看见的大力士一般不中用。你被他打败了，霍家百多年迷踪艺的威名被你丧尽还在其次，这五千两银子的损失，还是你一个人拿出来呢，还是在公账内开支呢？去年你替胡震泽在各钱店张罗的一万串钱，至今胡震泽不曾偿还一文，各钱店都把这笔账拨到淮庆药栈账上，我家吃这种亏已吃得不耐烦了，若再加上五千两，我家破产还不够呢！"

霍元甲见自己大哥说得这般气愤，一时不敢辩驳，想起胡震泽那一万串钱的事，问心也是觉得对不起自家兄弟。因为胡震泽与家中兄弟都没有交情，而淮庆药栈是十弟兄共有的财产，为顾一个人的私交，使大家受损失，也无怪大哥这般气愤。霍元甲既如此着想，所以不敢再加辩驳，只得和颜悦色的说道："请大哥不用这么着虑，胡家的那一万串钱，虽是拖延了不少的时日，不过他此刻的生意，并不曾收歇，若做得得法，偿还一万串钱也非难事。"

霍大爷不待霍元甲说下去，即连连摇手截住话头说道："你这呆子还在这里望胡家的生意得法，你睡着了啊？胡家的生意，何时做得不得法，你尚以为他是偿还不起这一万串钱吗？我早已听得人说，胡震泽那小子，当日向你开口就起了不良之心。他知道你是一个呆子，人家说满口的假话，你也照例相信是真的，所以他钱借到手之后，不断的到淮庆会馆里来，今日对你说这样生意蚀了本，明日又对你说那项生意蚀了本，你信以为实，便不向他讨账。他的生意真蚀了本吗？他仅借了一万串钱做生意，若据他所说今日也蚀本，明日也蚀本，蚀到此刻，这一万串的本不早已蚀完了吗，何以生意还不曾收歇呢？"

霍元甲本不敢和自己大哥辩驳的，只是他的生性最爱朋友，他要好的朋友，如有人毁谤，他是非竭力辩护不可的，当下也连连摇手说道："这话太不实在了。如果胡震泽是这样的人，我自愿挖了我两只眼睛。他并不曾时常到我那里说蚀本的话，仅有一万串的本钱，才做了不到一年的生意，若就逼着他偿还，他除却将生意收歇，如何能偿还得起呢？"

霍大爷不听这话犹可，听了更加气愤道："不逼着他偿还，倒逼着我们兄弟来偿还，你毕竟安着什么心眼？"霍元甲被逼得叹了一声道："大哥也不要生气，这一万串钱，我尽我的力量，设法偿还便了。好在是由我出面向各钱店张罗得来的，并不是从淮庆药栈的本钱内提出来的。至于和外国人赌赛的这五千两银子，我能侥幸打胜，是不须说了，便是打败了，我自有代替我赔钱的人，外国人决不至向家里来要账。"

霍元甲说毕这番话，心里总不免有些难过，也不高兴在家里停留，即辞别家人，回到天津来。到天津后想起这回事，仍是闷闷不乐。农劲荪见他不是寻常潇洒的神气，便问他为什么事纳闷，霍元甲初不肯说，农劲荪问了几遍，他才将回家的情形说出来道："大家兄也是一番好意，着虑家中人多业少，吃不起这么大的亏累，只是我眼见胡震泽这种情形，又何忍逼迫他拿出钱来呢？偏我自己又不争气，没有代还的能力，因此一筹莫展。"

农劲荪道："胡家这一万串钱的事，我早已虑到四爷得受些拖累，不过四爷不用焦急，去上海与奥比音较量起来，我能代四爷保险，得他五千两纹银。有了这五千两银子，弥补这一万串钱，相差也不多了。并且四爷到了上海，我还有方法可以替四爷张罗些银钱，但是得早去。"霍元甲问有什么方法，农劲荪道："我想上海是中国第一个通商码头，水陆交通便当。四爷到上海之后，可以与彭庶白等老居上海的人商量，择地方摆一个擂台，登报招人打擂，这种摆擂打擂的事，在小说上多有，然实行的极少。上海那种地方，更是从来不曾有人摆过擂，预料摆起来，一登报纸，必有来打的人。在打的时候，来看的必十分拥挤，那时不妨依照去年俄国大力士到天津来卖艺的办法，发卖入场券，不用说每张卖十元、八元，哪怕就卖几角钱一张，积少成多，摆到十天、半月，也可以得不少的钱了。"

霍元甲踌躇道："这办法只怕干不了，一则恐怕真有武艺高强的见报而来，我敌不过人家；二则从来摆擂，都是任人观看，没听说要看钱的摆擂，由我创始做出来，一定给人笑话。"农劲荪连忙摇手说道："不然，不然！中国古时摆擂不取看钱，并不见得摆擂的人品就高尚；现在摆擂取看钱，也不见得人品就卑下。因是时候不同，地方不同，而摆擂的用意也不同。西洋各国的拳斗家比赛，没有不卖入场券的。如是比赛的是两国最有名的拳斗家，入场券有卖到每人一百多元的。中国古时摆擂，多是有钱的人想得声名，或想选快婿，所以不取看赏。于今在上海摆擂，租地方得花钱，到巡捕房打照会得花钱，雇巡捕维持场中秩序得花钱，种种的用费，不从看客身上取，难道我们自己掏腰包？至于真的怕有武艺高强的敌不过，这更是过虑。与四爷交过手的，何止几百人，几曾有敌不过的？我料定一般练武艺的心理，动辄欢喜与人较量的，必是年轻经验不多的人，纵有能耐，也不会有比四爷再高强的。武艺比四爷高强的，年纪必在四爷之上，大凡中年以后的人，十九火性已退，越是用了多年的苦功，越不肯轻易尝试，一则因自己的经验阅历多，知道这东西难操必胜之券；二则因这人既有几十年的苦功，必已有几十年的名誉，这名誉得之非易，失之不难，摆擂的又不曾指名逼他较量，而且就打胜了，也毫无所得，他何苦勉强出头呢？"

霍元甲想了想点头道："农爷说可行，自然是可行的，只是不怕国人骂我狂妄吗？"农劲荪道："摆擂台的事很平常，怎能骂你狂妄呢？并且登报的措辞，其权在我，我已思量了一个极妥善的办法，到上海后再与彭庶白商量一番，便可决定。依照我这计划做下去，不但胡震泽这一万串钱可望偿还，以后尚可以因此干一番惊人的事业。"

霍元甲忙起身向农劲荪拱手笑道："我简直是一个瞎子，农爷可算是我引路的人。"农劲荪也笑道："四爷能认识我，便是有眼的人。"二人商议停当了，即准备动身到上海来。

正月十四日就到了上海，仍住在去年所住四马路的一家旅馆里。将行李安顿妥当，霍元甲即邀同农劲荪带着刘振声，一同雇车去拜访彭庶白。凑巧彭庶白这日不曾出门，他是一个生性欢喜武艺的人，见霍元甲等三人来了，自是异常欣喜，见面寒暄了几句即问道："此刻距订约比赛之期还有一个多月，三位何以就到上海来了呢？难道去年所订约有变更吗？"

农劲荪答道："订约并无变更，其所以早来一个多月，却有两种原因：一则因四爷在天津，做药材生意，恐怕等到约期已近才动身，或者临时发生意外的事故，使不得抽身，不如早些离开天津，索性将生意托人照顾；二则因为我思量了一种计划，须早来方能实行。我的计划，正待与足下商量，是什么计划呢？我想在上海择地方摆设一个擂台，借以多号召国内武艺高强的好汉到上海来，专一准备与外国大力士及拳斗家比赛。不过我有一句话得先声明，我这摆设擂台的性质，与中国各小说书上所写摆设擂台的性质完全不同。从来的摆擂台，目的不外显台主本领，及挑选女婿两种，不然就是有意图谋不轨，借擂台召集天下豪杰之士。我们这擂台不是这般目的，无非要借擂台这名目，可以惊动远近的好汉都到上海来，我们好竭力联络，一致对外。因为霍四爷虽抱着一种对外不挠不屈的雄心，只是一个人的力量终属有限，若能合全中国武艺高强的人，都与霍四爷一般行径，这力量就极大了。古人摆擂台，是以台主为主体，这台主的本领真大，在预定摆设若干时日中，没有能将台主打翻的，自然平安摆满预定的时期。如果开台三五日，便来了一个本领比台主更大的人，三拳两脚竟将台主打翻了，这擂台就跟着台主同倒，不能再支持下去了。我们这擂台不然，是以台为主体，不以人为主体的。譬如第一个台主，无论谁人都可以当得，这台主是预备给人打败的，所谓抛砖引玉，谁能打翻第一个台主，就做第二个台主；有谁能打翻第二个台主，就做第三个台主，是这般推下去，谁的本领如何，我们看了也就可以知道一个等第。其所以要订这么一个办法，也还有一个意思在内，因霍家家传武艺，对人第一要谦让有礼，不许狂妄。四爷觉得摆设擂台的举动，近于狂妄，恐有犯霍家的家规，是这么定下规则，四爷出面做一个台主，就无妨碍了。以我的眼光看来，决不至有能将四爷打翻做第二个台主的，不是说中国没有武艺高过四爷的人，尽管有武艺比四爷高强十倍的，不见得肯轻易上台动手；即算有这样的好手，能上台将四爷打翻，在我们心里，更是巴不得有这种好手前来，帮助我们对付外国人。我们在未摆擂之先，原已声明过了，第一个台主是抛砖引玉，预备给人打败的，也没要紧。"

彭庶白听了鼓掌称赞道："这种办法，又新奇、又妥善，在中国内地各省这么办，还不见得能号召多少人。上海是华洋杂处、水陆交通四达之地，只要做几条各国文字的广告，在中外各报纸上一登载，旬日之间，不但全国的人都知道，全世界的人都知道了。我常说江浙两省的人，也太柔弱得不成话了，有这种尚武的举动，哄动一时，也可以提一提江浙人的勇气。我看摆擂的地方，还是在租界上好些。因为中国官府对于拳脚功夫，自庚子而后，曾有明文禁止拳师设厂教练，像这种摆设擂台的举动，还不见得许可呢！租界上的巡捕房，倒比较好说话。"

农劲荪点头道："这事非得足下帮忙，其中困难更多，所以我们才到就来奉访。"彭庶白道："农爷说话太客气了。农爷、霍爷都是为国家争体面，并借以提倡中国的拳术，这种胸襟，这种气魄，谁不钦佩，谁不应该从旁赞助？三位今日才到，我本当洁治盛筵为三位接风，只是此刻仓促来不及，拟邀三位且先到酒馆里小吃一顿，顺便还可以为三位介绍几个朋友谈谈。"

农、霍二人听了同时起身推辞，彭庶白笑道："我还是不喜专讲客气的人，所以随便奉邀到酒馆里去小吃，用意还是想就此为三位介绍朋友。有两个新到上海来不久的朋友，曾听我们谈到三位的人品及能耐，都十分钦慕，亟思一见。"

霍元甲问道："贵友想必也是武艺高强的了？"彭庶白道："自然是会武艺的，不过高强与否，我却不敢乱说。因为我也新交，只是从中介绍的人，于双方都是多年的老友，深知道那两人的履历。据介绍人所谈的履历，确足以当得武艺高强的评判。"农劲荪笑道："既承介绍朋友，我们也就不便固执推辞。"

彭庶白即向三人告罪，进里面更换衣服，一会儿出来，邀三人一同出门，乘街车到三马路一家徽菜馆里。刚走进大门，那当门坐在柜台里面的账房，一见是彭庶白来了，忙走出柜台来迎接，满面堆着笑容。立在柜台旁边的几个堂倌，更是满身现出唯恐趋奉不及的样子，无论谁人，一见这种特别欢迎的情形，也必逆料彭庶白定是这酒菜馆里唯一无二的大主顾。彭庶白引三人上楼，选了一间幽静点儿的房间，让三人坐了，仍回身出去了一会儿进来，笑向农、霍二人道："已打发人请那两个朋友去了，大约一会儿就来了。"农劲荪问道："那两位朋友是哪省人，姓名什么？足下既知道他们的履历，可否请先将他们的履历，给我等介绍一番。"

彭庶白刚待回答，只见堂倌捧来杯筷等餐具进来，彭庶白即对堂倌说道："就去教厨房先开几样下酒的菜来，我们要一面喝酒，一面等客。"堂倌照例问了酒名，放下餐具去了。

彭庶白便邀三人入席笑道："那两个朋友的履历，真是说来话长，请旋喝酒旋听我说。他们的履历，也有些儿是可以下酒的，要说他两人的履历，得先从这酒菜馆说起。这酒菜馆的东家，是我的同乡，其家离我家甚近，从小彼此认识，因此舍间自移居上海以后，凡有喜庆宴会的账，总是在这馆里包办的酒席。我有应酬请客，除却请西餐外，也多是在这里。这里的东家早已关照了账房，对我特别优待。这账房是湖南人，姓谭名承祖，甚得这里的东家的信用。其所以得东家信用，也有个特殊原因在内，也有一说的价值。这里的东家姓李，行九，人都称'李九少爷'。虽是一个当少爷出身的人，然生性极喜武艺，专聘了一个在北道还有一点儿声名的教师在身边，教他的武艺。十多年来，也练得有个样子了，更喜结交会武艺的人。这个谭承祖，并不与李九少爷认识，也不曾营谋到李家来当账房。寒舍移居上海的前二年，谭承祖在上海一个最有名的富家哈公馆里当食客。哈公馆的食客极多，上、中、下三等社会的人都有，也聘了一个直隶姓张的拳师，常川住在公馆里，教子侄的拳棒。只因哈家是经商致富，对于武艺是绝对的外行，只知道要聘教师，于教师的能力怎样，绝不过问。那位张教师的气力，据见过的一般人多说委实不小，二百五十斤的石担，能一只手举起盘旋飞舞，哈家看了这种气力，便以为是极好的教师了。谁知谭承祖在少年的时候，也是一个喜欢练拳，并曾用过三五年苦功夫，近年来虽没积极的练习，但也没完全荒疏，早晚睡起的时分，总得练几十分钟。和谭承祖同住一房的，也是哈家的食客，知道谭承祖也会武艺，就想从中挑拨得和张教师较量一番，他好在旁看热闹，其他的恶意却没有。

"一次张教师正在教哈家子侄的拳脚，谭承祖与同住的食客，都反操着手在旁闲看，谭承祖不知怎的，忽然'扑哧'笑了一笑。张教师回头望了望谭承祖，谭承祖便转身走开了。这个想挑拨的食客，背着人就对张教师说道：'你知道谭承祖今日为什么看你教拳忽然扑哧一笑么？'张教师道：'他没说话，谁知道他为什么呢，他对你说了么？'这食客笑道：'他自然对我说了。'张教师忙问：'他说笑的什么？'这食客做出忍了又忍，忍不住才大笑道：'你不要生气，我就说给你听。'张教师自然答应不生气，食客就说道：'他说你教拳的姿势，正像一把茶壶，所以他看了不由得好笑。'

"张教师心里已是生了气，面上还勉强忍耐着说道：'他不懂得拳脚功夫，知道什么？懒得睬他。'这食客'咦'了一声道：'你说他不懂得拳脚功夫吗？他表面是一个读书人，实在拳脚功夫还很好呢！我与他同住一间房，他早晚练拳，我都看见。'张教师听了动气说道：'他既是会武艺，同在外边混饭吃，就不应该笑我！他还对你说什么吗？'这食客更装出待说不说的样子，半晌才摇头说道：'并没说你什么，你也不要疑心追问，万一闹出是非来，人家都得骂我的口不紧。'

　　"张教师听了这半吞半吐的话，以为谭承祖必是在背地里议论了他许多话，当下就气得什么似的，但也不说什么。次日便特地到谭承祖房间里来坐谈，开口就对谭承祖拱了拱手道：'我听得某某说，老哥的武艺了得，于今早晚还是拳不离手的做功夫，兄弟钦佩极了，特来想领教领教。'谭承祖做梦也想不到同房的人从中挑拨，看了张教师的神色和言语，不觉愕然说道：'这话从哪儿说起？我若会武艺倒也好了，张师傅看我的身体模样，也相信是会武艺的么？走路都怕风吹倒。某某与我同房，我知道他是素来欢喜开玩笑的，请不要听他的话。'

　　"张教师就是因谭承祖的身体瘦削如竹竿，加以满面烟容，毫无精采，才存心瞧不起他。今听谭承祖这么说，更不放在心上了，随即点头道：'我因听得某某这般说，本来我也是不相信的。不过你昨日当众笑我，使我过不去，你不懂武艺倒罢了，若果真懂武艺，我便不能模糊过去。'谭承祖哈哈大笑道：'你教武艺，不许旁边看的人笑，难道要人哭吗？我笑我的，与你有甚相干！幸而你是教武艺，会武艺的本来可以欺压不会武艺的人；若你不会武艺，用旁人的手艺教人，有人看着笑了一笑，你又怎么办呢？我国会武艺的人，其所以不能使有身份有地位的人看得起，就是这种野蛮粗鲁，动辄要和人拼命的缘故。我姓谭的从小读了几句书，凭着一支笔，在外混了半世，还愁谋不着衣食，不靠教武艺混饭吃，你靠拳头我靠笔，各有各的生路，两不相犯。譬如我在这里替东家写什么东西，你就在旁边笑一个不休歇，我也不能说要领教你的文墨！'

　　"张教师是个粗人，一张嘴如何说得过谭承祖呢？被这么奚落一阵，回答不出话来，只得忍气退出，将话说给那存心挑拨的人听。这人笑道：'你不逼着他动手，他是瞧不起你武艺的人，懒得和你纠缠，所以向你开教训。可惜他谭承祖不遇着我，我若有你这种武艺，他对我如此，我就没有你这样容易说话。'张教师道：'他不承认会武艺，又没当我面说我不好，我如何好逼他动手呢？'这人摇手说道：'不用谈了，将来传到旁人知道，定骂我无端挑得你们相打。你是离家乡数千里来教人武艺，凡事忍耐忍耐也好，不可随便寻人动手，打赢了还好，若被他打倒了真难为情呢！'说罢，就走向别处去了。

"张教师独自越想越气，越气越没有办法。凑巧过不了几日便是中秋节，哈公馆照例逢年节必有宴会，酒席丰盛，主人亲自与众宾客欢饮。张教师一时高兴，多喝了两杯酒，筵席散后，张教师乘着酒兴，忽然想起要和谭承祖动手的事来，一团盛气找到谭承祖房里，空空的不见一人。转到后院，只见青草地上，照着光明如昼的月色，月光之下，约有十多个人，同坐在铁靠椅上赏月清谈。哈公馆的花园，是上海有名极堂皇富丽的花园，最宜赏月。张教师一心想与谭承祖动手，无论什么好景，也无心领略，直走到十多人当中，就各人面部一个个细看，恰好谭承祖正在其内。张教师一见面就伸手握住谭承祖的手说道：'来来来！我今夜无论如何得和你较量几下，看你是什么大好佬！'

"谭承祖笑道：'哎呀呀！不得了，不得了！张教师一身的本领无处使，要在我这痨病鬼面前逞威风了，请诸位老哥救救我！'谭承祖一面这么说，一面被张教师拉向花园坦宽之处行走。同在一块儿清谈的十多人，多莫名其妙，只得跟在后面看。约走了二三十步远近，张教师刚将手一松，不知怎的突然退后一跤，竟跌到一丈开外。这一跤实在跌得不轻，只把那个张教师跌得头昏眼花，躺在草地上，半晌还爬不起来。谭承祖倒行所无事的走过去笑嘻嘻的说道：'张老师好快的身法，怎么这般快就到了这里，酒喝多了，请回房歇息去吧！这青草地上露水太重，起来，起来！'边说边将张教师拉起，张教师这才自知不是对手，次日一早就辞职回原籍去了。

"当谭承祖打倒张教师的时候，凑巧这里东家李九少爷也在那十多人之中。十多人看了，都不明白张教师如何跌倒的，唯有李九少爷是一个内行，一望就知道谭承祖是用什么手法打的，觉得谭承祖的武艺不错，当夜就与谭承祖谈了一番，甚是投机。过不了几日，李九少爷即到哈家交涉，要聘请谭承祖来家佐理家务。哈公馆的食客多，去一个人算得什么？谭承祖一出手，打破了张教师一只饭碗，却到手了自己一只饭碗。到李家后，因来历与别人不同，又时常能和九少爷谈论拳棒，所以独见信用，委他在这里当账房。

"我刚才打发人去请的两个朋友，就是由谭承祖特地从他家乡地方接到这里来的，一个姓杨名万兴，一个姓刘名天禄。两人的年纪都将近六十岁了，为什么不远数千里，无端把两人接到这里来呢？只因谭承祖平日与九少爷谈话，不谈到武艺上便罢，一谈武艺，便免不了提起杨万兴、刘天禄两人，功力如何老到，身手如何矫健，某次在某处和某人是如何打胜的，谈到精神百倍，唾花四溅。九少爷是公子哥儿脾气，听了兴高采烈，问刘、杨两人是古时的人物呢，还是现在的人物呢？谭承祖道：'自然是现在的人物，若是古时的人物，已死无对证了，又何须说呢？'

"九少爷见说其人还在，随即教谭承祖写信打发人去迎接。谭承祖道：'写信不见得能接来。'九少爷就教他亲自前去，随即拿了五百块钱，给刘、杨两人做安家费和三人同来的路费。于是不到一个月，刘天禄、杨万兴已到上海来了。初到上海的几日，九少爷因见这两人的本领确实难得，谭承祖平日所谈的并无虚假，也就十分钦敬，备办了几桌酒席，陪款两人。凡是上海会有些武艺的人，平时与九少爷有来往的，无不请来作陪。我因是同乡的关系，也在被邀之列，我于今且把当日在李家所见的情形，先说一说，再说他两人的履历。"

彭庶白说到这里，堂倌已送上酒菜来，忙起身替三人斟了酒。大家一面吃喝，一面听彭庶白继续说道："我从来与李家来往很密，刘天禄、杨万兴的声名，早已间接听李九爷说过多次了，想瞻仰的心思，也不减于李九。众陪客中唯我到得极早，到时只见李九爷、谭承祖和一个土里土气的乡老头，同立在客厅中，三人都面朝上边望着，好像看什么把戏的样子。我也不向他们打招呼，跟着朝上边一望，原来还有一个身体瘦弱些儿的乡老头，正用背贴在墙上，双肩向上移动，已爬上几尺高了，仍不停留的向上移去，转眼便头顶着天花板了。这种壁虎功，原不算稀奇，我在小孩时代就见过；不过壁虎功向上走是容易，能横行的却没见过。此时这乡老头的头，既顶着天花板了，就将两掌心贴着墙壁，靠天花板横行起来，并且移动得甚快，只在转角的时候，似乎有点儿吃力的样子。走了两方墙壁，才溜下地来，对李九爷拱手说献丑。我也上前打招呼，始知道显壁虎功的是刘天禄，立着看的是杨万兴，因见有客来了，不肯再显能为。

"据李九爷这日在席上，对众陪客演说刘天禄、杨万兴两人的逸事道：'我不与刘、杨二公同乡，在今番以前，又绝没有亲近过二公，对于二公的历史，应该无从知道；只是有谭君朝夕替二公介绍，所谈不止数十次，因此两耳已经听得极熟了。我初听了谭君所谈的，心里异常钦仰二公的能耐，孜孜的想能会面才好。打发谭君去迎接的时候，我心里却又异常惴惴，唯恐迎接二公不来。今日在座诸君，于二公先见面，后闻名，不劳想慕，很是幸福。我于今且把我所知道的二公逸事，说两件出来，给诸君下酒。'

"'刘公是长沙人，十四岁的时候，从湘阴最有名的大教师刘才三练习拳脚，不间断练了十年，就跟着自己叔父去辰州做木排生意。这一去，就是十多年不通音问。刘才三仍是到各处教拳脚，所至之处，从学的都是本地练武艺有名的人物。湖南的风俗，教拳的没人敢悬金字招牌，唯有刘才三无论到什么地方教拳，总是带着一块金牌同走，开场之日，便将红绸盖在招牌上，悬挂大门外面，燃放鞭炮庆贺。如遇有来拆场的打手，在未动手前，刘才三必与来人交涉妥当，若打场被人拆了，刘才三打不过人，将金字招牌劈破，实时离开本地；如拆场的本领不高，反被刘才三打败了，便得挂红赔礼。

"'刘才三从教拳以来，经过拆场的次数，在一百次以上了，没一次不是打得来人挂红赔礼的，因此金字招牌上所挂的红绸有二三百张之多，望去只是一个红球，不像是招牌了。南州地方有几个有钱的人，喜欢练武，闻刘才三的名，派人专诚奉请，说好了两千两银子，教一年的拳脚。那时两千两银子教一场武艺，在寻常教师是没有的事，而在刘才三却非高价，因刘才三教拳，至少非有两千两银子不教。刘才三平时告

277

诚徒弟，有"三不打"的话：一出家人不打；二乞丐不打；三女子不打。因这三种人不会武艺便罢，会武艺的多有惊人的本领。刘才三常说，在一般人的眼中看这三种人，多以为是没有能力的可怜人，练了武艺去和这三种人动手，便先自担了个不是的声名；万一遇着武艺高强的，挨一顿打，更不值得。刘才三既以这三不打教徒弟，他本人自然存心不和这三种人动手，到南州教了半年，并没有敢来拆场的。

"'这日忽来了一个和尚，到门房里说要见刘师傅。门房进去传报，刘才三听说来的是和尚，即连忙摇手道：说我不在家就完了。门房退出对和尚道：对不起！刘师傅今日出门拜客去了，不在家中。和尚点了点头，折身就走。第二日那和尚又走了来，门房只得又进去传报，刘才三对门房说道：不是会武艺的，不至一次又一次的来找我。我的规矩，不与出家人动手，你还是去回报他不在家。门房出来说了又不在家，那和尚面上已露出不高兴的样子，然也没说什么，就退出去了。第三日又走来对门房说道：今日难道刘师傅又不在家么？门房明知刘才三不肯相会，便答道：今日果然又不在家，和尚找他有何贵干？和尚这番就不似前昨两日那么和平了，高声发话说道：好大的架子，连看他三日，三日都不在家。我不相信有这么凑巧，若真不在家，可放我进里面寻找；寻找不着，就坐下等他回来。门房说：不行，不行！你是出家人，如何好放你进里面去，里面住着家眷。和尚不依道：我只寻刘才三，与里面的家眷无涉。我长途跋涉的到这里来，也不知受了多少风霜劳苦，为的就是要见刘才三。他若是怕了我，赶快将金字招牌劈破。旋说旋捋着两只大袖往里面走，门房哪里拦阻得住呢？

"'此时刘才三正藏身在二门后，听外边的言语，见和尚公然冲了进来，慌忙退到厨房间，脱了脚上鞋袜，换了大司务的衣服，托了一盘茶出来。看和尚已坐在客堂椅上，两眼不住的向各处张望，看了刘才三托茶出来，也不在意。刘才三问道：大和尚是来会我师傅的么？他出门看朋友去了，我师傅的规矩，是不打出家人的。可惜我师傅的大徒弟，也跟着师傅出门去了，只留我这个不行的灶鸡子在家。你是来找我师傅比武艺的么？说时将茶递上去，和尚一面接茶，一面答应不错，茶杯还

278

不曾接妥，茶盘已劈打将下来。和尚的手法好快，尽管在他无意中劈去，他避开茶盘，顺手就将刘才三的衣袖拉住，两边都朝自己怀里一拉，只听得喳的一声，衣袖被拉去半截。彼此各不相下的，就在客堂里动起手来。

"'也是棋逢敌手，将遇良材，打了二三百个回合，没有分胜负。和尚忽然跳出圈子，指着刘才三说道:你不就是刘才三吗，假装什么灶鸡子？一个月后再来领教，那时定使你知道我的厉害！说毕扬长而去。刘才三看断了的半截衣袖，断处五个指爪印，就和五把极锋利尖刀刺破的一般，心想这和尚的本领，在我之上，我尽我的力量，才勉强支持一个平手，占不着他半点便宜；他若一个月后再来，我如何对付他呢？我的金字招牌，难道就要在这地方劈破吗？心里越想越着急，越没有对付的方法。

"'光阴易逝，一霎眼就过了二十日。刘才三还是一筹莫展，只急得病倒在床，水米不能入口。所教的徒弟，虽都情愿帮助师傅，然哪有帮助的力量呢？当时在南州的湘阴人，都听说这么一回事，也多代替刘才三担忧。因刘才三是湘阴最著名的好手，若被人打败了，同乡人的面子上多不好看，只是希望刘才三打胜的人虽多，然谁也没有办法。这事真是巧极了，刘才三十多年不得音信的徒弟，就是这位刘天禄先生，不知被一阵什么风吹到南州来了。这位刘公因驾着木排到南州，并不知道自己的师傅在南州教拳；与和尚相打的事，更是毫不知道。但是岸上做木排生意的，多湘阴人，见面闲谈起来，不知不觉的谈到刘才三身上去了。这位刘公便说道:刘才三么？是我们的师傅，于今既在这里教打，我又恰好到这里来了，免不得要办点儿礼物，去给师傅请安。做木排生意的听了笑道:你要去请安，就得快去，若去迟了，只怕他不能等你。这位刘公问是什么缘故，那些人将和尚来访的事由说了，并说刘才三现已三日不沾水米，睡在床上，只奄奄一息。这位刘公哪敢停留，礼物也来不及备了，径向刘才三教拳的人家走去，照例请门房通报。

"'刘才三想不到十多年不通音信的徒弟，无端会到这里来，以为又是来较量武艺的，连连对门房摇手说:'病了不能见客。'喜得这刘公能写字，当下向门房借了纸笔，写出自己的姓名履历，又教门房拿了进去。刘才三见了自家徒弟来了，心里虽安了些儿，然逆料自家的徒弟，本领必难胜过他自己，但欣喜有了一个可以托付后事的人，随即教门房将这刘公带进去。

"'刘公的性情最厚，一见自家师傅病到那种憔悴样子，不由得心酸下泪，跪倒在床前问候病状。刘才三忍住不肯将病由说出来，刘公问道：师傅不曾请医生来服药吗？刘才三叹道：我这病不是医生能治好的，用不着请医生。刘公道：弟子也能治病，只请师傅把病由说给我听。刘才三问道：你这十多年来，也曾另觅师傅，你在外面已听得人说和尚来拆场的事么？刘公道：南州的人，谁都知道这回事了。刘才三道：你这十多年来练了些什么惊人的本领？刘公道：硬本领练到师傅这般地位不容易高强了，弟子练的是软功夫，和人动手确有把握。刘才三道：你且使一点儿给我看看，不问什么软功夫。刘公知道师傅还不相信自己的功夫，能敌得过和尚，当即使出重拳法来，将床前做榻凳的一块方石，只轻轻一掌拍得粉碎。刘才三看了，一蹙趯就翻起身来坐着说道：我的病已经好了。'"

不知刘天禄如何对付和尚，且俟下回再写。

总评：

霍元甲以爱友之故，竟受其兄之呵斥，卒至含冤受屈，不能伸其辞。甚矣！家庭间之不易处也。然而元甲爱友之诚，因之更益昭著，足令人钦敬矣！

昔之摆设擂台，其用意不外夸显台主本领，及物色乘龙快婿两种，否则即意图不轨，借此招罗天下英雄耳！今农劲荪之欲摆擂台，乃大异于是，盖欲联络英豪，共图对外焉。其眼光之远近，其主义之广狭，固不可同日语，诚为别开生面之举也。

以下为刘天禄、杨万兴传，而将写刘天禄之前，复写一刘三才，盖用以为陪宾，竭力振起下文耳。而彼和尚者，则更宾中之宾也。明乎此，则此二回之章法，当可了然于胸矣。

第二十三回

抢草堆铜人骇群丑
打地痞赤手拯教民

话说"李九少爷继续说道：'刘才三随即下床，吩咐厨房备办酒菜，一面替这刘公接风，一面替自己贺喜。那场所教的徒弟，见师傅忽然起床，兴高采烈的吩咐厨房办酒菜，虽曾听说是十多年前的徒弟来了，然因这位刘公在当时并没有大声名，一般徒弟都不知道他的能为怎样。刘才三虽曾亲眼看见劈碎石头的本领，却还不知道这种重拳法打在人身上怎样。等到夜深时候，一般徒弟都睡着了，刘才三方对这刘公说道：我听说重拳法只能吓人，实在打在人身上是不中用的，我也不曾学过重拳法，不知这话确也不确？刘公道：哪有不能打人的道理。不过寻常人无论体魄如何坚强，也不能受重拳法一击，会重拳法的，非到万不得已，决不拿着打人，并不是打在人身上不中用。刘才三问道：寻常人受不起，要什么样的人方受得起呢？刘公道：必须练过重拳法的人，或者是修道多年的人，方能闪避得了。

"'刘才三道：那和尚的来历，我也曾派人探听，只因他不是两湖的人，探听不出他的履历。不知道他曾否练过重拳法，或是修了多年的道，如果他还练过的，你打不着他，又怎么办呢？刘公摇手道：我虽没见过那和尚，却敢断定他不会重拳法。他若会重拳法，便不至接二连三的来找师傅，定要与师傅动手。因为练重拳法的人，在未练之先，就得发誓，一生不能由自己先动念去打人，被人逼得无可奈何，才能动手。并且他与师傅打了二百多回合，可知他不会重拳法。于今即算他会重拳法，我要打他的功夫，还很多很多。总之，我只不寻人动手，凡是无端来寻我动手的，我都能包不吃亏。刘才三听了，这才真放了心。次日早起就拿了些银两，亲自到街上买裁料，替这刘公赶做极漂亮的衣服。

"'等到满一个月的这日，门房果然来报：和尚又来了。刘才三成了惊弓之鸟，一听和尚来了，登时脸上变了颜色，忙问刘公怎么办？刘公当即对门房道：你教他到客厅里坐，大师傅就出来会他。门房答应去了，刘才三问道：你要带什么东西不要？刘公点头道：要的。承你老人家的情，替我做了几套漂亮衣服，请即刻赏给我穿了去见他吧！衣服排场也是很要紧的。刘才三连忙把新做的衣服都捧了来，刘公拣时兴阔绰的装束起来。俗语说得好：神要金装，人要衣装。刘公的仪表，本来不差，加以阔绰入时的衣服，更显得堂皇威武了。而当时在场的徒弟，又都知道凑趣，明知道这位大徒弟要假装大师傅去见和尚，不约而同的多来前护后拥，刘公鼻架墨晶眼镜，口衔京八寸旱烟管，从容缓步的走到客厅里来。

"'这和尚一见不是一月前动手的人，心里已是吃了一惊，又见这种排场举动，确是一个大师傅模样，即自觉上次猜度错了，暗想这里的大司务，尚能和我打二三百个回合不分胜负，这师傅的本领就可想而知了。我倒要见机而行，不可鲁莽。想着，即上前合掌道：贫僧特从五台山来奉访大师傅，今日已是第四次进谒了。刘公不住的两眼在和尚浑身打量着，面上渐渐的露出瞧不起他的神气，半晌才略点了点脑袋说道：前次我不在家的时候，听说有一个外路和尚来访，不相信门房说我不在家，开口就出言不逊，以致与我家厨子动起手来，想必那和尚就是你了。我那厨子很称赞你的武艺，我那厨子的武艺虽不行，只是他生性素来不佩服人的，他既称赞你，想必你比他是要高强一点儿。你三番五次来要见我，是打算和我较量么？也好，就在这里玩玩吧！

"'那和尚被刘公这一种神威慑服了，面上不知不觉露出害怕的样子来，沉吟了一会儿，才又合掌说：领教！刘公吸旱烟自若。和尚道：请宽衣将旱烟管放下，方好动手。刘公哈哈笑道：什么了不得的事，要这么小题大做，看你怎样好打，就怎样打来便了，吸旱烟不妨事。那和尚也有些欺刘公托大，又仗着自己的虎爪功厉害，能伸手到猪牛肚里抓出心肝肠肺，所以前次与刘才三动手的时候，一沾手刘才三的衣袖就被拉断了半截。这一个月以来，旁的武艺并没有多少增加，独虎爪功更加厉害了，猛然向刘公扑将过来，刘公随手挥去，和尚不知不觉的就跌翻在一丈以外。和尚就在地上叩了一个头道：大师傅的本领，毕竟不凡，真够得上悬挂金字招牌！说罢，跳起身走了。刘才三躲在旁边看得仔细，听得分明，心中简直感激万分，将那一场武艺所得的两千两银子，除吃喝用费之外，全数替刘公做了衣服。刘才三从此不再出门教拳了。像这样的好事，还不足以给诸位下酒吗？'

"当时在坐的人听李九少爷这么说，大家都很注意刘天禄。其中就不免有口里不说什么，面上却现出不大相信的神色。谭承祖复起身说道：'敝居停方才所谈的，皆由兄弟平日所闲谈，不但丝毫没有增加分量，并有许多在于今迷信科学的人，所视为近于神话的地方，经敝居停剪裁了，不曾说出来，兄弟请向诸位补说几句。好在兄弟在此时所谈的，比较平日向敝居停所谈的，更易信而有征。因为刘公天禄现在同座，诸位若有不相信武艺有软功夫的，不妨当面质问刘公，或请刘公当面一试。这问题就是我国数千年来最足研究的问题，希望诸位不要根据一知半解，便断为没有这回事。刘公天禄在南州代自己师傅扬名打和尚的事，此刻在湘阴的孩提妇孺都无不知道，也无一个不能原原本本的说出来。刘公当时将和尚打跌一丈开外，所用的确实不是硬功夫，但不是重拳法，是沾衣法。怎么谓之沾衣法呢？学会了这种法术的人，在要运用的时候，只须心神一凝聚，哪怕是数人合抱不交的老树，或是数千斤重的大石，一举手挥去，沾着衣袖就腾空飞起来，三丈五丈皆能由自己的意思挥去。

"'刘公所会的法术，不仅这二三种，兄弟不能举其名，而知其作用的还有许多，然都是会武艺的人最切实用的。兄弟也会向刘公请教，据说要练这种把式最切实用的法术，还是硬功夫练有七八成火候的，便极易练习，没有硬功夫，要想专运用软功夫，却是极难。刘公能于百步以外，出手便将敌人打倒，又能使敌人不得近身，一近身就自行滑倒，这方法名叫滑油令。滑油令能下的多，但程度有深浅，所下即有远近。

刘公能于平地下十丈，沙地下三丈，在他省或有更高强的，兄弟不得而知，在敝省湖南却没有再高的了，而能在沙地下滑油令的，更是极少。敝居停好奇成性，平日听得兄弟谈到这些功夫，不惜卑词厚币，派兄弟亲去湖南将两位老前辈接来，一则是诚心想瞻仰两位的丰采；二则也不无几分疑兄弟过于夸诞之处，想迎接两位老前辈来，好研究一个水落石出。兄弟到湖南与两位老前辈相见的时候，代达敝居停一番诚意之后，就老实不客气的向两位声明，到了上海，难免不有人要求硬、软功夫都得显显，那时千万不能拒绝。因为一经拒绝，不仅使人不相信两位有这种能耐，并使人不相信此间有这么一回事。如果两位存心不想显给人家看，那么上海就去不得。想不到两位老前辈真肯赏脸，居然答应凡是能显出来给人看的，决不推辞。我听了这句话，就如获至宝，立时买轮伺候两位动身到上海来。

"'刘公天禄的逸事，刚才敝居停已说了一桩刘公平生的逸事，虽尚有很多，只是一时在席间，不便一一为诸位介绍，将来有机会再谈吧。兄弟这时且把杨公万兴的逸事，也向诸位介绍一二桩。刘公在湘阴得名甚迟，到了四十六岁在南州将那和尚打败，回来才享大名。至于杨公得名就很早，杨公的神力，可以说是天授。他少时从何人练武艺，练的是什么功夫，此时都无须细说。因为古话说了的，七十二行，行行出状元，无论练什么功夫，只要拼得吃苦，没有不能练成好手的。兄弟在小孩时代，就听得杨公一桩替人争草堆的事。

"'那时湖南稍为荒僻点儿的州县，多有没地主的山场田地。那些山场田地，何以会没有地主的呢？因为经过太平天国之乱，凡是遭了兵燹的地方，居民多有逃避他乡，或在中途离散，不能再归乡里的。以此没主儿的山场田地，小所在任人占领，无人争论；唯有大山头、大荒亩，因为大家多明知无主，就有谁的力量大，能以武力占据，这年就归谁管业。像这种因争据山场田地而相打的事，在当时是极平常的。这位杨公的族人，每年与他姓人为争一处草堆，也不知曾打过多少次，及打伤多少人了。'"

农劲荪听到这里，截住话头问道："兄弟不曾到湖南，请问草堆是什么？"彭庶白点头笑道："这话我也曾问过谭承祖的，据说草堆是那地方的土称，其实就是长满了茅柴的山。每一座大山头的茅柴，割下来常有好几万担，运到缺乏柴草的地方去卖，可以得善价。这年杨公已有二十岁了，仗着天生神力，使一条熟铜棍一百四十斤，在远处望着的人，见使一条黄光灿烂的东西，莫不认作装了金的木棍，没人相信能使这般粗壮的铜棍。杨公知道这年同族的人又得和他姓人争草堆相打了，一面劝同族的人无须聚众准备，一面打发人去对方劝说，从此平分草堆，永绝后患，免得年年相打伤人。

"本来是年年相打的，已经习以为常了，将近秋季割茅的时候，双方都得准备打起来。今忽然由杨家派人去对方讲和，对方哪里知道，杨公是出于好意，以为杨家必是出了变故，不能继续一年一度的打下去，公然拒绝讲和。不但拒绝讲和，打听得杨家族人，果然还没有准备，并想乘不曾准备的时候，多聚人上山割茅。杨家的人看了如此情形，都埋怨杨公不该出面多事，以致反上了人家的大当。杨公也非常气愤，即奋臂对同族的人说道：'他们再聚多些也不要紧，我一个人去对付他们便了，只请你们跟在我后面壮一壮声威。'随即在同族的人当中挑了四个一般年龄，一般身强力壮的人，同扛了那条一百四十斤重的熟铜棍，跟随背后。杨公赤剥着独自上前，向草堆上大踏步走去。

"那边见杨公独自赤膊当先，也料知必是一个好手，便公推了八个武艺最好的，各操靶棍上前迎敌。杨公只作没看见，直冲到跟前，八人吓得不由得退了几步，及见杨公和颜悦色，并没有动手相打的神气，胆壮的才大声喝道：'你是谁？独自赤膊上山来，难道是要寻人厮打吗？'杨公厉声答道：'我曾打发人来讲和，情愿与你们平分草堆，你们不答应，并乘我们没作准备，就集多人上山割草，毕竟是谁要寻人厮打，得问你们自己才得知道！你们仗着各有四两力气，要厮打尽管打来，我这边请了我一个人包打，你们打败了我，就和打败了我一族人一样，不要客气，请动手打来吧！'

"那八个人虽知道杨公必有惊人的本领，才敢有这般惊人的举动；然不相信一双空手能敌若干人。只是杨公既经如此夸口，他们原是准备来厮打的，自无袖手不动之理。有一个使檀木棍的大汉，举起一条茶杯粗细的檀木棍，对准杨公的头猛然劈将下来，只听得'哗嚓'一声响，棍梢飞了一尺多远，杨公动也不动，反从容笑道：'要寻人厮打，又不带一条牢实点儿的棍来，这样比灯草还软的东西，不使出来献丑也罢了！'

"震断一条檀木棍不打紧，这八个人实在惊得呆了，还是一个使靶的伶利些，暗想棍纹是直性，横劈下去，用力过猛，被震断是寻常的事。我这靶是无论如何震不断的，看他能受得了！靶这样武器，本是比较刀、枪、剑、戟都笨滞多了，使靶的多是力大而不能以巧胜人的，因为用法甚是简单，最便于招架敌人的兵器，乘虚直捣，不能如刀剑一般的劈剁。这人见杨公毫无防备，也就肆无忌惮，双手紧握着重二三十斤的杂木靶，对准杨公前胸猛力筑过来。哪知道杨公胸向前迎了一迎，只挺得他双手把握不住，反挺得把柄向自己肋上戳了一下，连避让都来不及，靶和人一阵翻了个空心跟斗才跌下。杨公却做出抱歉的样子，一迭连声的跺脚说道：'什么来的这么粗鲁，自己害得自己收煞不住，这一个跟斗翻得太冤枉了，休得埋怨我！'

"未动手的六个人，各自使了一下眼色，各操手中兵器围攻上来。杨公听凭他们各展所长，不招架一手，不闪躲一下，只光着两眼望望这个，瞅瞅那个。没经他望着的便罢，眼神所到，无不披靡。八个人都弄得双手空空，一个个如呆如痴的看着杨公发怔。杨公这才发出神威来，回头叫四人扛上熟铜棍，一手抢过来向山土中一顿，足顿入土二尺多深，指点那八人说道：'我听凭你们轮流打了这么久，古人说的来而不往非礼也，于今应该轮到我打你们了。不过我明知道你们都是脆弱不堪的东西，经我这熟铜棍压一下，不怕你们不脑浆迸裂，我不用铜棍打你们，只用一个指头，每人只敲一下，你们能受得了，就算你们的能耐比我高强，这草堆立时让给你们去；你们若受不了，或是不肯受，就得依遵我的话，从此平分这草堆，以后再不许动干戈了。'

"那边为首的人，见杨公这种神威，复这般仁厚，照例打不过的，就无权过问山上的事；这回眼见得不是杨公的对手，而杨公偏许他们讲和，平分草堆，为首的人安得不畏惧，安得不感激呢？遂大家一拥上前，围着杨公作揖打拱。那八个人窃窃私议道：'这是从哪里来的这么一个铜人，不用说动手，吓也把人吓死。'这回争草堆的事，杨公就得了大名。对湘阴人说杨万兴，还有不知道的；若说杨铜人，哪怕三岁小孩也能知道。不过，杨公的威名虽立得甚早，但抱定主意不到十年访友之后，决不收徒弟做师傅，后来毕竟驮黄色包袱，出门访友十年，本领是不待说越发高强了。访友归来，威名更大，各州府县喜练拳脚的人，都争先恐后的来聘他去教。兄弟曾冒昧问他，平生曾否遇过对手。他说：'对手大约也遇得不少，但两下自知没有多大的强弱，胜了也不足为师，因此慎重不肯动手的居多。已经动手的，倒没输给人过。唯有一次，确是遇了一个本领在我之上的人，简直把我吓得走头无路。后来幸赖一点机灵之心脱险，至今思量起来，还不免有些害怕。那回因桃源县城里邀了一场徒弟，请我去教，我就答应下来。从湘阴县搭民船到常德，打算从常德起旱。所搭的那条船，原是来回不断行走常德到湘阴的。我上船的时候，天色已近黄昏，我驮着包袱跳上船头，照例往舱里钻进去，已钻到了舱里，回头方看出舱口之下横睡了一个和尚。我也不在意，就将背上的包袱解下来代枕头，放翻身躯便睡。

"'次日起时，船已开行好久了，同船的约有十多个人，忽听得那和尚高声叫船老板。船老板是个五十多岁，老在江湖上行走的人，见有人呼唤即走近舱口问有何贵干。和尚笑嘻嘻的说道：我是出家人，应该吃素的，不过我今日兴头不好，非开荤破戒不可，请你船老板上岸去买六十文猪肉来。旋说旋打开包袱，取出一串平头十足的制钱来，解开钱索，捋了一大叠在手，一五一十的数了六十文，用食指和大指拈了递给船老板道：这里六十文请你自己数数，看错了没有？船老板伸手接过来一看笑道：老师傅这钱都碎了，一文好的也没有，如何拿去买肉呢？那和尚故现惊讶之色，伸着脖子向船老板手中望了一望笑道：原来果是碎的，我再数六十文给你去吧。船老板即将手中碎铜钱放在船板上，看和尚又拉了一大叠钱在手，一五一十的数了六十文，照样用两个指头拈着递给船老板。船老板伸手接过来一看笑道：不又是碎的吗？一文整的也没有。和尚又望了一望，又待重数。船老板道：老师傅的手太重了，请给我自己数。好好的大钱，捏碎了太可惜。和尚真个将一串钱给船老板，船老板自数六十文去了。

"'我在旁看得分明，暗想不好了，这和尚此种举动，必是因我昨夜从船头跳进舱来的时候，不曾留神他横睡在舱口，打他身上跨过来。他当时以为我是一个寻常搭船的人，所以不发作。今早他不住的看我枕头的包袱，大约因见我是驮的黄包袱，认作我是有心欺侮他，所以借买肉说出开荤破戒的话来，并借数钱显点儿能耐给我看。我的气力虽自信不肯让人，然若将六十文大钱，两指一捏即成碎粉，必做不到，可知道这和尚的能耐在我之上。我昨日进舱的时候，既看见他横睡在舱口，本应向他道歉一声，即可无事。奈当时疏忽了，于今他已经发作，显了能为，我再向他道歉，显得我示弱于他。甚至他还当着一干人教训我一顿，那时受则忍不住，不受又不敢和他动手，岂不更苦更丢脸？我是这般仔细一思量，觉得除了悄悄的先上岸去避开他，没有别法。想罢也不动声色，先将包袱递到后舱，自己假装小解，到后梢对船老板说道：我刚对前舱的大和尚失了打点，于今那大和尚已存心要挑我的眼了。我是个在江湖上糊口的人，犯不着无端多结仇怨。常言让人不为弱，我本来搭你这船到常德的，现在船钱仍照数给你，请你不要声张给和尚知道，只须将船尾略近河岸，让我先上岸去。我走后和尚若问起我来，请你说我早已上岸走了。那船老板还好，见我这么述说，连忙点头说好。我给了船钱，船尾已离河岸不过一丈远近了，我就驮包袱跳上了岸。心里尚唯恐那和尚赶来，急急忙忙的向前奔走。

"'这条路我没有走过，虽是一条去常德的大道，然何处可以打午火，何处有宿头，都不知道。而那时急于走路，也没心情计较这上面去，不知不觉的走过了宿头。天色已经昏黑，一路找不着火铺，只得就路边一棵大树下靠着树蔸歇息。奔波了一日，身体已十分疲乏了，一合上眼就不知睡了多少时间。忽耳边听得有哈哈大笑的声音，我从梦中惊醒转来。睁眼一看，只吓得我一颗心几乎从口里跳出来了。原来那和尚已兴致勃勃的立在我身边，张开口望着我狞笑。见我睁眼就问道：杨师傅怎的不在船上睡，却跑到这里来露宿呢？那种存心形容挖苦的神气，真使我难堪。我只得从容立起身来说道:常言赶人不上百步。我既避你,也可算是让你了,你何苦逼人太甚?

"'那和尚摇手说道:那话不相干。你驮黄包袱出门,想必是有意求师访友;我虽没驮黄包袱,但游行江湖间,也是想会会江湖间的好汉。既遇了你,岂肯随便放你跑掉?我看那和尚眼露凶光,面呈杀气,口里虽说得好听,心里终难测度。先下手为强,后下手遭殃,遂对和尚说道:你现今既追赶我到此地,打算怎样呢?那和尚笑道:随便怎样,只要领教你几下。我说:一定要动手,你先伸出手膀来给我打三下,我再给你打三下何如?和尚说好。恰好路旁竖了一块石碑,和尚即伸手膀搁在石碑上,我三拳打过,七八寸厚的石碑都被打得炸裂了,崩了一大角,和尚的手膀上连红也没红一点。我心里已明白和尚必有法术,他受得起我三拳,我决不能受他三拳。然既已有言在先,我已打了他,不能不给他打。只好也伸手搁在石碑上,让他打下,他也似乎是用尽平生之力打下来。我哪里敢等他打着,乘他拳头在将下未下的时候,一抽手就换了个二龙抢珠的手法,直取他两眼。他不提防我有这一下,来不及招架避让,两眼珠已到了我手中。和尚一时愤怒极了,朝着我站立的方向猛然一腿踢来,因瞎了两眼,又在愤怒不堪的时候,竟忘记了我是立在石碑背后,这一腿正踢在石碑上,好大的力量,只踢得那石碑连根拔了出来,飞了四五尺远才落地。我幸喜有石碑挡住了,只将身体闪开一些儿,便避过了凶锋。只见他紧握着两个拳头,向东西南北乱挥乱打。我这时虽知道他不能奈何我了,只是仍不敢有响动,仍不敢大声吐气,恐怕他听出了我所立的方向,拼命打过来。忍住笑看他挥打了一顿,大约也打疲了,立住脚喊道:杨师傅,你好狠的心啊!下手弄瞎了我的眼睛,难道就不顾而去吗?我说:我并没去。这只能怪你的心太狠了。你存心要我的命,我只取你两只眼睛,自问并不为过。你于今打算怎样?和尚道:这地方太荒僻,我自己又不能走向热闹地方去,求你送我一程如何?我明知和尚的手段厉害,哪里敢近他的身呢?便对他说道:我自己实在没闲工夫送你,你在这里等一会儿,我去雇一个乡下人来送你。我于今包袱里还有二十多两银子,留出往桃源的路费,可以送你二十两银子。

289

和尚没得话可说，我就寻觅了一个本地人，花了些钱，送和尚去了。

"'我在桃源教了一场武艺之后回湘阴，一次于无意中遇见了那船老板，问那次我上岸以后的情形。船老板说出情形，才知道，那和尚初时并没注意，直到吃午饭的时候，和尚请同船的人吃肉，将同船的望了一遍，忽然大声问道：还有一个客呢，怎么不来同吃饭？连问了两遍没人回答。他就呼唤船老板。船老板走过来问为什么事，和尚道：那个驮黄包袱的客人到哪里去了？船老板故作不理会的样子说道：哪里有驮包袱的客人？我倒不曾留心。自开船到于今，不曾停留泊岸，客人应该都在船上。和尚愤然说道：胡说！你船上走了一个客人都不知道吗？你老实说出来，那客人从什么地方上岸的，原定了搭船到哪里去，不与你相干。你若不说，帮着他哄骗我，就休怪我对不起你。船老板道：本来不干我的事，但是老师傅为什么定要找他呢？和尚道：他驮黄包袱出门，居然眼空四海，从我身上跨来跨去，连对不起的套话也不屑向我说一句。这还了得？我非重重的处置他。他也不知道天有多高，地有多厚。船老板道：原来为这点儿事，他既走了，就算是怕你避你了。何必再追究呢？和尚摇头道：不行，不行！他若真是怕我，就应该向我赔不是，不能这么悄悄的上岸逃跑。我若不去追赶他，给他点厉害看，他不以为我是饶了他，倒以为我追他不着。快快老实说出来吧！船老板因畏惧和尚凶恶，只得说了我的姓名和去处。和尚也不停留，从船头上一跃上了岸。幸亏我先下手取他的眼睛，若认真与他动手较量起来，即算不死在他手里，也十九被打成残废。'"

彭庶白遵照杨万兴的话，正述到这里，外面堂倌来报客来了。彭庶白连忙起身迎接，农霍二人也都起身。只见一个身长而瘦的人，穿着极漂亮的银鼠皮袍，青种羊马褂，鼻架墨晶眼镜，神气很足的走了进来。彭庶白接着笑道："难得九爷今日有工夫赏光。"说时回身给农霍等人介绍，才知道这人就是李九少爷。跟着李九少爷进房的，是两个乡下老头模样的人，不用说这两人就是刘天禄和杨万兴了。彭庶白也一一介绍了。彼此初见面，都免不了有一番俗套的话说，用不着细表。

酒上三巡，彭庶白起身说道："今日虽是临时的宴会，不成个礼数，然所聚会的都是当今国人想望风采，而恨不得一见的豪杰之士。庶白得添居东道，私心真是非常庆幸。霍义士的威名，虽是早已洋溢海宇，然南北相去太远，又已事隔多年了，杨、刘二公远在湖南，或者尚不得其详，今请简括的绍介一番，以便大家研究以下的问题。"

彭庶白说到这里，接着就将庚子年霍元甲在天津救教民，及断韩起龙两膀的事，绘形绘声的说了一遍。并将去年来找奥比音较技订约的种种情形说了道："霍义士绝对非好勇斗狠的人，其所以屡次搁下自身的私事，专来找外国人较量，完全出于一片爱国至诚。这种胸襟气魄，实在使庶白又钦敬、又感激。今日霍义士与农爷等到寒舍，谈及打算在上海摆设一擂台的事，庶白听了异常高兴。觉得摆擂台这桩事，我们南方人在近数十年来，只耳里听说过有这么一回事，眼里所见的不过是小说书上的摆擂，何曾见过真正摆擂的事呢？以霍义士的家传绝艺，并震动遐迩的威名，又在上海这种轮轨交通、东洋第一繁盛的口岸，摆一个擂台，真是一件了不得的盛事。不过这事体甚大，关系更甚重要，所以庶白一听得说，就想到绍介与三位会面，好大家商量一个办法。"说毕坐下。

农劲荪随即也立起身说道："摆设擂台这桩事，猝然说出来，似乎含着多少自夸的意思在内，不是自信有绝高武艺，或目空四海的人，应该没有这般举动。敝友霍君，其本身所得家传霍氏迷踪艺，在霍家的人及与霍家有戚旧关系的人，虽能相信现在练迷踪艺的，确以霍君为最；然霍君谦虚成性，不但从来不敢自诩武艺高强，并不敢轻易和人谈到武艺上去。唯对于外国之以大力士自称的，来我国炫技，却丝毫不肯放松，更不暇计及这外人的强弱。霍君其所以有这种举动，只因眼见近年来外国人，动辄欺辱我国人，骂我国人为'东方病夫'。自庚子义和团乱后，外人并把我国传留数千年的拳术，与义和团的神拳一例看待。霍君不堪这种侮辱，时常发指眦裂，恨国体太弱。谋国的不能努力为国，以致人民都受外人凌辱，誓拼一己血气之勇，与外来炫技的大力士周旋。幸而胜是吾华全国之荣，不幸而败，只霍君一身一家之辱。决心如此，只待机缘。凑巧有俄国人自称'世界第一之大力士'来天津炫技，霍君即奋臂而往，与俄人交涉较量。奈俄人访知霍君生平，不敢动手，连夜逃遁回国去了。这次虽不曾较量成功，但能将俄人驱走，不敢深入腹地耀武扬威，也可谓差强人意。去年英国大力士奥比音到此间炫技，霍君初未得着消息。及在报纸上见着记载，匆匆赶来，不料已经来迟，奥比音已不在沪了。辗转探询，复费了若干的周折，才得与英人沃林订约，以五千两银子为与奥比音赌赛胜负之注。于今虽距比赛之期还有一个多月，只是霍君之意以为，居高位谋国政的达官贵人，既无心谋国家强盛，人民果能集合有能耐的人，专谋与外来的大力士较量，也未始不可使外国人知道我国人并非全是病夫，也多有不能轻侮的。为欲实践这种愿望，所以特地提早到上海来摆设擂台，绝对不是请同国的人来打擂，是请各外国的人来打擂。做成各国文字的广告，在各国新闻纸上登载。对于本国的好汉一律欢迎同做台主，同心合力对付外人。其详细办法，此时虽尚未拟就，不过经多数同志商榷之后，办法是容易拟就的。今日承彭君绍介三位，兄弟与霍君至诚领教，请不用客气，同谋替国人出气的方法。"说毕也坐了下来。

李九少爷也起身演说了一阵，无非恭维霍、农二位为人，及摆擂台的盛举。唯最后声明对摆擂台所应进行的一切手续，愿尽力从旁赞助。霍、农二人都满口称谢。

刘天禄说道："兄弟行年将近六十，只不曾去过北方。南方几省多走过，到处都有好汉。武艺本无止境，无怪其强中更有强中手。但是胸襟气魄不可一世，像霍公这样的人物，今日却是初次遇着。听彭先生方才所谈霍公救护教民的事，使兄弟平添了无穷感慨。在庚子前三年，敝乡湘阴就发生了一回烧教堂、打教民的事。那时兄弟曾冒大不韪，挺身救出男女教民数十人，至今还有不谅兄弟之心，骂兄弟为洋奴的。今日既谈到这上面来了，不妨将当时的情形谈谈。

"那次在烧教堂事未发生前半月，四乡的无知妇孺，见外国基督教士下乡传教，便放出种种谣言。有说外国人强奸妇女的，有说外国人取婴胎配药的，有说取小儿眼珠的，传教完全是假。这种谣言一出，大家也不问究竟有谁的妇女，曾被外国人强奸了，谁的婴胎和小儿眼珠被外国人取去了，就这么一传十、十传百，传得满县的人都惊慌恐怖，妇女、小儿尽行藏躲着不敢出门。外国人到乡下传教的，渐渐的被乡下驱逐回城了。

"外国人多初来中国，既不明内地情形，复不懂土人言语，忽见土人都操锄头、扁担，汹汹的前来驱逐，外国人自然因人少不敢反抗，掉头就跑。乡下人不说外国人不通言语，不能理沦，都说外国人是做了坏事，畏亏逃走，觉得强奸、取婴胎的事，就此一逃跑可以证实了。也有许多人告知兄弟，怂恿大家出力去打洋人。兄弟虽知道外国传教的，未必尽是善人，然强奸妇女及取婴胎的事，休说实无其事，就是有也决非传教外人干出来的。不惜费唇舌劝人不可听信谣言，只是谣言满县，兄弟一张嘴能劝解多少人呢？越谣越厉害，吓得外国人也都不敢出来。于是谣言又改变说法了，说取婴胎、取眼珠的事，外国人并不亲自动手，全是打发吃教的中国人，往各处害人。

"这谣言一出，一般人对于信教的男女，都怀着一种愤恨之心了。兄弟原不信教，也没有至亲密友信教，并知道凡是信教的，十九是平日游手好闲、没有一定的职业，或是无计谋生的人。其中能自爱的，委实不可多得。所以敝省称信教的叫做'吃教'，就是以信教谋吃的意思。兄弟平日对于那些吃教的人，交谈一言半语，都不甚愿意，何尝会有心去偏袒他们呢？但是那时听了这种无根的谣言，也极力劝人不可相信。

"谁知谣言不到几日，这日又忽从土娼窠里发出一句谣言来。说前一日有一个传教的外国人，去嫖土娼，土娼因见他是外国人，形象可怕，不敢留宿。那外国人情愿加倍出钱，土娼仍是不肯。后来外国人加了又加，土娼要一百元才肯，外国人也应允了，当即拿出一百块洋钱来，交给土娼。土娼看了一百块洋钱，便留外国人歇宿。不料那外国人看了看床上铺盖，苦着脸摇头说道：'这样腌臜的铺盖，教我怎么能睡呢？并且你这房里的陈设也太破旧不堪了，使人坐在这里面不快活。我家就在隔壁，到我家里去睡吧。'这土娼本待不肯，无奈贪图这一百块洋钱，只得同外国人到隔壁去。

"次日有两个老婆子用竹床将土娼抬送回来，说是身体不快，须休养些时方好。问土娼昨夜的情形，土娼只是流泪哭泣。问了好几遍，才说那外国人并不曾和她同睡，不知将什么药物，纳入她阴户之内，阴户内自然流出水来。初流出来的，用一玻璃瓶贮了；再将药纳入，浑身都觉软洋洋的。自知下面如走泄一般，流出来的白浆，又用一玻璃瓶贮了。这次流了之后，人就昏迷过去，直到天明方醒，就用人抬送回来。

"这谣言一出，登时满城人声鼎沸，地痞杂在其中，向教堂蜂拥而去。喜得外国人早已闻风躲了，只把教堂捣毁得片瓦无存。只是虽捣毁了教堂，然不曾打着外国教士，一时仍愤无所泄，都声言怂恿洋人作恶的，全是吃教的中国人，非一个个拿来点天烛不可。所谓'点天烛'便是用棉絮蘸了火油，将人捆绑包着并立起来，用火点着，活活的烧死。一会儿已捉拿了一个，大家七手八脚的忙着安排点天烛。这教民有妻室儿女，都跟在背后痛哭。这些人不但毫不怜惜，并抓着拳打脚踢。这个被拿的教民，还正在安排处死，不曾实行，那边又拿着三四个来了，后面跟随痛哭的老幼男女更多。

"初起时我也没出外探看，直到这时听得老幼男女痛哭之声，始忍不住到外面瞧瞧。像这种暗无天日的行为，教我看了怎能忍受呢？当即站在高处对大众摇手说道：'诸位不可下这毒手，他们犯了罪，国家自有法律，可将他们送官惩办。点天烛的事太惨，万万使不得。我刘天禄今日得向诸位求情讨保。'

"这些人听了我的话，年纪老些儿的都没有说话。唯有那些年纪轻的人，一则也不知道刘天禄是谁；二则仗着人多势大，不知道畏惧。而那时的湘阴知县官，又是个胆量极小的，听凭百姓闹了这么大半日，也不派一个人来弹压，因此地痞流氓更无忌惮。兄弟虽大声劝说，他们简直不睬。有的去人家抢棉絮，有的去人家抢火油，其势非将所拿来的教民，同点天烛不可。人多手众，转眼间被拿的教民已有十多个了。我想此时已是命在呼吸，我若不挺身去救，眼见得这十多个教民，无一个有生还之望。并且这十多个教民，都是有妻室儿女的。烧死的十多个，连带而趋于死路的，更不知多少，就撞祸也说不得了。又大声向大众说道：'你们定要无法无天的，拿人点天烛吗？惹恼我刘天禄，请你们同归于尽，你们也都拼着一死么？'那些人不和我答话，一个个忙着蘸火油。我也就气上来了，蹿入人群中，打倒了几十个人，抢了一个五十多岁的教民，形象神情仿佛是一个教蒙馆的先生，一手托在肩上，纵上了房檐，将他安置在屋脊上，教他伏着不要动；又跳下房来一顿乱打。

"他们人多拥挤了，就是平日略会些儿功夫的，也不能招架。又打倒了几十个，又抢了一个教民，正待上屋，已有年老的大声说道：'刘大爷不用再打了，本来也太闹的没有道理，无怪刘大爷动气。好在经刘大爷打倒了的人，都起来逃走了。'我听了再看时，果然那些地痞流氓，都纷纷的向两头逃跑而去。

"这时湘阴知县，因被外国教士在衙里逼着出来救教民，没法推诿，才乘坐大轿，带了全班捕快，到出事地方来弹压。若不是兄弟将那些地痞流氓打跑了，这知县乘坐大轿而来，必免不了挨一顿饱打。霍公所救的虽比兄弟多了百倍，然兄弟当时一片不忍人之心，却也和霍公一样。敝乡的人至今尚有骂兄弟是洋奴的，兄弟也不介意。可惜兄弟此番来上海，住居的时日已经太久，不能亲见霍公打外国大力士，也不能替霍公帮场。"

霍元甲先听了杨、刘二人的履历，心里已是非常钦佩，正以为得了两个好帮手，忽听他说不能帮场的话，连忙拱手笑道："像杨、刘二公这种豪杰，兄弟只恨无缘，不能早结识。难得凑巧在这里遇着，无论如何得求二公赏脸，多住些时，等兄弟与奥比音较量过了再回去。"

不知刘天禄怎生回答，且俟下回再写。

总评：

　　杨兴万智、仁、勇三者兼擅，于争草堆一事见之，宜乎群奉之如神明，而有"铜人"之称也。至若刘天禄，则艺已臻炉火纯青之候，所谓"沾衣法""滑油令"，何其神妙耶？嘻！二人传矣。

　　仇教之事，在前时为恒见，强半皆由误会所致。今湘阴教案之能一过即灭，不至轩然而起大波者，皆刘天禄之力也，有足多矣！

第二十四回

陈长策闲游遇奇士
王老太哭祷得良医

这部《侠义英雄传》，在民国十五年的时候，才写到上一回，不肖生便因事离开了上海，不能继续写下去。直到现在整整五年，已打算就此中止了。原来不肖生做小说，完全是为个人生计，因为不肖生不是军人，不能练兵打仗，便不能在军界中弄到一官半职；又不是政客，不能摇唇鼓舌，去向政界中活动；更没有专门的科学知识，及其他特殊技能，可在教育界及工商界混一碗饭吃。似此一无所能，真是谋生乏术，只好仗着这一支不健全的笔，涂抹些不相干的小说，好借此骗碗饭吃。

不料近五年来，天假其便，居然在内地谋了一桩四业不居的差使，可以不做小说也不至挨饿，就乐得将这支不健全的笔搁起来。在不肖生的心里，以为这种不相干的小说，买去看的人，横竖是拿着消遣，这部书结束不结束，是没有关系的。想不到竟有许多阅者，直接或间接的写信来诘问，并加以劝勉完成这部小说的话。不肖生因这几年在河南、直隶各省走动，耳闻目见的又得了些与前书中性质相类似的材料，恰好那四业不居的差使又掉了，正用得着重理书业，心想与其另起炉灶，使看书的人心里不痛快，不如先完成这部书。因此就提起这支不健全的笔来写道：

上回书中，正写到霍元甲听得刘天禄、杨兴万说，不能在上海亲见与外国大力士比赛，及不能帮场的话，霍元甲当下一面用极诚恳的言语挽留，一面探问不能久留上海的理由。杨兴万道："承李九少爷的盛意，特地邀我们两人到上海来，已经叨扰过不少的日子了，寒舍也还有些琐屑的事情，应得回去料理。"李九忙摇着双手笑道："快不要在这时分提到回去的话，休说还有霍爷摆擂，和与外国大力士比赛这种千载难逢的事，不久便在上海举行，值得在上海多盘桓些时日；就没有这回事，我也决不肯就这么放两位回湖南去。"他们边谈话边吃喝，囚介绍各人的历史，说话的时间太长，不知不觉的天已昏黑了。

霍元甲和农、刘二人去访彭庶白，是在正月十四日午前，彭庶白是请吃午饭，只以彼此谈的投机，直到黄昏时候，吃喝方才完毕。在座的都是些会武艺的人，宴会几小时，精神上都不觉着怎样。唯有李九是一个抽大烟的，烟瘾又大，平时在家有当差的将大烟烧好了，连抽十多口，把瘾过足了之后，一般的能练习武艺；过不到十几分钟，又得躺下去大抽一顿，从来没有大半日不抽烟的。

这日虽则谈得十分高兴，烟瘾却也发得十分厉害，农劲荪知道他在上海的体面很好，公共租界和法租界的捕房里，都有不少的熟人，甚想与他谈谈领照会摆擂台的事。农劲荪是一个连纸烟、雪茄也不吸的人，如何想得到抽大烟的人一经发瘾、片刻难挨的痛苦？席散后仍滔滔不绝的向李九攀谈，只急得李九如火烧肉痛。亏得谭承祖知道自己东家的毛病，连忙出面向霍、农二人说道："这地方一到夜间，生意比较好些，便非常嘈杂，不好畅谈。兄弟想替敝东做主，邀诸位到敝东家去，好从容计划摆擂台的事。"李九听了这话，很高兴的接着说道："我心里也正是这般着想，应得设筵为霍爷、农爷及刘君接风，却嫌就这么请到舍间去，太不恭敬，理当下帖子恭请才是。"

彭庶白不待霍元甲回答，已抢着笑道："霍爷、农爷岂是拘泥这些俗套的人。"农、霍二人为欲商量摆擂的事，也不推辞，当下由李九引导着，一行人都到李公馆来。李九一面陪着谈话，一面将烟瘾过足了，立时显得精神陡长起来。

霍元甲不觉笑问道："久闻李九少爷是一个欢喜练武艺的人，抽这大烟于功夫没有妨碍吗？"李九道："如何没有妨碍！功夫已练到化境的人，抽烟有无妨碍，兄弟不得而知；若是正在练习的人，一抽上这劳什子，所练的武艺，就简直是替这劳什子练了，与本人毫无关系。因无论练得怎样老辣，一发了烟瘾，便浑身没有气力，哪里还能施展出武艺来！兄弟就因为这种缘故，觉得武艺不容易练好，即算练得有相当的成功了，大烟不曾抽足，也仍是一般的不中的，所以一听到有'沾衣法''滑油令'这类法术，不由得我心中羡慕，想从事练习，巴巴的派人去湖南将刘、杨二老接来，也就是为抽上了大烟，硬功夫不能得着受用，打算练软功夫讨巧的意思。"

农劲荪笑问道："想必已经练成功了？"李九摇头道："杨先生还不曾传给我，就只管天天说要回湖南去，也不知道他老人家是什么意思。"杨万兴道："九少爷以为练硬功夫便不能抽大烟，练软功夫是不妨的。若不是霍先生问到这番话，我实在不便说九少爷不戒烟便不能学法的话。普通一般人的见解，都以为硬功夫难学，软功夫易学，其实不能。寻常十个人中，有八九个能学硬功夫的，难得有二三个能练软功夫的。练硬功夫不拘一定的时刻，不妨练一会儿又抽烟，抽一会儿烟又练，软功夫是不问哪一种类，都至少须四十九天不能间断，并且得在野外去练习的居多，如何能抽大烟呢？如果九少爷决心要学，就得先把这大烟戒断，不然，是枉费气力，不是我迟迟不肯传授。"

李九笑道："我只道学法是容易的，不过口里念念咒就行了，谁知道竟比练硬功夫的武艺还要麻烦？我的大烟并不难戒，已经戒过好几次了，只怪我自己没有把握，因为戒的时候很觉得容易，就随随便便的又抽上了，这回决定戒断了学法。"

在座的人听了李九这话，不约而同的向李九拱手笑道："恭喜，恭喜！能学这种难得的法，已属可喜可贺；能将这大烟戒断，更是了不得的大好事。"李九也拱手笑道："诸公这么一来，却逼得我真不能不戒断了。"

当下李家准备了极丰盛的筵席，替霍元甲接风，在席间研究了一会儿摆擂台、领照会的手续。农劲荪就委托彭庶白、李九两人代办，难得彭、李两人都是在上海极有资望的，又都十分热心赞助，当下慨然承诺。

次日，农、霍两人拜了一天的客，最后到秦鹤岐家。霍元甲说道：

"去年承老先生的情，介绍我拜识了程友铭先生，使我增加了不少的见识。记得当日老先生曾说，还有好几位可以介绍给我见面，当时因行期仓促，不曾一一去拜访，这番专程到府上来，想要求老先生不嫌麻烦，使我得多结识几位英雄。"

秦鹤岐道："像四爷这般有本领的人，还是这么肯虚心结纳，真令人钦佩。此刻在上海值得介绍给四爷会面的，只有两三个人，还有几个因为过年回家乡去了，大约须两星期以后才能来。有一个姓陈的湖南人，就住在离此地不远，我和他也是初交。这人年纪虽轻，本领却很不错。他去年才到上海来，因听得我有一点儿虚名，特地来拜会。他生性非常爽直，练了一身刀斧不能入的铁布衫功夫，手脚更十分老辣。四爷在寒舍多坐一会儿，我可打发人去邀他到这里来相见。"

霍元甲摇头道："这如何使得！常言'行客拜坐客'，我当然先去拜他，只求老先生介绍介绍。"秦鹤岐欣然点头道好，遂陪同农、霍两人到陈家来。

且说这姓陈的，名长策，字寿仁，湖南平江人，家中很有些产业。他从小在蒙馆里读书，便欢喜武艺。平江最有名的老拳师潘厚懿，住在离他家不远，终年不断的传授徒弟。陈长策便也拜在他门下，白天去蒙馆读书，夜间即去潘家练武，寒暑不辍的练了六年。

一日黄昏时候，他跟着潘厚懿两人在乡村中闲逛，忽听得前面牛蹄声响，抬头看时，乃是一只大水牛，不知如何挣断了绳索，发了狂似的，竖起一条尾巴，连蹦带蹿的劈面奔来。真是说时迟，那时快，相隔已不到两丈远近了，潘厚懿惊得回头就跑，陈长策看左右都是水田，右边的水田更比道路低下四五尺，料知不能闪避，便回头跑也难免不被追上，随即立定了脚步，等待那水牛奔近身来。

那牛正狂奔得不可收煞，猛见前面有人挡住，哪里看在眼里，只将头一低，那一对钢矛也似的牛角，直向陈长策怀里撞来。陈长策伸着双手，原打算把一对角尖揪住，谁知那牛的来势太猛，一手不曾握牢，牛头已向怀中冲进。陈长策只得忙将身体往旁边略闪，双手对准牛腰上推去，这两掌之力，怕不有二三百斤。那牛正在向前用力的时候，如何受得了这横来冲击，当下立脚不稳，崩山一般的往右边水田里倒下去，只倒得田里的泥水溅出一丈多高。接着就有一个看牛的孩子，手拿着绳索，追赶上来，趁那牛不曾爬起，把牛鼻穿了。

陈长策这一番举动，把一个素以大力著称的潘厚懿，都惊得吐出舌头来。他有一个哥子在宜昌做官，他也跟在任上。大凡年轻练武艺的人，多免不了欢喜在热闹的场合，卖弄自己的能为，陈长策那时也有这种毛病。他哥子衙门里的职员，虽没有会武艺的，但是听人谈论武艺，及讲演会武艺人的故事，一般人多是欢迎的。陈长策既是那衙里的主官的兄弟，又欢喜表演武艺，自有一班逢迎他的人，终日和他在一块儿谈笑玩耍。

一日正是七月半间，陈长策邀了三个平日最要好的朋友，出城外闲逛。因天气炎热，游了一会儿，都觉口渴起来，顺道走进一家茶棚里喝茶。这茶棚虽是开设在大道旁边，只是生意很冷淡，陈长策一行四人走了进去，并不见有客据案喝茶。大门里边安放着一把藤椅，有一个身材很瘦弱、形似害了病的人，穿着一件紫绛色的厚呢夹袍，躺在上面，双手捧着一把茶壶，好像有些怕冷，借那热茶壶取暖的神气，头上还戴了一顶油垢不堪的瓜皮小帽。陈长策见他不向客人打招呼，料知不是茶棚里的主人，便也不作理会。

四人进门各占了座位，便有人过来招待，陈长策一面喝茶，一面又谈论起武艺来。同来的一人暗指着藤椅上的人，悄悄的对陈长策笑道："你瞧这个痨病鬼，竟病到这种模样，我们穿单衣，尚且热的汗出不止；他穿着那么厚的呢夹袍，戴上瓜皮帽，还紧紧的捧着一把热茶壶。你瞧他躺在那里身体紧缩着，好像怕冷的样子。"

陈长策瞟了那人一眼，点头道："这人年纪不过三十多岁，倒不像是害痨病的，只怕是害了疟疾。害疟疾的人发起寒热来，伏天可以穿狐皮袍，呢夹袍算得什么！"当下说笑了一阵，也没注意，陈长策接着又谈起武艺来。四个人直谈到茶喝足了，陈长策付了茶钱，有两个已先走出了大门，只剩下陈长策和另一个朋友，因在擦洋火吸燃一支香烟才走。正在这时分，那穿呢夹袍的人，慢慢的立起身来，将手中茶壶放下，从怀中也摸出一支香烟来，走近陈长策身边，旋伸手接洋火，旋对陈长策笑问道："先生贵姓?"陈长策很简单的答了"姓陈"两个字，那人接着说道："兄弟方才听陈先生谈论武艺，很像是一个懂得武艺的人，很愿领教领教。"陈长策随口谦逊道："我不会武艺，只不过口里说说罢了。"

立在旁边的那个朋友，轻轻在陈长策衣上拉了一下，用平江的土腔说道："这是一个缠皮的人，不可睬他，我们回走吧。"陈长策这时已认定那人必有些来历，心里不以那友的话为然，随回头对那朋友说道："你和他们两位先回衙门去，我且和这位先生谈谈，一会儿便回来。"这朋友因茶棚里热的厉害，急待出外吹风，见陈长策这么说，便先走了。

陈长策回身坐下，同时也请那人坐着，说道："听先生说话不像本地口音，请问贵处哪里，尊姓大名?"那人道："我是四川梁山县人，姓王，山野之夫，没有名字，王一王大，听凭旁人叫唤，只因生性欢喜武艺，到处访求名师益友。方才听老兄谈论武艺，很像有些能耐，忍不住冒昧来请教一声。请问老兄练的是哪一家功夫?"陈长策道："兄弟也是因为生性欢喜武艺，住在平江乡下的时候，胡乱跟着一位姓潘的老拳师练了些时，我自己也不知道是哪一家。王先生既到处访友，想必是极高明的了。这地方太热，也不好谈话，我想邀先生到城里酒馆，随意吃喝点东西，好多多的领教。"姓王的欣然应允，也摸出钱付了茶账，和陈长策一同走出茶棚；看那三个朋友，已走得不知去向了。

此地离城不远，一会儿就走到城里一家酒馆门前。陈长策一面让姓王的走进，一面说道："这种小酒馆，又在仓促之间，实少不出好东西来，不过借这地方谈谈话罢了。"说时拣了一个略为僻静儿的座头，姓王的坐下来笑道："兄弟倒不要吃好东西，只求能果腹便得咧！不过兄弟将近两星期不曾吃饭了，今日既叨扰陈先生，饭却想吃饱。这小馆子准备的饭，恐怕不多，得请陈先生招呼这里堂倌，多蒸一点儿白饭。"

有一个堂倌在旁边，先看了姓王的神情，眼里已是瞧不起，复听了这几句寒碜话，更认定是一个下流人物了。当下不待陈长策吩咐，已摆出那冷笑的面孔说道："我这里生意虽小，常言'开饭店的不怕大肚汉'，你便一年不吃饭，到我这小馆子来，也可以尽饱给你吃一顿。"姓王的看了这堂倌一眼，笑道："很好！我从来不会客气，拿纸笔来开几样菜，等吃饱了饭再谈话，饿久了说话没有精神。"

那堂倌递过纸笔，自去拿杯筷。陈长策看姓王的提起笔来开菜单，几个字写得苍劲绝俗，忍不住连声赞好。姓王的拣他自己心喜的写了几样菜名，将纸笔递给陈长策道："你喜吃什么？你自己写吧！你我今日会面，也非偶然，不可不尽量的快乐快乐。你的身体这么强壮，酒量想必是很好的。"陈长策接过笔来答道："真难得与王先生这种豪爽人见面，实在值得尽量的快乐一番，不过兄弟素性不能饮酒，吃饭倒可以奉陪，多吃两碗。"

陈长策这时不过二十零岁，身体极壮，饭量极大，一日三餐，吃五升米还嫌不够。因见姓王要吩咐多预备饭，存心想和他比赛比赛各人的食量，所以这么回答。姓王的点头道："棋力酒量，非关退让，素性不喜喝酒的人，是勉强喝不来的，我却非喝几杯不可。"说话时，堂倌捧了杯筷进来。

陈长策将开好了的菜单，交给堂倌。姓王的要了一斤山西汾酒，并几色下酒菜。陈长策笑道："这么大热天，像我这不喝酒的，看了山西汾酒就有些害怕，只要喝一杯下去，肚中就得和火一般的烧起来。"姓王的道："听你说这话，便知道你确是不喜喝酒的，若是喝酒的人，越是天气热，酒喝到肚里去，越觉得凉快。"陈长策道："请问王先生，现在是不是正害着病？"

姓王的愕然道："我不曾害病。"陈长策道："既不曾害病，如何在这三伏天里，穿这么厚呢夹袍，头上还戴着瓜皮帽呢？"姓王的笑道："我出门的时候是春天，不曾携带夏天的衣服，我素性马虎，又没有漂亮的朋友来往，因此就是随身的衣服穿罢了。"陈长策问道："不觉着热得难受吗？"姓王的摇头道："如果觉着热得难受，我不会把衣服脱了吗？"陈长策看自己汗流不止，看姓王的脸上手上不但没有汗，皮肤并很紧缩，仿佛在冬天一般，明知决不是因不曾携带夏天衣服的理由，只是不明白他何以这么不怕热。

不一会儿酒菜上来，陈长策看他吃喝如鲸吞牛饮，顷刻之间，一斤汾酒完了。他也不待陈长策劝饮，自向堂倌又要了一斤。喝到最后将壶一推说道："空肚子酒少喝些儿吧！"随叫堂倌拿饭来。宜昌酒馆里的饭，和广东酒馆差不多，每个人一桶，不过比广东酒馆的多些，每桶足有六七大碗饭。姓王的显出很饥饿的神气，瞟了饭桶一眼说道："这么一桶饭够什么！"

堂倌仍摆出那副狗眼看人低的面孔，摇头晃脑的说道："你尽量吃吧！吃完一桶，我再去拿一桶来。天气热，这桌上摆几桶热饭，不要热杀人吗？并且这桌子也放不上几桶饭。"

姓王的也不理会，低着头只顾吃，和平常人一般大小的口，一般大小的咽喉，不知如何会吃得这般迅速，一转眼就吃完了一桶。陈长策自命是个能吃饭的人，平时也自觉吃得很快，这时和姓王的比起来，真是小巫见大巫了，他两碗还不曾吃下，姓王的已吃完了一桶。

堂倌捧出第二桶来，姓王的将手中的饭碗往旁边一搁，顺手拿了一个大的空菜碗，接着又吃。陈长策刚吃完第三碗，姓王的第二桶也吃完了，从旁边看去，并不显得抢着吃的样子，只是看得出饭进口并不咀嚼，一面往口中扒，一面便往喉咙里吞下去了，更不吃菜，因此迅速非常。是这般一桶复一桶，吃到第五桶时，堂倌去了许久才拿来。姓王的指着饭碗对陈长策笑道："你瞧这饭，比方才吃的糙多了，也不似以前的那般烘热，想是这小馆子的饭，已被我吃完了，这饭是从别家借来的。"

陈长策看时，这饭果然是糙米煮的，并已半冷，便问那堂倌道："怎的换了这又冷又糙的饭来？"那堂倌到这时候，心里也纳罕这姓王的饭量，大得太奇特了，不敢再认作下流人物了，只得赔笑说道："实在对不起，因为天热不敢多煮饭，卖不完时，一到夜间便馊得不能吃了。这饭果是从别家借来的。"

姓王的笑问道："你不是说开饭店不怕大肚汉吗？你在这小馆子里当堂倌，没有多见识，所以小看人，你以后待客不可再使出这般嘴脸来。"堂倌哪敢回话。姓王的吃了第五桶饭，见陈长策已放下碗筷不吃了，看那桶里还剩下一碗多饭，也倒下来吃了。陈长策叫再拿饭来，姓王的摇手道："算了吧！像这又糙又冷的饭，懒得吃了。"陈长策道："不曾吃饱怎么好呢？"姓王的道："我吃饭无所谓饱也不饱，高兴时多吃些儿，兴尽便不吃了。你我原是想借地方谈话，于今因只顾吃喝，没有说话的时候，但是我看这地方也很嘈杂，还是不好细谈，不知府上住在什么街，我想到府上去坐坐。"

陈长策已看出他是个有绝大本领的人，安有不欢迎到家里去之理？随即连声说好。姓王的从怀中掏出一大卷钞票来，叫堂倌来回账。陈长策哪里肯让他回账呢？连忙拿出钱来，争着交给堂倌。姓王的笑道："我不是要争着回账，只因为我自己知道，我的模样太不堪了，方才在茶棚里的时候，你那位朋友就把我认作是缠皮的；一到这馆子里来，这里堂倌更看得我连乞丐也不如。你让我做了这一次小小的东道，也可以使一般势利眼睛的人，知道以后看人，应该把眼睛睁大一点儿，休只看了几件衣服，不见得穿得好便是好人，便是阔人。"

陈长策虽听姓王的这么说，然毕竟不肯让东道给他做，将账回了之后，让姓王的先走，姓王的也让陈长策先走，彼此谦让了一阵。姓王的伸手握住陈长策的手腕笑道："我们用不着让先让后，一道儿走吧！"陈长策的手腕被他用三个指头握着，就和被铁钳夹住了一般，简直痛彻骨髓，几乎逼口叫出"哎呀"，只是他年轻要强，从来不肯示弱，咬紧牙关忍受，把所有的气劲，都运到这手腕上来，一步一步的同走到门外。姓王的笑向陈长策道："很不错，有点耐劲儿。"说时将指头松了。

陈长策一边揩着额头上的汗，一边看这被捏的手腕，整整的三个指印，陷下去一分多深，丝毫没有血色。走不到几十步远近再看时，已红肿得和桃子一样，禁不住说道："好厉害的手指。我虽没有真实本领，然也练了几年桶子劲，三个指头能将我的手腕捏成这样，却不是一件容易的事；虽受了一点儿痛苦，我心里却是钦佩。"

陈长策哥子的公馆，就在衙门附近。陈长策这时已有一妻一姜，和他哥子同住在一个公馆里，此时引姓王的回到公馆，把自己生平所练的武艺，一一做给姓王的看。姓王的看了，略不经意的说道："你做的功夫，与我不同道。你学的是外家，我学的是内家。我说句你不要多心的话，你这种外家功夫，用力多而成功少，并且毛病太多，练得不好时，甚至练成了残废，自己还不觉得。我因见你年纪轻，身体好，性情又爽直，有心和你要好，所以情不自禁的说出直话来，休得见怪！"

陈长策听了，口里连声称谢，心里却不甚悦服。因为他自从练拳以来，仗着两膀有二三百斤实力，发了狂的大水牛，他都能对付得了。至于寻常略负声望的拳教师，被他打败了的不计其数，却一次也不曾被人打败过。这姓王的身量比他瘦小，手腕尽管被捏得红肿，但心里还不承认便打不过姓王的，当下说道："练内家的说外家不好，练外家的也说内家不好，究竟如何？我因为内家功夫全不懂得，就是外家功夫也是一知半解，还够不上批评谁好谁不好。难得今日遇着王先生，想要求把内家功夫，做一点儿给我见识见识。"

姓王的道："我所学的内家功夫，不是拳术，没有架式，不能和你的一样，演给人看。"陈长策问道："没有架式，有没有手法呢？"姓王的道："也没有什么手法。"陈长策道："身法、步法，难道都没有吗？"姓王的点头道："都没有。"陈长策道："既没有架式，又没有身法、步法，万一要和人动手起来，却怎么办呢？"姓王的道："我这内家功夫，目的原不是和人打架的，不过练到了相当的时期，在万不得已要和人动手的时候，那是一件极容易解决的事。你不要以为我是夸口，练我这种内家功夫的人，如果和练外家功夫的动起手来，就和一个成年的壮丁，与三五岁的小孩相打一样，无论如何，是不会使那小孩有施展手脚机会的。即算偶然被小孩打中了一拳两脚，也只当没有这么一回事。"

陈长策听了这些话，哪里肯信呢？忍不住摇头说道："你虽说不是夸口，但我不相信什么内家功夫，有这样玄妙，倘若内家功夫是法术，只要口中念念有词，喝声道：'疾'，就能将敌人打倒，我才相信。如果不是法术，一般的要动手脚，练内家的不长着三头六臂，恐怕不容易一概抹杀说，练外家的都和三五岁小孩一样。"

姓王的笑道："你不曾练过内家功夫，也不曾见练内家功夫的和外家动过手，当然不相信有这般玄妙，将来自有明白的一日。"陈长策道："我练武艺最喜和朋友研究，并没有争胜负的心思，输赢都不算一回事。王先生不要生气，我不自量，想求王先生指教我几手内家的武艺，不知王先生的意思怎样？"

姓王的踌躇了一会儿说道："我方才说了，我这种内家功夫，目的原不在和人打架，非到万不得已时，决不敢与人动手。因为拳脚无情，倘一个不留神，碰伤了什么地方，重则丧人生命，轻也使人成为残废，岂不问心难过！"

陈长策见姓王的这么说，更认作是故意说得这般吓人，好借此推诿，连连摇头说道："话虽如此，只是练武艺的人，和人动手的时候，伤人不伤人，自己总应该有些把握。即如我虽是一个没有真才实学的人，然无论和什么人动手，若不存心将人打伤，是决不至于伤人的。像我这样初学的外家功夫尚且如此，难道王先生的内家功夫，连这点儿把握也没有吗？"

姓王的道："有把握的话难说。如果你也是和我一般的练内家，将皮肤筋骨都换过了，要动手玩玩也还容易。于今你是个练外家功夫的，筋骨都不免脆弱，在我是没存心将你打伤，无奈你受不了，随便碰碰就伤了，这如何好和你动手呢？也罢，你定要试试也使得，我仰卧在地下，你尽管施出平生的本领来，拳打脚踢都使得。"说毕，起身就在地板上躺下，手脚都张开来。

陈长策心里十分不服他轻视外家功夫，恨不得尽量给点儿厉害他看，但是见他躺在地板上，心想这却不大好打，因为平日与人相打，总是对立着的，于今一个睡着，倒觉得有些不顺手。端详了姓王的几眼，心中已计算了一个打法，因仗着自己两膀的力量，安排一沾手便将姓王的拉了起来。他知道姓王的手指厉害，不敢朝他上身打去，以为向他下部打去，容易占得便宜。谁知一脚才踏近他身边，手还不曾打下，猛觉得脚背上，仿佛被钢锥戳了一下，比手腕被捏时，还痛加十倍，只痛得"哎呀"一声，身不由自主的蹲下地来，双手护着痛处，以为必是皮破血流的了。姓王的已跳了起来，问道："怎么的，已经伤了么？"

陈长策一颠一跛的走近椅子坐下，脱了袜子看时，却是作怪，不但不曾破皮流血，并一点儿伤痕没有，抚摸了几下之后，便丝毫不觉痛了。这才心悦诚服的立起身来，对姓王的一躬到地说道："内家功夫果是神妙，使我的手脚一点儿不能施展，真是连三五岁小孩都赶不上。我枉费了六七年的苦功夫，今日既遇着先生，无论如何得求先生把内家功夫传给我。"说时双膝跪了下去，捣蒜也似的叩了几个头，慌得姓王的回礼不迭。

　　姓王的将陈长策搀扶起来，说道："我在各处游行，固是要访求名师益友，然遇着资质好可以传授的人，也想替敝老师多收几个徒弟。不过我这功夫，学的时候比外家功夫容易得多，练起来却是为难。你此刻已娶了亲没有？"陈长策把已有妻、妾的话说了，姓王的摇头道："这就很难，凡练我这功夫的，第一要戒绝房事。"陈长策问道："一生要戒绝呢，还是有个期限呢？"姓王的道："只要在三年之中完全戒绝，以后便无妨碍了。因为三年练成之后，泄与不泄，皆能自主。第二是要有恒，练外家功夫的，偶然停止几天不练，也不要紧。我这功夫就一天也不能停止，并得物色一对童男女，每日帮同锻炼，三年方可成功。"

　　陈长策道："要练这种难得的大功夫，休说只戒绝三年房事，便再长久，也能做到。不过先生方才说，想替贵老师多收几个徒弟，这话怎么说？贵老师现在何处？我看先生的谈吐举动，不是山野粗俗之人，何至没有名字？初见面时不肯说出，此刻我既要求拜列门墙，想必可以说给我听了。"

　　姓王的道："拜列门墙的话不敢当。敝老师订下的规矩，在他老人家未圆寂以前，不许我等公然收徒弟，只能以师兄弟的资格传授。你既决心要练我这功夫，我不妨将我的履历，略略说给你听。"

　　原来这姓王的，名润章，字德全，是梁山县的巨富。他母亲二十几岁守节，三房就共着润章这一个儿子。润章还不到二十岁，三房都替他娶了一个老婆，各人都希望生儿子。三个老婆轮流值宿，一夜也不得空闲，如此不到两年工夫，儿子一个不曾生得，王润章的身体却弄得枯瘦如柴，终日腰酸背痛，腿软筋疲。一到夜深，更觉骨子里发烧，白天又

307

不断的咳嗽，俨然成了个肺痨病的神气。他母亲看了，只急得什么似的，忙不迭的延医服药。梁山县所有的名医，都延请遍了，服下去的药，如水投石，不但丝毫没有效验，反见病症一天天的加重了。他母亲急得无可奈何，见人治不好，便一心一意的求神。

梁山城外有个净土庵，平日香火极盛，一般人传说庵里的药签很灵。他母亲就去那庵里，伏在阿弥陀佛的神座下，虔诚祷祝，想到伤心的时候，不由得痛哭起来，求了药方回家，给王润章服了，仍是不见有效。然这王老太太的心里，认定唯一的生路，便是求神。不问有效与否，每逢初一、十五，必去庵里痛哭流涕的祷祝一番。这庵里的住持和尚空法大师，见她每逢初一、十五必来拜佛，拜下去必痛哭失声，料知必有重大的心事。这次王老太太痛哭祷祝完了，空法大师即上前合掌说道："贫僧见女菩萨每次来烧香，必痛哭一阵，不知有什么为难的事？贫僧出家人本不应问，不过见女菩萨来哭的次数太多了，实在觉得可怜。若是可以说给贫僧听的话，或者也能替女菩萨帮帮忙。"

王老太太见问，含着一副眼泪将润章承继三房，尚无子嗣，及现在害着痨病，医药无效的话说了。空法大师当下问了一会儿润章的病情说道："贫僧也略知医理，只可惜不曾见着少爷的面，不能悬揣还有救无救。女菩萨何妨把少爷带到这里来，给贫僧诊视一番？寻常医生治不好的，不见得便是不治之症。"

王老太太连忙称谢，次日就带了王润章到庵里来。空法大师仔细诊了脉，问了病情，说道："这病已是非常沉重了，平常草根、树皮的药饵，不问吃多少是治不好这病的。"王老太太听到这里，已忍不住放声哭起来。空法连连摇手笑道："贫僧的话还没有说完。草根、树皮治不好，贫僧却还有能治的方法。女菩萨不要性急，请听贫僧慢慢说来。"王老太太一听说还有能治的方法，不由得立时转悲为喜。

空法道："这病尚有一线生机，但是贫僧得先问女菩萨能舍不能舍？"王老太太问："怎么叫做能舍不能舍？"空法道："你这少爷的病，本来已到不可救药的时候了，如果再住在家中，不能静养，便是活菩萨临凡，也唯有束手叹息。于今要你少爷的病好，得把他舍给贫僧，就在这庵里住着，听凭贫僧如何施治，不能过问。至少三年之中，他夫妻不许见面。须待病好了，身体强壮了，方可回家。能这么办，贫僧包可治好。"

王老太太道："小儿的病已如此沉重，一旦死了，怎由得我不舍。此刻蒙大师傅的恩典，只要舍三年，病好后仍许回家，哪有不能舍之理？"说罢，即拉着润章一同向空法叩头道谢。

空法搀起润章说道："既是决定了住在这庵里治病，从今日起，就用不着回家去。现在也用不着旁的东西，被褥床帐这里都有，将来要什么，再打发人去府上携取，是很便当的。"王润章这病是因为年轻身体发育不健全，禁不起三个老婆包围着他下总攻击，房劳过度，便成了个痼疾。大凡害痨瘵的青年，越是病得厉害，越喜和妇人交接，直到把性命送掉，方肯罢休。空法和尚明白这个道理，所以不肯放润章回家。润章这时一则碍着空法的面子；二则也要顾到自己性命，只得应允就在庵里住下来，他母亲独自回去。

润章初住在庵里的时候，空法并不向他提起治病的话，每日三餐都吃的是素菜，天方破晓的时分，空法就起来邀润章到附近草木茂盛的山林里去游逛。游得觉肚中饥了，才回庵早餐。是这般过了两个月，润章自觉精神好多了，空法便传他静坐的方法。他这种静坐，一不调息，二不守窍，只须盘膝坐着，断绝思虑。于是又过了四个月，不但所有的病象完全退去，身体比未病以前更壮实了。空法说道："若但求治病，则你此刻已可算是无病之人了，不过你有三房家眷，各房都望你生育小儿，承接宗嗣，倘就这么回去，不到一年，又要成痨病了。我看你的根基还好，可以练得内家功夫，我打发人到你家去，叫你老太太雇两个清秀的童男女来，好帮助你练习。"润章听说肯传他内家功夫，喜得连忙叩头拜师。

从这日起，空法就教润章把静坐的方法改变了。在静坐的时候，须存想丹田，吸时得在丹田略停，方始呼出。是这么做了一个月功夫，始将童男女雇到。空法每日要润章袒衣仰卧，教童男女用掌轻轻在腹部绕着脐眼顺摸。润章的心思跟随着摸处团转，腹部摸了两月之后，渐渐推到胸膛，推到两肋，又用布缝成一尺二三寸长、二寸对径的小口袋，用那种养水仙花的小圆石子，将口袋装满，装成和捣衣的木杵一样，给童男女拿着，一面推摸，一面捶打。煞是古怪，并不借助旁的力量，就这么每日锻炼，周身摸遍，周身捶遍，装石子的捶过之后，改用装铁砂的再捶。

在初练的时候，不觉得怎样，练成了才知道浑身可以任人捶打，不觉痛苦，便是遇着会擒拿手及会点穴的人，也不怕被人将穴道点闭。并且就这么练习，两膀能练成数百斤的活力，身上功夫练成了，继续不断的做坐功，肌肤筋骨都好像改换了一般，数九天能赤膊睡在冰雪中不觉寒冷，伏天能披裘行赤日中不觉炎热；十天半月不吃一点儿东西不觉饥饿，一次吃一斗米的饭也不觉饱闷。

转眼三年过去，王润章的内家功夫，基础已经稳固了，空法和尚才放他回家。在家中住了两年，三房妻室都生了个儿子，他母亲却因润章病时忧愁过度，一病死了。王润章将他母亲的丧事办了之后，对他三个妻子说道："我本来是一个病入膏肓、朝夕等死的人，蒙师傅再造之恩，得以不死。我对家庭最重的责任，便是生儿子接续禋祀，如天之福，你们各人都生了一个儿子，我的责任算是尽了。此后我本身的大事要紧，不能在家闲居着，须出门去访求名师，何时能回家来，不能预定。好在家中产业，各房都足温饱，无须我在家经营。"

他三房妻子听了他这番话，自然都留恋着，不愿他走，但是他一不要盘缠，二不要行李，就空手不辞而别的走了出来。在各省游历了几年，所遇的高人隐士很不少，他的功夫更有了进步。这回到宜昌，是打算回梁山去看看他师傅，不料在茶棚里遇见陈长策。因喜陈长策生成一副好筋骨，谈话又非常爽直，加以性喜武艺，他认为是一个练内家功夫的好资质，不忍舍弃，存心出面与陈长策攀谈。此时将他自己这番履历，约略说给陈长策听了，说道："我当日病的那么疲惫，敝老师初留我住净土庵的时候，我明知是生死关头，然心里仍十二分的不愿意，一到黄昏时际，就惦记着家中老婆。几番忍耐不住，想逃回家去和老婆睡睡再来。无如敝老师赛过看见我的心事，防闲得异常严密，经过两个多月的打熬，欲火方慢慢的停息。我那时是住在庵里，不能与老婆会面，所以制止欲火还容易些儿。于今你要练这功夫，住在自己公馆里，终日和家眷在一块儿纠缠着，恐怕你把持不住。"

陈长策摇头道："世上无难事，只怕有心人。我既决心练这功夫，自有应付敝内和小妾的方法。"王润章点头道："要有把握才好，最好在初练的时期中，每日只吃素菜，将荤腥、葱、蒜戒绝。"陈长策道："我正觉得先生在初进净土庵的时候，应该多吃好菜调养，不知为什么倒教先生吃素？难道练这功夫，是应吃素吗？"

王润章道："一来师傅是出家人，原是吃素的；二来荤腥、葱、蒜，都是增长欲火的毒药。一方要断绝色欲，却一方吃增长欲火的荤腥，岂不是背道而驰吗？我劝你在初练的时期中吃素，便是这个因由。"

陈长策求功夫的心切，就从这日与他妻、妾分房。因他睡的房间，与他妻、妾的房间只一墙之隔，还恐怕夜间忍耐不住，跑到妻、妾房间里去，特地买了两把锁来，交一把给他妻子。一到夜间，两边都把门锁了，就是他妻、妾熬不住想找他，也不能过来。

王润章依着空法和尚传给他的次序，传给陈长策，也雇用了两个童男女，不过王润章不能在陈公馆久住，只把方法传了，叮嘱陈长策遵着练习，他自己便动身回梁山去了。临行时对陈长策道："我的行踪无定，你以后要找我是找不着的。你遵着我所传的方法，练到不能进步的时候，我自然会来指点你，好接续用功。我现在没有旁的言语吩咐，你只牢牢的记着，色字头上一把刀，多少英雄好汉，在这把刀上送了性命。"

陈长策此时正在十分勇往的练功夫，毫不在意的答应，请师兄尽管放心。王润章走后，陈长策认真练了四个月，不仅腹部充实，两边肋条骨缝都长满了，摸去就和两块铁板一样。无论如何用手指去按，也按不着肋条骨，两胁里面，仿佛塞上了两团棉絮；肩窝也平满了，周身要害之处，听凭有力量的人，拿枪去扎，他一点儿不鼓劲的承受着，连汗毛都不损伤。他正自觉着很得意，心想若不遇见王润章这种异人，传授了自己这样妙法，便是下一辈子苦功练武艺，也练不到这一半功夫来。如此努力三年下去，不愁不和王润章一样！

谁知事与愿违，这日他哥子忽然将他叫去说道："你在这里住了差不多一年，我屡次想替你谋一件临时的小差使，也可以弄几个钱做做零用，无如一向都没有好机会。凑巧近来有一件田土官司，两造都是阔人，都在出钱运动，用得着派委员前去勘查一下。我想这倒是件好差使，正好派你去走一趟，已把委札填好了，你明日就带一个书记、四名亲兵，下乡去办理这件案子吧。"

　　陈长策听了，心里虽惦记着自己的功夫不能间断，然平日对于他哥子的话，是从来不敢违拗的；加以是公事，业经填好了委札，不能推辞不去。他哥子拿出委札来，他只好谢委下来，找着承办这案的书记，问这案情。那书记连忙向他道喜，说这案有极大的好处，下乡至少得两个月才能办理完结。陈长策见说要两个月才能办完，心里更着急了，然也不能对那书记说出什么来，只好暂时把雇用的童男女退了，次日即下乡去勘查田地。

　　在乡下办案的时候，一切起居饮食都很简率，又没有童男女在跟前，不仅不能加紧练功夫，就是静坐也多障碍，没奈何将功夫搁下。办理了两个多月案件回来，他自己心里对于这内家功夫，不知不觉的冷淡了；而他的妻室和姨太太，都整整熬了半年多，不曾沾着丈夫的气味，更是气得极力将王润章诋毁，说得内家功夫一钱不值。陈长策这时委实把持不住了，回衙门销差之后，便左拥右抱的继续未遇王润章以前的工作。事后心里虽不免懊悔，但是戒已破了，体已毁了，痛悔也是枉然。

　　一日忽接了一封邮局寄来的信，原来是王润章从上海寄给他的，信中说因有重要的事，到了上海，教陈长策接信后赶紧到上海来，不可迟误。陈长策因此到了上海。王润章见陈长策在功夫做得正好的时候，破了色戒，只气得骂道："我为的就是恐怕你在家把持不住，所以在我临走的时候，再三叮嘱在这'色'字上注意，你好像很有把握的样子。你要知道，我们老师生平收徒弟异常慎重，他门下没有半途而废的徒弟。"因逼着陈长策从新再练。

　　陈长策这番有王润章监在旁边，又离开了家眷，能一心不乱的练习，进步比在宜昌时还迅速。王润章打听得杭州有一个高僧，已修炼有得了，王润章要去访他求参证，吩咐陈长策认真做功夫，自到杭州访道去了。

陈长策因听得朋友说，秦鹤岐也是一个做内家功夫的，他并不求人介绍，就凭着一张名片，去拜访秦鹤岐。一老一少见面之后，倒很说得投机。陈长策当面显出周身听凭人敲打的功夫来，秦鹤岐说这便是"铁布衫法"。

这日陈长策正在家做坐功，秦鹤岐引着霍元甲、农劲荪到来。陈长策对于霍元甲的人品、武艺，早已听人说过，心中是很钦佩的，见面自不免有一番推崇向慕的话说。听说霍元甲要在上海摆擂台，直喜得陈长策拍掌赞叹，愿效奔走之劳。农、霍二人连忙称谢，彼此畅谈了一会儿，农、霍二人起身告辞，秦鹤岐也一同出来。

霍元甲与农劲荪回到寓所，农劲荪乘着夜间没有来访的人客，拟好了擂台规则，及中西文字的广告，念给霍元甲听了说道："报纸鼓吹的力量极大，我们虽刊登了广告，然不及各报上有文字揄扬的使人容易兴起。我想办几席酒菜，请各报馆的新闻记者来，向他们说明已订约和奥比音比武及摆擂台的用意。我认定这种事，报纸上是乐于鼓吹的。"

霍元甲道："农爷说应该怎么办便怎么办，不过我们都不是下江人，平日在上海没有声名，忽然请各报馆的新闻记者吃饭，还恐怕有不来的。不如请李九和彭庶白先介绍我们去拜会各报馆的主笔先生，等到擂台开张的前两天，方请他们吃饭，不知农爷的意思怎样？"农劲荪点头道："这也使得。"

次日彭、李二人都来回看，农劲荪把联络各报馆的话说了，彭庶白忽然指着李九哈哈大笑。只笑得农、霍二人都莫名其妙，忙问怎么。

不知彭庶白笑的什么，且待下回再写。

总评：

　　不肖生以擅写武侠小说驰誉于文坛，《江湖奇侠传》与本书，均为其不朽之杰作。而于二者之中，本书较之《奇侠传》，尤为一般读者所称道，则一所写述者皆为武术界之信史，无一字无来历；而一则悉出自空中楼阁，本旨既异，价值自亦不同耳！惜自上一回以后，不肖生以事远游，本书即戛焉中止，不复再续。读者弥引为憾，促其续草之书，纷至沓来，固迭积有如山阜矣！今者不肖生倦游知还，又复返其清闲之身，乃从读者之请，复取本书而赓续之，并发愿不将此作完成，誓不再及他事。于是，此不朽之杰作始得告成有日，读者数年来之渴望亦得因之以解，而下走以近水楼台，并得先睹为快，一举而三方交受其益，宁非一至快之事乎？

本回为王润章与陈长策师徒合传。合传不难，合传中之二人，倘所学习之武艺，同学艺时之情形又复同，则殊难于下笔矣！以写来稍一不慎，不涉重复之嫌，即来雷同之诮，颇易令人生厌焉。今著者写此二人，弥极错综变幻之致，既不相犯处力求其犯，又于相犯处力求其不犯，于是，读者乃身入彀中，第觉醰醰然有深味矣。谓非说部能手，写来宁克臻此化境！

内家功夫之高出于外家功夫，固夫人而知之，然何者为内家功夫，其所以高出于外家者究何在？则门外汉无论矣。即询之曾习武艺之个中人，恐亦十有八九，瞠目不能相对也。今在本回中，经著者纾其生花妙笔，于此所谓内家功夫者，曲曲加以阐明，既大足为内家功夫张目。而一经宣传，奥窔毕见，使人不致以邪术异端相视，不期生其向往之心。斯于武术前途，或不无裨益乎！

第二十五回

买油饼小童拜师傅
掼饭甑醉汉杀贤妻

　　话说彭庶白指着李九哈哈大笑道："这事有他从场帮忙，联络各报馆的事，还要两位请求我们介绍吗？上海几家大报馆的主笔和访员，多与他有交情。方才我在他家，他正和我计议这事，由他出面请酒。我同他出门到这里来的时候，已经吩咐师爷发请帖，此时只怕已分送各报馆去了。"

　　霍元甲连忙起身向李九拱手谢道："难得九爷这么肯出力替我帮忙，我只好口头道谢了。"李九也拱手说道："四爷这话说的太生分了，这哪里是四爷个人的事？凡是会武艺及有点爱国心的人，都应当对四爷这种举动表同情。"

　　农劲荪问道："不知九爷定了哪日几点钟？我们好商量一篇宣传的文字，在各报上发表。"彭庶白接着说道："就在明天下午六点钟，一会儿便有请帖到这里来。"霍元甲笑道："我们这里还用得着请帖吗？情理上似乎太说不过去了。"彭庶白、李儿和农劲荪大家商量一阵办事的手续，及登报的文字，因又来了拜访的客，彭、李二人方作辞回去。

　　次日农、霍二人带着刘振声按时赴宴，当时上海各大报馆的主笔访员多到了，经李九一一给农、霍二人介绍，席间各自有一番慷慨淋漓的演说。翌日各报的本埠新闻栏内都载了出来，这且不去叙它。

　　单说酒席散后，各人都分途回家去了，唯有彭庶白因要去五马路访一个朋友，独自从酒馆出来，向五马路行走。这日下了一天的雪，到黄昏时分方止，马路上的雪足有二三寸深，行路的人一溜一滑的极不自在。彭庶白刚走近棋盘街口，此时这一条马路的行人很少，两旁店铺都上了板门，忽见前面马路中间，围了一大堆的人，好像是打架的样子。彭庶白边走边朝那人丛中望去，只见一个穿西装的少年，被许多流氓似的人围着丛殴。再看那少年，虽不过二十来岁的年纪，身体像很瘦弱，和许多流氓动手打起来，手脚身法倒十分利落，神气也异常从容，简直不把那些流氓看在眼里的模样。

彭庶白在上海居住了多年，知道上海流氓是不好惹的，每每因一言不合，纠集数十百个流氓，携带利斧、短刀，与人拼命，逆料这少年多半是外省初到上海的人，不知为什么事与这些流氓动手，存心想上前替那少年解围。但是看那少年，笑容满面的一拳一个，把流氓打得东歪西倒，左右前后的流氓，不近他的身便罢，近身就得跌倒。这些流氓也都打红了眼睛，跌下去爬起来，又冲上前去，也有抓着雪向少年打去的。

彭庶白看得有趣，料知那少年有这般好身手，是决不至吃亏的，乐得在旁边看看少年的能耐。只见那些流氓，欺少年是单身一人，手中又没有武器，仗着自己人多，越打越勇敢。两面街口都有巡捕站岗，然巡捕对于流氓打架，从来是装着没有看见的，非到双方打伤了人，或是闹的乱子太大了，断不过问。此时附近的巡捕，仍照例不来理会，所以这些流氓胆敢与那少年拼命。

那少年见流氓打不退，仿佛不耐烦多纠缠了，只将双手一伸，一手扭住一个流氓的顶心发，一开一合的使流氓头碰头。在打的时候，流氓和少年都咬紧牙关不说话，禁不起少年将两个流氓的头这么一碰，却痛得忍不住只叫"哎哟"。在旁的流氓趁少年腾不出手来，想从背后将少年拦腰抱住，谁知少年身法真快，就把手中的两个流氓当兵器，只几下便横扫得那些流氓，没一个敢近身了。直到此时，少年才叱了一声："去吧！"随即双手一松，这两个碰头的流氓，都跌倒在一丈开外。少年行所无事的拍了拍衣上的雪，头也不回的举步便走。

众流氓确实被打得都害怕了，一个个横眉怒目的望着少年大摇大摆的走去，谁也不敢追赶。却羡慕煞了旁观的彭庶白，忍不住上前问问少年的姓名来历，究竟为什么和流氓打起架来。跟上去才走数十步远近，只见那少年走进一个弄堂，彭庶白忙紧走了几步，赶过少年前面，对他拱了拱手说道："方才见老哥打那些流氓，显得一身好本领，兄弟从旁看了，委实钦佩之至，因此不揣冒昧，妄想结识老哥这种人物。请问尊姓大名，因何与那些流氓动手？"

那少年就彭庶白打量了两眼，忙赔笑拱手答道："见笑，见笑！这地方的光棍，真不睁眼，兄弟在一家烟纸店里买香烟，因不曾留神，露出坎肩上佩戴的赤金表链来，被旁边的几个光棍看见了，大概是欺兄弟生得文弱，居然跟在背后走。一到这行人稀少之处，就动手强抢起来。幸亏来的都是些不中用的东西，已被兄弟打开了。谁知这一带此类光棍极多，转眼之间竟围上来二三十个，可恶那些巡捕，简直像没有眼的一样；若换一个真的文弱书生，今夜岂不糟透了吗？"

彭庶白见这少年相貌生得十分英俊，说话又极爽利，不由得心里爱慕，恐怕错过了机会，以后就不容易见面，因弄堂里不便多谈，只得问道："老哥就住在这弄堂里呢，还是到这里瞧朋友呢？"少年随手指着前面一个石库门说道："我便住在这里面。兄弟是湖南人，初次到上海来，没多的熟朋友，只好住在这湖南客栈里。"彭庶白看那石库门上有"一新商号"四字，遂说道："兄弟很想和老哥多谈谈，虽自觉冒昧得很，然实因心中爱慕，情不自禁，去客栈里坐坐不妨么？"少年似乎也觉得彭庶白这人气宇非凡，绝不踌躇的表示欢迎，引彭庶白进里面攀谈。

原来这少年姓柳名惕安，也是当世一个了不得的侠义英雄。他这时的年纪，虽还只有二十几岁，然他的历史，极不寻常，更极有趣味。本书原是专为这类人物立传，不得不趁这时将他的身世和历史叙述一番。

且说那时湖南长沙有一家做锑矿生意的公司，叫做华昌公司。这华昌公司在那时候可以说是全世界闻名的大公司。凡是熟悉商界情形的人，大概没有不知道的。这公司与本书并没有关系，单讲这公司里有个书记姓柳名尊彝，是一个补廪的秀才，文学很有根底，只是为人生性乖僻，最好使酒骂人。长桥柳家原是湖南的巨族，柳家子弟多不免有些纨绔气息。柳尊彝却没有这般气息，名士气倒来得很结实，终朝每日在醉的时候居多，清醒的时候极少。在喝醉了时，并没有旁的毛病，就喜披着一身不合时宜的衣服，拖着一双破了后跟的鞋，歪戴着一顶破帽子，踉踉跄跄在街上胡撞。遇着卖馄饨或卖油饼的肩挑贩子，便蹲下来大嚼，吃完了随手抓钱给人，有时三元五元，甚至十两八两都不定。偶然身边没有钱的时候，吃完拍拍腿就走。好在那些小贩，多是曾经得过他便宜的，也多知道这柳疯子的脾气，身边有钱是不吝惜的。拿不出钱来时，便追着他要，也是白费唇舌。

他在华昌公司，每月有二百元的薪水，家中用度至多不过六十元，其余的多在这里小贩担上花了。亏了柳尊彝的夫人，十分贤淑，生了两个儿子、两个女儿，大儿子就是柳惕安。

这年柳惕安已经六岁了，生得长眉秀目，隆准方颐，读书真能过目成诵，最为尊彝所钟爱。尊彝每次喝醉了发酒疯的时候，家人都不能近前，不问是谁一到他跟前，便不被他打，也得挨他一顿臭骂；唯有惕安过去，能得他的欢心。他夫人每遇着家用匮乏，自己不敢问尊彝要钱，教惕安乘尊彝搂抱在怀中的时候，伸手去袋中摸搜，摸着了就说要买什么，尊彝总是笑嘻嘻的点头应允。惕安拿着交给母亲供家用。

他母亲在四个儿女之中，也独爱他。小孩照例好吃，柳惕安自也不例外。不过他喜吃的，是米粉和葱用油炸出来的油饼，每日总得向他母亲索二三百文买油饼吃。华昌公司在南门外碧湘街，柳尊彝为往公司办事便利起见，也在碧湘街租了一所房屋居住。那碧湘街靠近乞丐收容所，当时乞丐收容所的章程，不如民国以后的完备，凡是入所的乞丐，仍可每日出外自由行乞，不过夜间回收容所歇宿罢了。因此碧湘街一带，终日不断的有乞丐往来。柳家住屋临街，柳惕安每日看乞丐蹀躞街头，也看得惯了。有一个年约五十多岁，满脸黑麻、满头癣癞的乞丐，时常坐在柳家大门的房檐下，翻开破棉絮的衣襟，寻找虱子。柳惕安也不嫌脏，就在这乞丐身旁，买了油饼大嚼。有时买的多了，吃得剩下来，便随手送给这乞丐吃。这乞丐龇开黄板牙笑着，接过来就吃，还显出得意的样子，望着柳惕安点点头称赞道："好孝顺的孩子，明日再多买几个给我吃。"旁人听了，都替柳惕安不平，骂这叫化子不是好东西。

柳惕安因年纪太小，不大知道人情世故，却不理会，次日买了油饼，真个多剩几个给这乞丐吃。接连是这么吃过好几次，差不多成为惯例了。每日一到下午三四点钟，卖油饼的挑贩一进碧湘街口，这癞头麻脸的乞丐，就不先不后的坐在房檐下等候，柳惕安毫不厌恶的照例送给他吃。有时向他母亲需索少了，没得剩下来，这乞丐简直不客气的伸手硬要。柳家当差的看了不服，一边骂这叫化子不是东西，一边打算拉柳惕安进房里去。只是作怪，柳惕安不仅不肯进去，并向卖油饼的赊几个油饼，送给这乞丐吃。如此也不止一次，这乞丐渐渐的和柳惕安攀谈起来。

　　一日大雨倾盆而下，街上水深数寸，不仅卖油饼的不能上街，连一个行人也没有。柳惕安每日吃油饼，吃成了习惯，仿佛抽大烟的有了瘾的一般，一到这时分便想得吃，此时既下着大雨，只得独自站在房檐下，望着瀑布也似的檐溜发愁。正在看得出神的时候，忽觉背后有人在他肩上轻拍了一下，回头看时，原来就是照例白吃油饼的叫化。柳惕安没好气的鼓着小嘴说道："可恶这劳什子雨下个不止，连我也吃不成，你还来做什么！"

　　这乞丐又龇开黄板牙笑道："我还不是照例来吃现成油饼的吗？"柳惕安道："下这么大的雨，卖油饼的不来，哪里有得油饼吃？"这乞丐摇头笑道："下雨有何要紧？天晴时我吃你的，下雨时你吃我的。我吃你的次数也太多了，今日轮到我做东，请你吃一个饱何如？"

　　柳惕安在衣袋中掏出一把铜元来说道："只要有油饼买，我这里有的是钱，要你做什么东？"乞丐笑道："原是为着下雨没得买，才用得着我来做东。你把钱收起来，留待天晴时给我吃。我这里已买来了油饼，你吃吧。"说时将手一伸，手上果然有一个热烘烘的油饼。柳惕安正在想吃的时候，真个接过来便吃了。一面呷嘴舐唇，一面说道："可惜你买少了，怎的只买了这么一个呢？"乞丐笑道："多买冷了不好吃，吃一个买一个是热的，你看，又买了一个来了。"说罢，手心里又现出一个油饼来。

　　柳惕安本是个生性极聪明的小孩子，看了就很觉诧异。一边接过来

319

吃，一边问道："你这油饼在什么地方买来的，搁在你身上什么地方？"乞丐道："你吃饱了再和你说。"柳惕安道："你自己怎么不吃呢？"乞丐道："我如何没吃，你瞧，我不是在这里吃吗？"柳惕安看时，果然一个油饼已咬了半边。

柳惕安将第二个油饼吃完，第三个油饼又在乞丐掌中现出来了。是这般接连吃了七八个，觉得很饱，吃不下了，忍不住问道："你说等我吃饱了，再向我说。于今我已吃饱了，你说给我听吧。"乞丐道："你是问我这油饼从什么所在买来的吗？我这是老照壁徐松泉茶馆里的油饼，比别家的来得松脆香甜。若不是我平日吃你的吃得太多，今日也不请你吃了。"

柳惕安道："老照壁离这很远，怎么还像刚出锅的，一点儿没有冷呢？"乞丐哈哈笑道："这东西冷了怎好吃？你平日请我吃热的，我自然不能让你吃冷的。"柳惕安道："我总共吃了八个，你好像也吃了六个，一共十几个油饼，你用什么东西包了，搁在什么地方带来的？"

乞丐用左手指着左手的掌心说道："它一个一个拿出来的，拿来便吃，用不着什么东西包裹。"柳惕安听了益发觉得奇怪，只管摇着头说道："你越说我越不明白。你得教给我这个法子才好！以后下雨的时候，你若不在这里，我也有得油饼吃。"这乞丐伸出油污的手，摸着柳惕安的头顶说道："你不拜我做师傅，我就教给你，你也不灵。"

柳惕安正待问怎样拜师傅的话，只见一辆洋车，冒雨来到门口停了。车中人下来，原是柳尊彝回来了。柳惕安只得过去叫爹爹。柳尊彝打发了车钱，伸手携了柳惕安的小手，带进屋去了。柳惕安心里记挂着乞丐拜师傅的事，趁他父亲松手的时候，一溜烟儿跑出大门外看时，乞丐已去得无影无踪了。大雨仍不断的下着，柳惕安心里思量，这叫化确是奇怪，下这么大的雨，何以他身上衣服并不曾湿。他又没有雨伞，这不是也很奇怪吗？

他独自一个人站在房檐下，越想这乞丐的行踪越诧异，想出了神，风飘雨点打在他身上，将他的衣服都湿透了，还不知道。直到开晚餐的时候，当差的请他吃饭，回到房中，才发觉身上的衣服湿透了。他因自己身上的衣服被雨打湿，益发想念那乞丐，不知是什么道理，能在大雨底下行走，不湿衣服。他夜间是照例由他父亲搂着睡的，平常头一沾枕便睡着了，这夜因想念那乞丐的事，只是翻来覆去的睡不着。柳尊彝爱子心切，见他久不睡着，以为是因被雨打湿了衣服，受了风寒，忙着起来弄药给他吃。柳惕安也不说出不能睡着的所以然来，无端的闹了大半夜，柳惕安疲乏得睡着了，一家人才跟着安睡。

次日天气晴明了，柳惕安按时立在门外，等那乞丐前来。一会儿见卖油饼担儿来了，以为那乞丐照例会跟来，谁知等了许久，仍不见那乞丐的踪影，只得独自买油饼吃了，心里却只是放不下那拜师傅的事。但是师傅应该怎样拜法，他六岁的小孩，自然不曾见过，也不曾听得人说过，心里不由得踌躇起来。恰好他家当差的走了出来，这当差的叫陈升，年纪虽有四十多岁，却是柳家的老当差，从十四岁就在柳尊彝跟前，是一个很诚实可靠的人。柳惕安这时便叫着陈升问道："你拜过师傅没？"

陈升忽听问出这话来，当然摸不着头脑，随口答道："拜什么师傅，我又不是学手艺的人，凭空拜什么师傅！"柳惕安答道："难道定要学手艺才拜师傅吗？读书也是一般要拜师傅的。"陈升道："读书不是拜师傅，叫做拜老师，还得拜孔夫子圣人。你于今快要拜老师了，你知道么？"柳惕安道："拜谁做老师？我不知道。"陈升道："我有天听得太太对老爷说：'惕儿今年满六岁，年纪也不小了，应该认真读起书来。'老爷说：'我每天从公司里回来，教他一两个钟头，比从什么先生都好。小孩子读书不是这么读，还要如何认真？'太太说：'你教他读了什么书，你终日醉醺醺的，高兴的时候才教他两遍；若在不高兴的当儿，惕儿拿书来问你，你倒把书摔在一边，逗着他东扯西拉的说些不相干的话。像你这般读书，不要误了小孩的光阴。有个姓刘的先生，在隔壁唐公馆教书，听说那先生是个老举人，教小学生教得最好。唐家就只有一儿一女，从他读书，我想把惕儿搭在他家里去读书，唐家的小孩也有个伴，相隔又近，早晚来去容易。你从公司回来，高兴还是可以教他的。'老爷说：'就这么办也好。'大约过不了几日，你便得上学去了，上学是得拜老师的。"

柳惕安听了这些话，闷闷的过了一会儿，才问道："你这些话都是真的么，不是哄我么？"陈升道："谁哄你。前天我亲耳听得太太和老爷说的。"柳惕安道："那时我上哪里去了，怎的我不曾听得说，并且你昨天何以不说给我听？"陈升道："你不信罢了，我只道你已经知道，无端对你说什么？方才你若不问我拜过师傅没有的话，我也不曾说到这上面去。老爷常说你读书的天分高，认过的字，便不忘记。去上学你怕什么？"柳惕安道："我不怕去上学，就怕一上了学，便不许我出来买油饼吃。"陈升笑道："买油饼容易，学堂就在隔壁，我每天买好油饼送给你吃便了。"

柳惕安摇头道："不行，你买了送给我一个人吃，我不欢喜吃，要那叫化同我在一块儿吃才好。"陈升道："那个臭叫化，白吃你的油饼，也吃得太多了。你有钱怕没处花吗？为什么天天要买油饼给他吃？我看着那腌臜模样，就要作呕，你偏欢喜和他在一块儿吃东西。你知道么，他白吃了你的油饼，还说你是他的好孝顺儿子呢！"

柳惕安连连摇手道："你不要乱说，他何时是这么说了。他是穷人，才当叫化，身上自然腌臜，我喜欢他，你用不着管我。我且问你，我明日上学要拜老师，应该怎样拜法？"陈升道："没有旁的拜法，大概是对刘先生磕几个头，爬起来喊声老师便完了。"柳惕安点了点头道："我知道了。"说时伸头向街上两端望了几望，自言自语的说道："还不来，不知是什么道理！"陈升不作理会走开了。

柳惕安一个人匆匆向乞丐收容所那方走去，走到那门口，却不敢进去，只探头向里面张望。这门口虽不断的有乞丐出入，只是不见那癞头麻脸的乞丐。正在徘徊的当儿，忽听得远远有吹笛的声音，细听却在收容所后边。柳惕安觉得那笛声好听，便向发声的方向走去。原来这收容所后面，有一座小山，笛声是从那山上发出来的。柳惕安走近小山看时，吹笛的不是别人，正是那癞头麻脸、白吃油饼的叫化。柳惕安心想道："我要他教我买油饼的法子，这时还不拜他做师傅，更待何时？"主意已定，也不说什么，也不顾地下潮湿，走上前跪下，接连不计数的磕头，口里只管叫师傅。

那乞丐见了，实时停了笛声笑道："你真个拜我为师傅吗？你既拜我为师，你知道我的姓名么？"柳惕安道："我不知道你的姓名，我只知道你是我的师傅就得了。"这乞丐喜得伸手将柳惕安拉了起来说道："你这话倒也说得爽利，我就收你做一个小徒弟吧。不过我们祖师相传下来的规矩，拜师是得发誓的，学了这法术，非经师傅许可，不能随意传给旁人；并不得存心炫耀，胡乱使给人看，你于今先发誓，我就教给你。"

柳惕安虽生长了六岁，却从来不曾发过誓，也不知道这誓应该怎样发。听了这话，只呆呆的望乞丐，不知如何是好。

这乞丐看着这情形，点了点头笑道："本来你的年纪太轻了，你用不着发誓，且过几年再说吧！"柳惕安着急道："要过几年才教我吗？"乞丐沉吟着说道："再过几年，学起来也容易些。于今不是不肯教，实在是你不能学。"柳惕安道："我就只要学那买油饼的法，若再过几年，便是我不学也罢了。"

乞丐笑道："你专要学那买油饼的法，是很容易的，你好好的记着吧。我姓潘，你从今日起，无论在什么时候，什么地方，想吃油饼，只需两眼合上，想我昨天拿油饼给你吃，那时候的情景，口里连喊三声'潘老师'，喊的声音不可大了，给旁人听得。是这么做了，包管你手上有油饼出来，你听明白了么？"柳惕安问道："随便在什么地方都使得么？"潘老师应是。柳惕安道："那么就在这地方也行么？"潘老师道："不行还算得是法术吗？"

柳惕安真个将两眼合上，心想昨日吃油饼的情景，想罢轻轻唤了三声"潘老师"。说起来真是奇怪得不可思议，第三声"潘老师"方叫出，猛然觉得右手烘热，不知如何已有一个与昨天同样的热烘烘的油饼捏在手中。这一来，只喜得柳惕安心花怒发，连忙用双手捧着送给潘老师道："我刚才吃饱了，老师今天还不曾吃，请先吃了这一个吧。"

潘老师见他六岁的小孩，能知道礼让，也喜得笑嘻嘻的接了。柳惕安忽然问道："像这样不要钱的油饼，又一点儿不费事，老师为什么不

323

多弄些吃，却要到街上向人家讨吃呢?"潘老师高兴道："你这话问的好。你若不是这么问，我倒得多费些唇舌向你解说道理。你要知道世间上的东西，除了天上的风、云、日、月而外，都是有主儿的。不是我自己的东西，我就不应该拿，拿了是有罪过的。世间的强盗和贼，就是胡乱拿人家的东西，所以有王法去办他。你我所吃的油饼，也是人家的。人家做买卖，将本求利，你我用法术偷来吃，一文钱也不给，这种举动，也和强盗、贼差不多。不过逢场作戏，偶然一二次，还不要紧，如果时常是这么干，也和强盗一般的有破案的时候。我们破案时所受的苦楚，有时比强盗破案受王法惩办的还要厉害。你记着吧，若是手中有钱，天没有下雨，便不可常用我这法术。"

柳惕安正待问如何破案的话，忽听得远远有叫惕少爷的音声，回头向山下看时，只见陈升气急败坏的跑到山下，一面招手，一面叫唤。柳惕安不知道陈升为什么那么慌急，只得忙辞了潘老师跑下山来。陈升只管跺脚说道："你又和这臭叫化在一块，还不快回去。老爷又喝醉了酒，差一点儿把太太打死了!"

柳惕安是知道自己父母是时常吵嘴打架的，听了也不在意，随陈升回到家中，却不闻自己父母口角的声音。他知道自己父亲的脾气，每到外面遇到不如意的事，回家喝上几杯酒就得找他母亲的差错。不说这桩事不应该做，便说那桩事办理不得法。和他辩罢，固然是如火上加油的生气；不和他辩论罢，又说人不应赌气不睬他。口口声声说从此不理家里的事，要出家做和尚。柳惕安的母亲虽则性情贤淑，也时常感觉难于应付。平日他夫妻吵闹起来，有柳惕安从中和缓柳尊彝的愤怒，咒骂一阵子也就罢了。这日柳惕安因到乞丐收容所后面山上去了，家中没有缓冲的人，柳尊彝不知在外面受了什么气回来，借事和自家太太吵骂，三言两语不对劲，便动手打起来。幸有陈升在旁哀求劝解，柳尊彝将太太打了几下，太太忍气吞声的不反抗，便没事了。陈升恐怕柳尊彝继续再打，因此跑出来寻找柳惕安。

柳惕安回到家中，见父亲独自坐在书房中看书，随即又到母亲房中，见母亲横躺在床上，掩面饮泣。姐姐弟弟都鸦雀无声的坐在床沿上，面上都显着不快乐的神气。柳惕安含笑着叫了声妈妈道："你老人家不要哭了，爹爹喝醉了酒，照例是这么横蛮的。只要身上没受伤，犯不着哭。你老人家身体又不结实，哭多了，一会儿又要闹心气痛的毛病。"

柳惕安的姐姐名叫静云的说道："妈妈已经心气痛过好一会儿了。你倒好，跑到外面贪玩去了，吓得我要死。我和权弟都挨了几下。你若在家里，也不至闹得这么凶。"柳惕安最爱自家兄弟，他兄弟名叫权子。惕安听了静云的话，忙拉了权弟的手问道："打了弟弟什么地方，你还痛么？"

柳权子这时才四岁，也生得十分聪明伶俐，当下答道："爹爹怪我不该揪了他的衣边，顺手打了我两下嘴巴，这时已经不痛了。"惕安放了权子的手，爬起床沿，伏在他母亲怀中说道："妈妈不要难过了，我学了一种戏回来，使给妈妈看，请妈妈坐起来看吧。"边说边推着他母亲起来。他母亲悠悠的叹了一口气说道："你有把戏，去玩给你姐姐弟弟去看吧，让我睡一会儿。"惕安不依道："你老人家曾不见过我这样好把戏，看了一定欢喜。"

小孩子心中的哀乐，变化得最快，静云、权子听得有把戏看，登时喜笑得帮着拉母亲起来。柳太太的性情，原来非常柔善，加以疼爱儿女，见她二个儿女都拉她起来，便坐起来说道："好！你们下地去玩吧。"

惕安真个喜滋滋的先跳下地来，静云已将权子抱下。惕安先伸出两手给他母亲看道："你老人家看我是一双空手，什么也没有。"说时又在身上拍几下道："此时我身上什么也没有，外面的大门已经关上了。我能不出这房门，可以弄出老照壁松泉茶馆里的热油饼来，给大家饱吃一顿，妈妈相信么？"

他母亲心里虽是不快乐，但是听自己心爱的儿子，说出这些不伦不类的话来，也觉得好笑，以为是惕安有意这么说着逗她开心的。正在懒得回答，柳静云插口说道："我相信。你且弄出来，妈妈自然也相信的。"惕安笑道："你相信不行，要妈妈说相信才行。我这把戏是真的，

325

弄来油饼是可吃的，并不止一个两个，要多少有多少。"

权子听得有油饼吃，急得拖着惕安的手说道："哥哥快弄来，先给一个我吃。"惕安天性最厚，原是为想引他母亲开心，才说出玩把戏的话，定要他母亲说相信。他母亲只得说道："我相信，你弄得来就弄吧。"

柳惕安这才笑嘻嘻的整了整衣襟，背过身去，心里默祝道："潘老师，潘老师。平常使这法术不灵，倒没啥要紧；今天我母亲怄了气，正要借这法术，使她老人家开开心，必须灵验方好。"祝罢，即默念那授受油饼的神情，念毕轻呼了三声"潘老师"。真是毫不含糊，和在收容所后面山上一样，手中不知不觉的有油饼捏着。估计那时间，就是在自家厨房里做出来的，也没得这么迅速。柳惕安掉转身来，双手捧着那油饼，送给他母亲面前说道："你老人家看我这把戏好不好。你老人家趁热，先吃了这个，我再来给姐姐弟弟吃。"他母亲想不到他真个是这般弄得出油饼来，不由得吃了一惊，忍不住接在手中细看。确是炸得两面金黄，又热又香的油饼，静云、权子也都争着来看。他母亲递给静云道："我不吃，你和弟弟去分吃吧。"

惕安定要他母亲吃，随即又弄了两个来分给静云、权子吃了。他母亲问道："你这把戏，是从谁学得来的？"惕安说："是从潘老师学的，潘老师是一个大叫化。"他母亲摇头道："你这小孩子，怎的这么不长进。好人的好样不学，如何去从大叫化学这不敦品的把戏呢？你的年纪小，不知道厉害，江湖上常有不正经的人，用这类的法术，去偷盗人家的东西。官府不知道便罢，知道了是要抓着当妖人办的。我在娘家做女儿的时候，曾听得你外公说过，他做四川万县知县的时分，忽然有好几家富户来报窃案，说银钱首饰放在皮箱里面，门不开、锁不破，不知被什么人偷去了。好几家报窃案的，所说情形都差不多，害得这些人家的当差的和老妈子，个知受了多少冤枉气，挨了多少冤枉打。后来亏了一个老捕头，明察暗访的，才查出是一班走软索的人，会一种邪术，都在一个古庙里住着。人不出庙门，能用邪术偷盗人家皮箱里面的东西。直到将那班人办了，报窃案的也没有了。你学的这把戏，就是那一种邪

326

术。这不是正经人学的东西，以后不可再玩了。我常听人说，学这类邪术的人，是永远不会发达的，你是要读书上进的，万不可学这些玩意儿。"

柳惕安一一听了，不敢说什么，次日也不敢再去找潘老师了。过了几日，母亲果然送他到隔壁唐家去上学，每日午后散学回来，仍照例在大门外买油饼吃。那潘老师自从那日在收容所后边山见过之后，便不曾见面了。柳惕安心里想念他，偷闲去收容所附近探望了几次，也没有遇着。约过了半年的光景，这日柳惕安散学回来，走出唐家的大门，只见一个乞丐坐在唐家的阶基石上，一眼望去，仿佛是他潘老师的模样，细看却不是。这乞丐的年纪，比潘老师还要大几岁，脸上没有黑麻子，那种腌臜的样子，和头上的癣癞，都与潘老师差不多。不过潘老师只肩上驮了几个叫化袋，这乞丐是用竹竿挑着一副叫化的担子。这担子一头是一个破了的篾箩筐，筐内有几件破烂不堪的布衣服；一头是一张破草席卷起来的，好像是铺盖卷儿。

柳惕安生成的古怪性格，见了乞丐，不知不觉的便生了怜惜之心，加以这乞丐的形象，仿佛自己的潘老师，不由得立住脚向这乞丐打量。这乞丐也睁着两眼，柳惕安看了又看。柳惕安忽觉技痒起来，连忙用法术弄了一个油饼，送给这乞丐道："请你吃个油饼。"乞丐伸手接了说道："咦？是谁教给你的这玩意儿，你不是姓柳么？"柳惕安点头道："我姓柳，你怎得知道？"乞丐笑道："你原来就是我的师侄，我如何不知道！"柳惕安道："你认识潘老师吗？"乞丐道："岂但认识，他还是我的师兄弟呢！我动身到长沙来的时候，他对我说，他新近收了一个六岁的小徒弟，姓柳叫惕少爷，住在南门外碧湘街，我因此到这街上来瞧瞧。"柳惕安问道："潘老师现在什么地方，他为什么不同到这里来呢？"这乞丐道："他于今在四川，他有他的事，今年还不能来长沙。你想见他么？我可以带你去见他。"

柳惕安这时也不知道四川在哪里，离长沙有若干路，随口说道："我虽想见他，但是没有工夫去。我白天到唐家读书，夜间还得到爹爹跟前读书。"这乞丐问道："潘老师除教你搬运法之外，还教了你什么法术?"柳愒安道:"并不曾教我什么搬运法,更没有教我旁的法术。"乞丐笑道:"你刚才弄来的油饼,不是用搬运法搬运来的吗?这法术不仅可以搬运油饼,什么东西都一样的可以搬运。"柳愒安道:"潘老师只教我弄油饼,旁的东西弄不来。"

这乞丐沉吟了一阵问道:"你潘老师教你弄油饼的咒词,如何念法的,你且念一两句给我听听。"柳愒安道:"潘老师没有教我念咒,我一句也不知道念。"乞丐道:"你既不念咒,如何能弄来油饼吃呢?"

柳愒安将潘老师教他默念授受神情,和轻唤三声"潘老师"的话说了。乞丐笑道:"原来他只传你一点儿'感摄法',这算不了法术。"柳愒安问道:"为什么算不了法术?"乞丐道:"这还是你潘老师运用的法术,不过因你的精诚,与他生了感应,他的精神,虽相隔数千里,也能代替他在你跟前运用法术,所以叫做'感摄法',算不了你自己的法术。若是你潘老师死了,你这把戏便立时不灵了。你此刻心里还想学更大的法术么?"柳愒安道:"怎么不想呢,无奈潘老师不在此地。"乞丐道:"只要你想学,我倒可以教你。你潘老师本来托付了我的。"柳愒安喜道:"那么好极了!我就跟着你学。不过我母亲不欢喜我学这些玩意儿,说不是正经人学的,说衙门里的人知道了,要拿去办罪的。"

乞丐点点头道:"不错!你母亲确是个有见解的人。但是邪人用正法,正法也成邪;正人用邪法,邪法也成正。你要知道,人有贤愚,法无邪正。并且我要传授给你的,是救人的大法,哪里有罪给衙门里人办?只是学法不像读书,可以住在家中,请人教读,学法是得跟着老师去四处游行的。你能离开家里父母姐弟,跟随我游行四方么?"柳愒安摇头道:"这事办不到,我一天也不能离开我的父母,你能在这里教我便好,不能教我就只好不学了。"

这乞丐见柳愒安说话伶牙俐齿,绝没有寻常小孩那种稚气,并且听他所说的话,便可以知道他的天性甚厚,对于父母是很能尽孝的。不由得随口称赞道:"很好,很好!怪不得你潘老师逢人便道,新近在长沙收了一个好小徒弟的话。你我两人师徒的缘分,此刻还不曾成熟,什么话也是白说了,你归家去吧,我今日不过来瞧瞧你,等到机缘成熟的那日，我自然来接你。"

柳惕安见天色已不早了，便别了这乞丐回家，也没有将这一回事搁在心上。那乞丐自见过那一次之后，也不曾与柳惕安见面了。光阴易过，转眼又过了两月。这日也是柳家合当有祸。柳惕安散学归家，正待吃夜饭的时候，柳尊彝不知从什么所在，喝了一肚皮的酒回来，一溜歪斜的走进大门，就无风生浪的寻着柳惕安的母亲吵嘴。他母亲忍受不了，随口回答了几句，谁知柳尊彝冒起火来，恰好陈升从厨房里捧着一甑热气蒸腾的饭出来，柳尊彝抢了那饭甑，劈头朝惕安的母亲掼去。凑巧正套在头上，热饭散了一身。陈升连忙将饭甑揭起，他母亲已被热饭烫得在地下打滚。顷刻之间，满头满脸都肿得和南瓜一样。

柳尊彝掼过饭甑之后，实在醉得挣持不住，独自倒在书房里，鼾声震地的睡去了。静云、惕安都因年纪小，见母亲烫得这般模样，只知道望着哭泣，一点儿办法也没有。还亏着陈升是柳家的老当差，能做主去请外科医生。医生来诊视，他母亲尚不肯说出是被丈夫用饭甑打成这模样，说是自己不小心，弄翻了饭甑烫伤的。那外科诊过脉，敷了些药出来，对陈升低声说道："你家太太的伤势，非常重大。我的能力有限，恐怕治不了，不要耽误你家的事，你赶快去请别人吧。"

陈升惊道："难道是这么烫了一下，就有性命之忧吗？"医生道："有手段高的医生，或者也能治好，我是没有办法的，因为伤的部位太重要了，如果是烫了手脚，哪怕更厉害些也不至有性命的危险。像这样重的伤，就只烫一半头脸，都不容易治，何况是满脸都伤了呢？"说罢便作辞。

陈升给了诊金，送医生走了，回头无计可施，只得到书房唤柳尊彝。好容易才唤醒，陈升忍不住流泪说道："老爷醒清楚了么？"柳尊彝抬头望了陈升说道："什么事？我睡得好好的，把我叫起来。"陈升哽咽着说道："老爷倒安心睡么，也不去替太太想法子么？"

柳尊彝似乎很诧异的说道："你糊里糊涂的说些什么，有什么事要我替太太想法子？"陈升道："老爷忘记了吗，老爷一饭甑把太太打得……"话没说完，柳尊彝已听得静云、惕安等在隔壁房里号哭起来，连忙立起身来，还是偏偏倒倒的走过卧房里来。

他太太原是面朝房门躺着的，见柳尊彝进房，立刻将脸掉过去。柳尊彝就电光下一看他太太的头脸，好像才想起那动手的情形来，望着陈升骂道："你这蠢东西，我喝醉了酒，你难道也喝醉了酒吗？见我抢那饭甑，你为什么在旁也不阻住我呢！"

陈升道："我放下饭甑，正转身要去厨房端菜，只听得一声响，太太喊'哎哟'。我回过头来，就看见饭甑已套在太太头上。等我揭开饭甑时，太太已痛倒在地下滚了。我当时若看见老爷动手，哪有不阻住的道理？"

柳尊彝道："快去找个外科医生来，住在药王街的那个姓胡的外科医生，本领还好，快拿我一张名片去，请他立刻就来。"陈升道："看老爷还知道有旁的好医生没有，这胡医生刚才已瞧过了，现在敷的药，就是胡医生带来的。"柳尊彝道："既是胡医生来瞧过了，便用不着再请别人，明早再去请他来瞧瞧。"陈升道："胡医生说治烫火伤，须有极好的药，他此刻没有好药，一时又配好药不出来。他已说了，要老爷赶紧去请人。"陈升说着，掉过脸去用衣袖揩眼泪。

柳尊彝看了这情形，知道胡医生必是见伤势太重了，不能诊治，此时酒醒了，想起自己太太平日的温和贤淑来，也忍不住掉眼泪。他太太因伤势太重，有时清醒，有时昏沉，也自知没有治好的希望，清醒的时候，便望着小儿女流泪。这一家大小男女的人，简直全埋在愁云惨雾之中。尤其是柳惕安，分外觉得心里不知是酸是辣。柳尊彝到此时也着急起来，亲自提了灯笼，出外寻访好医生。只是请来的医生，都和胡医生一样，谢绝诊治，柳家的亲戚朋友，以及平日有来往关系的人，得了这消息，都来探望。也有推荐医生的，然一点儿效验也没有。挨到第三日，便长叹一声断了气了。

柳家忙着办丧事，一家人都哭哭啼啼，唯有柳惕安如痴如呆的，也不说话，也不哭，也不笑，茶饭也不入口。长沙社会的习惯，凡是办丧事或办喜事的人家，门口总有些叫化，或坐或立的等候打发。虽有警察或兵士在门外维持秩序，也不能禁止他们。唯有请一个叫化头儿来，和他说妥出若干钱，给他去代替主家打发，门口方得安静；然犹不能禁绝，不过没有成群结队的罢了。这次柳家的丧事，虽已经叫化头包妥了，只是仍有三四个叫化坐在门口，等候残汤剩汁。

柳惕安因家中延了一班和尚、一班道士念经拜忏，铙钹锣鼓，闹得天翻地覆，他心里益发觉得如油煎火热，片刻难挨。他父亲虽是极钟爱他，但眼见自己母亲被父亲活活的打死了，他那时的一副小心肠，顿时觉得自己父亲是一个极残忍不可近的人，心中丝毫好感也没有了，终日躲避着不愿和父亲见面。无如他家只有几间房屋，不在这房里遇见那可怕的父亲，就在那房里撞着，逼得惕安没法，只得走出大门外来。不料一到门外，便见那日在店家大门口的那叫化，也坐在几个叫化当中。

柳惕安刚待走上前去，那叫化已向他招手笑道："惕少爷，好几个月不见了，一晌好么？"柳惕安摇头道："还有什么好，这几日我倒很望你来。"边说边走近了叫化身前。叫化问道："你这几日望我来干什么？"柳惕安道："我母亲也死了，我不愿意在家里过日子了，请你带我到潘老师那里去吧。"这句话说毕，忽见陈升跑出来说道："惕少爷还不快进去，和尚在那里念经，等着要孝子去磕头呢。"柳惕安没奈何，只得鼓着嘴跟陈升进去了。

陈升在门口时，已听了柳惕安对那叫化子说的话，他知道潘老师就是那日白吃油饼的叫化，心里已提防着，恐怕这叫化将惕安拐走。满心想对尊彝说出来，只因家中正在丧事忙碌，没有工夫说到这上面去，以为有自己留心防范，便可无妨。谁知一到吃午饭的时候，就不见惕安的面了。陈升是关心这事的人，不由得慌了，在几间房里都寻了不见，连忙跑出门外看时，那叫化也不见了。随向旁边坐的叫化打听，异口同声的说你家少爷和那叫化一同走了，朝南走的，刚走了一会儿。小孩儿走不动，至多不过走了一两里路，很容易赶上。

陈升忙回到家中，向柳尊彝述了情由，带了一个火把、一盒火柴，急匆匆向南方追去。柳尊彝见自己钟爱的儿子被叫化拐去了，也情急起来，喜得办丧事，家中帮忙的人多，随即派几个人，拿着灯笼火把，分途去寻觅；并报知了警察局。直闹了一夜到天明，分途去寻觅的人都回来了，都说不曾见着。陈升最后回来，也说毫无踪影。

不知柳惕安究竟跟着那叫化跑到什么所在去了，那叫化是何等的人，且俟下回再写。

总评：

笔者之出一人也，每有种种不同之写法。今于柳惕安之登场，先极力一写其技艺，然后再叙述其历史，是又町畦独辟，生面别开者也。至海上流氓之恃势逞强，横行闾阎，固久为一般居民所痛心疾首，今柳惕安乃视之若无物，戏弄之以为乐，虽云狮子搏兔，不必出其全力，然身手小试，已大足有令人称快者已。

沿门托钵，夫人知其为天下之贱业，而奇人异士，亦辄溷迹于其间。顾世人卒鲜有遇之者，则以肉眼者居多，又复势利成性，存一羞与为伍之心，致每每失之交臂耳！今柳惕安以龆龀之龄，能识异丐于风尘之中，不可谓非具有大智慧者，故卒能从丐以去，而得习修大道也。然于此，尚有一事非常人所能及者，则以其平日之事父母观之，天性又何其纯厚耶！脱非以此为之根基，吾知其虽日言修道，而大道终不可得耳！

柳惕安之母，四德咸备，一贤母良妻之选也。而所偶者，乃为一酗酒滋事之酒徒，诚足令人叫屈。末后所遭更惨，竟因之而丧其生，尤有令人不胜酸鼻者矣！虽然，此伤心之境之所以造成，又安知非出自碧翁之匠心独运？而使惕安得遂其修道之志者，盖非然者，柳母脱不遭惨死，则以惕安之纯孝天成，势必恋恋于其父母，又安肯舍弃此家庭而遽入深山哉！

第二十六回

采药深山逢毒雾
救人清夜遇妖魔

话说柳惕安因自己母亲惨死，心里十分难受，恨不得立时离开这凄凉的环境和残忍的父亲；恰好遇着那乞丐来接引他，便毫不留恋的跟着那乞丐走了。原来世间多有修道有得的人物，平日深居岩穴，不与世人接近，偶然遇到必须与世周旋的时候，多有化装乞丐的。因为乞丐的地位，是社会上一般认为极贫且贱的，无论谁人，都不屑注意到乞丐身上去。于今要写柳惕安离家以后的种种情形，却须先把那乞丐的身份履历，说个大概。

著者在数年前做过一部《江湖奇侠传》，其间所写练剑的分昆仑、崆峒两派。书中所写虽只两派，是因人物事实属于两派的多，并不是练剑的在全中国仅有那两派。现在要写的那乞丐，又可以说是峨眉派了。且慢，是峨眉派便是峨眉派，怎么谓之可以说是峨眉派呢？因为这一派练剑的人，胸襟都非常宽大，他们心目中不但没有省界，并没有国界，哪里还有什么派别可分呢？不过他们却是有组织的，有统系的。其所以要有组织，为的是修业乐群，大家得着互助的好处，道业容易进步；其所以要有统系，为的是能集中多数同道的力量，在同一方式之下，去做救人自救的事业。他们组织的地点，在四川峨眉山。同道的人，每年有一个时期在峨眉山集会，这一次集会所发生出来的力量最大。在他们并不承认有什么派别，是著者替他们安上这个名目。他们的组织，也无所谓阶级，无所谓首领，只是入道的年数有多少，学道的班辈有高下，修道的功夫有深浅，尊卑次序，就从这上面分出来。他们的统系，就根据以上的资格，自成一种有条不紊的统系，由入道年数最多，学道班辈最高，修道功夫又最深的人，掌握这一派的威权，其余的各按资格，分担任务。

他们的任务，对内的是他们道家修炼的功夫，我们道外人不得而知，便是知道些儿也不敢乱说。对外可分出三个种类：第一类是担负救护善人的任务。凡是于人群社会有大利益的人物，在他们同道中认为应当保护的，便派同道的去暗中保护。在他们保护之下，决不至使这人有死于非命的时候。不问在任何危险的环境当中，他们都得设法救出来，并且不能使被保护的人知道。担任这类任务的，入道的年数不必多，学道的班辈也不必高，只是修道的功夫，必得有相当的程度，方能胜这救护善人的任务。第二类是担负度人的任务，度人便是引进后学。在他们认定引进后学，为弘道唯一之途径，能度一个有根基的人入道，使这人永出迷途，其功德为不可思量。因此这任务，在他们同道中视为非常重大。能取得这种任务的人，班辈虽不必高功夫却要很深，入道的年数也得久远，并富有经验阅历才行。为的是恐怕误引匪人，将来为害太大。凡担负这类任务的，多化装为乞丐，好使社会上人士对他不注意，他并可以游行自在，去住随缘，不受种种牵制。第三类是担负坐镇一方的任务。国内各通商巨埠，及山水名胜之区，凡是九流三教杂居之所，他们都派有专人坐镇其间，这任务也是很重大的。因为他们同道的人，全国各省、区都有，虽有极严的道律，可以限制入道不久、修养不纯的人的行动，但是若没有执掌道律，及纠察各道友行为的人，坐镇各地，违律犯戒的势所难免。各地有坐镇的人，即同道中有违律犯戒的，规劝惩罚，补救也容易些。担负这类任务的人，须负有相当资望，而班辈较高的。这类人要与社会接近，也得化装。不过化装的种类不一，各就其平日身分习惯所近，有化装为算命拆字的，择人多的地方，挂出布幌子，搭着小课棚，白天借这个掩人耳目，夜间另有栖止之处，可资修炼。也有作道人装束，就道观居住，表面上与寻常道人和光同尘的。负这类任务的，多一年一更换，因为在繁华巨埠做这种工作，总不免妨碍个人的进修，所以谁也不愿意继续担任到二三年以上。这便是峨眉派大概的组织。

看官们看到这里，大约已知道柳惕安所遇的是两个乞丐，是峨眉派担负第二类任务的人了。那时柳惕安只为一时心中难过，也不知道顾虑到离家后的痛苦，就胡乱跟着那乞丐跑了出来。可怜他那时只有六岁，真是无知无识，跟着那乞丐向四川道上，一面行走，一面认真讨吃。柳惕安只求脱离家庭恶劣环境，便是沿途叫化，他不但不觉得痛苦，并很以为有趣。那乞丐自称姓单，教柳惕安称他师伯。柳惕安到了走不动的时候，那单师伯便将他坐在破箩筐内，挑着行走。

也不知行了若干日，才到青城县境内的一座深山之中。那山附近数十里没有人家，为终年人迹不到之处，那个潘老师就在这山中，觅了一个天然成就的岩穴，深藏在这里边修炼。柳惕安初到，也住在这穴中，起居饮食，都是潘老师和单师伯二人照料。山中没有书籍笔墨，潘老师每日用树枝在沙地上写字教柳惕安认。

光阴迅速，转眼过了六年，柳惕安十二岁了。这日潘老师对他说道："我从前收过几个成年的徒弟，都因心志不坚，不能修炼大法，为此才和你单师伯商量，随处物色未过童关的小孩。也是缘法好，遇着了你。这几年我教给你的功夫，多是为今日修炼大法的基础。我于今教你练习奇门，奇门有两种：一种是'理奇门'，又叫'数奇门'；一种是'法奇门'。你现在先练法奇门。练法奇门不似炼寻常法术那么容易，须设坛四十九日，坛外要竖两面三丈三尺长的青龙白虎旗，在这四十九天之中，你每日在坛中踏罡布斗，不能离坛，不许有生人撞见；便是竖立在坛外的龙虎旗，也不能给人看见。一经人撞破，便是白练，不得成功。所以选择这数十里无人烟的深山，就是为修法便利。你须知道，不论是何等根基的人，凡是在修炼大法的时候，不但有魔鬼前来侵扰，山魈野魅前来拼赛，就是山川社稷的神祇，也多有存心忌妒，前来恐吓或骚扰的。练法的人不拘有如何高深的法力，在修法的时候，遇了魔鬼，是不能用法力去对付的。唯有本人一心不乱，认定一切的境界都是虚幻，绝不理会，自然安全无事。只一存心计较，即不免越弄越糟，纵然有法力能对付第一班，第二班来了便不见得能对付。若是由自己心魔引

335

来的外魔，什么法术也对付不了。这是学法修道的人，第一要紧关头。你此刻好在年纪轻，没有贪财好色的念头，这两种力量最大的魔鬼，倒不至将你困住。你只须把生死的念头打破，其他的难关，就容易冲过。"

柳惕安已经过了六年的训练，小法术曾学了不少，有些经验，一听潘老师的话，皆能领会。潘老师已为他制好了青龙白虎旗，择日设坛竖立起来。他平日练法，就在岩穴中，此番却选择了一处两边岩石壁立的山缝之中，上面张着布帐，一方用石板堵起来，仿佛一间房屋，中间设着石堆的香案，案前布着金、木、水、火、土、风、雷七斗。

柳惕安依法修炼，初练半月甚好，半月以后，便日夜发生魔障。这夜正当独自在一块平石上静坐，忽觉身体腾空而起，飘飘荡荡，越升越高。亏得柳惕安领悟潘老师的言语，不但不惊慌，心里仍只当是坐在平石上一样，毫不理会。约莫经过半个多时辰，果然又回到了原处。次夜所遇，又不同了，那深山之中，除却有时风撼树鸣外，本来是最寂静的，一到夜间，所有鸟雀都栖息了，更是真个万籁无声。静坐有得的人，在这种境界之下，确是能闻蚁语。这夜坐得正好，忽听得一阵风来，腥气扑鼻，接着就闻得虎步声响，越走越近，直到身边，就柳惕安遍身乱嗅，最后还用那有刺的舌尖，轻轻在他的脸上舐了一舐，他始终不作理会。那虎在身边绕行了一阵，只一声长啸，山谷震动，又是一阵风响，分明听得蹿过山那边去了。若柳惕安在这时分稍生恐怖之心，不从半空中跌下便已膏虎吻了。

如是经过了种种的魔障，直到最后一日，他正在坛中踏罡布斗的时候，忽见四个身材都有一丈高，个个生得突睛勾鼻，赤发獠牙的恶鬼，冲进坛来，不由分说，捉腿的捉腿，拉胳膊的拉胳膊，将他举起来便跑。离坛数丈，就悬空而起，腾云似的行了半日，陡然落下，脚踏实地。他紧闭双目，只听得四围浪声大震，料知是一个海岛之中，听那嘈杂之声，好像有一大群魔鬼，将他团团围住。其中一个似是魔鬼的首领，用指在他额头上戳了一下骂道："看你这小子有什么根基，够得上修炼这种大法，妄想掌握风雷。我今日倒要试试你的能耐！"说罢，仿佛回顾左右道："拿钢钉来将这东西的十手指十脚趾，都钉在木板上，看他可能受得了。"跟着就有几个魔鬼，雷鸣一般的答应着，用约有数寸长的钢钉，钉在他手脚指上穿过，有大斧钉进木板，只痛得彻入心肝。

他心里只牢牢的记着潘老师打破生死念头的话，咬紧牙关忍受，鼻孔也不哼一声。二十个钢钉都次第钉入，只听得那大魔鬼又喊道："拿大钉来！这东西倒有点儿能耐劲，非从脑门钉进去不可！"这大钉约莫有丈多长，酒杯粗细，对脑门一斧头钉下去，耳里还听得那动手的魔鬼大喝了一声："去吧！"猛然清醒过来，睁眼看时，身体仍在坛中踏罡布斗，何曾到了什么海岛，身边又何尝有什么魔鬼，只见自己潘老师和单师伯同立在香案旁边，笑容满面的对他说道："恭喜，你十二岁能修成这种大法，连我们面上也光彩。你此后一得永得，风雷在握，五遁随心，再把理奇门练好，将来就行军打仗，也确有把握。诸葛武侯一生出将入相的事业，即成就在这奇门上面。"

柳惕安听了，连忙叩谢老师和师伯。于是又继续了几年，已是十五岁了。这日天气清朗，潘老师带着他到一个山峰上游览，忽然很高兴的对他笑道："我给一点好东西你看。"说毕将口一张，只见一道白气，从口中射出来，和一条白带子相似；脱口后横在空中，望去约有三四丈长，回旋萦绕，妖娇如龙。潘老师说道："你知道这是什么吗？这便是我的剑。你瞧着东西是软的，很像一条白气，你不曾见过的，哪里想得到它的力量。我再教它玩个把戏给你看吧！对面山上的那樟树，三人一抱合不拢，我能叫它一截两段。"说时用手向白气一指，那白气便箭也似的向那樟树射去。到了樟树跟前，如人张开两臂朝树身一抱的模样，只见那大蔽数亩的树，崩山般地倒撞下来。再看那白气，仍回在空中夭娇。柳惕安不觉伸了伸舌头说道："好厉害！"

潘老师正待将剑收回，忽见一群小雀飞过，遂指着笑道："玩了大把戏，再玩点儿小把戏你看。"旋说旋对那些小雀指了几下，那白气真是神物，追着那群小雀，一只一只的穿去，顷刻穿尽了，直到潘老师面前地下落来，垒起三丈多高，不偏不倒，白气却不见了。

柳惕安看那些小雀，每只都是穿心一窟窿，抬头看了看天空问道：

337

"老师的剑到哪里去了呢？"潘老师指着那堆小雀道："现在地下，我收给你看。"又把口张开来，两手一招，白气即从地中射出，直入口中去了。

柳惕安问道："老师这剑是什么东西练成的？"潘老师道："我们的剑共有四种，一种是用木制的，上面画符，每日用咒向木剑念诵，练成之后，能在五十里内杀人除妖；一种是用金属制的，比木剑难练，力量也比木剑大些，能在百里之内指挥如意；一种是练炁的，练法更难，能及千里；最上的练神，无间远近。练神、练炁，都非寻常肉体凡夫所能。我方才给你看的，是第二种，用金属制成。这便是我们修道的人，防身降妖的利器，你现在也得练了。"

柳惕安听了欢欣踊跃，从此就开始练剑。不问什么学问，只要有名师傅传授，自己又肯下苦功夫，成功都是很容易的。不过经两三年的光阴，柳惕安的剑已练成了。

这日潘老师拿着一张药单给他看道："我们将来要借助于丹药的地方极多，炼丹所需的药料，非咄嗟之间所能办到，只好得便就去寻觅。你此刻已有自保的能力，正好去寻些药材回来。这单上所载药名，形象性质，及生产地带、采取收藏方法都很详细，一看便知。不过你到各处寻药，多在深山之中，总不免有毒蛇野兽前来侵害的事，你须记着，只要自己能躲避，便以躲避为是，万不可随意用剑及法术去伤害它。"

柳惕安连声应是，接过药单，又详细问了一遍，即日起程，先拣生产在青城附近山中的寻觅。

柳惕安自六岁离家，在那岩穴之中住了十二三年，初到数年之间，饮食和常人一样，后来渐渐不食经过烟火的东西，黄精柏叶就可充饥。每日所吃又极少，因此在各山中采药，饮食无须准备。当在岩穴中修练的时候，他老师因他年纪太小，又没有能力，恐怕他为猛兽所伤，除却自己偶然高兴，带着他到外面游逛几遭外，禁止他独自出外玩耍。这番叫他出来寻药，他心中正如鸟雀脱离了樊笼，高兴到万分。

青城是川西的边界，与苗疆接壤，山深林密，有许多地方，不但没有居人，并且终年没有行人，从古迄今，就是野兽盘踞的所在。柳惕安一则为寻药，二则想借此游玩山景，仗着本身能耐，不怕猛兽来伤，一路只选择峰峦险恶的山中走去，所遇见的豺狼虎豹，及不知名的猛兽，也不知有多少。柳惕安遵着他老师的吩咐，在遇着的时候，多是尽力闪避，不肯无故伤生。

一日行到一座形势异常古怪的山中，那山尽是数人合抱不交的大树，树上罩着一层黄雾，仿佛云气蒸腾，将日光都遮蔽了。树下因从来无人采樵的缘故，落叶堆积得很厚，脚踏上去绵软非常，行走时倒很吃力。柳惕安心想这里面怎可不去看看，好在不趱赶路程，行走吃力些也没要紧。主意既定，就努力向树林中走去。谁知走不到半里远近，猛然见迎面跳出一只金钱豹子来。他在山中所见过的豹子有好几只，却不曾见过这么高大的。这豹子连头带尾，足有一丈五六尺长，见了柳惕安，也不吼叫，直向前抢来。

柳惕安因存心不肯伤害猛兽，心里又怀疑这么长大的豹子，在此浓密的树林中，不知如何能自由转动，便不急于使出降伏它的法术来，只将身体向一株大树后闪避。那豹子见一下不曾抢着，随即掉转身躯，用它那一条长枪也似的尾巴，朝着柳惕安横截过来。柳惕安一时万分闪避不及，只好把脚尖一垫，身体已纵上了树枝。再低头看那条尾巴没截着人，余力收煞不住，在大树干上截了一下，树皮登时脱落，现出一寸多深的痕迹，如快刀削的一般；正如他老师飞剑断树时一样，禁不住脱口叫了一声："好厉害！"

他叫这一声不打紧，却被那豹子听得了，知道这个可以充食料的人，到了树上，这才吼了一声，回转头望着柳惕安流出一丈多长的馋涎来。随即向四围望了一望，见离这株大树不到一丈远近，还有一株同样的大树，这豹子只将身躯往地下一蹲伏。好快！四脚腾空，也纵上了树枝，两树相隔虽将近一丈，树枝却是密接的。豹子既纵上了树枝，就和猫儿一样，待爬过柳惕安这树枝上来。柳惕安心想这样长大的豹子，居然能上树，若在寻常人遇了，如何能逃得了性命？这牲畜大约足有五百斤轻重，料想不能爬上树巅，我何不爬到一个很小的枝上，引逗它一跤跌下地去，岂不甚好，遂抬头向树巅上打量。

这一眼望去，倒不由得吓了一跳，谁知这株树上，还盘绕着一条比斗桶更粗大的蟒蛇，距离柳惕安的头顶，不过四五尺高下，一条火枪也似的尖舌头，正对着柳惕安头顶，一收一放的乱动。柳惕安到了这境界，也觉得这两件东西都不好当耍的，忙提了一口气，将身体如燕雀穿林一般的穿过好几株树，仍在一株树上立着；回头看那豹子，倒被那大蟒缠绕起来。豹子的身量重，被缠时又拼命的挣扎，任凭那蟒蛇的力大，也不能安然将豹子捆住。只挣扎得那两株合抱不交的大树，都连根本摇摆起来。

不多一会儿工夫，只听得"喳啦"一声响，那树拦腰断了，蟒蛇和豹子随着半截连枝带叶的树，倒下地来。豹子的脚既着地，便得了用武的机会，一连蹿跳了几下，离开了那倒下来的树枝，到了一方空旷的草地下；只是那蟒缠着豹子身体，听凭豹子蹿跳，总不放松。

那豹子此时急得使出全身力量来，大吼一声，真是山摇地震，附近的树木，都为之摆簸，冲上一跃，离地一丈多高，落下来打几个盘旋，一面用后爪向肚皮下抓，一面反转头向腰间咬。无奈蟒身太大，从前膛缠到后胯，抓不着也咬不着，只急得又往上冲以为可将蟒蛇震落。不料那蟒越缠越紧，豹子经过几番跳跃之后，气力已竭，只能张开血盆大口，吼喘如雷。

柳惕安看了这情形，暗想这豹子空有这般修伟的躯干，强大的武力，却仍敌不过阴毒的蟒蛇，眼见得是不济了。今既遇在我眼里，应救了这豹子的性命才是。想到这里，正待施展法术，救这命在呼吸的豹子，忽见那豹子停了吼声，飞也似的驮着蟒蛇向树林外面跑去。柳惕安好奇心动，怎忍得住不追上前去看个究竟，连忙跳下树来，也追出树林，只见那豹子跑到一处乱石山冈上。那山冈尽处是散乱岩石堆成的，也有尖锐如笋的，也有觚棱如菱角的，更有如刀口朝天竖着的。豹子跑到这地上，放倒身躯，乱翻乱滚，不到三五个翻身，那蟒蛇便受不了岩石的刺触，浑身的劲都松了，那豹子乃得脱身而去，头也不回逃跑了。

柳惕安觉得有趣，也回身仍走入林中。走了约半里远近，树木越发茂密了，树梢上面的黄雾，也越发浓厚了。因为叶密雾厚的缘故，将日光遮蔽了，那种阴森气象，委实令人害怕。柳惕安尽管是艺高人胆大，到了这种所在，也觉有些不寒而栗。

他进这山里来，原是带着一半好奇游览的性质，既感觉到这地方使人害怕，便打算退出树林来，不再前进了。正在踌躇时分，忽闻得一种腥臊之气，这气味他曾闻过数次，一到鼻端就能辨出是虎腥气。他想这山里的豹子，有那么长大，那么厉害；虎是更不用说了。这山里雾气重重，既没有什么可看的，我何必在此多找麻烦？想罢，即掉转身躯要走。

他若直向前走，倒也罢了，这一回身，却看见左边离身二丈多远之处，有一大堆枯叶，叶中正喳喳作响，猛然间露出一只斑斓大虎来，身量倒比方才所见的豹子略小。柳惕安见这虎就在离身不远，越发不愿流连了，不过一眼朝那虎望去，觉得与平日所见的虎不同。那虎背上还驮着两卷很大的东西，乍见时看不出是什么；心中一诧异，便不由得要停步细看一看。

那虎原是在枯叶中睡着的，因听得柳惕安的脚步声音，才跳将起来。它生长在这迹不到的山中，眼里大概不曾见过人，因此看了柳惕安，绝没有惊慌和愤怒的样子，很从容的将两脚一伸，仰面朝天打了个呵欠，两前脚收了回来，随着两后腿也用力向后一伸。这时背上的那两卷东西，缓缓的向左右展开，想不到又是一对极大的翅膀。柳惕安暗想，记得老师曾说过，青城人迹不到的深山中，有一种插翅虎，厉害非常，无论什么鸟兽，遇着它便难逃命。它又生成的十分机警，平日所停留的地方，必是上有树枝交蔽，下有枯叶堆积，如有鸟类来侵犯它，免不了树叶响动；兽类来有枯枝响动，都能将它惊醒，好起来抵抗。不过它的威力虽大，寿命却很短促，并且死的时候极惨。因为这种插翅虎能飞能走，爪牙又利，力量又大，生性又机警，谋食甚为容易，每日吃饱了，就择枯叶堆积得多的地方安睡，寻常也没有鸟兽敢去扰它，是这般不到十年，就养得肥胖不堪，渐渐肥到飞不动，不能得食，只饥饿得在枯叶中爬来爬去，在这时候当然没有鸟兽送到它面前去充它的食料。因此越饿越疲乏，力量也竭了，爪牙也不利了，饶它有机警的性质，也运用不来，只好睡在枯叶中，听凭那些鸟兽来拿它肥胖的身体当食料。它被啄食得唯有哀号宛转，绝无丝毫抵抗能力，比较寻常被它攫食的鸟兽还惨。柳惕安当听他老师说这段故事时，还认为是一种譬喻，寓着教他将来不可恃强凌弱的意思在内，想不到今日真见着这插翅虎。

柳惕安此时若是遇着一只平常的虎，他必掉头不顾的走了，只因这种插翅虎不易见着，又仗着自己艺高人胆大，尽管这虎离身不过两丈，却故意立着不动，看它如何动作。这虎缓缓的收卷了两个翅膀之后，睁眼望着柳惕安，四脚只管在枯叶上爬踢，只爬得那些枯叶向左右背后纷纷飞堕。随将身体往下一蹲，喉咙里一声吼，已腾身向柳惕安扑来。柳惕安哪敢怠慢？忙向左边大树后一闪，这虎扑了一个空，柳惕安指着它笑道："你这孽畜，枉添了一对翅膀，原来扑人也和寻常的虎一般解数。"

这虎见一下不曾扑着，接着就向树后蹿过来。柳惕安正想又跳过旁边一株树后躲避，不料猛然间觉得头脑昏涨，立时双脚站立不稳，扑的一跤倒在地下。心里明白，这条性命，今日必送在虎口里了，想挣扎也来不及。忽觉身体被虎咬住腾空而起，心中一着急，就昏沉得不省人事了。也不知经过了多久，仿佛从梦中醒来，耳边听得有人呼唤他的名字，睁眼看时只见自己的老师和师伯都坐在身旁，忙回眼看四周的形势，原来已回到那住了多年的岩穴里。想到遇插翅虎时的情景，竟像做了一场噩梦，刚待问老师是怎么一回事，他老师已抚摸他的头额问道："你此时清醒了，觉得身体怎样？"

柳惕安见问，方觉自己睡在很温暖的絮褥中，浑身的骨节都非常胀痛，头眼也觉昏花，即对他老师说道："想不到那插翅虎竟有这般厉害，第一下扑过来，我闪开了，没被它扑着；谁知第二下扑来，我的头脑便昏涨得站立不牢了，不知老师和师伯怎的知道我在那山里有难，前去搭救？"

潘老师笑道："什么插翅虎有这般厉害，能使你头脑昏涨得立脚不牢？你中了那山里的毒雾，还不知道么？"柳惕安道："怪道我浑身的骨节和打伤的一般胀痛，这颗头就像有千斤重，抬也抬不起来。"

潘老师说道："你知道你已回到此地昏睡过多久了么？你已是整整的七日七夜不醒人事。若是寻常未经修炼的肉体，中了那山里的毒雾，立时肿烂而死，纵有仙丹也不能救治。"柳惕安问道："那山里的毒雾，既是如此的厉害，何以那些蟒蛇、金钱豹和插翅虎，终日住在那山里却不中毒呢？"

潘老师笑道："呆孩子说呆话！那山里就因为毒蛇猛兽太多，才有那种毒雾生出来。在人中了是奇毒无比，那些毒蛇猛兽，因是它们生活惯了，若把它们迁移到一座没有毒雾的山中，倒活不了。海里的鱼不能到河里生长，河里的鱼也不能到海里生长。因海水是咸的，河水是淡的，在其中生活惯了的鱼，自不觉怎样，只一调换地方，便也和中了毒一样。那些毒蛇猛兽在那毒雾山中，也是如此。我和你师伯在静坐时突然感觉到你有这般大难，急忙分途寻觅，幸亏凑巧在那十分危急的时候，被我寻到，若再迟一眨眼的工夫，你就不免被那插翅大虫伤了。你此时知觉刚回复，精神还是十分委顿，只宜静养，不可多说话。"柳惕安从此静养了半个多月，方恢复原状。

一日潘老师显出非常郑重的神气对他说道："我们道中这次在峨眉会议，一般道友多说，广东南海县有一个康有为，香山县有一个孙逸仙，都是了不得的大人物。两人所主张救国的门道虽不相同，然两人都是天地间的正气所钟，心思精力，完全用在救国救人上面，丝毫没有自私自利的念头。这种人物，数百年不容易产生一个。这两人此刻的地位都很危险，朝廷悬赏捉拿，万一被人拿着去讨赏，性命决不能保。于今康有为已逃到西洋去了，听说西洋人已很钦佩他，把他保护得异常周到，朝廷就有重赏，也不能将他拿住。唯有孙逸仙，他是革命党，一心一意要夺清朝的江山。他原已逃到西洋去了，却时常悄悄的回来，图谋举事。在他本人是一个英雄豪杰之士，要做革命党，自然将生死置之度外。不过像他这种人，实在是国家的元气，死了一个，便难望有继起的人，因此一般道友，多主张派人去暗中保护他，免他遭逢不测。在我们道中，派人保护正人的事本极寻常，可派的人也极多，不过像孙逸仙这种人，要派人去保护，倒不容易找这个人。因为若随便派一个道友去，怪眉怪眼的，反惹起一般办案的公差注目，无端生出些麻烦。大家仔细商量之后，决定派你前去。我虽然着虑你的年事太轻，阅历太少，恐怕不能担负这般重大的责任。然一般道友都知道你年纪小，能耐却不在人下，阅历多少，本来难说，只要生得聪明，遇事又能小心，随时随地都能增长阅历；若是糊涂粗心的人，便活到一百岁，一生的阅历也没有用处，你正不妨借此去历练一番。"

柳惕安问道："就只派我一个人前去吗?"潘老师见问，略停了一停道："这个你不用问，你只尽你个人所受的委托罢了。道中委派你，有一定的地段，便是江苏、广东两省，孙逸仙不到这两省便罢，一到这两省，就应由你负保护的责任。我们道中的规律，我平时常对你说，你大概不至忘记。你须知那些规律，不是为在山中静修的道友设的。如我等在这山中，终年不出外便终年不见人，如何有违犯规律的事做出来呢? 出外与世人接近，就与在山中不同了，引诱人恶的机缘，实在太多，全中国尤以江苏、广东两省为最。江苏有上海，广东有香港，都是人间万恶之地，稍不留神，便至堕落，不仅是违犯规律。你六岁入山，直到现在不曾和道外人见过面，人情世故可说是全不懂得，一旦出山与世人应酬交接，真是与野人一般。若长此隐在这山中，便是加倍的努力修持，将来的成就也有限。"

柳惕安道："我跟随老师这多年了，初入山的时候，虽觉有些不方便，然一二年后，即已习惯了这山中清淡的生活，此刻实不愿意离开老师，去干那毫不干己的事。道中可委派的人甚多，请老师去派别人，我只要跟着老师一辈子，终身不见道外人的面最好。"

潘老师正色道："你把这些话快收起来，姑无论道中委派的事，从来没有推诿的例。就是我等为自己修持计，也不能终身隐藏在深山之中。你要明白，道在世间一切处，不专在这深山之中。在深山中此心不动，不是心真不动，是没动你心的机缘，譬如木不经火不化，非是木坚，是真金虽经火不化，那才是坚。一般道友都期望你甚切，所以特地派你去江苏、广东两省，便是期望你能经火不化的意思。至于保护正人，正是我等修道人的责任，世间的一切的人，对于古圣先贤，及英雄豪杰，都非常恭敬钦佩，是什么道理呢？就为的是圣贤豪杰，以一己求大众之安居乐业。我等要成仙证道，岂可不做救人事业。道中既认定是救国救民的大人物，我等能保护他，也不啻是做了救国救民的事业，如何能说出是毫不干己的事？不过你初次出山便去那万恶的地方，我委实有些放心不下，我只得辛苦一遭，引你前去，陪伴你盘桓几月，再回山勾当我自己的事。"

柳惕安见自己老师肯同去，却甚踊跃。他们出门既不带行李，就无所谓准备，真是提脚便行，停脚便住。潘老师也有一个破箩筐，一卷稿荐，箩筐中放了几件烂衣服，稿荐是预备随地好睡觉的。寻常出门，潘老师自己挑着这件东西。这番柳惕安同行，这一肩行李，就归柳惕安担荷，好在重量不过十多斤，能不费气力的担着行走，师徒二人一路向宜昌进发。他们在山中的时候，因种种的不便，所以断绝烟火食；于今离开了那深山，却仍是饥餐渴饮。

一个中午，走到一家饭铺午餐，这饭铺的主人姓曾，招牌就叫做"曾连发"。这店主生性刻薄，喜占人小便宜，他家的饭菜，比这条路上所有的饭铺，都卖得昂贵。过往客商虽明知曾连发的饭菜太贵，但因这里地点适中，上下一二十里没有别家饭铺，走到这地方，不打午火，便得歇宿。潘老师从这条路上经过的次数多，每次被曾连发盘剥，数目虽甚微细，然潘老师觉得到这饭铺吃饭和歇宿的，穷苦人居多，每次看着被店主盘剥得实在可怜，这番存心要使这店主受点儿损失。进店之后，潘老师便对店主说道："我们两个人今日身边没多带钱，肚里又饿得慌，我知道你这里的规矩，平常每个人吃一顿小菜饭，不论碗数是一百文。别家也有卖七十文的，也有卖八十文的，你这里卖一百文，已算是很贵的。不过我们两个人的食量，比旁人来得大些，若是照旁人的样，每人也只给你一百文，你是没得便宜讨的。我一生不干使人吃亏的事，请你自己说吧，我两人吃一顿得加多少钱？"

店主听了那番话，先望了望潘老师，回头又打量柳惕安，都看不出有特别能吃的饭量，暗想这老头真呆，我这里定了一百文一顿的饭，小菜只有一碗，饭却随人尽量吃饱，从来没有要人加价的事。他于今既是自己开口，问我要加多少钱，我何妨多赚他几文。遂笑容满面的答道："你们的食量既是明说比旁人来得大些，想必比旁人得多吃几碗，我要加倍的钱，每人二百文，能依得这价钱，你们尽管吃饱，便吃光我那一甑饭也没有话说。"说时伸手向刚端出来的大饭甑指了一指。

潘老师点头道："很好，就依你的价钱吧，我是个爽利人，欢喜干爽利事，先交钱后吃饭，我们是在外面叫化的，钱多了不先交出来，恐怕你不放心。"说着，从破箩筐里拿出四百文钱来，交给店主。店主喜滋滋的接了，遂叫厨房弄两碗好点儿的小菜。柳惕安悄悄的问他老师道："我们吃不了几碗饭，一百文一顿，已经是大价钱了，老师怎的倒答应他二百文一顿呢？"

潘老师笑道："这曾连发的店主，异常尖刻，若不加给他一百文，我们添一碗饭，他两眼睛睁得圆鼓鼓的望着，摆出极不愿的面孔来。若是接连添了三碗四碗，他就放下脸骂人吃冤枉了。我不甘心看他那不堪的面孔，所以情愿加倍的给他钱。你今天吃饭，不要和寻常一样，以为吃下去几碗就吃饱了，只管吃下去，不问饱不饱，我不叫你停，你切莫放碗筷，我自有道理。"柳惕安不敢再说。

须臾伙计端上菜来，并两大碗热烘烘的白米饭。柳惕安师徒二人低头便吃，柳惕安吃过三四碗后，心想平时吃这么多，肚里就觉饱了。这时不知是何缘故，吃下去的饭，仿佛另有一个肚子装着，毫不觉饱，然而一碗一碗的饭，又确是从口中吞了下去，并不含糊。那尖刻的饭店主人，初时接了四百文钱，好生欢喜；及见他师徒二人，各吃到十碗以上，还继续着狼吞虎咽，不由得心里又着急又害怕。那店主虽甚尖刻，倒也聪明，开设了几十年的饭铺，来来往往的各种人物，眼里也经过得不少，实不曾见像这般会吃的人。并且看这两人的身材，都不高大，没有多大的肚皮，怎么能装下去这么多饭呢？待依照平常的旧例，放下脸来发作几句吧，一则自己有言在先，便吃光这一甑饭，也没有话说；二则心里已疑惑他师徒两个不是寻常人，这番举动是有意来寻开心的，若恼了他两人，说不定还要闹出旁的乱子来。因此竭力忍耐住，以为每人吃过十多碗之后，决不能更多吃了。谁知他师徒两人，越吃越起劲，越吃越快。凑巧这日到曾连发打午火的客人不多，约莫有两斗米的一大甑饭，顷刻之间，竟被他两人真个吃光了。后来的有几个才吃了半饱，还有几人刚到，甑里一颗饭也没有了。虽不妨重煮，但是把这个生性刻薄，专喜占人小便宜的店主，只急得心痛难熬。

潘老师吃到最后一碗，用饭匙敲着甑底喊道："饭没有了，我两人出了加倍的钱，还是没得饱吃，怪道凡是从这条路上走过的人，都说这曾连发的生意做得太厉害、太尖刻，果然人家说得不错。"

这几句话把店主气得暴跳起来，指着潘老师骂道："你这人也太没天良了，我虽收了你加倍的钱，只是一甑饭，都被你两人吃光了。我因有言在先，忍住气不说什么，你倒来说我的生意做得太厉害、太尖刻。请凭各位客人说说理，究竟是谁的不对！"

当时的客人，都来在潘老师之后，没看见一甑饭都被他两人吃光的情形，听了多不开口。潘老师大笑说道："真是笑话！我两人若不是饭量比旁人大些儿，你这里每百文一顿的饭，已是极贵的了，我为什么还加倍给你的钱呢？我两人只有两个肚子，你的生意不是做得太厉害、太尖刻，为何收人加倍的钱还不给人吃饱？"说时露出肚皮来拍着对在座的客人道："我这点儿大的肚皮，仅吃了半饱。请凭诸位说，可有这个道理！"

在座的客既不曾看见潘柳二人吃饭的情形，自不相信真个吃光了一甑饭。众客人中有多半曾受过曾连发盘剥的，此时都代替潘柳二人不平，争着骂店主不是东西，并且各人拿出从前被盘剥的事情来，当众诉说，店主简直气得有口难分。潘老师道："我两人出四百文钱，仅吃了半饱，是断然不肯罢休的。于今我有两个法子，随便你选择一个：一、重新多煮饭，让我们两人吃饱；二、退一半钱给我，我好到别家去吃。"

众客人不待店主回答，同声说这办法公道。店主心想这老叫化不知有什么邪术，能把一甑饭吃光，若再给他们吃，还不知要吃多少才饱，那么我吃亏太大了，不如认晦气退一半钱给他。当下咬牙切齿的，退出二百文钱给潘老师。潘老师接过钱来哈哈大笑道："欢喜占小便宜的，毕竟吃大亏。你以后能改变你那尖刻的行为便罢，不然还有你吃大亏的时候呢!"说罢教柳惕安挑起破箩筐、稿荐便走。

行了一会儿柳惕安问道:"这副担子怎么重了不少?并且一头轻,一头重,挑着不好行走。"潘老师听了不作理会,须臾从一所古庙门前经过,有好几个乞丐在庙里地下坐着,潘老师方说道:"你既说这担子一头轻,一头重,挑着不好行走,就在这破庙里歇息歇息吧!"

柳惕安真个走到庙门口将担子放下,只见潘老师一面向那乞丐招手,一面抓出箩筐里的破烂衣服,却现出大半箩热饭来,仍是热烘烘的,潘老师含笑对那里乞丐道:"你们今天的运道好,我有热饭吃不完,分给你们大家吃个饱。"

那些乞丐见这半箩筐饭,都喜得眉开眼笑的围拢来。潘老师将饭先留下几碗,剩下的将近一斗米饭,均按人数平分了,仍教柳惕安挑着走路。柳惕安道:"原来我吃的饭,都到了这箩筐里,怪道我吃下去总不觉饱。这是什么法术,老师怎的不传给我?"

潘老师道:"连我自己也不知道是甚法术,我也不曾受过我老师的传授,你能从此不断的修炼下去,自有从心所欲的一天,岂仅这一点小玩意儿?快点儿赶路吧,今晚我还要打发你去救一个人的性命呢!"

柳惕安问:"去哪里,救谁的性命?"潘老师道:"且等到了那地方,我自会对你说明白。"

柳惕安真个急急的向前趱赶,约赶了四十多里路,天色尚早,潘老师举眼向四周望一望说道:"此处没有火铺,只好随便找一个所在,暂宿一宵。"

柳惕安道:"再赶十来里路,便有火铺了,何必在这上不靠村、下不着店的地方歇宿呢?"潘老师道:"为的这地方有一个人,要等你去救他,不能不在此歇宿。你瞧这边山底下,不是一座破窑吗?那里面足够我两人歇宿。"

师徒二人走近看时,喜得里边很干燥,潘老师道:"我特地留下这碗饭,你快吃饱了好去救人。"柳惕安吃饱了,潘老师说道:"这里对面过桥小山下,有一带树林,林中有几间茅屋,你趁此时天色还没昏黑前去。见了那屋里一个老婆婆,你便对她说道:我师傅教我到这里来,给你老人家作伴，并说请你老人家放心。那老婆婆若问你师傅是谁，你就说：自然是常到这里来，你老人家认识的。你说过这番话到屋里后，就脸朝外坐在大门口，切记不可远离，也不可进去。如有人来教你让路，万不可让他走过，快去吧！"

柳惕安听了莫名其妙，只得带了平日随身的方便铲，别了潘老师朝对面小山下走来。只见依山傍林的几间小茅屋，前面有一道四尺来高的竹编篱笆围着，柳惕安走近篱笆，向屋里看去，果见有一白头发老婆婆，正坐在地下劈柴。那一种衰老无力，举不起劈柴斧勉强从事的样子，使人看了可怜，不觉暗自想道："老师打发我到这里来救人，难道这老婆婆今夜有大难临头，应由我搭救吗？且向她把老师吩咐的话说了再看。"遂从容上前，轻轻唤了声老太太道："我师傅教我来给你作伴。"

老婆婆抬头揩了揩老眼，朝柳惕安望了几下，发出颤巍巍喉音说道："哦，是了！你是山后林道人的徒弟，昨天我请你师傅起一课，说我媳妇就在这两日要临盆了，只怕有点儿难产，若能安然生下，倒是一个男喜。你师傅的课真灵，今日清早我媳妇就发作了，直到现在还不曾生下来。可怜我儿子出门没回来，平日家中一切粗细的事情，都是我媳妇做；于今她要临盆了，只痛得一阵一阵的昏过去，不能挣扎着做事，我只好自己来劈柴。现在九月间，夜里冷得很，若没有火，小孩下地不冻坏了吗？"

铆惕安听了，方知道老婆婆的媳妇临产，也懒得分辩自己不是林道人的徒弟。看地下还有几块没劈碎的柴，因说道："你老人家手上没有气力，劈不动这柴，我来帮你老劈吧！"说时伸出手接过斧来，几下就将所有的柴劈碎了。老婆婆很欢喜的把柴抱到里面房中去了，房中时刻发出呻吟的声音来。柳惕安遵着他老师的吩咐，端了一张靠椅，朝外面拦大门坐着，心里怀疑，不知是这么坐着，如何能救人的命？

不一会儿，天色已渐渐的黑了，但柳惕安的眼光极好，虽在漆黑的夜间，也能辨别人物，独自坐着没事做，免不了拿两眼向四处闲看。忽一眼望到竹篱笆外面，好像有一个人在那里探头探脑的张望。仔细定睛看时，却是作怪，原来是一个甲胄鲜明的黑脸神将，一手倒提钢鞭，越篱笆而进，直向大门走来，离柳惕安五六尺远近，即停住不动了。柳惕安心想老师不是吩咐我坐在这里，无论何人不许放过去的吗？看这东西的畏缩情形，不像正经神将，我只坐着不动，看他怎样。当下紧握方便铲，往地下一顿，提起全副精神来望着那神将，只吓得那神将倒退了几步，仍举步向大门冲来。

这番比前次来得勇猛，柳惕安恐怕被他冲着，随手举方便铲横扫过去，禁不起一下，应手而倒，再向地下看时，乃是一个五寸多高的纸剪神将，身上画着五彩的甲胄花纹，脸上画得如演戏的黑头。柳惕安看了不觉吃惊道："怪不得老师教我来救人，原来有妖人弄邪术，但不知要来害谁人的性命？这屋里仅有婆媳两个，不是要害婆婆，便是要害媳妇，不曾生下的小儿男女尚不明，断无与人有仇之理。这纸神将倒得收起来，一会儿带到破窑里去给老师瞧瞧。"想罢刚待起身去拾取，猛然一阵狂风吹来，真是飞沙走石，那纸神将被狂风刮得离地而起，一路飘飘荡荡飞出篱笆去了。柳惕安只急得跺脚道："可惜，可惜！让它逃跑了。"

这一阵狂风过去，顿时乌云密布，四周鬼哭神号，显出异常凄凉的情景。柳惕安在练法奇门的时候，就见过比此时还厉害的情形，当时尚且无所畏惧，现在更不以为异了。不到一刻工夫，鬼哭神号的声音停止了，跟着又是一阵狂风，天空中仿佛来了无数的天兵天将，耳里只听得一片纷乱喊杀之声，越来越近。柳惕安端坐不动，只双手操着方便铲，准备近身便打。那喊杀的声音刚一近身，又自行退回去了。接连三四次，柳惕安再也忍耐不住了，念动真言，陡起一道罡风，吹的那些妖邪立时声影全无了。柳惕安心想：老师只教我到这里来救人，也不对我说出个所以然来，看这情形，分明是有妖人，不知躲在什么地方使弄邪术。道中规律和老师平日的告诫，都是非到万不得已，不许伤人。照方才的情形看来，那使弄邪术的妖人，也确实有些能耐，虽不知道他存心要害谁的性命，然因我在此破了他的邪术，他决不肯与我善罢甘休。若他再使出什么花样来，我不安心伤他，只怕他要安心伤我。人言先下手为强，后下手遭殃，难道我坐着等他先下手？这事倒使我难处。

柳惕安正心中这般计较，急听得篱笆外面，有人"哇"了一声道："你这小子是谁，敢在这里三番两次破我师傅的法宝？你果是有胆量有本领，便到这外边来和我硬斗一场！"

柳惕安听了，连忙运足目光向篱外望去，只见一个少年，年纪身量都和自己一样相仿佛，更和自己一般的披着一头短发，双手挺着一杆有缨的长枪，摆着等待厮杀的架式，随将方便铲指着他笑道："你要和我硬斗，何不直上前来，却立在远处喊叫。你想用调虎离山之计，把我骗到外边去，你那妖人便好来屋里下手。你们的诡计已被我识破了，你们的伎俩我也领教过了，休得再来献丑！"

那少年见柳惕安引不动，倒说出这些揶揄的话来，哪里忍得住这口恶气，挺枪跃进篱笆，朝柳惕安劈胸便刺。柳惕安因方才不曾将纸神将拿住，心中很懊悔，这番打定主意要活捉这少年。见他一枪刺来，哪敢怠慢，只把身躯一侧，让过枪尖，不待他的枪杆掣回，脚尖略一点地，已如饿虎扑食，早抢到了少年身边喝一声："着！"方便铲到处，正中踝骨。少年受不了这一铲，只痛得倒在地下，扔了手中枪，双手揉着踝骨求饶。

柳惕安道："你快说，你姓什么叫什么名字？你师傅是谁？这般使弄邪术，要害谁的性命？从实说出来，我便饶你。不然就这么一铲，先取你的狗命！"说时举铲在少年头上扬了一下。少年战战兢兢的道："不要打，我实说。我姓彭名立清，我的师傅声名很大，人都称呼他'林道人'，谁也知道他素来行善，并不曾要害谁的性命。"

柳惕安举铲在他背上敲一下骂道："你这不识好的畜牲，到这时还想在我面前图赖！不要害人性命，为何三番二次的使弄邪术，你又无端的挺枪来和我硬斗干什么？再不实说，我就打死你！"

彭立清吓得连连叩头，道："这事实在不能怪我，求你饶了我吧，我如果从实说出来……"说到这里，回头向篱外望了几望，才接着说道："我师傅也得把我打死，横直是死，不如不说。"柳惕安道："你师傅不在此地，你实说出来，我不向你师傅说便了。你还是说也不说，不

351

说我就动手！"

彭立清只得说道："我师傅并不要害谁的性命，就只要取这屋里老婆婆媳妇肚中的胎儿去配药。这是我师傅时常干的玩意儿，从来要一个取一个，不曾失过手，不料今日遇了对头。他平日是亲自到产妇面前，有法术教产妇自己脱下衣裤，他便用手段剖取胎儿。他为这个胎儿，特地搬到这山后居住，已有五个多月了，用了好多心机，还花费了些钱，方将老婆婆的儿子骗出去，近日每天来探听是否将要临盆。据他说，因为这个胎儿的用法不同，不能从肚中剖取出来，要自然生下来的方合用；若不是如此，早已取到手去了。今日也是他亲自来的，在篱笆外看见你提方便铲拦大门坐着，已料定不是平常人，想用法术把你吓走。想不到法术都被你破了，只得打发我来和你硬斗，只要将你引出了篱笆……"说至此，忽听得屋里有小孩呱呱的哭声。彭立清不觉逞口说道："坏了，坏了！已哭起来了。"

柳惕安不由得吃惊问道："怎么坏了，难道你师傅又使了什么邪法吗？"

不知彭立清如何回答，且俟下回再说。

总评：

吾人读武侠小说，辄见有所谓剑仙、剑侠者流，栩栩然活现于纸上，弥生向往之心，顾欲一亲见此仙也、侠也者，每苦未能如愿。至于个中之组织如何，内容如何，更有非为吾侪所能知者矣！今著于本回中，将道中之情形细为一述，朗然有若列眉。虽所述者仅为峨眉一派，然固不难举一反三，诚大足广人见闻焉！唯余辄尚有言者，则当此国事蜩螗之日，一般国民似咸宜致力于实学，以为救国之图，入山修道，实非其时，读者其或不河汉斯言乎！

写武侠小说，必写剑侠之如何神出鬼没；写剑侠，又必写其所持之剑之如何夭矫通灵，固已为一成不变之格局。故写剑侠，尚不难以意为之，或不致尽人同其面目；而一及剑，则人云亦云，其不千篇一律者良鲜。此无他，实以写小说者平日本于剑术无若何之研究，其甚者且并不知剑之为何物耳！若著者，固于剑术练习有年，宜与其他作者迥不相同。其于本回中写潘老师之舞剑也，五花八门，弥极其趣，令人神为之眩，目为之迷，于是乎知剑之所以为剑者乃若是；而回视以前他人写剑之作，不失之幼稚，即失之荒诞，直半文钱亦不值已！

入山修道，亦有其一定之步骤，始之以修炼大法，继之以练剑，终之以采药、炼丹，然后大道得成，尽可翩然入世，掉臂游行矣！著者因于柳惕安入山修道之时，细一写其修炼之过程，此非仅以之写柳惕安，正以见修道为若何艰辛之事，其得有所成就，固无一非从艰苦卓绝中而来也。唯其笔殊生动绝伦，又处处故作波澜，不欲其落之于平淡，于是人但尝其情节之新奇，而几忘其为修道者作传矣！

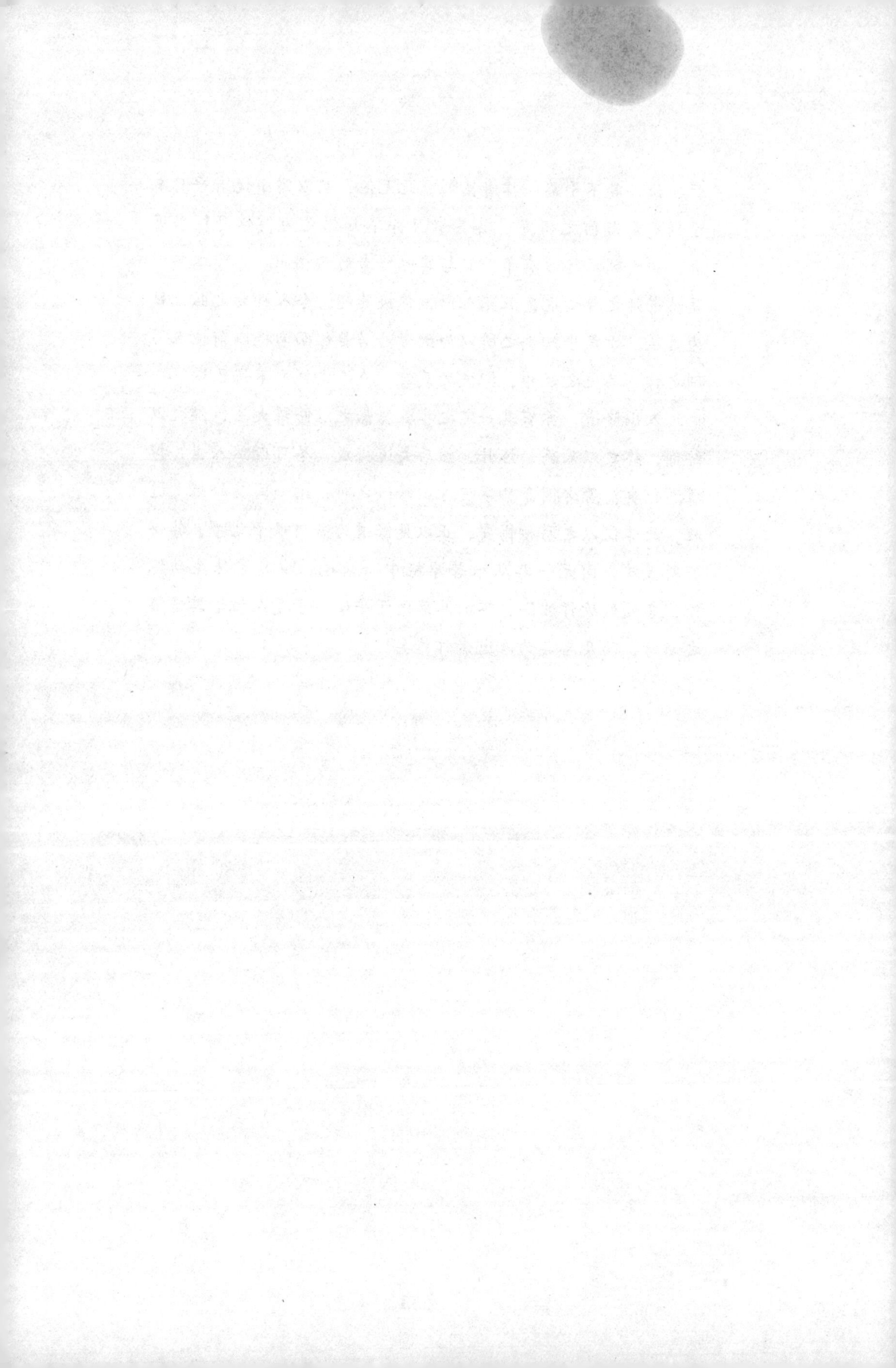

图书在版编目(CIP)数据

近代侠义英雄传·第二部 / 平江不肖生著. — 北京:
中国文史出版社,2020.3
(民国武侠小说典藏文库·平江不肖生卷)
ISBN 978 - 7 - 5205 - 1662 - 4

Ⅰ. ①近… Ⅱ. ①平… Ⅲ. ①侠义小说 - 中国 - 现代
Ⅳ. ①I246.5

中国版本图书馆 CIP 数据核字(2019)第 272985 号

整　　理:杨　锐
责任编辑:薛媛媛

出版发行:**中国文史出版社**
社　　址:北京市海淀区西八里庄 69 号院　邮编:100142
电　　话:010 - 81136606　81136602　81136603(发行部)
传　　真:010 - 81136655
印　　装:廊坊市海涛印刷有限公司
经　　销:全国新华书店
开　　本:720×1020　1/16
印　　张:22.75　　字数:308 千字
版　　次:2020 年 3 月第 1 版
印　　次:2020 年 3 月第 1 次印刷
定　　价:67.50 元